Gabriel Krauze · Beide Leben

NICHT INS GESICHT KUCKEN

Raus aus der Karre und ich steh auf dem Gehweg und das ist der Moment, wenn du aus dem Wagen springst und es ist zu spät umzukehren, wenn du weißt, dass dus definitiv tun wirst, obwohl dich die Art, wie dir das Adrenalin durch den Körper pumpt, eine Sekunde lang wünschen lässt, dass du ganz woanders wärst. Und jetzt wieseln wir die Straße runter und sie ist zu weit vor uns, unser Timing war scheiße, aber wir können nicht einfach losrennen, denn das alarmiert sie und dann dreht sie sich um, also möglichst leise möglichst schnell hinter ihr her. Meine Bala sitzt mir fest auf dem Gesicht und ich hab noch die Kapuze drüber und spüre, wie mir das Adrenalin in der Brust explodiert wie eine Supernova, es ist, als wäre mein ganzer Körper nichts als mein dröhnendes Herz.

Und ich komme näher an sie ran und Gotti ist direkt neben mir und sie hört uns nicht, nicht so, wie wir uns voranbewegen, niedrig über der Erde, schwarze Nike-Trainingsanzüge aus Baumwolle, damit nichts raschelt. Die Nike-Sneakers geräuschlos auf den Gehwegplatten. Und ein paar Herzschläge lang wird mir bewusst, wie alles um uns herum den Eindruck von einem friedvollen Leben erwecken könnte, die Sonne über uns bläht sich im

Himmelsbauch und taucht die Straße in eine Helligkeit, die alles durchbricht. Perfekte, ordentlich aneinandergereihte Häuser, gestutzte Büsche den Gehweg entlang, der kühle metallische Geruch des Morgens, und jetzt drückt die Frau ein Tor auf, biegt von der Straße und auf den schmalen Weg zu ihrem Haus.

Unser Timing war wirklich scheiße, aber wir können sie noch erwischen und sprinten los, versuchen immer noch, nicht aufzufallen, aber jetzt müssen wir richtig schnell sein, sonst ist sie weg, und wir biegen durch das kleine Tor, sie ist fast schon an der Haustür und sucht in ihrer Tasche nach dem Schlüssel und wir schießen den Weg hoch und dann sind wir direkt hinter ihr und ich kann die Hand ausstrecken und ihr in die Haare greifen, ich rieche ihr Shampoo und wie weich sie sind, riech ihr teures Parfüm, das mich fast kotzen lässt, und in dem Augenblick fällt alles, was ich je gewusst hab, von mir ab, ist weg, Erinnerungen, Vergangenheit, Zukunft, und die Straße, der Morgen und alles andere um uns herum verschwindet, als vergäße ich die Welt, und da ist nur noch das Jetzt, kristallklar, auf der Türschwelle, und bevor ich meine Arme um ihren Hals bekomme, um sie ins Reich der Träume zu schicken, dreht sie sich um.

Und sie schreit. Sie sieht mich, das heißt meine Augen und einen Fetzen Mund durch die drei Löcher meiner schwarzen Bala und es ist, als kapierte sie den Albtraum, von dem sie nicht wusste, dass sie mittendrin ist, und wir wissen, das ist jetzt komplett verschissen, keine Chance mehr, das ruhig und unbemerkt durchzuziehn, und ich packe sie und drücke meinen Arm gegen ihre Kehle, dreh sie um und presse sie fest an mich und Gotti versucht, ihr die Cartier vom Handgelenk zu ziehn, aber aus irgendeinem verfickten Grund geht es nicht, und er reißt dran und das Metall gräbt sich in ihr Handgelenk und sie schreit, nimm sie nimm sie doch, und jetzt ist das Pumpen in meinem Herz und meinem Bauch völlig weg, weil wirs tatsächlich machen, nichts sonst existiert mehr in diesem Moment, alles ist ruhig und still in mir und ich sage ihr, hör verdammt auf, dich zu wehren, ins Ohr, aber Gotti kriegt die Uhr einfach nicht runter, obwohl sie ihm ihre Hand überlässt, und ich kann sehen, er kapiert nicht, was los ist, weil es noch nie so war, dass er eine Uhr nicht vom Arm runterkriegt, und die hier ist mit Diamanten besetzt und wir wollen sie unbedingt, weil sie leicht zehn, fünfzehn Riesen wert ist.

Und ich denke, scheiß drauf, wo sie schon so schreit, sinnlos, sie noch schlafen zu schicken, ich helfe lieber Gotti. Da öffnet sich die Haustür, knallweiß mit einem Messingklopfer, und da steht ein Junge, vielleicht siebzehn, und glotzt uns an, wie erstarrt, und sagt, Mum, und ich kucke ihn an, unsere Blicke treffen sich, und ich sehe in seinen Augen und hinter ihm im Haus ein komplett anderes Leben als meins, eines, das vielleicht besser ist, ohne so viele scharfe Kanten und zerbrochene Dinge und wir versuchen noch immer, ihr die Uhr von der Hand zu reißen und plötzlich dreht sich Gotti um und fetzt dem Sohn der Frau eine Faust ins Gesicht und der Junge fällt und Gotti knallt die Tür zu und wir sind wieder allein. Und jetzt sehe ich, sie hat einen fetten Diamantring an ihrem Ringfinger, und versuche ihn runterzuziehen, aber er bewegt sich nicht, die Haut schiebt sich zusammen, es tut ihr weh und ich kann ihn nicht runterdrehen, weil sie noch einen Ehering davor hat, der im Weg ist. Also knicke ich ihren Finger zurück, er klappt glatt rüber, bis die Spitze auf dem Handgelenk landet, und es ist komisch, weil ich immer dachte, wenn du wem den Finger brichst, kannst du spüren, wie der Knochen knackt, es sogar hören, aber da ist nichts, es ist wie ein Stück Papier zusammenzufalten, als würde sich der Finger ganz natürlich so weit zurückbiegen lassen, und sie schreit, ich soll den Ring nehmen, doch es geht nicht und ich sehe, die Bruchstelle unten am Fingeransatz schwillt in Sekundenschnelle an, was heißt, dass ich das Ding ganz sicher nicht runterkriege, und die Tür geht wieder auf und da steht ein Mann in einem roten Pullover und wir wissen, jetzt ist alles am Arsch, wir müssen hier weg, aber wir hoffen immer noch, dass wir irgendwas für unsre Mühen mitgehen lassen können, und der Mann fasst seine Frau um den Leib und zieht sie zu sich, zerrt sie in die Tür, und Gotti so, Snoopz, komm, vergiss es, wir verpissen uns, und er dreht sich von der Tür weg, um zum Wagen zurückzurennen, der auf der Straße wartet, und ich in meinem Kopf, ich so, Scheiße, ich hau hier nicht ohne was ab, und der Mann zerrt seine Frau ins Haus und will dabei gleichzeitig die Tür zuschlagen und ich kann in den Flur reinkucken und sehe den dicken, weichen, beigen Teppich, so einen, der die Wärme von jedem Sonnenstrahl aufsaugt, dass du dich einfach nur drauflegen und einschlafen willst, und ich streck irre schnell die Hand vor, erwische die Frau beim Handgelenk und zieh den Arm in dem Moment zu mir, als die Tür zuknallt, der Mann lässt sie voll auf den Arm seiner Frau krachen, und ich höre, wie sie schreit. Gotti rennt den Weg zum Tor runter und ich sehe durch den Türspalt, dass die Frau ihre Handtasche fallen gelassen hat, bücke mich, packe sie wie der Blitz, und schon öffnet sich die Tür wieder ganz und der Mann hat einen Kricketschläger, mit dem er ausholt, aber ich ducke mich weg und er verfehlt meinen Kopf, wobei ich den Luftzug auf meiner Bala spüre, als der Schläger drüber wegzieht. Ich wirble herum und renne mit der Handtasche den Weg runter, durchs Tor, aber unser Fluchtwagen ist nicht da, er fährt die Straße runter, eine der hinteren Türen weit offen und Gotti schreit, ich soll bloß kommen, und der Mann rennt hinter mir her, schwingt den Kricketschläger über dem Kopf und brüllt wie ein Irrer, da kommen keine Worte mehr raus, das ist nur ein Brüllen, und ich renne unserer Karre hinterher, atme den Morgen ein, gläserne Nadeln Sonnenlicht stechen durch die Wolken und schlagen um mich rum ein und ich bin nich sicher, ob ichs schaffe, ich komm einfach nicht auf Höhe der Tür und oh Mann was für eine Scheiße, so kann das nicht enden, das kann es nicht. Aber dann komm ich hin und hechte mit dem Kopf voran auf den Rücksitz und Gotti packt mich und der Wagen, meine Füße ragen noch raus, schießt die Straße runter. Gotti zerrt mich rein, beugt sich über mich, knallt die Tür zu, und Tyrell fährt uns weg.

Wir biegen auf die Hauptstraße, und wir reden auf Tyrell ein wie, was war das, Mann, bin nicht rangekommen, Bruder, was fürn Wahnsinn, und ich zieh meine Balaklava runter und Gotti seine und es ist wie tief aus dem Ozean wieder an die Luft zu gelangen und als wärst du so lange da unten gewesen, dass du gar nicht gemerkt hast, dass du am Ersaufen warst, und Gotti sagt, Junge, keine Ahnung, was los war, ich konnte die Uhr nicht runterkriegen, ging einfach nicht, ich hab gerissen und gerissen, aber sie wollte nicht, und Tyrell sagt, echt, Mann?, aber er sagt es tonlos und abwesend, weil er sich voll drauf konzentriert, uns möglichst schnell aus der Gegend zu bringen, die Anspannung verzerrt ihm das Gesicht und lässt es aschgelb werden, aber er macht das superclever, nicht zu schnell, dass man sieht, wir sind auf der Flucht, nur so, als müsste er noch wohin. Und der Wagen ist gut. Nicht zu auffällig, aber auch nicht zu runtergewirtschaftet und am Arsch, dass klar ist, der geht gleich irgendwo in Flammen auf.

Als er die High Street runterfährt, an den Läden vorbei und durch das normale Morgenleben, wies überall sein könnte, kommen uns mit Sirene die Bullen entgegen und das blaue Licht zuckt in blassen Streifen von Häusern und Fenstern zurück und zerfällt in der Helle des Lichts. Gotti und ich rutschen vom Rücksitz in den Fußraum, weil wir wissen, die kommen wegen uns. Wir drücken uns dicht auf den Boden, die Beine gegeneinandergepresst, und sorgen dafür, dass es aussieht, als säße hinten keiner, die Köpfe unten im Dreck und im Staub und ich sehe die Poren in der Gummimatte, die plötzlich zu was Wichtigem werden, ihre Form, ihre Oberfläche, ihre Farbe, ihre

Und der Bullenwagen fliegt in entgegengesetzter Richtung an uns vorbei zu der Straße, aus der wir vor einer Minute weg sind und ich bin überrascht, weil du immer hörst, dass die Polizei nicht schnell genug reagiert und der ganze Scheiß, aber die waren jetzt echt schnell, ich meine, das Ganze kann nicht länger als drei Minuten her sein. Ich nehme an, der Sohn oder Mann hat schon die Bullen gerufen, als wir noch an der Frau dran waren und ihr den Scheiß runterzureißen versuchten und klar, es ist etwa zehn Uhr und hier gibts so gut wie keinen Verkehr und was wir veranstaltet haben, war so irre, kein Wunder, dass sie so schnell warn. Aber sie hatten nicht maln Blick für Tyrell übrig, haben nicht mal in unsere Richtung gekuckt und wir sind längst weit unten auf der High Street.

Wir rutschen wieder hoch. Wir sind unterwegs zurück zum Treffpunkt, wir können uns entspannen, wir sind davongekommen, sie kriegen uns nicht mehr.

Und jetzt sagt Gotti, du bist krank, Bruder, so krank, und macht vor Tyrell den großen Mann aus mir, Snoopz ist so krank, weiß du, der wollte da einfach nicht weg, sagt er und macht große Augen und bleckt die Zähne, weiß weiß weiß. Und ich, Scheiße, Bro, ich zieh da doch nicht mit nichts wieder ab, und Tyrell sagt, was hast du erwischt, Bro? Und ich zeig ihm die Handtasche, ist von Prada, wahrscheinlich selbst schon einen Riesen wert und Tyrell sagt, sind dan paar Scheine drin? Und ich sehe nach.

Es ist der typische Plunder einer reichen Frau, Parfüm, teure Handcreme, ein paar Visitenkarten und anderer Kram, den ich nicht näher ankucke, weil sich nichts davon verkaufen lässt. Und dann ist da ihr Portemonnaie und Gotti redet mit Tyrell, er soll die anderen anrufen, weil wir nich wissen, wo sie sind, und ich seh durch ihr Portemonnaie und pass auf, dass Tyrell es nicht mitkriegt, und da sind siebenhundert, komplett in Fünfziger-Scheinen und ich hol sie schnell raus und steck sie mir tief in die Tasche, weil ich weiß, Tyrell und die anderen werden ihrn Anteil wollen, aber ich denke, Scheiße, die gehörn mir und Gotti, keiner sonst hat seine Freiheit riskiert und die Art Wahnsinn durchgezogen wie wir, auch wenns eine Pleite war, und da es sowieso sone Winzsumme ist, nehm ich die Scheine einfach und keiner erfährt was davon. Sonst sind es Jungle, Gotti und ich, die den größten Anteil kriegen, jeder so dreißig Prozent von der Beute. Jungle dafür, dass er die Sache auscheckt und uns drauf ansetzt, und Gotti und ich, weil wir das Ding durchziehen und das größte Risiko haben. Der Rest geht an Tyrell, der uns nur hinfahrn muss, wo die Sache steigt, und uns hinterher wieder rausholt. Und jetzt sagt Tyrell, was is in der Brieftasche, Bruder, ordentlich Bares?, und ich so, nichts, nur Karten, und ich zieh eine schwarze Amex raus und wir alle, Scheiiiße, weils beweist, wie viel die Uhr und der Ring abgeworfen hätten, die war definitiv satt reich, sagt Gotti. Ich meine, wir wussten schon, dass sie reich war, mit den Klamotten, dem Schmuck und dass sie mitten am Tag nicht wirklich was zu tun hatte, wahrscheinlich war sie vorher im Café oder hat sich die Haare machen lassen, weil die rochen wirklich gut und der Vorgarten, durch den sie zu dieser großen, weißen Tür ist, so ein Haus wird sich keiner von uns je leisten können, auch wenn wir uns gern vorstellen würden, dass wirs eines Tages so weit bringen. Aber die schwarze Amex, die ist noch mal was ganz anderes. Ich hab bisher nur in ein paar Songs davon gehört, von Jay-Z und Lil Wayne, auch von Kanye, wie sie angeben, wie dick sies haben mit ihren schwarzen Karten, dem ultimativen Symbol von Reichtum und wahrer sozialer Elite, himmelhoch über dem Rest.

Ich stecke die Karte ein, mein Andenken an den heutigen Tag, und etwas, das ich wahrscheinlich nie mit meinem Namen drauf besitzen werde, warum da nicht die von wem anders behalten, auch wenn ich sie nicht benutzen kann, is wahrscheinlich längst gesperrt, sagt Tyrell, und alles fühlt sich wieder normal an. Die Sonne ist unwichtig, das Wetter ist einfach nur das Wetter und die Leute auf der Straße sind einfach nur Leute, die tun, was Leute an einem Montagmorgen eben tun. Es gibt Läden und Autos und Lärm. Was immer.

Wir fahren durch Golders Green. Die Kinder sind mittlerweile in der Schule, Leute frühstücken in Coffee Shops, die Läden sind offen, Busse halten, Leute steigen ein und aus und alle folgen ihren unterschiedlichen, nicht miteinander verbundenen Lebenslinien. Gotti telefoniert mit Jungle und erklärt ihm, wie die Geschichte gelaufen ist, und wir fahren zurück zu der Stelle in Willesden, wo wir uns vorher getroffen haben und irgendwann sehe ich den anderen Wagen vor uns, ich bin nicht mal sicher, wann sie zu uns gestoßen sind, irgendwo hinter Golders Green, und jetzt rede ich allein mit Gotti und wir können es immer noch nicht fassen, dass er die Uhr nicht runtergekriegt hat, weil ich es ihn schon viermal hab machen sehn, problemlos, immer gleich beim ersten Versuch, aber aus irgendeinem Grund hat es diesmal nicht hingehauen. Und wir hecheln noch mal alles durch, was abging und wies klang, als die Tür auf ihren Arm geknallt ist, und wir lachen drüber, dass einer seiner eigenen Frau den Arm so demoliert. Weil ich noch reingegriffen und ihn rausgezogen habe, sage ich. Und das ist das Ding, es gibt keine Reue, keine Gewissensbisse. Bei Gotti auch nicht und das liegt nicht dran, dass wir bösartig sind, das ist alles moralischer Bullshit. Es ist einfach so, dass diese Sache nichts in mir auslöst. Die Frau denkt auch nicht eine Sekunde in ihrem Leben an Menschen wie mich und wie es ist, so wie ich zu sein. Ich bin ihr egal und sie mir auch, und es ist ja nicht so, dass ich ihr wegen dem, was ich gerade gemacht habe, egal bin. Ich war es vorher schon und zwar, weil wir beide in unserer eigenen kleinen Welt eingeschlossen sind. Also scheiß auf alle Schuldgefühle. Es hat keinen Sinn, was fühlen zu wollen, das du nicht automatisch fühlst. Egal, also

Wir biegen auf den Parkplatz vor dem kleinen Häuserblock in Willesden, wo wir uns heute früh getroffen haben. Ich stopf meine Bala in die Tasche mit dem Geld, damit es einen Grund gibt, dass sien bisschen voll aussieht und wir steigen aus dem Wagen aus. Tyrell und Gotti stecken sich eine Zigarette an, als der zweite Wagen kommt, ein metallic blaugrauer Porsche, mit dem Jungle ständig rumfährt, mit Pest, seinem Neffen, am Steuer, damit er selbst Leute ausmachen kann, die lohnende Opfer sind. Es ist ein idealer Wagen für so was, weil er zu fett zu teuer ist, um mit einem dreckigen Raub in Verbindung gebracht zu werden, und so kann er sich die Leute in Ruhe ankucken und kalkulieren, wen wir uns vornehmen solln. Plus, wenn wir im Konvoi fahren, der Porsche normalerweise vor uns, weil Jungle die Planung hat und wir die sind, die den Scheiß tatsächlich machen, würde keiner draufkommen, als könnten wir was miteinander zu tun haben, ihr Wagen ist so krass, ich meine, wirklich, ein Typ im Porsche und dann wir in unserer abgewrackten Karre. Keiner macht mit unserm Wagen irgendwelche Frauen an, oder?

Es ist ein guter Platz hier, weg von allem, aber gleichzeitig nicht zu weit von den Häusern, keiner von uns wohnt hier oder hat Verbindungen hierher und der Parkplatz ist von einem Zaun und hohen Büschen umgeben, wodurch uns von außen keiner sieht. Jungle steigt aus seinem Wagen und hat die Stirn komplett zerfurcht. Pest kommt auch raus und stellt Fragen, aber keiner achtet auf ihn, während Gotti und ich Jungle die Sache erklären, das Ganze noch mal durchkauen und ihm die Handtasche zeigen, vergesst die Tasche, Scheiße, Mann, sagt er, aber ich denke, vielleicht holen wir sie später, weil die Dinger immer noch echtes Geld bringen und ich gehe und verstecke sie unter einem von den großen Büschen beim Zaun, bedecke sie mit Laub. Gotti und Jungle reden abseits mit gesenkten Stimmen, er ist der große Zampano, der uns diese Scheiße machen lässt, aber er kennt sich aus, besonders mit Gotti. Tyrell und Pest sind reine Statisten, die geben nur Gas, das sind keine Typen, die was abziehen, die haben nicht den Mumm dafür wie Gotti und ich. Es ist ein Witz, wie die beiden um ihr Aussehen besorgt sind, selbst wenns zur Sache geht. Pest zeigt immer seinen Weißgoldzahn mit dem großen Diamanten und Tyrell trägt eine neue weiße Moschino-Hose, als wollte er zum Raven. Es ist nun mal nicht so, als ginge es darum, ein paar heiße Chicks anzumachen und ihre Nummern einzusammeln, wenn wir losziehen, um ein Ding zu drehn. Aber klar, es macht schon Sinn, nicht zu mies auszusehen, wenn du am Steuer sitzt, schließlich willst du keine Aufmerksamkeit auf dich ziehen oder den Eindruck erwecken, als könntest du dir den Schlitten nicht leisten, mit dem du unterwegs bist.

Jungle und Gotti reden also und sehen besorgt aus und als ich rübergehe, hör ich Jungle sagen, Gotti, wir müssen sofort einen neuen Wagen besorgen. Jungle beugt sich vor, zu Gotti hin, der die Hände vorn in die Trainingshose steckt und sich wegdreht, wann immer Jungle näher rückt, es ist, als wollte Gotti nicht, dass ihm die Worte aus Jungles Mund zu nahe kommen und ich krieg nicht wirklich mit, was sie sagen, aber Gotti dann, Scheiße, nein, den Schwachsinn mach ich nich, nich nach dem, was grade war, no way, und er fängt an, drüber zu reden, dass er nur seinem eigenen Instinkt vertraut und es sich einfach nicht richtig anfühlt, gleich wieder loszuziehen. Jungle will noch was sagen, aber Gotti dreht sich um, zieht an seiner Zigarette und wirft sie weg. Ich sage, was is denn, Jungle, und er legt los, dass wirn neuen Wagen kaufen müssen, wenn wir weitermachen wollen, und deshalb soll einer von uns in einen Klamottenladen in Golders Green rein, in dem die Verkäuferin immer eine Rolex Daytona trägt, und ihr das Ding abziehen, damit wir mit dem Geld dafür eine neue Karre kaufen können. Natürlich kriegt jeder auch nochn bisschen so was ab, fügt Jungle schnell hinzu und kuckt dann weg und spuckt in einen Busch, und Gotti dreht sich zu mir hin, nee, Snoopz, vergiss es, ich hab da son Gefühl, dass das danebengeht und ich hör Autos auf der Straße hinter den Büschen vorbeifahrn, aber das scheint alles so fern, als triebe die Welt von mir weg.

Das war bisher noch nie ein Problem. Jungle besorgt uns die Fluchtwagen immer, genau wie er den gekauft hat, mit dem wir heute Morgen unterwegs waren. Ich meine, er ist der, der die Gang zusammenstellt, also sollte das kein Thema sein. Er weiß, Gotti und ich sind ausgewiesene Greifer, weiß, das ist unser Ding und wenn überhaupt, war das heute die erste Pleite und er sollte auch wissen, dass wir den Ausfall beim nächsten Mal wettmachen, und mehr noch. Aber was er jetzt will, ist echter Irrsinn, ich meine, zurück nach Golders Green zu fahrn, wo wir praktisch gerade herkommen und das alles nur, um an Geld für einen Wagen zu kommen. Gotti hat völlig recht, da herrscht jetzt Aufruhr und die Bullen werden nach uns Ausschau halten. Und dann am helllichten Tag in den Laden rein? Eine Verkäuferin ausrauben? Ohne Anschleichen, ohne Tarnung, ohne alles? Einfach nur rein, ohne Rücksicht auf Verluste und sich ihren Scheiß schnappen und ich kann noch nicht mal meine Bala überziehen, weil ich dann schon vorher auffalle, bevor ich auch nur reinkomme in den Laden und ich hab keine Ahnung, wo da die Kameras sind und alles.

Ich sehe Gotti an und Jungle legt mir einen Arm um die Schultern und zieht mich ein Stück zur Seite, weg von den anderen und sein Arm fühlt sich zu eng an um meinen Hals und der Ärmel seiner Lederjacke knirscht, als würde sich eine Schlange häuten. Jungle riecht nach Aschenbecher und Aftershave und dann so, Snoopz, ich weiß, du machs das, es ist ganz einfach, du muss nur rein in den Laden und wenn du die Frau siehst, geh ganz ruhig zu ihr und reiß ihr dann plötzlich die Uhr vom Handgelenk.

Ich hab immer Hunger, auch wenn ich genug Scheine gebunkert habe, ich will immer mehr und so lass ich mich von ihm zur Seite ziehen, so schwer sein Arm auch auf mir lastet. Und ich frage Jungle, wie genau mache ich das, und er zeigt mir an seiner Rolly, wie ich sie packen muss, drehn und dran reißen, und er erklärt mir, dass der plötzliche Druck den Steg bricht, wo das Armband an der Uhr sitzt. Ich probier es aus, so wie er es mir gezeigt hat, an seinem Handgelenk, aber dann denk ich, Scheiße, wenn Gotti nicht dabei ist, keine Chance, am Ende lande ich noch im Knast. Ich lasse seine Uhr los und sage, nein, Mann, das is mir zu heiß, da kann zu viel danebengehen, ich mach das nicht.

Ich dreh mich weg, damit ich Jungles Fresse nicht sehen muss und gehe rüber zu Gotti. Für einen Moment ist hinter mir nichts als Stille und dann meldet sich die Welt zurück, laut, rauschend, unbeirrbar. Ich geh nah zu Gotti hin und er weiß, ich hab Nein gesagt und sein Gesicht ist ganz ruhig, die Schwärze ist raus aus seinen Augen und er sagt, glaub mir, Snoopz, es ist besser, auf seinen Bauch zu hören und kuck ihn nicht an. Wen kümmert es, was der Mann denkt, du muss nichts beweisen, Bro, der weiß, dass du dabei bist. Das jetzt zu machen, is eine miese Idee, Bro, ich weiß einfach, das würde schlecht ausgehen.

Ich krieg nicht wirklich mit, wie wir abziehen. Jungle

sagt was davon, dass er später anruft und wir geben Pest und Tyrell zum Abschied die Faust. Tyrell geht rüber nach Cricklewood, Jungle und sein Neffe fahrn im Porsche weg und Gotti und ich, wir gehen zurück nach South Kilburn. Ich sage ihm, was ich mir gedacht habe, dass Jungle einen neuen Wagen kaufen sollte, damit wir weitermachen können, und was ist mit dem Mann eigentlich los? Ich dachte, er sollte sone Art Boss sein, der alles organisiert, und stattdessen tut er, als hätte er nicht ordentlich was in seiner Tasche, verfickt noch mal, sage ich. Gotti nickt nur und meint, genau genau, und ich denke, wir wissen beide, auch wenn wirs nicht sagen, dass wir keine Dinger mehr mit Jungle drehn werden.

Graue Wolken hängen wie schwere Schwämme an der Himmelshaut und die Sonne versteckt ihr Gesicht vor der Stadt, als wir uns South Kilburn nähern. Ich gebe Gotti seine Hälfte von den siebenhundert, die ich aus dem Portemonnaie habe, was seine Laune etwas hebt, und als wir die Kilburn Lane runtergehen, sagt er, ich soll die schwarze Amex wegwerfen. Ich bücke mich zu einem Gully runter und tu so, als würde ich sie reinfallen lassen, steck sie mir aber in den Ärmel. Ich will was, das mich an den Tag heute erinnert. Drankriegen kann uns keiner drüber, es sei denn, einer findet sie, aber da pass ich auf. Wir gehn weiter nach South Kilburn, zurück zu den Häuserblocks, bei Bimz abhängen. Wir können uns ein, zwei Joints kaufen oder vielleicht auch was mehr, um uns gut locker zu machen und dann high in die Tube rein und zurück nach East-London. Wie ich Gotti heute Morgen gesagt habe, als wir los sind, um das Ding zu machen, ich muss sehen, dass ich morgen früh rauskomme, ausgeschlafen und fit für meine Uni-Vorlesung um neun.

SOUTH KILBURN

Es gibt zwei oder drei Läden im Estate und wann immer ich Saft oder Rizlas oder sonst was besorgen geh, hängen da weiße Plakate im Fenster, auf denen MÖRDER quer oben in roten Großbuchstaben steht und drunter ein körniges Foto von einem Bruder namens Trickz und was zu einer Belohnung über 20000 Pfund für Informationen und dass alles anonym bleibt, was immer.

Was war, ist, dass Trickz seinem besten Freund Creeper Geld schuldete, einen Riesen oder so. Die Leute hingen alle draußen in der Sonne in Block D rum und Trickz war auch da, frisch aus dem Knast nach anderthalb Jahren wegen Besitz und Verkaufsabsicht und die Sache war die, dass sich Creeper um Trickz' Braut gekümmert hatte, während der saß, ihr Geld zum Einkaufen gegeben, dem Baby einen neuen Buggy gekauft hatte und mit ihr Trickz im Gefängnis besucht hatte, und so wie Creeper es sah, schuldete der ihm was dafür, und als jetzt alle draußen in der Sonne in Block D rumhängen, kommt Creeper rüber und sagt zu Trickz, wann krieg ich mein Geld, Mann? Und Trickz sagt, du kriegs gar nichts, Weichei, mach, was du wills, und Creeper, der seine Knarre dabeihat, erschießt ihn und geht wieder. Es war ein heißer Tag im Juli, wirklich alle warn draußen, direkt beim Park, der vorm Wordsworth House liegt und Gotti war auch da und er erzählt mir, wie sich Trickz die Hände links aufs Herz gedrückt hat, wo der Einschuss war, und wie er so um die zehn Sekunden im Kreis gelaufen ist, ohne einen Ton, und das wars. Voll wie im Kino, Junge, sagt Gotti. Vielleicht hätte Creeper es nicht gemacht, wärn nicht die ganzen Leute draußen in der Sonne gewesen. Aber das warn sie und Trickz pisste ihn an, zeigte kein bisschen Respekt, Creeper hatte was tun müssen. Jetzt hängen überall diese Plakate in den Schaufenstern, weil es offiziell keine Zeugen gab, keiner hat der Polizei was gesteckt, keiner, der an dem Tag da war, hat mit den Bullen geredet, aber alle wissen, wers war. Sogar Trickz' Mutter und seine Schwester.

Später habe ich gehört, dass Creeper nach Jamaika ist, doch da hatte er einen irren Verkehrsunfall, war total am Arsch und musste zur Behandlung wiederkommen, weil wär er da im Krankhaus geblieben, wär er am Ende gelähmt gewesen. Also kam er zurück nach London, aber sie haben schon auf ihn gewartet, aus dem Flugzeug raus haben ihn die Bullen in Heathrow verhaftet. Trotzdem, am Schluss gabs keine Anklage. Es hat sich nie ein Zeuge gemeldet und ich nehme an, gelähmt ist er auch nicht, weil ich habe ihn letzte Woche mit einer Braut in Queens auf dem Eis gesehen, wobei mein Kumpel, der ihn auch gesehen hat, meint, eine Seite von seinem Gesicht ist völlig hin so wie bei Two-Face. Es ist auch nicht so, dass irgendwer von außerhalb von South Kilburn es gesehen haben könnte. Ich meine, stells dir vor, du kommst eines Morgens bei dir raus, gehst rüber zum Block gegenüber, wo alle abhängen, rauchen, reden, was auch immer, und du siehst einen Feind und ihr streitet, also killst du ihn auf der Stelle und gehst zurück nach Hause, was eine Minute weg ist, zwanzig Sekunden, wenn du rennst. Du kapierst, wie abgekapselt und für uns wir hier sind, oder.

Unser Estate liegt zwischen Maida Vale mit seinen viktorianischen Villen und Häusern aus rotem Backstein an baumgesäumten Straßen und dem Bahnhof Queen's Park, von wo es in Viertel geht, die völlig gegensätzlich sind. Von Maida Vale aus gehst du die Malvern Road hoch, vorbei am Wettbüro, dem Geflügelladen und zwei chinesischen Take-aways, dem grünen Eckladen links, kleinen schmuddeligen Häusern mit Satellitenschüsseln überall und der Post an dem kleinen Platz rechts, bei der immer die Rollläden runter sind und die schwarz vollgesprüht sind, und dann bist du praktisch in South Kilburn. Du weißt es irgendwie schon, bevor du ankommst, weil da sind die niedrigen Häuserreihen, an denen du vorbeiläufst und dahinter die hohen braunen Blöcke, die aussehen wie vom Himmel runtergekracht, massiv genug, um in der Erde stecken zu bleiben. Du weißt, dass das hier was anderes ist, denn kaum bist du zehn Sekunden die Malvern Road lang, siehst du eine Kamera mitten auf dem Gehsteig, oben auf einem Pfosten mit Anti-Kletterfarbe und unter der Kamera sitzt eine Jesus-Krone mit spitzen Metalldornen, nur für den Fall. Und die Kamera bewegt sich, schwenkt rum und kuckt die Straße rauf und runter und ich hab schon gesehen, wie sie mich beobachtet hat, mir langsam gefolgt ist, als ich an ihr vorbei bin.

Weiter die Malvern Road hoch gibt es noch eine Kamera auf einem Pfosten und dann kommst du zu den Blocks, angefangen mit Blake Court und daneben Dickens House mit achtzehn Stockwerken. Sie ragen hoch über dir auf und wenn du ihnen zu nahe kommst, werfen sie blaue Schatten auf dich und du spürst die Kälte, die der rostige Beton ausstrahlt und die Stille, die mit Macht aus sämtlichen Fenstern hervorzubrechen versucht. Geh an den Blocks vorbei und du kommst zu einem kleinen Park, nicht mehr eigentlich als ein Streifen Gras mit den braunen Türmen, die von rechts rüberstarren und noch einer von den Überwachungskameras oben auf einem Pfosten. Die Dinger sind alle mit irgendeinem unsichtbaren Kontrollzentrum irgendwo verbunden. Durchquer den Park und du kommst auf die Carlton Vale, eine lange Straße, die das Viertel mit einem ständigen Strom Autos in beiden Richtungen zerteilt. Alle wollen sie woandershin, hier bei uns hält keiner. Früher gab es mal eine Brücke, so ein Betonding, das den einen Teil des Estates mit dem anderen verband, wie um den Leuten die Möglichkeit zu geben, ihr Leben lang keinen Schritt aus South Kilburn rauszutun und immer im Estate zu bleiben, selbst wenn du über die lange Straße voller Verkehr musstest, auf der unaufhörlich andere Leben vorbeizogen.

Auf der anderen Seite der Carlton Vale liegt der Peel Precinct mit einem kleinen rechteckigen Betonplatz, umgeben von blaugrau verkleideten Blocks mit weißen Balkonen und mitten im Precinct, vor einer Reihe alter, schmuddeliger Läden und niedriger Blocks gibts noch eine Kamera mit Metalldornen drunter und auf einem Schild steht: LAUFENDE VIDEOÜBERWACHUNG. DIE KAMERA IST IN BETRIEB. Ich sehe, wie sich das Ding ständig bewegt und die Leute verfolgt, die durch den Precinct gehen und wir nennen diese Seite von South Kilburn den Precinct und die andere mit den rostfarbigen Blocks bei der Malvern Road Block D.

Ich bin mit siebzehn nach South Kilburn gekommen

und hab auf der Block-D-Seite bei Uncle T im Blake Court gewohnt, dem fünfstöckigen Block gleich beim Dickens House und da standen immer Junkies am Eingang vom Blake Court herum, schmuddelig und verfilzt, mit fauligen schwarzen Mündern, gelben Augen und sauer riechenden Klamotten, die unbedingt Heroin und Crack brauchten, H und C, und eine Menge Leute aus South Kilburn hing auf den Balkonen ab, den offenen Zugängen zu den Wohnungen vom Wordsworth House, dem Block gleich neben dem Dickens House, von dem man auf das Stück Park kuckte, aber da ging praktisch nie einer vorbei, obwohl da ein Weg quer durchgeht, gleich am Wordsworth vorbei, eine Abkürzung, wenn du von einer Seite des Estates auf die andere willst. Die Leute auf den Balkonen standen mit Hoodies tief ins Gesicht gezogen und hielten Ausschau nach Junkies, Bullen und Feinden und keiner wollte von denen ins Visier genommen werden. Es ist verrückt, aber erst, als ich mit meinem Englisch-Studium angefangen hatte, wurde mir bewusst, dass all die Betontürme im Block D nach großen englischen Schriftstellern benannt sind: der Blake Court nach William Blake, das Austen House nach Jane Austen, das Bronte House nach den Brontë-Schwestern, das Dickens House nach Charles Dickens und das Wordsworth House nach William Wordsworth.

Sobald du da reinkommst, stehst du schon unter Beobachtung, denn abgesehen von den Kameras oben auf den Pfosten, die allen folgen, die sich dem Estate nähern, und der großen mitten im Precinct und der auf dem Spielplatz im Zentrum des Estates, abgesehen von all denen auf dem Weg in den Black Court, hängt noch eine Kamera direkt über dem Eingang und bist du durch die Tür, gibts noch eine oben in der Ecke. Sie hängt an der schmierigen Decke und auf einem gelben Schild an der Wand steht: DIESES GEBÄUDE WIRD VIDEOÜBERWACHT, und drunter: DIE BRENT-WOHNUNGSGESELLSCHAFT HILFT, VERBRECHEN ZU VERHINDERN, UND FÖRDERT DIE ÖFFENTLICHE SICHERHEIT. Steigst du in den Aufzug, ist auch da eine Kamera, dazu gibts einen so komplett mit Namen zerkratzten Spiegel, dass du, wenn du reinkuckst, in Stücke zerschnitten wirst.

Da war dieser Bruder namens Bishop, der eines Sommerabends eine Party in seiner Wohnung im Dickens House veranstaltete. Bishop nahm keine Drogen und hatte nichts mit irgendwelchen Geschichten zu tun, er war einfach nur ein Bruder aus South Kilburn, aber sein Cousin und einige andere Typen hatten ein paar Top-Leuten aus South Kilburn den Schmuck geklaut und waren untergetaucht. Keine Spur von ihnen im ganzen Nordwesten, aber dummerweise warn die Beklauten Bugz Bunnys Leute und der kommt morgens um zwei, die Party ist voll im Gang, in die Wohnung gerannt, maskiert, ganz in Schwarz, mit einer Glock 9 und schießt Bishop in die Brust. Bishop will fliehen, voll auf Adrenalin, rennt auf den Balkon und springt runter. Aber die Wohnung ist im zweiten Stock und er bricht sich beim Aufprall die Beine. Jemand auf der Party macht die Musik aus und sie können hören, wie Bishop um Hilfe ruft. Leute kommen aus dem Block gelaufen, Rufe und Schreie und die lärmende Stille des Schreckens schaudert durch die warme Nachtluft. Dann kommt Bunny raus, geht zu der Stelle, wo Bishop liegt und schießt ihm dreimal in den Kopf, bevor er in die Nacht verschwindet. Bishop stirbt im Schatten des Blocks, weiß nichts von Charles Dickens und kein Mond, keine Sterne kucken auf ihn runter, weil die Lichtverschmutzung der Stadt nachts einen öligen Schleier in die Unterseite des Himmels brennt.

Verhaftet wurde nie einer, keine Zeugen, und wenn du heute versuchs, was drüber rauszufinden, ist es so, als hätte es Bishop nie gegeben. Wenn du seinen Namen googelst, kommt da nichts und wenn die Bullen ihre Liste mit den ungelösten Mordfällen in der Hauptstadt rausgeben, ist Bishop nie mit drauf. Es ist fast so, als wäre es nie passiert. Dabei war es mit das Erste, was mir erzählt wurde, als ich hergezogen bin. Ich hörte Uncle T sagen, du meins, der Junge ist vom Balkon im Kriminellen-Block gesprungen? Das war die Standardbeschreibung vom Dickens House für Leute wie ihn, die hier fast schon ihr ganzes Leben wohnten. Die Leute in SK wissen, was passiert ist, viele, die hier leben, erinnern sich daran. Ich meine, die meisten mussten nur ans Fenster gehn, nachdem sie von den Schüssen geweckt worden waren. Von da konnten sie Bishop sehn und das Drama mit den Krankenwagen und Bullenkarren, wobei die Schnelleren vielleicht sogar noch mitkriegten, wie Bunny davonlief und von der Nacht verschluckt wurde.

Es ist schon ganz schön abgefuckt, für die Leute hier allerdings nicht, die akzeptieren das, wenn überhaupt, dann setzt es Maßstäbe für die Jungen, denen es gerecht zu werden gilt, und man kann sehen, wie die Gewalt zur Inspiration für die Texte wird, wenn sie ihren Rap und Grime-Takte über geile Kanonen und Killertypen rausspucken. Weil hier dreht sich für bestimmte Männer alles darum, ihren Ruf zu sichern, du kannst dir absolut keine Schwachheiten leisten und darfst nicht als Pussy gelten, die sich Scheiße gefallen lässt. Wenn du ohne deinen Ruf ein

Niemand bist, kann gewalttätige Rache Erlösung und Befreiung bedeuten. Bunny vermochte zwar keinen von den Jungs zu erwischen, die seine Leute beklaut hatten, aber er wusste, Bishops Cousin und die Leute, hinter denen er eigentlich her war, würden die Message schon kapieren und sich wahrscheinlich nie wieder im Nordwesten blicken lassen. Kannst du den Feind nicht direkt schlagen, suchst du dir einen Verwandten oder Freund aus, weil du damit ein Zeichen setzt, wobei das nicht unbedingt endgültig oder entscheidend ist, eine Fehde oder einen Gewaltkreislauf nicht zwingend beendet. Du machst nur klar, dass du gnadenlos bist und keiner sicher ist, und mach dir bloß nichts vor, bei diesem Scheiß gibt es keine Regeln.

Wenn du den Estate verlässt, sagen wir, du fährst nach London rein oder irgendwohin, wos normaler ist, stellst du fest, dass niemand was von diesen ungelösten Morden und den körnigen Fotos in den Läden im Schatten der Blocks gehört hat. Du setzt dich in den Bus oder nimmst die Tube und plötzlich bist du aus deiner Wirklichkeit raus und in einer anderen, hast aber immer noch das ganze Wissen darüber im Kopf. Und das Irre ist, dass die Plakate genau an dem einen Ort hängen, wo die Leute nicht mit den Bullen zusammenarbeiten. Wo es scheiß auf das Gesetz heißt, beschaff dir Kohle, egal wie, rauben, schießen, dealen und leg dir ein paar diamantenbesetzte Grillz für deine Zähne zu, eine brillibesetzte Rolex oder was immer, fick die Chicks, dröhn dich zu, ignorier die Junkies, die wie halbe Mumien auf den Betontreppen rumlungern, und leb dein Leben auf der Überholspur, hör nur nicht auf zu denken, weil du nie weißt, welcher Tag dein letzter sein könnte.

Männer wie Bunny und andere, die rundheraus bösartig sind, ziehen die Jüngeren groß und zeigen ihnen, wie sie leben sollen, wie man gnadenlos ist und dass nur Geld und Status wichtig sind, und sie lernen schnell, dass in dieser Art Umgebung keine Gewalttat, kein Missbrauch, was immer, unfair sein kann, weil die Welt nun mal so tickt.

Das Leben ist gewalttätig, Dinge passiern unversehens. Das Gesetz ist nur eines von vielen Machtwerkzeugen, die hier wirken, und das nicht nur mittels der Razzien, zu denen es immer wieder kommt, sondern auch so wie das eine Mal, als ein Bruder auf einer Straße im Estate von einem Polizeiwagen überfahren wurde, es war ein blöder Unfall, aber als Erstes kam ein SCO19-Sonderkommando, bewaffnete Polizisten mit schusssicheren Westen sprangen aus einem silbernen Benz, die Finger am Abzug von ihren MP5-Maschinenpistolen und dann, später erst, kam der Krankenwagen.

Und was hier alles nicht angezeigt wird, sogar wenn Leute zusammengeschlagen, entführt, ausgeraubt werden oder wenn du ein Dealer bist und Crack und Heroin verkaufs und ein paar Kerle kommen zu dir reingerannt, nehmen dich aus, ziehn dir eins mit der Knarre über, foltern dich vielleicht sogarn bisschen mitm glühenden Eisen oder kochendem Wasser, läufst du nicht zu den Bullen. Weil wenn sie spitzkriegen, wer du bist und was du tus, ist es denen scheißegal, was mit dir ist, weil du in deren Augen durch dein kriminelles Verhalten keinen Anspruch auf Schutz durch die Gesellschaft hast. Und nicht nur das, wenns dich erwischt hat, muss du los und dich rächen, denn auch wenn du dein Geld oder deinen Stoff dadurch nicht zurückkriegst, dann doch zumindest was von deiner Ehre. Und sowieso, verpfiffen wird hier nicht. Keiner von uns traut den Bullen, und wer mit ihnen redet, ist ein

Informant, ein Spitzel, und als Spitzel gerätst du ins Visier und machst dich automatisch zum nächsten Opfer. Die Schlägereien und Messerstechereien, die ich hier schon gesehen habe und wens erwischt hat, der wird von seinen Jungs aufgesammelt, nachdem er k. o. gegangen ist oder ihm die Fresse eingetreten wurde, oder er springt in den Wagen von seim Kumpel und fährt ins Krankenhaus oder geht, wenns nicht so schlimm ist, in die Wohnung von wem, um seine Verletzungen zu versorgen, die Blutung mitm T-Shirt zu stoppen, ein paar Pflaster und Desinfektionsmittel drauf zu geben, wenn keine lebenswichtigen Organe oder Arterien aufgeschlitzt wurden, und er betäubt sich mit Gras oder Alk und kaut auf seiner Wut. Und weil keiner zu den Bullen läuft, werden Leute gekascht und ihre älteren Brüder, die eigentlichen Ziele, so erpresst. Bei Top-Dealern, die Geld machen, aber zu geschützt agieren, als dass man an sie rankäme, um sie auszurauben, wird der jüngere Bruder entführt und dann muss der, hinter dem sie wirklich her sind, mit Lösegeld oder sonst was zahlen und ich kenne etliche Leute, bei denen es so war, aber es wird nicht angezeigt, nie.

An den Bushaltestellen beim South Kilburn Estate hingen früher Plakate zur OPERATION TRIDENT, mit Hinweisen, wie man die Polizei anonym kontaktieren konnte. Es gab sogar ein Plakat mit dem Foto von einem Bruder in einer Blutlache und einer Pistole neben seiner ausgestreckten Hand und drüber stand in großen weißen Buchstaben: JUNG, TALENTIERT UND TOT. Solche Anzeigen siehst du in reichen Gegenden oder in der Innenstadt nie, nur bei uns. Stell dir vor. Diesen Scheiß jeden Morgen beim Warten auf den Schulbus zu sehn. Bevor ich in die Türme gezogen bin, musste ich von meinen Eltern beim

Westbourne Park mit dem 31er hier vorbei. Ich hab mich immer gefragt, wer da wohl alles lebt, all die Fenster in den riesigen Blocks und all die Leben dahinter. Was hatten die alles durchzumachen? Man sollte denken, dass so ein Ort laut und voller Leben wäre, aber nein. Von außen ist es nur Beton überall, wie ein leiser Herzschlag in der Stille, Fenster an Fenster, schmutzig und leer.

DIE MASKE

Vielleicht ist »zu Hause« kein Ort, sondern ein unabänderlicher Zustand.

JAMES BALDWIN, *GIOVANNIS ZIMMER*

Ich war siebzehn und hatte diese afrikanische Maske, die mir ein Freund der Familie geschenkt hatte. Sie stammte aus dem Kongo, war aus dunklem Holz mit Palmblatt-Fransen als Haare, einem geschnitzten Mund und schmalen Augen. Ich konnte nicht sagen, ob sie müde, traurig oder was anderes waren. Ich stellte die Maske ins Bücherregal in meinem Zimmer, aber wann immer meine Mutter reinkam, sagte sie, ich mag die nicht, wofür willst du die, da lastet wahrscheinlich ein Fluch drauf.

Die Finger meiner Mutter sind immer mit Ölfarbe beschmiert. Sie beißt die Haut um die Nägel weg, bis sie ganz wund ist, und versucht den Schaden dann wiedergutzumachen, indem sie noch mehr wegbeißt, aber dann blutet es.

Ich bin in einer Wohnung voller Gemälde und Zeichnungen aufgewachsen. Nicht nur Bilder an der Wand, sondern Leinwände, die an Türen lehnten, hinters Sofa gerückt wurden und Platz in Mutters Schlafzimmer und ihrer Vorstellung beanspruchten. Solange ich zurückdenken kann, hat mein Vater auf dem Sofa geschlafen, weil das eheliche Schlafzimmer eine winzige Schachtel war, in dem es zwar mal ein Doppelbett gegeben hatte, aber das war eines Tages weg gewesen und dafür stand ein neues Bett da, in dem meine Mutter allein schlief, dazu ein Kleiderschrank und eine Kommode, die sie sich teilten, doch dann beschlagnahmte sie alles, mit Büchern und Papieren und mit den Babysachen von mir und meinem Zwillingsbruder, von denen sie sich einfach nicht trennen konnte. Ich habe sie als Kind nie umarmt oder an mich gedrückt, nicht mal bevor es mit unseren Problemen losging, und deshalb nannte sie mich ihren *sassolino*, was auf Italienisch kleiner Stein heißt, als wäre ich der eine Kiesel, den sie am Strand ausgesucht und in ihrer Tasche trug, wohin immer sie ging. Manchmal erzählt meine Mutter den Leuten die Geschichte, wie sie mit mir in der National Gallery gewesen war. Da war ich sechs. Stundenlang waren wir da und sind schließlich nur gegangen, weil sie schlossen. Meine Mutter sagt, ich bin von Bild zu Bild gegangen, während mir immer mehr Leute folgten, die mir zuhörten, wie ich jedes einzelne Gemälde kommentierte. Ich glaube, dieser letzte Teil der Geschichte ist ihre Übertreibung, weil sie so glücklich darüber war, ein Kind zu haben, das auf Kunst stand. Ich weiß noch, dass ich die großen Schlachtszenen mit Rittern, die sich gegenseitig umbrachten, am liebsten mochte.

Ich war also siebzehn. Ich kam vom College nach Hause und konnte die Maske nicht finden. Überall habe ich nach ihr gesucht und sie am Ende im kaputten Lüftungsschacht meines Zimmers gefunden, in den sie einer reingedrückt haben musste. Sie war zerkratzt, weiße Farbspuren klebten auf dem Holz und die Palmblatt-Haare waren voller Schmutz und Backsteinstaub. Ich bin zu meiner Mutter ins Zimmer und hab sie gefragt, hast du meine Maske in die Lüftung gerammt? Und sie sagte Ja, und ich, warum hast du das gemacht? Und sie, weil ich es wollte und das Ding nicht mag, und ich, du kannst nicht einfach die Sachen von anderen Leuten kaputt machen, und sie, doch, kann ich, und ich, ach so, cool, und dann habe ich die Lüftung in ihrem Zimmer eingeschlagen, das Ding komplett zertrümmert, sodass die Backsteine dahinter zum Vorschein kamen, und dann hab ich gesagt, damit sind wir quitt. Meine Mutter machte ein Riesentheater und ging auf mich los, und ich darauf, Scheiße und dass ich am selben Tag noch nach South Kilburn ziehe. Uncle T hatte mir erst kurz vorher gesagt, dass er ein Zimmer bei sich frei hätte und ob ich es mieten wolle, also wusste ich, wohin.

Es war sowieso der richtige Moment, um auszuziehn. Ich war schon mehrfach verhaftet worden, einmal, weil ich auf die Polizei losgegangen war, nachdem sie mich direkt vor unserer Wohnung gestoppt hatten und ich wegrennen wollte, weil ich ein Messer und einen Joint dabeihatte. Zwar hatte ich mich meinem Vater immer näher gefühlt als meiner Mutter, aber jetzt hasste ich ihn dafür, dass er mir mein Butterflymesser weggenommen hatte, wo ich doch so gut darin geworden war, es rauszuholen und gekonnt aufschnappen zu lassen. Mittlerweile fühlte sich die Wohnung nur noch in Bezug auf Erinnerungen und Vertrautheit wie zu Hause an. Mein Bett war mein Bett und der kleine hölzerne Hocker daneben und die Bücher auf den Regalen gehörten mir auch und die CDs und die Klamotten im Schrank. Das alles war meins. Aber die Wohnung war kein Ort mehr, wo ich mich wohlfühlte, das Wohnzimmer ständig von meinem Bruder Danny besetzt, der da sieben, acht Stunden am Tag Geige übte, weil er nach der Mittleren Reife mit der Schule aufgehört hatte, um Profi-Geiger zu werden, und meine Mutter meinte, er müsse das Wohnzimmer für sich haben, und wenn es am Abend frei war, durften Danny und ich nicht rein und fernsehen, und wenn wirs versuchten, schaltete unsere Mutter den Fernseher wieder aus, stellte sich davor und sagte, wir sollten ins Bett, auch wenn es erst neun oder so war. Und in der ganzen Wohnung stapelten sich Bücher und alte Zeitungen, nicht geöffnete Umschläge, kaputte Stühle und alte Spielzeuge, die meine Mutter für weiß Gott was sammelte, für ihre Kunstwerke, sagte sie, aber die Haufen wurden immer nur noch größer und ich schwöre, sie hatte drei Schreibtische in der Wohnung, alle so bepackt mit Papieren, dass sie sie nicht mal benutzen konnte. Und ich durfte in meinem Zimmer keine Musik hören, nur mit Kopfhörern, weil sie alle kein Rap oder Grime oder was immer mir gerade gefiel, mochten. Einmal, nachdem wir wieder gestritten hatten, ist sie in mein Zimmer rein, hat sich meine Rap-CDs geschnappt, sie zerbrochen und in die Tonne geworfen, und während ich am Tag darauf in der Schule war, hat sie auch noch die Poster von Mobb Deep, Foxy Brown und anderen Rappern von meinen Wänden gerissen, ab wann es sich wirklich so anfühlte, dass es weniger *mein* Zimmer war, sondern einfach nur noch das Zimmer, in dem ich schlief. Dazu war auch noch die Tür kaputt, der obere Teil der Verkleidung war rausgebrochen, das heißt, wenn sie zu war, machte das null Unterschied. Aber klar, ich war es, der sie zerschlagen hatte.

Ich hatte einen von diesen Mini-Basketballkörben, von den Charlotte Hornets, den mir meine Mutter bei einem Urlaub in Italien gekauft hatte, und eines Tages nach einem Streit griff sie nach dem Korb, packte das Netz, riss das ganze Ding runter und nahm den dazugehörenden kleinen Gummi-Basketball und stach mit dem Taschenmesser in ihn rein, das ich in meinem Zimmer hatte, und er seufzte, schrumpfte platt in sich zusammen und sie sagte, jetzt siehst dus, jetzt siehst du, was passiert, wenn du deiner Mutter nicht gehorchst. Ich war so gefrustet, dass ich zu heulen anfing, brennende, wütende Tränen wie ein Muttersöhnchen und sie verzog das Gesicht, als täte es ihr leid, so heul nur heul nur, du armer Junge, schämen solltest du dich, und da hab ich auf die Tür eingehämmert und das ganze obere Teil rausgeschlagen, wonach ich mich nur noch schlechter fühlte, weil mein Vater eine Menge von seinem hart erarbeiteten Geld dafür ausgegeben hatte, unsere Wohnung zu renovieren und Holztüren für alle Zimmer hatte schreinern lassen. Und er hat echt irre hart gearbeitet, praktisch sieben Tage die Woche hat er an Zeichnungen für verschiedene Zeitungen und Publikationen gesessen. Als ich jünger war, hab ich ihn unter der Woche oft tagelang nicht gesehen, es sei denn, ich bin nachts um eins oder so aufgewacht und runter, um was zu trinken und er saß mit einem Glas Wasser am Küchentisch, das da vor sich hinblubberte und zusammen mit dem Kratzen seines Stifts auf dem Papier die Stille durchbrach, während er noch irgendwas bis zum Morgen fertig machen musste. Er hielt inne, lächelte und sagte *nocny marek*, was auf Polnisch Nachteule oder Schlafwandler heißt und ich hab ihn umarmt und seinen Schweiß und seine Müdigkeit gerochen, bevor ich zurück ins Bett bin. Am Morgen war er um sechs schon wieder auf und hatte alle Fenster unten weit offen gelassen, auch im Winter, und oft war er schon wieder weg, bevor ich überhaupt erst aufstand. Die Tür habe ich aber nie repariert und an dem Tag, als ich meine Tasche packte und auszog, knallte ich sie heftig zu, konnte aber natürlich immer noch in mein Zimmer reinkucken und lief nach unten, um da wegzukommen.

Bei Uncle T gab es nie genug warmes Wasser zum Waschen. Ich hockte mit einem Eimer in der Wanne und manchmal war es eben saukalt und ich zuckte zusammen und keuchte, wenn ich mir das Wasser über den Kopf schüttete. Aber hinterher wartete eine super Tüte mit bestem Gras auf mich, dazu ein Teller gebratene Kochbananen, Rührei und festes Brot und abends gab es jamaikanisches Ziegen-Curry, Reis mit Erbsen und Saltfish Fritters und der warme, salzige Frittiergeruch füllte die Wohnung und konkurrierte mit dem wie süße, modrige Erde riechenden Gras, übertönte alles und strich dir sanft über Nase und Augenlider. Ehrlich, ich schlief bestens nach diesen Essen. Uncle T hatte eine Musikanlage, die ständig lief, Roots und Reggae und Lovers Rock und seine alten Schulkumpel kamen und brachten Dubplates und die Bude vibrierte mit den Sounds, und sie rauchten und tauchten mit der Musik weg. Wenn das Geld knapp war, gab es mittags und abends gebratenes Corned Beef mit Zwiebeln und weißem Reis, er sorgte immer dafür, dass ich was zu essen hatte. Schlag dir den Bauch voll, mein Sohn, sagte Uncle T, und wenn seine Kumpel in der Küche waren, während ich aß, sagte er, seht mal, wie der Junge reinhaut, der spielt da nicht rum, und sie lachten alle, weil egal, wie viel ich auch aß, ich hab nie ein Gramm zugelegt, ich war immer der Hering.

Was geht, Snoopz?, rief Uncle T jedes Mal, wenn ich in die Wohnung kam. Ging ich in die Küche und er füllte grade seine Tütchen, gab er mir ein paar Blüten ab und sagte, na los, mein Sohn, was zum Rauchen, und dann fragte er, hast du heute schon was gegessen? Er war mal ein Rasta gewesen, und eines Tages, als ich bei ihm wohnte, zeigte er mir seine alten Locken, die er in einer Plastiktüte aufbewahrte. Irgendwann hatte er sie abgeschnitten und aufgehört, ein Rasta zu sein, weil da zu viel Schwachsinn dazugehört, der keinen Sinn ergibt, wie bei fast allen Religionen, sagte er. Er hatte eine Katze, einen Kater namens Scratch, der wahrscheinlich immer high war und Uncle T nahm ihn auf den Arm, während wir alle kifften und in Rauch gehüllt waren, und strich über Scratchs Rücken und der drückte sich gegen Uncle Ts raue Hand, an der der kleine Finger fehlte. Als junger Mann hatte er ihn bei einem Unfall in einer Fabrik verloren. Uncle T trug eine Brille und hatte eine Trommel, war aber auf eine Art fett, bei der du erkennen konntes, dass er als junger Kerl mal irre gebaut gewesen war. Aber das Leben ist das Leben und die Dinge ändern sich. Ich mach sie immer noch platt, sagte er, wenn er mit seinem Schlagring in der Tasche unten saß und auf einen Kunden wartete, der was zum Rauchen kaufen wollte. Es hatte gerade erst Aufstand im Block gegeben und er war auf der Hut, falls ihn einer ausnehmen wollte.

Uncle T war der Dad von Taz und Naf, zwei Kumpel, die ich seit dieser Geschichte im Marian Center hatte, einem braunen Backsteinbau mitten in South Kilburn, in dem ein Gemeinschaftszentrum untergebracht war. Ich hatte eine Art Gesangswettbewerb, die »Schlacht der Mikes« gewonnen. Das war zu der Zeit, als T-Mobile diese Verträge machte, bei denen du mit dem Kauf eines Monatsguthabens abends nach sechs mit jeder beliebigen Nummer für Nüsse telefonieren konntest und ich hab den einen Bruder in der letzten Runde mit *Blood, your mum's like T-Mobile – free after six any day of the week* geschlagen. Damit war die Sache klar und die Leute sind schier ausgerastet, Mann, ich konnte nicht mal mehr den Rest raushauen und hinterher kam Taz und sagte, bist der Renner, Junge, hör zu, wir baun da sone Musiksache auf, hast du Bock?, und ich, bin dabei. Es war das erste Mal, dass ich wirklich in SK war, noch vor der Zeit bei Uncle T und ich fing grade erst an, bei ihm Gras zu kaufen und im Blake Court zu jammen und zu kiffen.

So standen wir eine Woche, nachdem ich die Schlacht gewonnen hatte, draußen vor dem Marian Centre und die Sonne floss warmgelb über den Backstein auf uns runter und wir redeten drüber, wie ein Rapper namens Bashy, der hier auftreten wollte, genau an dem Abend aus SK gejagt worden war, als ich gewonnen hatte. Taz rollte seinen T-Shirt-Ärmel hoch, zeigte mir einen auf seinen rechten Bizeps tätowierten tasmanischen Teufel mit zwei rauchenden Pistolen und meinte, deswegen nennen sie mich Taz, Bro, und ich werd meim Namen gerecht, oder, und die Worte kamen scharf raus aus seinem Mund und sein Gesicht blieb unbewegt, während wir auf die andern warteten. Er hatte angefangen, Musik-Sessions im Marian Centre zu veranstalten. Den ganzen Sommer über trafen wir uns jeden zweiten Tag ein paar Stunden und spuckten einer nach dem andern unsere Texte über die neusten Grime-Beats. Da waren Malice, Terminator, Mazey, Bimz, Naf, Smoothy, Grizzy und ich und Taz nannte uns Secret Service. Er war im Prinzip unser Boss, die meisten von uns waren noch Teenager und wir wollten einfach nur unsere Verse raushaun, während Taz eine Art Vision hatte, es im Musikbusiness mit uns zu schaffen.

Taz war einer von den Brüdern, wenn du mit dem durch den Estate gingst, blieb er ständig stehen und fragte, was geht, Alter, und die Leute nickten und grüßten und irgendwer rief, hi, Taz, läuft alles, und er hob im Vorbeigehen die Hand und sagte klar, Mann, passt schon. Manchmal wars sogar so, wenn wir woanders waren, im Osten oder Norden und er traf wen, den er kannte, und erzählte mir, den Bruder kenn ich aus dem Knast. Er saß schon öfters. Es rief auch immer irgendeine Braut an und selbst wenn er scheiße mit ihnen redete, sie meldeten sich wieder, ich meine, er hatte was an sich und es kann nicht nur sein Aussehn gewesen sein, wobei ich denke, das gefiel ihnen auch. Seine Haut hatte diesen gelben Schimmer, aber wenn er sich über was ärgerte, dann fing sie an zu brennen, als würde das Blut unter seiner Haut buchstäblich kochen.

Einmal hing ich mit Taz im Block ab, wir kifften auf dem Balkon draußen vor Uncle Ts Wohnung im Blake Court und kuckten raus auf den Estate, hinter dem die Sonne in den Horizont schmolz, bis sie in der Dunkelheit ausblutete und ich sagte, ey, Mann, kuck dir das an, irre, das wärne Eins-a-Filmaufnahme, kein Scheiß, oder? Er sah kaum hin und sagte, ehrlich, Snoopz, das seh ich schon mein ganzes Leben, ich seh da nichts Besondres, einfach nur Blocks und Fenster, ich weiß wirklich nicht, was du meinst, und dann spuckte er vom Balkon, ging die Treppe runter und raus aus dem Block Tabak und Rizlas kaufen. Aber wenn wir bei irgendwelchen Bräuten warn oder so, grinste er von einem Ohr zum andern, hatte die Augen praktisch zu, besonders beim Kiffen und wir kifften echt immer und dann erzählte er allen, dass ich sein Bruder wär und keiner soll mir irgendn Scheiß vormachen. Und wenn ich ihm was Interessantes erzählte, dann sagte er, oh Mann, als gäbs in dem Moment nichts Irreres auf der Welt als das, was ich da sagte, ich meine, er konnte dir wirklich das Gefühl geben, was Besonderes zu sein und du dachtest nicht mal dran, seine Worte oder Absichten infrage zu stellen. Und dann hörte ich, wie ihn Uncle T eines Tages Taswan nannte, als wir bei seinem Dad Gras kaufen waren und ich kapierte, dass Taz einfach nur die Kurzform von Taswan war, nicht für tasmanischer Teufel.

Naphtali war sein jüngerer Bruder. Alle kannten ihn als Naf und er hatte immer dieses verrückte Lächeln im Gesicht, die Augen leuchteten und gaben keine Ruhe, alles an ihm war rastlose Energie, aber das Lächeln verbarg, dass er in einer Sekunde umschalten konnte. Schocken konnte ihn keiner und er hing mit den anderen vom Block D zusammen, dealte mit ihnen und so, aber hörte damit auf, als ihn einmal einer von den Älteren einkaufen schicken wollte. Tabak sollte er holen, damit der Typ sich einen Joint drehen konnte, und Naf sagte, Scheiße, geh selbst, ich bin nicht dein Laufbursche, und der Ältere fuhr ihn an so wie, was stimmt bei dir nicht?! Naf sagte, fick deine Mum, und der Ältere wollte ihn schlagen, aber Naf nahm eine leere Bierflasche und zog sie ihm über und alle hörten den dumpfen Schlag und Naf lachte und lief weg. Der Typ ist ihm nicht hinterher, weil er spürte, dass Naf keine

Angst hatte zu sterben, also rief er ihm bloß hinterher, pass auf, wenn ich meine Knarre hole, so als wollte er Naf erschießen. Keiner im Block stellte sich hinter Naf, der sich dachte, scheiß drauf, das sind alles falsche Schlangen, und er hing nicht mehr mit ihnen ab. Als Taz dann mit der Musiksache anfing, war er aber gleich wieder dabei, auch wenn er jedes Mal wie zufällig bei unseren Sets auftauchte, eine halbe Stunde mit irrer Energie seine Verse raushaute und ohne was zu sagen wieder verschwand.

Auf dem Rückweg von einem Set ein Stück weg nahmen wir einen Doppeldeckerbus und gingen nach oben, wo Taz einen Joint rausholte, gleich da ansteckte und rumreichte, und der Rauch kroch über die Sitzreihen und die Leute kuckten sich voll nervös um, bevor sie sich schnell wieder wegdrehten und nach unten gingen. Wir genossen unseren Wagemut, steckten unsere eigenen Tüten an und rauchten, was das Zeug hielt, bis die ganze obere Etage ein stinkender Ofen war, wir machten einen irren Lärm und unsere Augen glühten blutrot im Schatten der Hoodies über unseren Köpfen. Der Fahrer fragte mehrmals, was ist da los?, bis er den Bus stoppte, den Alarmknopf drückte und wir davonrannten, uns nicht mehr einkriegten, während eine metallische Stimme verkündete: DIESER BUS WIRD ANGEGRIFFEN, RUFEN SIE 999 AN, DIESER BUS WIRD ANGEGRIFFEN, RUFEN SIE 999 AN.

Naf zog bei seinem Dad aus, als Uncle T seine Pistole und eine Einkaufstüte Munition hinter der Verkleidung im Bad fand. Taz war schon vorher ausgezogen, als er aus dem Knast kam und erst mal in eine Unterkunft für Ex-Häftlinge ging. Aber sie standen ihrem Dad beide noch nahe und Taz nahm mich oft mit hin und wir chillten, rauchten, hörten Musik und wenn wir Glück hatten, machte Uncle T Saltfish Fritters oder kochte sein berühmtes Ziegen-Curry. Da seine Söhne nicht mehr bei ihm wohnten, hatte er ein Zimmer übrig und als ich Taz erzählte, dass ich zu Hause raus wollte, weil ich da erstickte, sagte der es seinem Pops und Uncle T sagte, Snoopz, das Zimmer ist frei, wenn du so weit bist.

BLAKE COURT

Wir leben im Licht dieses Blitzes – möge es leuchten,
solange die alte Erde sich dreht!
Noch gestern herrschte hier Finsternis.
JOSEPH CONRAD, *DAS HERZ DER FINSTERNIS*

Uncle T wohnt ganz oben im Blake Court und es ist ein echter Crack-Block. Es gibt zwei Haupteingänge auf beiden Seiten und die Aufzüge sind oft kaputt und wenn sie es nicht sind, hat irgendein Junkie reingepisst, sodass du trotzdem die Treppe nehmen musst und an etlichen kaputten Typen vorbeikommst, die auf den dreckigen Betonstufen hocken, sich grade eine Pfeife angesteckt haben und ein paar Rocks rauchen, komplette Zombies, komplett hinüber, andere warten, dass sie was kriegen, verbrannte Lippen und versifft und du musst echt auf der Hut sein, falls sie was probieren. So kommst du in den vierten Stock, es is einer von den niedrigen Blocks und gewöhnlich stehn da Dealer beim Aufzug und warten drauf, dass sie den Junkies Dark und Light verkaufen können, was

Heroin und Crack bedeutet, oder Buj und Work, wies alle hier nennen, Brown und White, Brandy und Champs, Bobby und Whitney.

Am Anfang war ich nervös, wenn ich zu Uncle T ging, weil mir diese Männer ohne ein Blinzeln in die Augen starrten mit diesem Blick, von dem du weißt, er ist eine direkte Herausforderung und ich meine jetzt nicht einfach nur eine wütende Grimasse. So was siehst du anderswo nicht wirklich und manchmal standen die Dealer oben an der Treppe herum, warteten auf die Junkies und rückten keinen Zentimeter zur Seite, um mich durchzulassen, und ich musste mich irgendwie zwischen ihnen durchschieben, ohne wen anzurempeln, weil ich allein war, und gleichzeitig so tun, als wär ich völlig locker. Ich durfte nie so angestarrt werden, dass ich wegkucken musste und damit Gefahr laufen, was draufzukriegen, weil ich Schwäche zeigte. Aber wenn du nich wegkucks, sieht das womöglich einer als Herausforderung, was noch bösere Folgen haben kann. Das Leben ist hart und manchmal dann einer so, wer isn das?, laut und aggro und erst, wenn ich sagte, ich will zu Uncle T, ließen sie mich in Ruhe und machten mit ihrem Kram weiter.

Du kommst also in den vierten Stock, gehs durch eine schwere selbstschließende Eisentür, die mit einem metallischen Schlag hinter dir ins Schloss fällt, stehs wieder draußen und gehst den Balkon lang an den Türen vorbei, von denen einige nach Polizeirazzien mit Brettern vernagelt sind. Von der Decke hängen Kabel wie freigelegte schwarze Arterien, einige Lichter sind kaputt, andere flackern endlos. Links kann ich das Dickens House sehen, achtzehn Stockwerke hoch, den Block, wo Bishop erschossen wurde, rechts das Austen House, noch mal achtzehn Stock rostige Betonstille und die immer gleichen Fenster, die den Himmel davon abhalten, runter in den Estate zu krachen. Oft stehn auch Leute den ganzen Balkon runter und in der ersten Zeit, als ich herkam, drehten sie sich um und checkten mich aus, wenn sie die Tür hörten, aber nachner Weile hatten sie sich an mich gewöhnt und die meisten ignoriern mich, so als wär ich gar nicht da. Einige von ihnen sind die Nachbarn von Uncle T und wohnen nurn paar Türen weiter, so wie Warlord und Rico, zwei Brüder, die mit siebzehn, achtzehn schon Gangster warn und ich hab sie schon auf dem Balkon krass offen ihre Knarren vor den Jeans halten sehn. Manchmal sagt Warlord, was geht, Snoopz, weil er mich kennt und mich mal in South Killy Verse spucken gehört hat, aber sein Bruder hat diese Augen, in die du nicht reinkucken willst, weil da was Tiefgefrorenes drin ist und du bedauern könntest, es gesehn zu haben, und so versuchs du erst gar nicht, ihn zu grüßen, weil klar ist, das Einzige, was er für dich übrighat, ist Verachtung.

Nur am Morgen ist alles anders, wenn die Junkies auf H vor sich hindösen und die Dealer sich was Schlaf holen, nachdem sie bis früh ihren Stoff unter die Leute gebracht haben. Aber selbst dann erinnert dich noch alles dran, die Aufzüge gehn nicht, auf den Treppen glitzert die Pisse, manchmal ist sogar flüssige Scheiße dabei, dazu überall zerschlagene, verrußte Mini-Martells, weil die Junkies sie zum Rauchen nehmen und leere Fetzen Frischhaltefolie, die dich flüsternd die Treppe runter begleiten.

So war es jedes Mal und ich hab mich superschnell dran gewöhnt. Die blöden Fressen auf dem Balkon von Blake Court, versteinerte Zornesfalten, Augen voll mit schwarzem Feuer. Die Crack-Verkäufer im Block, in schwarzen Gesichtern funkelnde Diamanten-Grillz, als kauten gefallene Götter auf Sternen herum. Nike-Hoodies und 500-Pfund-Louis-Vuitton-Sneakers, Gucci-Gürtel, True-Religion-Jeans und Messer in den Taschen, um jeden abstechen zu können, der was will, manche sogar mit Knarren und man kann sehen, wer eine hat, weil der einen Handschuh trägt für den Fall, dass er sich dünnmachen muss. Nur forensische Spuren zählen, Zeugen gibt es keine, selbst, wenn alle es gesehen haben.

Ich hab mich an das laute, krasse Gerede nachts draußen auf dem Balkon gewöhnt, wie die Leute drüber reden, dass einer wem die Zähne eingeschlagen hat oder Gesprächsfetzen wie, der hat so geflennt, als ich ihm das Messer reingesteckt und es vorm Rausziehen noch einmal gedreht hab. Ich hab mich an die Junkies gewöhnt, diese Gestalten, die auf der Treppe wie ein paar Untote rumlechzen, die in einem Betongrab auf dich lauern.

Nach ein paar Monaten bei Uncle T fing ich langsam an mich wohlzufühlen. Ich ging zwischen den Blocks lang und grüßte die Köpfe, die ich kannte und die sich an meinen Anblick im Estate gewöhnt hatten. Ich kam raus auf den Balkon und nickte den Leuten zu, die mir locker was Platz machten, wenn ich durchwollte, immer mit dem Messer in der Tasche, weil du aufpassen musst und nie weißt, was fürn Scheiß passieren kann. Manchmal ging ich raus vor der Tür kiffen, während die Leute dealten und ihr Ding machten.

Trotzdem ist da das ständige Gefühl von Bedrohung und Bereit-sein-Müssen, dein Herz kriegt nie die Chance, mal länger langsam zu schlagen, da is immer Hektik und das schwere Pochen von Gefahr in deiner Brust, noch lange, nachdem der stickige Grasgeruch deine Nasenlöcher verlassen hat. Du hörst Krachen durch den Estate hallen und du weißt, das ist kein Feuerwerk, und die Nacht wird von zuckendem blauen Licht und Sirenen durchschnitten, aber du wirst taub für das alles. Es ist schon wahnsinnig, wie man in dieser Stadt leben und nichts davon mitkriegen kann. Oder du siehst hier und da ein bisschen was davon, ganz am Rand von deiner Existenz, aber richtig glauben tust dus nicht, denn auch wenn wir in derselben Stadt wohnen, du und ich, leben wir in zwei völlig verschiedenen Welten. Sagen wir, du hörst von einer Schießerei in einer Straße, die du jeden Tag auf dem Weg zur Arbeit langläufst, das ist dann eine schockierende, einmalige Sache, eine Seltenheit, etwas, worüber man redet, aber jeder einzelne solcher Vorfälle, von dem du hörst, bleibt eine Überraschung oder ein Schock. Aber für andere sind das einfach die normalen Eckpunkte ihrer Wirklichkeit.

Nur an einem Ort wie diesem können sich die Leute Diamanten in die Zähne setzen lassen, weil sie was zur Schau stellen müssen, das wie was von einem anderen Planeten aussieht. Man könnte sagen, es ist wie ein Königreich mit Prinzen und Banditen, in Betonblöcken, wobei die Prinzen die meiste Zeit auch die Banditen sind und die Jungen Männer wie Bugz Bunny vergöttern, Mörder und Drogendealer und wo mein bester Kumpel Gotti von Bunny zum Räuber gemacht wurde.

Ich hab Gotti zum ersten Mal bei Bimz im Precinct gesehen. Wobei, vorher noch auf einer DVD, die im Estate rumging. Sie stammte von einem Rapper aus South Killy und es warn Musikvideos drauf und ein Twerking-Wettbewerb mit lauter Chicks mit satten Ärschen in einem Club in Harlesden, dem Dreams, dazu noch irgendwelche Videos von Leuten aus Block D. Sie waren nachts gefilmt worden, in der düsteren Blockbeleuchtung, gerade mal hell genug, um die Leute aus der Dunkelheit zu schneiden. Sie knallten vor der Kamera durch und schrien, was das Zeug hielt, Block D, der drecksverfickte Block D, Freiheit für die Brüder, scheiß auf die Bullen, zeigten Mittelfinger und mimten Abzugsfinger und die Kamera schwenkte nach oben, auf das silbern über den Eingang gesprühte Block D, und während sie schrien, zitterte das Licht über Diamantenzähne.

Ich hing nach einem Secret-Service-Set im Marian Centre bei Bimz ab, als ich die DVD anschaute. So hatten wir beim Kiffen was zu tun. An einer Stelle im Video kam einer die Treppe rauf und lief vor die Kamera. Er trug eine schwarze lederne Avirex-Jacke und eine schwarze Basecap und starrte in die Kamera, als hätte sie ihn bei was erwischt, große Augen, sagte, was geht, zum Kameramann und verschwand aus dem Bild, vollkommen unbeeindruckt von der Aufregung um ihn herum. Mazey sagte, Scheiße, das war Gotti, ich schwöre, der war grad fünf Jahre im Knast. Gotti? Yeah, mein Cousin. Wofür saß er? Ich glaube, fürn Raubüberfall. Gotti ist so krass, dem Mann ist echt alles egal, der raubt jeden aus, kein Scheiß. Dann erzählte Mazey, wie Gotti herumlief, den Junkies ihrn Stoff abnahm und ihnen dann wiederverkaufte. Er nahm sie aus, wenn sie sich frisch was besorgt hatten und aus dem Block kamen, einen nach dem andern, skrupellos und sagte ihnen, wenn ihr wieder herkommt, kauft ihr bei mir. Völlig irre. Einer, der mit uns zusammen bei Bimz abhing, meinte, yeah, Gotti kennt nichts, ich weiß noch, wie er und Bunny nach Warwick sind und die Leute da ausgenommen haben. Gotti und Bunny sind rein in den Estate, haben jeden, den sie gesehen haben, an die Wand gestellt und ihnen ihre Knete, Handys, Stoff und Schmuck abgenommen und keiner hat was gemacht. Bunny hatte die Leute geknackt. Natürlich hat er immer eine Wumme dabei und alle wissen, er zögert nicht lange damit rum, was konnten sie also machen?

Später hörte Gotti dann durch Mazey und Bimz von mir, als ich anfing, Dinge zu drehen, aber ich hätte mir nie vorgestellt, was für eine irre Scheiße wir zusammen machen würden und wies zu Ende ging.

AMEISEN

Als wir klein waren, hatte mein Zwillingsbruder Danny einen Hamster, der dann starb. Tiere hatten wir immer schon gemocht. Naturdokus waren so mit das Einzige, was unsere Mutter uns im Fernsehen kucken ließ, und die *Simpsons*. Als der Hamster starb, waren wir mit unseren Eltern in Italien im Urlaub. Ein Freund der Familie blieb währenddessen in unserer Wohnung und er rief meinen Vater an, um es ihm zu sagen. Wir waren sieben Jahre alt und ich weiß noch, wie wir geheult haben, als wir es erfuhren.

Wir spielten gerade in diesem riesigen Garten voller Pinien und unser Vater kam ums Haus herum, und als er es uns sagte, war er bereits in die Hocke gegangen und hielt die Arme ausgestreckt, um uns an sich drücken zu können, als die Tränen kamen. Hinterher spielten wir unser Spiel mit den Ameisen weiter. Wir rissen die Rinde von einer Pinie, damit die Ameisen, die in ihr wohnten, aus ihren Nestern kamen, und während sie in glänzenden schwarzen Strömen über das polierte rote Holz liefen, fackelten wir sie ab. Wir hatten uns einen Flammenwerfer gebaut, mit einem Sprühdeo und einem Feuerzeug, das wir unserer Mutter aus der Handtasche geklaut hatten.

Die gebratenen Ameisen kräuselten sich zusammen und fielen zu Tausenden vom Baum. Anschließend ließen wir die Hosen runter und pinkelten gegen den Stamm, um mögliche Überlebende zu ertränken und die Spuren des Massakers wegzuwaschen. Ich denke, das ist das, was man kindliche Unschuld oder so nennt.

Dann wurden wir älter und hörten auf, als Familie in den Urlaub zu fahren, weil wenn es Sommer wurde, wollte ich in London bleiben und auf jeden Fall zum Notting Hill Carnival. Während es Danny schon immer nur ums Geigespielen ging, wollte ich mit meinen Freunden raus auf die Straße, Gras rauchen und Irrsinn produzieren. So wurde er so was wie der Liebling meiner Mutter, weil er nie irgendwelche Probleme machte. Sie hatte wahrscheinlich das Gefühl, dass sie leichter an ihn rankam. Und während die beiden sich ständig zu unterhalten und gut miteinander auszukommen schienen, wurde ich wieder mal angeschrien und geohrfeigt, weil ich was falsch gemacht hatte, und das nervte enorm. Es schmerzte wie ein Splitter tief in mir drin und je mehr ich nach ihm stocherte, desto weiter trieb ich ihn rein, tiefer und tiefer, bis er nicht mehr rauszukriegen war. Wenn ich mit Danny stritt, wurde es schlimm, ich meine, echt schlimm, wie das eine Mal, als er mich und ich ihn wütend machte und er damit anfing, dass ich mein Leben vertäte, was wie ein Echo von meiner Mutter klang und da ich es nicht schaffte, dass er aufhörte, schnappte ich mir diesen marokkanischen Dolch, den meine Mutter von ihrer Mutter geerbt hatte, und hielt ihn Daniel an die Kehle. Aber er tat nichts. Er starrte mich nur an und sagte, mach schon, stech mich ab, aber das schaffst du nicht, siehst du, und ich haute ihm eine rein, legte den Dolch zurück ins Regal und stürmte aus dem Haus, kiffte mit ein paar Freunden draußen auf der Straße und wartete bis nach Mitternacht, bis ich zurück nach Hause ging, hoch in die Wohnung schlich, wo alle schliefen, und ins Bett kroch.

Aber ich machte tatsächlich nichts aus meinem Leben, wie Danny gesagt hatte. Wobei, abgesehen von meinen Bemühungen, kein normales Leben zu leben, weil mir schon die bloße Vorstellung eine Heidenangst einjagte, war ich entschlossen, zu studieren. Es war die eine Sache, die ich tun musste, meinem Kopf zuliebe. Ich wusste, ich würde verrückt werden, wenn ich keine Bücher lesen könnte. Als Kind hatte ich schnell rausgefunden, wie ich meine Nachttischlampe ein- und ausschalten konnte, ohne dass der Schalter klickte, damit meine Eltern dachten, ich würde schlafen, wo ich doch nur lesen wollte. Bücher brachten mich an andere Orte und ich passte gut auf sie auf. Sie verdienten es nicht, dass ihnen der Rücken gebrochen wurde, ich meine, ich konnte ein Buch lesen und es sah hinterher noch wie neu aus. In der Schule war ich immer heiß auf Englisch, und so fühlte es sich nur natürlich an, dass ich es am Ende auch studieren würde. Beim Abitur hatte ich eine Eins in Englisch, aber meine Mutter sah nur, dass in Bio eine Sechs dastand. Ungenügend, weil ich nicht mal die Minimalanzahl von Punkten geschafft hatte, um ein Ausreichend hinzukriegen. Ich meine, ich war da echt so mies drin, ich bin nicht mal sicher, ob ich mehr als zwei, drei Fragen in der ganzen Prüfung richtig beantwortet habe, aber scheiß drauf, ich wollte ja auch nicht Arzt werden, ich musste nicht wissen, wie sich Pflanzen fotosynthesierten, um sicherzugehen, dass ich zuversichtlich in die Zukunft gehen konnte, weil zu wissen, wie man vögelt, war alles, was du in Bio wissen musstest, und da kannte ich mich aus. Trotzdem, meine Mutter gab einfach keine Ruhe mit ihren endlosen Erwartungen und ihrer Kritik und nicht ein einziges Mal sagte sie, gut gemacht, zu meiner Eins in Englisch und der Zwei in Geschichte, es ging immer nur um dieses eine Ungenügend, als wäre das alles, was mich ausmacht. Was nur bestätigte, dass es die richtige Entscheidung war, zu Uncle T zu ziehen, als ichs schließlich tat, weil ich bei meiner Mutter nicht ich selbst sein konnte, sondern immer drum kämpfen musste.

Bei Uncle T konnte ich sein, wer ich war, keiner stellte mich infrage. Dahin konnte ich auch meine Freundin Yinka holen. Yinka ist kurz für Olkayinka, was auf Yoruba so was wie »Wohlstand umgibt mich« bedeutet, sagt sie. Sie zog mit ein und kam so von ihrer Familie weg, wobei da nicht mal ihr richtiger Dad war, ihre Mum hatte neu geheiratet. Wir hatten uns in einer nigerianisch evangelikalen Kirche namens Jesus House kennengelernt. Eine Freundin von mir hatte mich eingeladen, ich kannte sie aus dem Jugendclub und sie war gläubig und wollte wohl, dass Jesus mich rettete oder so. Eine Freundin von Yinka hatte mit ihr das Gleiche gemacht. Als ich sie entdeckte, dachte ich gleich o, Mann, wer ist das super Ding mit der Bernsteinhaut und den Augen, die aussehen, als wärn sie die Sonne, und die ganze Messe über haben wir uns ständig Blicke zugeworfen. Hinterher haben wir Telefonnummern ausgetauscht und sind zusammen mit der Tube zurück nach West-London. Als ich an meinem Bahnhof ausgestiegen bin, hat sie mir einen Tritt versetzt, dass ich fast den Bahnsteig geküsst hab, während sie vor Lachen kaum mehr konnte. Wir sind nie wieder in diese Kirche, haben uns aber weiterhin getroffen, haben spielerisch gerangelt und sie wollte mich runterdrücken, und klar, sie rauchte nicht, weshalb sie mehr Luft in der Lunge hatte, und ich gab mir Mühe, so zu tun, als strengte ich mich nicht nicht zu sehr an, wobei ich in Wirklichkeit dachte, Mann, diese Frau ist so stark, ich muss sie gewinnen lassen, aber einmal hab ich sie festgehalten und wir fingen an, uns zu küssen und ums kurz zu machen, hab ich ihr Hose und Unterhose runtergezogen und bin rein in ihre Nässe. Sie trug gern Basecaps und Nike-Trainingsanzüge, aber wenn sie die auszog, kamen ihre Kurven zum Vorschein, die ich einfach anfassen musste, und sie lachte und sagte, du gibst mir das Gefühl, so sexy zu sein, und ich sagte, weil dus bist, Baby.

Eines Tages hatten wir in meinem Zimmer bei Uncle T gevögelt, ihr Haar war überall und sie lachte mit weit offenem Mund und ich sah, dass an einem Schneidezahn eine winzige Ecke fehlte. Da wurde Yinka plötzlich ernst, Tränen traten ihr in die Augen und sie sah auf die Decke hinunter und sagte, ich muss dir was erzählen, Baby, und dann kam es aus ihr raus, wie ihr Stiefvater sie ihre ganze Kindheit über zu vergewaltigen versucht hatte. Nachts hatte er sie bedrängt, war zu ihr ans Bett gekommen, bis sie zwölf war, hatte sie geschlagen, wann immer sie sich wehrte und ihre Mum hatte sich geweigert, ihr zu glauben und sie praktisch ihrem Schicksal überlassen, hatte sogar ihre Blutergüsse an Armen und Beinen unter Make-up versteckt, bevor sie zur Schule ging, und zugelassen, dass Yinkas Kindheit vorbei war, bevor sie überhaupt eine Chance gehabt hatte, sie zu genießen, weil dann lief sie von zu Hause weg, verlor mit dreizehn ihre Jungfräulichkeit, oder was noch davon übrig war, an einen Kerl, der fast zwanzig war, und ihre Geheimnisse purzelten nur so ins Zimmer und krachten mir in die Brust, während ich sie im Arm hielt. Von dem Tag an musste ich das alles mit mir rumtragen und akzeptieren, dass ich nichts davon ändern konnte und das Wissen kratzte mir durch den Körper, vom Herz runter in den Bauch und wieder zurück und ich wusste, ich würde es nie aus mir vertreiben können und schlimmer noch, auch aus ihr nicht. Siehst du, ganz egal, was fürn Scheiß du erzählst, von wegen, die Vergangenheit ist vorbei oder so, du kannst niemanden wieder in Ordnung bringen, wenn er erst mal kaputt ist. Ich meine, ich will sagen

Da war dieses Mädchen, das acht Türen weiter von Uncle T wohnte, ein junges Ding, hübsch und unbeschwert und voller Neugier und allem, eben so, wie man mit vierzehn oder so sein sollte und sie stieg allein in den Aufzug und drei von den Dealern, die da auf Verkäufe warteten, folgten ihr. Als sie eine ganze Weile später unten wieder herauskam, war sie ein anderer Mensch, älter und kein vierzehnjähriges Mädchen mehr. Sie schrie laut und lang hinaus in die Welt, ihr Schrei hallte den Block herauf, und sie rannte ihm die dreckigen Betonstufen rauf hinterher, zurück zur Wohnung ihrer Mum. Ich rauchte gerade meinen Joint auf dem Balkon und ich weiß noch, ich sah, wie ihre Mutter die Tür öffnete und ihre Tochter ohne ein Wort an den Haaren hereinzog. Dann kuckte sie noch mal raus und die Typen kamen aus dem Aufzug, der grade wieder oben angekommen war, und sie lachten und einer sagte, verfickte Drecksfotze, und die Mutter machte die Tür zu.

Einige Chicks verlieben sich in die Verderbtheit, einige fangen an, immer ein Messer dabeizuhaben, schlagen andere Chicks zusammen und rauben sie aus, oder die besonders heißen Dinger hängen sich an den übelsten Typen, den sie finden können. Vielleicht geht es um Schutz, um ein Gefühl von Sicherheit oder wenigstens, dass sich wer um sie kümmert, mit Klamotten, Brillis, schließlich geht es hier nur um Status, ich meine, der Druck von außen kennt keine Gnade und wenn du deinen Gürtel von Gucci hast, die neusten Turnschuhe trägst, wenn deine Haare und Nägel was hermachen, kannst du wenigstens das Gefühl haben, dass du keine totale Null bist. Ich meine, eine Menge von diesen Frauen, die sind nur an den großen Nummern interessiert, die wollen nur Brüder, die dealen, Geld machen und mit Gucci, Louis und Balmain protzen. Denn was das Wichtigste ist, wenn dein Typ Ansehen hat, vielleicht weil sein Name da draußen was gilt, weil er gefürchtet wird, in einer der Gangs mit dabei ist oder weil seine älteren Brüder was Gutes am Laufen haben oder weil er ein Rapper ist und die Leute ihn von YouTube kennen oder so was, dann macht dir keiner im Estate Ärger. Anders gehts denen, dies auf den Treppen in den Blocks erwischt: die sich die Knie auf dem rauen Beton aufschürfen, in die steinige Stille keuchen oder in einer dreckigen Ecke Sperma schlucken. Ich will gar nicht erst davon anfangen, wie viel von dieser Scheiße die Typen mit ihren Handys filmen und rumschicken und es sind meistens mehrere. Der eine will immer, dass seine Kumpels was mit einbringen und wenn sie die Frau erst allein oben in einem der Blocks haben, hat sie nicht wirklich mehr eine Wahl, ich meine, weils nicht so ist, als hätte sie vorher gewusst, was zum Teufel sie hier oben soll, und klar wünscht sie sich dann, nie mitgekommen zu sein, auch wenn ihr Typ sagt, ist schon gut, Baby, wehr dich nicht, das sind meine Kumpel. Hinterher wird sie ausgegrenzt, weil die Leute über sie reden, yeah, die hab ich genagelt, alle im Block durften mal ran, und schon wird sie praktisch vom Nächstbesten in den Block gezerrt und kein Scheiß, wenns mal so weit ist, bleibt ihr nur noch, aus der Gegend zu verschwinden.

Aber dann gibt es auch viele gute Bräute, die nicht da reingezogen werden, die sich nicht von Bling-Bling und Gucci-Gürteln beeindrucken zu lassen, die dem Druck widerstehen, die wissen, worauf sie aufpassen müssen und wie sie Rufe der Männer auf den Balkonen ignorieren, wenn sie nach Hause gehen, die lernen, wie sie es vermeiden, in Situationen zu geraten, aus denen sie nicht mehr rauskommen, die kapieren, dass das Leben mehr ist als dieses Loch hier und diese Statusscheiße.

Yinka war echt klasse und das Schlimmste an dem, was ihr das Leben kaputt gemacht hat, bevor sie auch nur sagen konnte, dass sie es lebte, war, dass es nicht von der Straße kam. Es kam aus ihrem eigenen Zuhause.

Manchmal liege ich nachts im Bett und male mir aus, wie ich eines Tages mit einem Superbike bei ihr reinfahre, ganz in Schwarz mit einer Knarre, und wenn ihr Stiefvater rauskommt, blas ich ihm den Kopf mit drei Schüssen weg und hau ab. Ich plane, wie ich davonkomme, auf welche Kameras ich aufpassen muss und wo ich das Motorrad hinbringe und es anstecke. Und wenn mir die Grübelei am Herzen und den Innereien zerrt, wenn ich deswegen nicht schlafen kann, stell ich mir vor, wie ich in ihre Wohnung reinlaufe, ohne Rücksicht auf Verluste, ganz offen mit einem Messer, und wie ich ihrem Stiefvater in die Fresse und den Kopf steche, bevor er auch nur vom Sofa hochkommt und dann hau ich auch ihrer Mum eine rein und schrei sie an, das ist dafür, dass du dein Kind von deinem

Mann hast missbrauchen lassen. Ich meine es ernst damit, aber ich hab noch keinem meiner Freunde was davon gesagt, weils einfach zu viel ist, zu viel für mich, ums zu erklären, und zu viel für irgendwen, es im Kopf zu speichern, und wenn ich es wem erzähle, weiß ich, es ist das Erste, woran sie denken, wenn sie Yinka sehn und ich will nicht, dass sie das tun und ich will auch nicht, dass sie wissen, dass ich noch keine Rache dafür genommen habe. Deshalb behalte ich es für mich und drück sie an mich, wenn sie weint.

Meiner Mutter habe ich es erzählt, als ich mal nach Hause bin, um ein paar Klamotten zu holen. Ich habe gehofft, dass sie anbieten würde, Yinka in meinem alten Zimmer oder so wohnen zu lassen, weil ich nicht wirklich wollte, dass sie bei mir in dem Drecksblock in South Killy wohnt, aber meine Mutter hat mit keiner Wimper gezuckt und mich nur Sachen über Yinkas Mutter gefragt wie, warum die Frau nichts dagegen getan hätte, als hätte sie mir überhaupt nicht zugehört und als könnte ich solche Fragen beantworten. Ich sagte, sie braucht deine Hilfe, und meine Mutter, die im Bett saß und ein Buch las, lachte nur bitter und sagte, warum lässt sie sich nicht von ihrer eigenen Familie helfen, und ich sagte, was verfickt noch mal stimmt mit dir nicht, hast du nicht gehört, was ich gesagt habe? Und sie, rede nicht so mit mir, ich bin deine Mutter und ich will dieses Mädchen nicht in meinem Haus, du bist zu gut für sie, sie ist primitiv, und ich sagte, ich hasse dich, ich hasse dich so sehr. Mein Vater war in der Küche und er hörte das alles und kam bäng bäng bäng raufgerannt und mein Herz ging bumm bumm bumm und er packte meinen Kopf, hob mich hoch und drückte mir die Daumen in die Augen. Ich kämpfte mich los und er kam hinter mir her, als ich in mein Zimmer wollte, stellte sich mir in den Weg und schrie, DAS JETZT, WARS, denn wenn er wütend ist, ist sein Englisch besonders schlecht. Dann ging er zurück zu meiner Mutter, und die beiden redeten auf Polnisch über mich, wie dass ich nicht mehr herkommen durfte. Ich nahm Geld aus dem Schuhkarton unter meinem Bett und lief nach draußen.

Bei Uncle T konnten Yinka und ich zusammen sein. Wir konnten tun, was wir wollten und mit dem Schmerz war was leichter umzugehen dort, weil es echt ein beschissener Ort sein kann, South Kilburn, meine ich, aber wenn du erst mal akzeptiert hast, dass das Leben brutal ist, und in SK wirst du ständig dran erinnert, kommst du mit dem größten Scheiß klar, weil du längst weißt, wie viel das Leben davon zu bieten hat.

NINA

Ich rufe meinen Kumpel Capo an, der mit mir im September auf die Uni geht, um Luftfahrttechnik zu studieren, weil er Pilot werden will, und als er rangeht, sage ich, hi, Bro, du musst mich mit dieser Frau verkuppeln, und er sagt, Nina, meinst du?

Nah, diese Zweiundzwanzigjährige, auch wenn sie nicht gerade die Ruhigste ist.

Was ist mit der Achtunddreißigjährigen? Das könnt ich klarmachen.

Also, ich hab sie mal betatscht, aber ehrlich, die ist so irre laut und nimmt keinen Dämpfer. Die interessiert mich nicht.

Ha. Die hatne große Klappe, das hab ich schon gehört. Aber Nina wär doch was.

Klar, Nina ist cool, ich mag sie, aber ich würde wirklich lieber mit der Zweiundzwanzigjährigen.

Yeah, und Nina hatne große Nase.

Yeah, Scheiße.

Ich will mal sehn, was ich tun kann, Bruder. Aber jetzt hab ich Druck, ich muss mal sehen, ob und was ich zum Pimpern kriege.

Super, kriegst du, oder?

Yeah, Junge. Also ich werd auf jeden Fall mal sehn.

Sag nichts. Meld dich einfach, wenn du weißt, ob was geht. Aber echt, versuchs mit der Zweiundzwanzigjährigen, weil die wäre perfekt. Wenn nicht die, dann halt Nina.

Ist gut, Junge, sagt er.

Ich sage, klar, Bro, und lege auf.

Es ist der Anfang des Sommers vor meinem ersten Jahr an der Uni und ich versuche, an eine Knarre zu kommen. Alle, die ich kenne, sagen, kein Problem oder dass sie einen kennen, der was für mich hat, aber als ich anfange herumzutelefonieren, kommen die Ausreden. Es ist schwerer, als man denken würde. Und ich will eine richtige, keine aufgebohrte, also keinen Nachbau oder eine deaktivierte, bei der sie den Lauf wieder frei gemacht haben, damit Kugeln durchgehn. Diese Dinger können dir in der Hand explodieren. Ich kenne einen, dem der Zeigefinger fehlt, weil er einem eine Kanone an den Kopf gehalten und den Abzug gedrückt hat, aber der Lauf war nicht richtig aufgebohrt worden und zu eng für die Kugel. Das Ding ging praktisch nach hinten los, ist explodiert und hat ihm den Finger zerfetzt, ohne dass dabei dem Mann, den er erschießen wollte, was passiert ist, abgesehn davon, dass der vielleicht wieder angefangen hat, an Gott zu glauben oder so.

Ich sitze also in der Küche von Uncle T und rauche einen Joint, als Taz anruft und sagt, Snoopz, eine Frau in Cricklewood hat ein Ding für dich.

Eine richtige, Junge? Nicht aufgebohrt?, sage ich.

Nah, nicht aufgebohrt. Ich fahr mit dir hin, wenn du wills.

Ich rauche meinen Joint, während ich drauf warte, dass Taz nach South Killy kommt. Ich hab vor Kurzem erst Koks gekauft und angefangen zu dealen und bevor ich rausgehe, versichere ich mich, dass ichs gut verstaut habe. Ich hab etwa je zehn Gramm in kleine Umschläge aus Lotteriescheinen gesteckt, so wie Taz es mir gezeigt hat und wie man das Zeug nun mal verkauft, das Ganze mit Frischhaltefolie zu kleinen Bällchen gedreht, die ich mir zwischen die Arschbacken stecke. Es kann immer passieren, dass ich angehalten und durchsucht werde, darauf muss ich vorbereitet sein. Es ist nicht unbedingt angenehm, aber ich habe mich dran gewöhnt wie an so viele andere Dinge auch.

Warum ich überhaupt eine Knarre wollte, war diese Geschichte von Ende April. Taz hatte in einem Gemeinschaftszentrum an der Harrow Road einen Rave organisiert und meine Jungs und ich haben da gerappt. Mein Kumpel Malice, Taz' Cousin, stand an der Tür und hat bestimmte Leute aus SK nicht reingelassen. Wobei es die Art war, wie ers gesagt hat, so als wärn sie irgendwelche beliebigen Typen. Der Rave war grade aufgelöst worden, weil irgendein Rapper mit Pfefferspray gesprüht hatte und alle hustend und würgend rausliefen, weil ihn einer auf der Bühne hatte abstechen wollen. Alle Raves im Estate, bei denen ich bisher war, wurden irgendwann aufgelöst, weil einer ein Messer, eine Flasche oder eine Kugel abgekriegt hat. Damit wird gerechnet. Da stehn Leute aus der Harrow Road, aus Grove, Kensal Green und South Kilburn in einem Raum zusammengedrängt und zwischen etlichen von ihnen herrscht Stress, also. Egal, das Nächste war, dass ich Malice sehe, wie er ins Yaa Asantewaa Centre gestolpert kommt, wo doch gerade alle rauswollen und er hält sich das Gesicht und blutet wie die Sau. Er hat ein paar fiese Schläge abgekriegt, während ihn irgendwer im Schwitzkasten hatte. Der Kerl, der ihn so zugerichtet hat, hat ein paar fette Diamantringe, die Malice das Gesicht aufgerissen haben. Ich war so verdammt sauer so wie, nah, der Typ hatte echt hingelangt. Stimmt, seit wir von ein paar Bullen in Harlesden angehalten, durchsucht und hinten in einem Van zusammengeschlagen worden sind, mag ich Malice sehr. Was hieß, dass ich denen diese Scheiße nicht einfach durchgehen lassen konnte. Ich sagte zu Taz, fuck, die Typen haben deinem Cousin die Fresse zermatscht, wir müssen da sofort hin und denen was draufgeben. Taz war sich da verdammt nicht so sicher, aber klar, ich war neunzehn und er fünfundzwanzig, also musste er als Älterer den Takt vorgeben.

Wir sind nach South Kilburn. Die Typen wohnten nur ein paar Türen weiter von Uncle T: die beiden Brüder Warlord und Rico. Als wir den Balkon runtergingen, sagte Taz, wie soll ichs machen? Er hielt eine leere Flasche und ich sagte, klopf an die Tür und wenn der Typ aufmacht, scheiß auf das Gerede und zieh ihm die Flasche gleich durch die Fresse. Taz klopfte, und ein Mädchen machte auf und meinte, sie wärn nicht da. Taz wirkte erleichtert. Später, als ich kapierte, wer sie wirklich warn, begriff ich, dass wir noch mal Glück gehabt hatten. Warlord und Rico gehörten zu den Leuten im Block D, die die Durchgänge im Griff hatten, mit Waffen und so. Die würden nicht zögern, auf uns zu schießen. Danach sind wir Malice im St Mary's Hospital besuchen gegangen und obwohl die eine Seite seines Gesichts zugeschwollen war und er einen dunkellila Schnitt unter dem Auge hatte, war er entspannt. Witzig, dass da in der Notaufnahme noch zwei Rapper lagen, die sich beim selben Rave ein Messer gefangen hatten. Es war da im Krankenhaus, dass ich beschloss, mir eine Waffe zuzulegen.

Es ist ein heißer Sommertag, als Taz mich abholt, um das Ding zu besorgen und Fliegen poppen in der Luft. Ich trage keine Trainingshose unter meiner normalen Hose, was es eigentlich etwas leichter macht, den Stoff sicher zwischen den Backen zu transportieren. Aber heute ist es so brüllend heiß. Als ich den Durchgang runter zum Aufzug gehe, kann ich sehen, wie sich die Fliegen jagen und denke mir, dass nichts an ihrem wilden Tanz drauf hinweist, dass sie in ein paar Tagen alle tot sind. Sie versuchen, aus ihrem Leben rauszuholen, was geht. Der saure Gestank von einem schmierigen Müllhaufen wischt durch die Luft, direkt neben dem Schild MÜLL ABLAGERN STRENG VERBOTEN ist er. Ich drücke den Knopf für den Aufzug, aber als sich die Türen öffnen, sehe ich die Pissepfütze auf dem Boden. Ich nehme die Treppe, obwohl ich weiß, dass da wahrscheinlich ein paar Junkies rumhängen, rauchen oder drauf warten, frischen Stoff zu kriegen.

Ich springe zu Taz in den Wagen und wir fahrn nach Cricklewood. Ich frage Taz, was für eine Kanone es ist, aber er weiß es nicht, jedenfalls is es keine aufgebohrte, sondern was Echtes, vertrau mir, sagt er. Wir parken vor einem riesigen Block, hinter einigen Bäumen, sodass wir nicht sofort zu sehen sind. Taz ruft die Frau an und sagt, ich bin da, Baby, halt sie bereit für mich. Dann sieht er mich an und sagt, warte hier auf mich, Snoopz, ich bin in fünf Minuten wieder da, steigt aus und geht in den Block rein.

Eine Viertelstunde später kommt er mit einer JD-Sports-Tasche zurück, steigt ein, stellt sie in den Fußraum vor meinem Sitz und sagt, mach auf und check das Ding, Alter.

Ich ziehe meine Handschuhe an, immer nur mit Handschuhen anfassen, nur für den Fall, und mache die Tasche auf. Die Pistole ist in ein altes Hemd gewickelt. Als ich sie raushole, fällt mir als Erstes der Rost auf. Auf dem ganzen Lauf. Auf dem Knauf. Gelblich braun auf dem mattblauen Metall. Was soll die Scheiße, Taz? Die is kaputt gerostet.

Kuck sie in Ruhe an, Junge, in Ruhe, sagt er, zieht die Stirn kraus und sieht aus dem Fenster.

Ich versuche sie zu spannen, doch der Lauf ist so verrostet, dass sich nichts bewegt. Dann sehe ich, dass ein Stück vom Abzug abgebrochen ist.

Scheiße, das Ding lässt sich nicht mal spannen, Mann, sage ich, wickle die Pistole wieder in das Hemd, lege sie in die JD-Sports-Tasche und gebe sie Taz rüber. Taz sagt nichts, steigt aus und geht zurück zum Block, während ich denke, wie die Älteren den Jüngeren Scheiß erzählen, besonders wenn sie so tun, als wüssten sie alles, als hätten sie die Connections und als kämst du allein nicht dahinter. Das ist alles Fake. Die Alten haben nur Schiss, dass sie verdrängt werden. Weil dazu nur ein bisschen Bösartigkeit nötig ist, du musst einfach etwas brutaler, etwas fieser sein, mehr Druck machen und bäng hast du deinen Ruf, ohne dass du einen von den Alten dazu gebraucht hättest. Mach dir deinen eigenen Namen und sie werden bedeutungslos. Du hast ganz schnell deine eigenen Connections, besonders wenn du beweist, was in dir steckt und sobald die Leute schnallen, dass du ein Problem bist.

Taz kommt zurück ins Auto und sagt, die Frau is so dumm, hat die Knarre von ihrem Bruder und sie nicht mal ausgecheckt. Sie wusste nicht, dass sie rostig ist.

Wer is sie überhaupt?, sage ich.

Einfach eine, die ich mal hatte, sagt Taz.

Bevor wir losfahrn, ruft Taz' Frau an und ich kann nicht hören, was sie sagt, aber Taz fängt an zu schrein, halt die verdammte Fresse, Mann, warum muss du das immer machen? Geht dich nichts an, wo ich bin, ich hab dir gesagt, ich hab mit Snoopz was zu erledigen. Sie will offenbar noch was sagen, aber Taz wird voll aggro, sagt, bye bye bye und legt auf. Ich hasse es verdammt noch mal, wenn sie keine Ruhe gibt.

Ich kann so einen Scheiß nicht leiden, mich bei einer einzuschleimen und sie Baby zu nennen, wo ich doch eine habe, die für mich da ist. Ich meine, yeah, ich mach ständig andere an, aber Yinka ist die Einzige, die neben mir einschläft und für die ich was fühle. Wobei, ehrlich, ich hab keine Ahnung, was ich wirklich von einer Frau will. Manchmal nervt es echt, wie Yinka einfach immer überrascht ist bei allem, was ich ihr erzähle, wo ich doch nur will, dass sie mir ein Mal was über die Welt sagt, das ich nicht weiß. Es ist fürchterlich, jemanden lieben zu wollen, der dir nichts beibringen kann. Manchmal wünsche ich mir einfach nurne Bitch, die mit meiner Pistole unter dem Kissen schläft. Dann wieder eine, die wie wahnsinnig Bücher liest und über interessante Sachen Bescheid weiß, wie Magie oder aztekische Opferpraktiken und sich von dem ganzen Gangsta-Kram nicht beeindrucken lässt. Ich weiß, Yinka will mich von der Straße weghaben, so wie sie es sieht, wäre jeder Bürojob besser. Aber Scheiße, nein. Ich werd keine Version von mir, die es nicht gibt.

Taz kriegt einen Anruf von seinem Freund Kane, der sagt, er hat ein paar Kunden für mich, die Koks wollen, und Taz sagt, wir fahren nach Willesden.

Ich schicke Yinka eine Nachricht, denke an dich, und stelle das Telefon auf stumm.

Als wir in Willesden ankommen, springt Kane in den Wagen, sagt, was geht, und zu Taz, er soll seinen Freund Daffy vom Friseur abholen und dass Daffy drauf ist, bereit, was Irres anzustellen. Kane ist echt durchgeknallt, einer von denen, die vor nichts Angst haben, er liebt es rumzubalgen und hat die Statur und die Muskeln, um gefährlich zu sein. Ein schwarzer Don, der lispelt und Augen wie Spiegelscherben hat. Immer dabei, wenns drum geht, sich mit Stoff und hartem Alk zuzudröhnen und die Leute kriechen ihm sonst wohin, weil sie seinen Zuspruch wollen. Wie oft ich schon gesehen habe, dass er wen losschickt, eine Flasche besorgen, ich meine was Richtiges wie einen Courvoisier oder Henny, und dann nimmt er sie und trinkt sie alleine aus. Aber der Junge, der sie gekauft hat, hält die Klappe, kuckt nur auf die Flasche in Kanes Händen und hat Schiss, was zu sagen, falls Kane plötzlich umschaltet und ihn runtermacht. Als Kane hörte, dass ich eine Kanone wollte, nachdem sie Malice so zugerichtet hatten, und er kapierte, dass ichs ernst meinte, hatte ich seinen Respekt.

Wir halten vor dem Friseur. Daffy springt hinten zu Kane rein, das Gesicht ganz zerknautscht. Sagt nicht mal, was geht, nimmt die Sonnenbrille runter und redet auf Kane ein.

Ich sitz da auf dem Stuhl und krieg die Haare geschnitten, sagt er, da kommt son Schwarzer rein, Brasilianer oder was und will falsche Rolexe und so verkaufen. Waren nicht mal gut gefakt und ich sag ihm, er soll verschwinden, damit mir mein Friseur die Haare fertig schneiden kann, da wagt es der Junge zu sagen, ich soll die Schnauze halten. Also sag ich ihm, wir können das gleich hier klärn, aber er is schon auf dem Rückzug und an der Tür kuckt er mich noch mal an und meint, jederzeit, Kumpel. Auf mein Leben, den fick ich, tut so, als wär er sonst wer.

Daffy redet manchmal komisch rum, sagt, auf mein Leben, wenn er es mit was ernst meint.

Hi, Taz, sagt er jetzt, fahr zur Church Road hoch.

Als wir hinkommen, sagt Daffy, he, das is er, und springt aus dem Wagen, als wir langsamer werden. Kane springt auch raus und sie rennen zu diesem großen, schlaksigen schwarzen Typen, der eine Sporttasche in der Hand hält, und Kane schlägt ihm ins Gesicht und die Knie des Typen knicken kurz weg, aber er legt eine Hand auf den Bordstein drückt sich wieder hoch und taucht unter Daffys Schwinger weg. Kane kriegt die Tasche zu fassen und der Typ rennt die Straße runter zurück Richtung Willesden. Ein paar Gestalten stehn in der Nähe, ältere Yardies und einige Somalis und Kane fängt an, die faken Rollys zu verteilen, die noch in ihren Verpackungen sind. Es wird sowieso keiner die Bullen rufen. Das hier ist die Church Road. Kane und Daffy springen in den Wagen, Daffy sagt, zurück zum Friseur, und Taz legt eine 180-Grad-Wende hin.

Als wir am Friseur vorbeikommen, sagt Daffy, da ist er wieder, Taz bremst ab, Daffy drückt die Tür auf und springt raus. Ich steige aus und renn Daffy hinterher, weil ich nichts verpassen will und nun mal dabei bin. Kane ist direkt hinter mir.

Der Brasilianer ist auf der anderen Seite der Willesden High und sieht Daffy auf sich zukommen. Daffy zieht sein T-Shirt aus, brüllt, auf mein Leben auf mein Leben, und rennt über die Straße. Der Brasilianer sieht sich nach was um, was er nehmen kann, greift sich eine leere Bierflasche aus dem Rinnstein, zerschlägt sie, kurz bevor Daffy ihn erreicht, mit einer schnellen Bewegung auf dem Asphalt und will damit auf Daffy einstechen. Der dreht sich in letzter Sekunde weg aber der Typ jagt ihm noch den zackigen Flaschenhals in den Rücken und rast davon.

Ich erreiche Daffy, zieh mein Sweatshirt aus und drücke es ihm auf den blutigen Riss. Das Blut kommt heftig und ich drück fest drauf, halt das so, Junge.

Daffy so, alles okay, bin in Ordnung. Kane rennt die Straße runter, um den Brasilianer zu kriegen. Ich renne mit und wir sehn ein paar lose Ziegel, die von einer Mauer runtergebrochen sind und nehmen sie, aber der Brasilianer ist schon zu weit weg, den kriegen wir nicht mehr. Taz kommt mit dem Wagen und ich spring mit Kane hinten rein. Daffy bindet sich das Sweatshirt um den Leib und steigt vorne ein.

Wo wars du, Taz?, sagt Kane und Taz starrt nach vorne und zieht die Stirn kraus so wie vorher, als ich ihm gesagt hab, dass die Knarre rostig ist, und dann, ich war mit dem Wagen da, ich war gleich da.

Schnauze, Mann, du wars nicht da, sagt Kane. Nirgends wars du. Snoopz war da, du wars nirgends.

Daffy dreht sich auf seinem Sitz um, gibt mir die Faust und sagt, danke, Bruder.

Weiß nicht, Mann, sage ich.

Fahr verfickt noch mal zu dem kleinen Park, Taz, was zur Hölle machst du?, sagt Kane.

Taz beißt sich auf die Lippe und der Wagen schießt über die Nebenstraßen von der Willesden High.

Kane schiebt seinen Ziegel unter Daffys Sitz, ich meinen unter den von Taz und Kane zieht die Sporttasche auf.

Drin sind ein ferngesteuertes Auto, noch originalverpackt und noch drei falsche Rolex in Pappschachteln mit dem silbernen Logo obendrauf.

Der Typ verkauft echt nur Schrott, sagt Kane, verzieht das Gesicht, als würde was stinken, und macht die Tasche wieder zu.

Wir kommen an schäbigen kleinen roten Backsteinhäusern mit kaputten Zäunen und dreckigen Fenstern mit grauen Gardinen vorbei, wobei du nicht sagen kannst, was dreckiger ist, die Scheiben oder die Gardinen. Wir fahren durch die Unterführung zur Griffin Close und dem Park und dann tritt Taz voll auf die Bremse, weil eine Bullenkarre mit Blaulicht direkt vor uns reinschert. Gleichzeitig stoppt ein Van hinter uns, keilt uns ein und sechs Beamte mit Knüppeln in der Hand springen raus und schrein, BLEIBTINDEMVERDAMMTENWAGEN, NICHTAUSSTEIGEN, DIEHÄNDEGEGENDIEFENSTER, GEGENDIEVERDAMMTENFENSTER.

Sie umstellen uns, wir legen die Hände an die Scheiben und sie reißen die Türen auf. Einer nach dem anderen werden wir rausgezogen. Ich werde an eine niedrige Mauer gedrückt, das Gesicht in einem Busch, meine Augen sind voller grüner Punkte und Staub und die Bullen ziehn mir die Arme auf den Rücken und legen mir zackzack Handschellen an. Ich kucke nach rechts zu Taz, der direkt neben mir vor dem Busch steht, ebenfalls mit Handschellen. Der Bulle hinter mir sagt, die Beine breit, und ich rücke die Füße auseinander und er noch mal, mach die verdammten Beine breit, tritt mir innen gegen die linke Wade und zwingt meine Füße scheiß weit auseinander. Ich klappe fast zusammen und das Herz rutscht mir in die Schlangengrube tief im Bauch, als ich spüre, wie mir die Kokskugel entgleitet und mein linkes Hosenbein runterrutscht. So eine Scheiße, die lochen mich ein, jetzt lochen die mich ein, und ich schwöre, ich kann den Busch vor mir riechen, die ganzen kleinen grünen Blätter, aber weich sind sie nicht und sie stinken nach Benzin. Es ist, als könnte ich plötzlich sehen, wie hässlich und dreckig alles um mich herum ist, selbst der Himmel ist voller Flecken, und die Sonne aufgedunsen. Und ich wünschte so, ich wäre woanders. Der Polizist fängt an, mich abzutasten, fährt mit der Hand über die Säume meiner Jeans, zieht mir am Sack, befühlt meine Brust und meine Seiten, Scheiße, er hat sie nicht gefunden, hat sie nicht gefunden, bitte geh nicht noch mal das Hosenbein runter. Ich sehe noch einen Streifenwagen neben dem Van, drin sitzen zwei Bullen und hinten der Brasilianer. Er zeigt auf mich und Taz und sagt was zu einem der Bullen und der so, die beiden waren an dem Raub nicht beteiligt. Der Brasilianer deutet auf Daffy und Kane und sagt noch was.

In dem Moment merke ich, dass die Kokskugel das Hosenbein runtergerutscht und auf dem Rand von meinem Turnschuh liegt. Sie balanciert da praktisch, und der Bulle, der mich durchsucht hat, hat sie übersehen, weil er unten an den Füßen angefangen und dann hochgewandert ist, während die Ladung runtergerutscht ist. Ich muss hier weg, muss weg weg weg, aber ganz locker, keine großen Schritte, sonst fällt sie mir runter und ich lande definitiv im Knast.

Der Bulle, der mir die Beine auseinandergetreten hat, macht die Handschellen los und ich sehe, wie sie Daffy und Kane verhaften mit dem ganzen Sie-müssen-nichts-sagen-alles-was-Sie-sagen-kann-gegen-Sie-verwendet-werden-Scheiß und Kane kuckt Taz auf eine Weise an, die ich gerne verstehen würde, aber ich schnall es nicht. Die Bullen nehmen auch Taz die Handschellen ab und Taz, der die ganze Zeit still war, fängt an zu krakeelen und macht die Polizisten an, verdammte Bullen, ständig schikaniert ihr einen, bloß weil ich schwarz bin, oder, jedes Mal, wenn ihr Arschlöcher einen Schwarzen seht, und der Bulle sagt, willst du verhaftet werden?

Ich sage, Taz, hör auf, die lassen uns gehn, komm, wir sind raus.

Aber Taz ist außer sich, sagt, ich weiß, aber jedes verfickte Mal, wenn die einen sehen, schikaniern sie dich, es ist immer dieselbe Scheiße mit dem Bullenpack.

He! Ich warne dich, sagt der Polizist. Noch ein Wort und du kommst mit.

Kane sagt, ruhig, Taz, und kuckt hinten aus der offenen Van-Tür raus.

Taz sagt, verdammter Dreck, starrt auf den Boden, dreht sich um und reibt sich die Handgelenke.

Wir gehen zurück zu unserem Wagen, ich extra langsam, damit sich die Kugel nicht löst, die zwischen meinem Fuß und dem Rand des Schuhs sitzt. Als wir drinnen sind, kann ich wieder normal atmen und mein Puls beruhigt sich. Ich nehme die Kugel, sie riecht irgendwie verrückt und steck sie zurück in die Kimme.

Ein paar Tage später sitze ich in einem Zimmer im Holiday Inn an der Kilburn High Road. Ich bin mit einem Bruder aus SK da, Sniper, der was mit Grims Cousine hat. Grim ist ein guter Kumpel und eindeutig einer der schlechtesten Rapper im Nordwesten, wahrscheinlich in ganz London. Wie viele Rapper lebt er nicht wirklich das Leben, das er rausrappt, von wegen Leute killen und fette

Knarren. Trotzdem, ich finde ihn krass. Ich wünschte, ich könnte Texte schreiben wie er. Egal. Als er mir Sniper vorstellte, hingen sie grade bei seiner Cousine in Kilburn ab und Grim rief an und meinte, komm rüber, ich bin bei meiner Cousine und ihrem Freund. Echt erkennt echt und so sind Sniper und ich zusammengekommen. Es war so, als hätte er was in meinen Augen gesehen, etwas gehört, das ihm gesagt hat, dass wir gleich ticken. Sniper ist einer von den typischen SK-Jungs, bisschen down, aber eigentlich gut drauf. Er ist bei den PDC, was dieser Tage eine der berüchtigtsten Gangs in South ist, und auch in London. Definitiv. Nachdem wir uns ein paar Joints und was noch reingezogen hatten, tauschten wir unsere Nummern aus, und das nächste Mal, als Sniper nach Kilburn kam, rief er an und sagte, hi, Mann, komm zu mir ins Holiday Inn, wenn du Bock hast.

Sniper stellt Schampus und Brandy auf den Tisch im Hotelzimmer und während wir rauchen und uns blaue Heiligenscheine um die Köpfe blasen, erzähl ich ihm die Wahnsinnsgeschichte mit Daffy, Kane und Taz.

Mein Kumpel ist da nicht so hinterher, sage ich. Konnte mir nicht malne anständige Knarre verschaffen.

Sniper sagt, ich mach das, Mann.

Echt jetzt?

Bei meiner Mum, Junge. Willst du ne 9mm?

Yeah, Mann. Oder eine 22mm, wär auch geil.

Gib mir ein paar Tage, ich sag an.

Ein paar Tage später ruft Sniper an.

Hi, Alter, alles gut?, sage ich.

Yeah, Bruder, alles bestens. Hör zu, das mit der 22mm klappt nicht, aber eine ganz in der Art.

Echt jetzt? Was für eine?

Eine Nina, Junge. Für zweieinhalb. Und sie ist leise und hat noch zehn Kirschen im Clip.

Bestens, Bruder. Bring sie mit und ich hab das Geld klar, sage ich.

Und so kriege ich endlich meine Waffe, meine Pistole, meine Kanone. Eine 9mm Star mit aufschraubbarem Schalldämpfer und zehn Schüssen im Magazin. Jetzt kann ich mich rächen, wenn ich muss, kann allein draufhauen, wenns nötig ist, kann mich anders schützen und überhaupt, ich will nicht lügen, einer der Gründe, warum ich eine Pistole wollte, ich meine, ich will einfach wissen, wie es wäre, einen zu erschießen. Einmal. In echt.

BEI TAMEEKA

Doch zieh ich erst das Schwert,
und wenn mein Feind
Das Schwert nur fürchtet so wie ich,
dann wagt ers
Kaum anzusehn.
WILLIAM SHAKESPEARE, *KYMBELIN*

Ich sitze im Sessel in Tameekas Wohnung und schlafe ein, und obwohl meine Jeans grade erst frisch aus der Wäscherei kommt, riecht sie schon wieder muffig von all dem Zeug, das hier geraucht wird.

Nachdem ich meine Pistole bekommen hatte, stellte mich Kane seinem Freund Not Nice vor. Not Nice hörte mich zum Wummern im Auto rappen, als wir im Hof zwischen ein paar Blocks an der Church Road parkten.

Surrounded by the haters, claiming who's the badder man,
I should scar the faces of these Tony Montana fans,
Greazy, from North Weezy where the hammers bang,
My Muslim boys will eat you, even when it's Ramadan.

Du bist irre, sagte er. Was hast du mit der Niete Taz?

Not Nice. Das Haar zu schwarzem Feuer gebürstet und ein Gesicht wie direkt aus dem alten Kemet. Augen, die nicht lachen. Eine fette Narbe auf dem linken Bizeps, wo ihm einer reingestochen hat. Sagt mir, als die Klinge drinsteckte, ich so, willst du Blut? Weißt du nicht, dass du so keinen umbringen kannst? Dann hab ich die Klinge aus dem Arm rausgezogen und dem Jungen gezeigt, wie sie benutzt wird.

Das erste Mal haben wir bei einem Boxkampf im Fernsehen gemeinsam abgehangen. Ein Weißer gegen einen Schwarzen und als der Schwarze seinen Gegner fertigmachte, sagte Not Nice, Kalkmilch schlägt kein Melanin, niemals. Dann kuckte er mich an und sagte, Snoopz, bist du sicher, dass du nur eins von beiden bist?

Er ist einer von diesen Älteren im Nordwesten, der Sachen macht, dreht ständig was und hat ein paar Jüngere, die er losschickt. Wenn der Stoff knapp ist, ruft er einen an, der was hat, er soll eine Ladung vorbeibringen und dann lässt er ihn von seinen Jungs ausrauben, damit er nicht zahlen muss. Er konnte sehn, wie zugedröhnt ich war, überdreht von der Rapperei und ihm gefiel die Art, wie ich nicht zögerte, zu sagen, was ich dachte. Trotzdem weigerte ich mich, Taz zu dissen, nur weil Not Nice ihn disste, wobei er registrierte, dass Taz bei mir nach dem Scheiß mit der Knarre etwas eingebüßt hatte und Kane erzählte ihm, wie Taz im Auto geblieben war, als Daffy die Flasche abgekriegt hatte. Den ganzen Sommer rief Not Nice nach mir, und ich kam nach Willesden und wir chillten und kifften, und meistens war Kane auch dabei.

So hängen wir zwischen Dollis Hill und der Willesden High ab, bei diesen drei Yardie-Mäusen, Tameeka, Marcia und ihrer siebzehnjährigen Schwester Stephanie.

Die Hälfte der Zeit muss ich mich echt konzentrieren, um zu verstehen, was sie sagen. Tameeka hat überall Piercings, in der Zunge, den Lippen, der Nase, den Brauen, der linken Wange und sie hat diese leuchtend platinblonden Extensions, die aussehen, als wollten sie ihr vom Kopf weg und irgendwo in Ruhe sterben. Not Nice, Kane und ich hängen da am Ende eine Woche herum, bleiben über Nacht, kiffen und tagsüber trinken wir Henny. An einigen Abenden gehen Not Nice und Kane mit Tameeka und Marcia nach oben. An manchen haben sie zu viel getrunken und geraucht und fangen an zu streiten. Tameeka und Not Nice sind immer die lautesten und stacheln sich gegenseitig an, bis Kane und Marcia mit ihrem Streit aufhören und die beiden anderen beruhigen. Am Ende kommen Not Nice und Kane wieder runter und siechen auf einem der Sofas dahin, während ich noch immer in meinem Sessel hocke und die Jüngste, Stephanie, auf der Treppe sitzt und mit ihrem Telefon beschäftigt ist.

Der wahre Grund, warum wir hier sind, ist, dass wir einen Umschlagplatz brauchten. Wir haben ziemliche Mengen Gras zusammengekauft. Ich hab das Geld und Not Nice die Verbindungen, um an große Mengen zu kommen, und er kennt alle in der Gegend, die welches verkaufen und eine sichere Quelle suchen. So bauen wir ein System auf. Wir kriegen ein paar Kisten, zwei Kilo Amnesia, echt hartes Gras, und teilen alles in kleine Portionen auf. Die Dealer parken um die Ecke von Tameeka und Not Nice oder ich gehn hin, übergeben den Stoff und kommen mit dem Geld zurück. Der Gewinn wird 50:50 geteilt.

Tameeka und Marcia versuchen, mich mit Stephanie zu verkuppeln.

Du mags sie, oder?, sagt Tameeka. Wills du nich mit ihr, Snoopz? Weil ich seh, du Badboy bis ganz korrekt, also sag, was is, wills du nich mit meiner kleinen Schwester? Ich lache und sage, yeah, ich will mit ihr, aber nur, wenn sie will, und echt jetzt, ich hab von Anfang an gemerkt, dass Stephanie mich nich so sieht. Es ist nicht so, dass sie schüchtern ist, aber verglichen mit ihren beiden Schwestern ist sie wirklich ruhig, immer leicht high, spielt mit ihrem Telefon und kifft vor sich hin. Immer für sich, ohne ihr Umfeld groß zu betrachten. Dann fängt Tameeka an diesen Scheiß zu reden von wegen, weil du Geld zum Ausgebn hass, solltes du dich um meine kleine Schwester kümmern, du kanns ihr zwei von den Schuhn kaufn unnen Gucci-Gürtl, oder? Und ich denke, lass dich von diesen Getto-Zicken nicht nerven. Ich sage, ich geb mein Geld für keine Frau aus. Selbs wenn wir zu McD's gehn, kauf ich keiner von euch was, nich maln Cheeseburger. Klar raus. Sie sagt, nich maln Cheeseburger? Ich sage, nich maln Cheeseburger. Sie starrt mich verächtlich an und ich kann sehen, dass sie hellgrüne Kontaktlinsen trägt, und dann sagt sie, ich mag dich nich, Snoopz. Sie nimmt die leeren Flaschen Hennessy vom Tisch, wirft sie schwungvoll in die Tonne, dass es nur so scheppert, und stampft rüber in die Küche, wo sie sich einen Joint dreht. Marcia kommt rein und so, alles klar, Sis?, und Tameeka legt los, die Stimme kratzig und alles, was ich verstehe, ist, er würde uns bei McD's nich maln Drecks-Cheeseburger kaufen, und dann kuckt sie mich wieder an, schnalzt missbilligend und verschwindet nach oben.

Später an diesem Abend gibt es eine heftigeAuseinandersetzung zwischen ihr und Not Nice. Er kommt runter und sagt, Scheiße, Snoopz, wir machen das woanders, und er fängt an zu telefonieren, während ich in einen unruhigen Schlaf voller Sachen falle, die ich nicht zu fassen kriege.

Am Morgen nehmen wir den ganzen Stoff, der noch in der Nike-Sporttasche ist, springen mit Kane in den Schlitten von Not Nice und fahrn weg. Am Ende landen wir in der Küche einer Wohnung an der Church Road, einer von den weißen Wohnungen, wie Not Nice sie nennt, und ich chille mit ihm und Kane und einer Box, einem Kilo Gras komplett in Viereinhalb-Portionen aufgeteilt und in Frischhaltefolie gewickelt und wir warten, dass einer anruft. Wir wissen, der Stoff wird schnell weggehen, weil da kein Dreck mit drin ist, kaum Stängel und die Blüten sind sattgrün und fett, mit orangenen Härchen bedeckt und fedrigen weißen Kristallen, die glitzern, wenn das Licht auf sie fällt. Wir haben ein paar Blüten zum Probieren zur Seite gelegt und als Not Nice seinen Joint anzündet, sag ich so, Junge, das Zeug riecht ja irre, und selbst Kane, der nicht raucht, meint, geiler Scheiß, und reißt ein Fenster auf.

Die Wohnung gehört einer Braut, mit der Not Nice was hat und er sagt, sie ist für ein paar Tage zu ihrer Tante, aber die Küche sieht aus, als hätte hier seit Ewigkeiten keiner mehr gewohnt. Der Herd ist voll von dicker, brauner Schmiere und die Wand dahinter voller Fettflecken. Kane macht den Kühlschrank auf und meint, wie ist die Alte denn drauf?, weil da nur zwei verschrumpelte Paprikas und eine halb geöffnete Packung von dem orangenen Plastikkäse für 99 P aus dem Laden an der Ecke drin sind. Auf der Kühlschranktür klebt ein Souvenir-Magnet aus Amsterdam mit einem fetten Marihuanablatt und einem Kanal, unter dem die Karte von einem chinesischen Takeaway steckt. Und da ist noch ein Magnet, durchsichtig, mit dem Foto von einem kleinen Jungen in einer Schuluniform, der grinst und seine Zahnlücken sehen lässt, wobei der Magnet auf dem Kopf steht und es aussieht, als hätte ihn lange keiner mehr angefasst, so dreckig ist er.

Als wir in die Wohnung reingekommen sind, hab ich vorne ins Wohnzimmer gekuckt, weil die Tür auf war, kurz bevor Not Nice sie zugemacht hat, und da lagen Klamotten auf dem Boden, super Nike-Treter, hochhackige Schuhe und fake Gucci-Gürtel, ein Föhn, Legosteine und leere Take-away-Schachteln und ich so, ich weiß, was fürne Braut hier wohnt. Das ist eine von den Entschuldige-wies-hier-aussieht-Frauen. Eine von denen, wo der Kühlschrank leer ist, die Betten muffen, Facebook fulltime läuft, Mummy der King, #BossBitchChicks. Eine von denen, die sagen, mein Sohn geht ins Bett, wenn ihm danach ist, aber er hatn Fernseher im Zimmer, der stört uns nicht. Scheiße, nein.

Kane macht eine Flasche Henny auf, schenkt auf dem Küchenboden ein und sagt, der hier ist für die gefallenen Soldaten, und ich weiß, dass wir uns alle schon vorgestellt haben, was mal auf unseren Grabsteinen stehn wird.

Not Nice hat telefoniert und sagt, Snoopz, geh und gib meinem Don draußen eine Viereinhalber. Er parkt vorm Spielplatz, ein weißer Benz. Ich nehme eines der abgepackten Päckchen, stecke es vorne in die Tasche von meinem Hoodie und gehe raus.

Noch nie, wenn ich mit Not Nice zu diesen Wohnungen gekommen bin, habe ich Kinder auf dem Spielplatz gesehen. Da sind nur verlassene Schaukeln, die im Wind über dem leeren Teer pendeln. Jetzt, wo es Sommer ist, fühlte es sich an, als hätte die Sonne das Leben aus der Luft getilgt. Ich übergebe den Stoff, kassiere das Geld und kehre zurück in den Block.

Als ich die Treppe raufgehe, kommt mir ein Bruder mit einer roten Leder-Avirex und einer Weißgoldkette mit brillibesetztem Donald-Duck-Anhänger entgegen und als wir aneinander vorbeigehen sagt er, Ey, zu wem willst du hier, Junge? Ich bleibe stehen und sage, fuck, was frags du, zu wem ich hier will? Er kuckt mich mit steinharter Fresse an, ohne zu blinzeln, als wär das, was den Augen mal Leben gegeben hat, vor langer Zeit schon verdorrt, und er sagt, das is mein Block, Junge. Ich sage, und, verfickt? Ich kenn dich nicht, Junge. Ich geh weiter die Treppe hoch. Er kommt mir hinterher, oii, nicht so schnell, das haben schon andere versucht, mich anzupissen. Ich komme oben an der Treppe an, lass die Luft durch die Zähne zischen und sage, nur zu, Mann. Während ich den Balkon zur Wohnung runtergehe, hör ich ihn ebenfalls oben ankommen. Er sagt, was läufst du weg wien Zombie? Ich drehe mich um, und er sagt, wer bis du? Und ich, das geht dich einen Scheiß an, Junge, ich muss dir gar nichts erzähln. Aber als ich das sage, fährt er mit seiner rechten Hand, und ich sehe den schwarzen Nike-Handschuh, in seine Hosentasche und holt eine schwarze 9mm raus, leicht verkratzt und so. Das Krasse ist, dass ich in dem Moment spüre, er hat sie schon benutzt. Ich spüre eine Macht, die mein Herz gegen meine Rippen schlagen lässt, als wollte es raus. Wenn du in einem Film eine Pistole siehst, ist das Unterhaltung, nichts als ein Objekt, eine Requisite, die jeder kennt, und wenn du dir vorzustellen versuchst, was du tun würdest, wenn einer mit so was auf dich zielt, fehlt da immer dieses eine Wesentliche: das Gefühl, sich einer Macht gegenüber zu befinden, die dein Leben in einer Sekunde beenden kann. Und das muss ausgerechnet an einem Tag passieren, wo ich meine Knarre nicht dabeihabe. Wo sie ist? Sicher versteckt in einem Schuhkarton unter meinem alten Bett in der Wohnung meiner Mutter. Verdammt.

Was sags du jetzt?

Ich höre, wie sich die Tür der Wohnung hinter mir öffnet und Not Nice und Kane rauskommen. Not Nice geht an mir vorbei, der Geruch von Gras begleitet ihn, und er sagt, oi, Smek, vergiss es, der gehört zu mir, is mein junger Kumpel, der is sauber, und er legt einen Arm um meine Schultern und schiebt mich weg. Ich will in die Wohnung gehen, kuck mich aber noch mal um und sehe, wie der Typ die Kanone hinter seinen Hosenbund schiebt und sagt, ich mag nicht, wie sich der Typ bewegt, ja. Ich bleibe an der Tür stehen, dreh mich um und, Scheiße, was soll das heißen, du magst nicht, wie ich mich bewege, Junge? Und Not Nice sagt, alles gut, Snoopz, geh einfach rein. Kane legt mir eine Hand auf den Rücken, sagt, komm, Kumpel, und schiebt mich durch die Tür.

Ich setze mich an den Küchentisch. Kane nimmt die Flasche Henny und schüttet was in seine Tasse, dann knallt die Tür vorne und Not Nice kommt in die Küche. Mit dem kannst du nicht so umspringen, Snoopz. Das ist Smekman, der ist voll drauf, der hätte dich so umnieten können, und ich sage, ist mir scheißegal, wer er ist, und Not Nice zischt scharf durch die Zähne, als wollte er den Staub von meinen Worten blasen und sagt, Bruder, sei vorsichtig, dass er dich nicht hört. Kane steht auf, geht zum Fenster und macht es zu. Not Nice sagt, du weißt nicht, was fürn Typ das ist, Snoopz. Der Kerl ist erst neunzehn und schon dafür bekannt, wie er die Älteren terrorisiert, allein in Wohnungen einbricht, junge Mütter fesselt, vergewaltigt und alles und dann auf den Mann wartet, damit er ihnen ihr Geld und ihren Stoff abnehmen kann. Glaub mir, dem ist wirklich alles scheißegal. Ich kuck die Blüte an, die ich mit den Fingern für einen neuen Joint zerbrösele und sage, woher soll ich das wissen? Und egal, schusssicher ist der nicht, oder? Ich geh meine 9er Star holen, Mann, kein Ding. Not Nice sagt, komm, Snoopz, ich weiß, du bist klüger als das, hör einfach auf mich, dann hast du hier keine Probleme. Kane lacht und sagt, wart nur ab.

Am nächsten Tag gehe ich nicht zu den weißen Wohnungen.

Eine Woche später kriegt Not Nice eine eigene Wohnung in einem Block in Wembley mit seinem kleinen Sohn und seiner Tochter. Sagt mir, er hat das Sorgerecht für sie gewonnen, aber nicht, warum und wie. Ich helfe beim Umzug, schleppe Stühle und Kartons aus der Wohnung der Mutter und lade den Wagen aus. Die Sommerhitze klebt mir wie was auf der Haut, das du runterreißen willst, nur dass du nicht weiß, wie schmerzhaft das sein wird. Not Nice sagt, du kannst hier pennen, wann immer du willst, Snoopz.

Eines Abends sitzen wir im Wohnzimmer, kiffen und rappen zu Instrumentalstücken. Wir haben grade über 2Pac und andere Rapper geredet, die jung gestorben sind, und Not Nice sagt, es heißt immer, es war ein Verkehrsunfall, eine Überdosis oder ein Bandenmord, dabei ist es eine Illuminati-Kiste. Die haben ihn umgebracht, sagt Not Nice, ihn verdammt noch mal geopfert oder weil sie uns unten halten wollen, sobald wir die Macht zu kriegen drohen. Dann erklärt er mir, Schwarze sind Götter, die auf die Erde gefallen sind und das Wasser in der Atmosphäre hat sie rosten und braun werden lassen, und das alles hat in Kemet angefangen, im Alten Ägypten, wo die Neuen Menschen, in den Geschichtsbüchern heißen sie Nubier, die Pyramiden gebaut haben. Dann kam der weiße Mann aus seiner Höhle im Kaukasus und hat uns alles gestohlen, sagt er. Ich sage, das weiß ich, das habe ich schon gehört.

Er sagt, ich hab was, was ich dir zeigen will. Er geht aus dem Zimmer, und als er zurückkommt, hat er Handschuhe an und eine blaue Plastiktüte mit was Schwerem drin in der Hand. Er holt eine schwarze MAC-10 raus und reicht sie mir. Die MAC ist so schwer, dass sie mir die Hand runterzieht, ich kann sie mit einer allein nicht gerade halten. Es ist nicht wie in den Filmen, wo es wie ein leichtes Stück Ausrüstung aussieht, ich meine, eine MAC-10 ist eine echte Maschinenpistole, alles massives Metall mit einem langen Magazin voller Kugeln im Griff. Ungelogen, als ich das Ding in der Hand halte, merke ich die Energie, würde sie am liebsten testen und einen Mann durchsieben, nur um mal die Macht zu spüren. Not Nice lächelt, während ich verschiedene Ziele im Zimmer anvisiere und dann sagt er, er wird mir erklären, wie man damit durchkommt, wen auszuknipsen.

Ich gebe ihm die MAC zurück und er wickelt sie wieder in die Plastiktüte. In dem Moment steht seine Tochter plötzlich in der Tür und sagt, Daddy, und Not Nice legt die Tüte unter den Tisch, geht rüber zur Tür und zieht die Handschuhe aus. Er sagt, alles in Ordnung, Prinzessin, und bückt sich, um sie auf den Arm zu nehmen. Sie reibt sich die Augen, sieht mich an, zieht die Stirn kraus, kuckt schnell weg und schlingt die Arme um Not Nices Hals und die rosa Plastikschmetterlinge am Ende ihrer Zöpfe schlagen gegen seine Zähne, als er sagt, möchtest du etwas Wasser, Prinzessin? Das Mädchen schüttelt den Kopf und kuschelt sich an ihn. Er wiegt sie sanft an seiner Brust, während er mich ansieht und sagt, fahr niemals mit einem Auto hin, das auf dich zugelassen oder sonst irgendwie mit dir in Verbindung gebracht werden kann. Ich nehme immer lieber ein Motorrad, damit kommst du irre schnell durch den Londoner Verkehr, durch schmale Gassen, über Bürgersteige und so. Mit dem Auto besteht immer das Risiko, dass du im Stau stecken bleibst oder sonst was. Verbrenn dein Fluchtfahrzeug irgendwo, wo keiner ist und keiner es brennen sieht. Ich bring sie nur eben zurück ins Bett, sagt er und verlässt das Zimmer. Ich blicke aus dem Fenster und ein weißes Stück Mond fällt langsam in die dahintreibende Dunkelheit.

Not Nice kommt zurück und zieht die Handschuhe wieder an. Dann nimmt er die Plastiktüte. Wenn du das Fluchtfahrzeug los bist, geh zu deinem Versteck, wo du frische Klamotten und etwas Benzin gebunkert hast. Verbrenne alles, was du anhattest. Auch wenn es deine liebsten Turnschuhe sind. Du kannst sie dir neu besorgen. Verbrenne wirklich alles, auch die Socken und die Boxershorts. Nah, ernsthaft, Junge, hör, was ich dir sage, und bevor du die frischen Klamotten anziehst, wasch dich mit Benzin, achte drauf, dass du mit den Fingern in alle Vertiefungen fährst, in die Ohren und Nasenlöcher und über die Haare. So wirst du die Pulverablagerungen los. Zu Hause gibst du die frischen Klamotten gleich in die

Wäsche und duschst ausgiebig, schrubb dir den ganzen Körper ein paarmal ab und erzähl keinem, was du getan hast. Dann geht Not Nice aus dem Zimmer und die Einsamkeit der Nacht hält mich in ihren Armen. Ich schlafe auf dem Sofa ein, schwitze, so heiß ist es noch, und spüre das Gewicht der MAC-10 wie einen Geist noch in der Hand.

Eine Woche, bevor die Uni losgeht, zerstreiten Not Nice und ich uns, weil er mir von unserem Grashandel immer noch neun Scheine schuldet. Er hat mir seit fast zwei Wochen nichts mehr ausgezahlt. Als ich ihn anrufe, werd ich sauer und sage, was für ein Loser keine neun Scheine zahlen kann, wenn er zwei Kinder versorgen muss, ich meine, wie soll er das dann schaffen? Da rastet er aus und sagt, weißt du was, vergiss dein Geld, du kriegst gar nichts, pass auf, wenn ich dich sehe, halt ich den Big Mac bereit für dich. Klar weiß er, dass ich auch eine Kanone habe, weiß, dass er mich nicht so einfach stanzen kann. Ich sage, du hältst den Big Mac für mich bereit, yeah? Vergiss nicht, dass ich weiß, wo du wohnst, Bruder, und ich höre, dass er einen Moment lang zögert, es ist die lauteste Stille. Dann sagt er, du bist ja irre, Snoopz, ich flämm dir die Haut runter.

Ich habe meine Kanone bei mir. Es ist einer von den Tagen, an dem ich entschieden habe, sie mitzunehmen, in einer engen Jeans, über die ich am Morgen eine weite Trainingshose angezogen habe, damit man die Ausbeulung nicht sieht. Mir schwitzen echt die Eier weg. Ist nicht das Wetter für so einen Scheiß. Den Schalldämpfer habe ich in der Wohnung von meiner Mutter gelassen, eingerollt in ein T-Shirt in dem Schuhkarton, in dem ich auch mein Geld aufbewahre. Ich rufe meinen Kumpel Tall Man an, mit dem ich befreundet bin, seit wir mit dreizehn immer im Stower Jugendclub an der Harrow Road warn. Tall Man wirft sich ständig was ein, macht es aber heimlich, sodass seine Freundin und seine Familie keinen Schimmer haben. Tall Man geht ran und ich sage, ich will diese linke Bazille fertigmachen, und ich erzähle ihm, was passiert ist, und er sagt, komm, wir fahrn da hin und zeigens dem Bruder, hast du deine Knarre? Ich sage, yeah, und er sagt, wir treffen uns in fünfzehn Minuten in Paddington. Als ich hinkomme, ist er schon da, mit seinem Motorrad und zwei Helmen und wir reden drüber, wie wirs machen wollen.

Aber da ist was, das mich davon abhält, Not Nice umzubringen. Ich denke dran, was er mir gesagt hat, wie man mit einem Mord durchkommt. Ich gehe alle Schritte durch, die er mir genannt hat, und mir wird klar, dass ich es völlig falsch angehe. Tall Man hält mir den zweiten Helm hin, aber in meinem Kopf gehts drunter und drüber, Scheiße, ich kann nicht, es ist zu offensichtlich, was, wenn dieses oder jenes und vielleicht bin ich heute einfach nicht bereit dafür und dann blitzt da kurz ein anderer Gedanke auf und sagt, vielleicht bist du noch kein Killer, und ich seh die Tochter von Not Nice vor mir mit ihren Plastikschmetterlingen im Haar, aber ich wisch das weg und es ist, als hätte ich die Augen weit offen, ohne was zu sehen, und dann hör ich Tall Man, hey, Snoopz, was ist Sache, wills du jetz oder nicht?, und ich denke nah, nicht so, nicht heute. Ich bin nicht bereit, mir eine M-Anklage zu fangen, nicht wegen neun Scheinen, so gern ich Not Nice auch fertigmachen würde, besonders, wo wir so eng waren und dann ein Gespräch und wir sind Feinde. Mieser Verräter.

ERSTE JAHRE

Die Uni ist eine Modenschau. Besonders in den ersten Jahren. Capo hat eine Daffy-Duck-Iceberg-Jacke. Ich habe eine nagelneue schwarze Leder-Avirex. Typen mit neuen Frisuren. Bräute, die nach Shampoo und Cremes riechen. Alle scheinen ihre Sneakers eine Woche vor Unibeginn gekauft zu haben und gehn langsam und gemessen, damit die Spitzen nicht zerknautschen. Besonders wenns Airforce 1 sind. Muslim-Küken mit freshen Kopftüchern und irrem Augen-Make-up, das dich gleich noch mal hinkucken lässt. Weiße von außerhalb Londons, die begeistert ihr erstes Perfect Fried Chicken in Mile End essen. Es gibt einen Junkie, der Bücher aus dem Unibuchladen klaut. Er schiebt sie sich unter den langen Mantel, der seinen ganzen Körper verschluckt, und verhökert sie draußen krass billig an die Studenten. Capos Cousin Blix ist schon in seinem zweiten Jahr, weshalb wir bereits eine Gruppe Leute zum Chillen kennen. Er zeigt uns, wo wir kiffen können, beim Kanal hinter einem der Studentenwohnheime. Einführungsveranstaltungen, Profs und Studenten stellen sich vor. Capo nimmt sich zusammen mit Blix eine Bude ein Stück die Straße rauf. Manchmal übernachte ich da. Ich meine es ernst mit meinem Studium. Keinesfalls schwänze ich irgendwelche Seminare oder lasse Aufgaben aus. Alle in meinem Kurs kaufen den kompletten Shakespeare. Der ist hier wie eine Bibel.

Für ein Modul muss ich einen 3000 Worte langen Aufsatz über »Kunst und Wahrheit im Werk von Aristoteles und Platon« schreiben. Ich schieb es vor mir her und schreibe das Ganze am Ende in der Nacht vor dem Abgabetermin bei Capo, rauche wie ein Wahnsinniger und trinke Dose um Dose Boost, bis der Himmel wieder blau wird und ich Vögel singen höre. Ich schlafe keine Minute. Am Morgen sind meine Augen von all dem Gras knallrot und ich schwöre, meine Hände zittern von den Unmengen Koffein. Mir ist kalt. Ich gehe und gebe die Arbeit ab. Eine Woche später gibt uns mein Professor die Arbeiten zurück und ich habe eine Eins, aber nicht nur das, es ist die beste Arbeit im Seminar. Und so vergeht mein erstes Jahr in der Uni: Ich flirte mit Bräuten in der Bibliothek, bin mit Yinka zusammen, schreibe Hausarbeiten, lese Bücher, diskutiere über Literatur und gehe in alle möglichen Seminare. Und auf Raubzüge.

Nach der ersten großen Sache hol ich mir ein paar brillibesetzte Grillz: zweimal Weißgold mit Diamanten links und rechts von meinen vorderen Schneidezähnen. Sie werden mich an den Morgen erinnern, als wir in die Wohnung von einem Top-Gangsta in einem Block in Grove rein sind, und ehrlich, es war eine absolute Wahnsinnskiste. Und zwar lief das so.

Zeitgleich mit dem Beginn meines Studiums bin ich bei Uncle T ausgezogen, weil ich mehr im Osten sein wollte, um gut zu meinen Veranstaltungen zu kommen, bin mal hier, mal da geblieben, was mir den Druck nahm, Miete zahlen zu müssen. Im ersten Trimester allerdings fuhr ich an den Tagen, an denen keine Seminare oder Vorlesungen stattfanden, und dies reichlich gab, zurück in den Westen, wo ich meist bei meiner Mum schlief, damit ich morgens früh schon Dario treffen und nach Wohnungen Ausschau halten konnte, in die wir einbrechen würden, wenn die Leute zur Arbeit oder was immer gefahren warn. Wir suchten sie eher zufällig aus. Aus dem Bauch raus, kucken, ob keiner kuckt, und hin. Die Tür eintreten, während dir das Adrenalin im Leib explodiert.

Mein Bruder Dario. Klein, hart und unbekümmert wie ein Stein. Oft trägt er Durag und fette, kantige Zirkonia-Ohrstecker, die er ständig verliert und ersetzt, obwohl er sich von all dem Geld, das wir mit unseren Brüchen machen, auch klar richtige Diamantdinger leisten könnte. Die würde ich auch nur verlieren, sagt er. Wenn er redet, hetzen ihm die Worte über die Lippen, als wollten sie aus ihm fliehen und du hörst sie erst Augenblicke später in deinem Kopf. Hat immer was mit Frauen, die größer sind als er und gut dick und wenn sie ihn umarmen, pressen sie seinen Kopf gegen ihre Brüste, als wär er ihr Baby.

Dieser Tage pimperte Dario eine, die in einem Block in Grove wohnte und offenbar war ihr Dad ein echter Gangster. Die Braut erzählte Dario von den Geldbündeln in der Wohnung und wie sie mal frühmorgens in die Küche gekommen war, wo ihr Dad grade seine Knarre putzte. Als sie Dario erzählte, ihr Dad würde Urlaub machen, rief er mich an und meinte, ich solle mich bereithalten.

Ich war voll drauf, als wir uns an diesem Morgen trafen und das Adrenalin zitterte mir durch die Muskeln, während wir zu ihrem Block gingen, die Balas wie Beanies aufgerollt auf dem Kopf, die Handschuhe trugen wir bereits. Vor der Haustür unten warteten wir, dass einer rauskam, um dann schnell durch die Tür zu huschen, bevor sie wieder zuschlug. Wir nahmen den Aufzug in den zweiundzwanzigsten Stock. Krass weit oben. Du konntest über ganz Ladbroke Grove bis rein in die Stadt sehn und wie alles ineinander überging. Dario konnte sich nicht erinnern, welche die richtige Tür war, entweder zwei vor oder hinter der 152. Zwei Türn nach rechts oder zwei Türn nach links, sagte er. Wir nahmen die zwei nach rechts. Die Wohnungen lagen an einem schmalen Flur, und es gab nicht viel Platz zum Anlaufnehmen. Wir rollten die Balas runter übers Gesicht. Dario kuckte durch den Briefkastenschlitz, lauschte und sagte, da is keiner. Wir machten es wie gewohnt, zählten eins, zwei, drei, nahmen Anlauf und traten gegen die Tür, voll auf die Mitte und knapp nebens Schloss. Glaub mir, wenn ich sage, sie wollte einfach nicht aus dem Rahmen brechen, es war Wahnsinn. Wir traten und traten, ich meine, wir hörten völlig auf, uns drum zu kümmern, ob uns wer hörte, bis der Rahmen endlich aus dem Beton zu brechen begann. Trotzdem blieb die Tür selbst fest zu. Der Beton oben am Rahmen fing an zu bröckeln, kleine Stücke fielen in einer Staubwolke runter. Wieder Anlauf und noch ein Tritt und dann, wie in Zeitlupe, wie ein verwundetes Tier, stöhnte das Ding, löste sich vom Beton und krachte in einem Stück nach innen auf den Boden der Wohnung. Dann kapierten wir, dass es die falsche Wohnung war.

Es gab eine dreckige kleine Küche, ein Bad mit wucherndem schwarzem Schimmel an der Decke und einen Raum, der gleichzeitig Schlaf- und Wohnzimmer war. Darin ein Schlafsofa mit einem weißen Laken und auf dem Boden ein kleiner buddhistischer Schrein mit ins

Plastik geschnittenen chinesischen Schriftzeichen und ein paar schwarze Räucherstäbchen-Stummel. Sonst nichts.

Dann Stimmen, Leute kamen den Flur draußen runter. Scheiße Scheiße Scheiße, ich lief in die Küche, schnappte mir zwei große Messer, gab Dario eins und wir drückten uns gegen die Wand und warteten, ob da einer blöd genug war, in die Wohnung zu kommen.

Ich war darauf vorbereitet, dass es ein echtes Gemetzel würde, sagte ich Dario später. Dass wir abstechen würden, wer immer reinkäme, und er, ich weiß, ich hab gesehn, wie du dich bewegt hast, Snoopz, du wars voll auf Autopilot, und ich lachte und sagte, ich weiß nicht, Bro. Aber wer immer da draußen auf dem Flur war, ging vorbei. Ich weiß, die Tür ist ihnen aufgefallen, weil die Stimmen kurz verstummten und dann sagte einer, ey, Mann, die Tür hat aber ordentlich was abgekriegt, und der andere meinte, so was von, und dann gingen sie weiter und verschwanden.

Wir sind also wieder raus, haben nach links und rechts gekuckt, die Messer zurück in die Wohnung geworfen und sind an der 152 vorbei zwei Türen weiter in die andere Richtung. Es war eine schwarze Tür, die 150 aus Messing über einem Türklopfer. Ich sah gleich, dass diese leicht aufzutreten war. Dario war sich sicher, seine Braut war im College und ihre Eltern im Urlaub, die Wohnung würde leer sein und wir würden unser Ding machen können. Schlimmstenfalls müssten wir sein Mädchen ruhigstellen, falls sie doch drin war, aber das wär kein großes Ding.

Die Tür flog beim ersten Tritt auf. Es war eine viel größere Wohnung. Keiner da. Wir gingen von Zimmer zu Zimmer. Im Elternschlafzimmer fanden wir die Beute in einem Schuhkarton. Bündel über Bündel Fünfziger mit orangenen Bändern. Wir sprangen aufs Bett, warfen die Scheine in die Luft, umarmten uns, schrien und lachten. Wir müssen wie zwei Verrückte ausgesehn haben. Schwarze Trainingsanzüge mit Betonstaub auf den Beinen, Handschuhe, schwarze Balas über dem Gesicht und wir springen auf dem fetten weißen Bettzeug im weißen Schlafzimmer rum und rosa Geldbündel fliegen durch die Luft. Wir zählten das Geld, es waren dreißig Riesen. Dreißig Riesen für uns zwei. Ich war noch nicht mal zwanzig.

Nach dem Bruch kaufte sich Dario ein Ticket nach Kanada und besuchte Verwandte, die er da hatte, weil wir die Köpfe unten halten wollten. Der Vater von Darios Freundin würde uns definitiv killen, wenn er rausfände, wers gewesen war. Also bin ich zurück nach SK zu Bimz gezogen oder war im Osten bei Capo.

Danach war nichts mehr so wie vorher.

Wenn jetzt ein Van neben mir langsamer wird oder mich überholt, versteift sich mein ganzer Körper, ich klapp das Messer in meiner Tasche halb auf, umklammere es fest und bin drauf gefasst, dass einer rausgesprungen kommt und mich fertigmachen will. Manchmal frage ich mich, ob ich die Kugeln spüren werde, wenn sie mich treffen, oder bin bereit, hinter dem nächsten Auto in Deckung zu gehen. Viele Dinge sind jetzt nicht mehr so wie früher. Ich meine, das ist ein völlig neues Level, verglichen mit als ich fünfzehn war und Jungen ihre Handys und Portemonnaies abgezogen habe. Jetzt, wo ich weiß, was richtiges Geld ist, will ich mehr.

Wegen alldem gehe ich an einem Freitagnachmittag nach meinem letzten Seminar an diesem Tag, einer Diskussion über Lyrik und warum Lyriker Entscheidungen so treffen, wie sie es tun, mit Capo nach Hatton Garden zu einem Juwelier namens Christmas. Er ist derzeit der

Einzige in Hatton, der Grillz macht, und ich lass mir zwei Weißgoldkronen mit weißen Diamanten anpassen, Capo einen einzelnen Zahn, alles mit Fünfzigern bezahlt. Dann hole ich mir eine Aqua-Master-Uhr mit Diamantsplittern rund um die Einfassung, weil die jetzt alle im Viertel wollen, und eine Goldkette hole ich mir auch.

So sitze ich in meinem ersten Jahr an der Uni im schwarzen Trainingsanzug von Nike mit meinen Brilli-Grillz im Shakespeare-Seminar und rede nach einem einstündigen Vortrag über *Romeo und Julia* drüber, dass Rache der reinste Instinkt ist, ob dir das gefällt oder nicht. Rache ist eine Demonstration von Liebe, echter, reiner Liebe, wie wenn Romeo Tybalt killt, weil Tybalt seinen Freund Mercutio gekillt hat, sage ich zum Seminar, genau wie ihr das absolute Bedürfnis und den Drang verspüren würdet, jemanden zu töten, der eure Mutter vergewaltigt hat, und wenn es nur für den Bruchteil einer Sekunde so ist, bevor euer moralisches Training Wirkung zeigt, bevor die Art, wie die Gesellschaft eure Instinkte betäubt hat, ihre Wirkung tut, und das Licht im Raum splittert in tausend Blitze, als es auf die Diamanten in meinen Zähnen trifft.

DIE HOCHZEIT

Ich bin neunzehn, es ist April und eine Weile bin ich die Uni los, weil wir Osterferien haben, und ich chille bei Bimz und will einen Joint. Bimz' Mum ist ausgezogen und hat ihm die Wohnung überlassen und so hängen seine Jungs im Prinzip Tag und Nacht bei ihm ab. Wer will, kann sich da praktisch jederzeit abschießen, es sind immer wenigstens vier, fünf Leute da, rappen zu Grime- oder Rap-Beats, rauchen und spielen *Soulcalibur* oder *GTA* auf der Xbox, kucken witzige Slap-Videos und Filme von Leuten, die ihre Ops mit dem Telefon aufspüren, betrinken sich mit Alizé oder Henny und reden bis in die frühen Morgenstunden Scheiß. Wann immer ich also nicht mit Yinka zusammen bin, die wieder in der Wohnung von ihrer Mum ist, komme ich zu Bimz, schieß mich ab und schlafe auf dem Sofa oder dem Boden.

Ich will also einen Joint, Bimz will einen und Ki und Sly wollen auch einen und wir verlassen die Wohnung und gehen aus dem Precinct rüber zu Uncle T. Bimz sagt, Uncle T hat alles, was man will. Es ist einer von den warmen Frühlingsabenden, die dich alles vergessen lassen und wir überqueren die Carlton Vale unter der Überwachungskamera beim Eingang zum Park und gehen Richtung Malvern Road. Es gibt eine Abkürzung links durch den Park, vorne vor Block D vorbei und schon bist du praktisch beim Blake Court. Tatsächlich aber nehmen wir die nie, besonders nicht spätabends, weil da alle Leute von Block D auf den Balkonen patrouillieren und wir direkt vor ihnen herlaufen müssten. Dann sehn uns alle und das sind Leute, die 24/7 Pistolen bei sich haben, alle mit Grillz und sie verkaufen den Junkies die ganze Nacht Stoff und wenn sie uns sehen, könnte einer von ihnen ein Zeichen setzen, was versuchen wolln oder einfach nur laut Scheiß über uns reden, sich aufmandeln, zeigen wolln, wer das Sagen hat und das ist ein Stress, den wir alle lieber vermeiden, denn eigentlich will doch niemand wissen, dass er anderen unterlegen ist. Keiner will sich machtlos fühlen.

Wir nehmen den Weg oben durch den Park. Dunkelheit rieselt um uns rum und wir sehen, wie uns drei weiße Typen und eine Frau von der Malvern Road entgegenkommen, die Männer in Polos, die Frau mit hohen Hacken und Mini. Sie unterhalten sich laut, wahrscheinlich sind sie leicht betrunken. Vielleicht haben sie gedacht, das wärne gute Abkürzung, von wo immer sie grade auch kommen, wobei es scheint, dass sie nicht kapieren, wo sie wirklich sind. Wir, ich, Bimz, Spooks, Mazey, Ki und Sly, machen uns breit auf dem Weg rüber zur Malvern Road. Ich geh den Weg lang und einer von den weißen Brüdern weicht nicht aus. Geht einfach so weiter, als wär nichts und ich drück die Schulter vor und er knallt im Vorbeigehen gegen. Ich gehe weiter und hör, wie er hinter mir Arschloch sagt. Spook dreht sich gleich um und, was?, das Gesicht zusammengekniffen und ich fahre herum, renne zu dem Bruder und hole schon mein Messer raus, klappe es mit einer geschmeidigen Bewegung auf, als es aus meiner Tasche kommt, und schneide ihm tief in den Arm, den er in meine Richtung hebt. Ich will ihm eigentlich in die Brust stechen, aber er hält den Arm davor und die Klinge fährt rein und schlitzt den Unterarm der Länge nach auf und ich sehe, wie sich ein fetter schwarzer Strich öffnet und die Frau fängt an zu schrein und ich pack sie bei der Jacke und werf sie zu Boden, wo sie gegen den Zaun knallt, der einen kleinen Spielplatz mit Schaukel und Klettergerüst umgibt. Ihre Beine sind blassweiß, als hätte sich der Mond drüber ergossen und einer ihrer Absätze ist abgebrochen. Sie drückt ihre Tasche an sich und der Typ hält sich den Arm und kuckt ihn an, als wärs nicht seiner und er hätte ihn grade aufgehoben oder so, und die beiden andern weißen Brüder stehn stumm und wie versteinert da und ziehen dann die Telefone raus, woraufhin wir uns wegdrehen und weiter zur Malvern Road gehen.

Wir lachen und Mazey sagt, Snoopz is gut drauf, und ich so, Scheiße, was war mit dem? Läuft wie ein Trottel in einen rein, und Spooks sagt, wie kann der sich noch umdrehn und sonen Dreck reden, wenn er so krass in dich reinrennt? Fick den Idioten, und ich sage, genau, Bruder, ich hab gesehn, wie schnell du dich umgedreht has, und wir lachen. Bimz sagt, nervig jetzt, denn wir wissen, dass die die Polizei rufen, und wenn die Bullen kommen und wir sind noch da, lochen sie uns alle ein.

Es ist das erste Mal, dass meine Leute mich so gesehen haben. Mazey sagt, du solltes dich mit meinem Cousin Gotti zusammentun, glaub mir, ihr zwei wärt nicht zu stoppen, und Bimz meint, das wär so krass. Ich hab Gotti ein paarmal bei Bimz gesehen, wobei wir nie mehr als ein paar Worte gewechselt haben, und ich weiß, er raubt Leute in der Gegend aus, seit er aus dem Knast wieder da ist, nimmt ihnen ihren Stoff und so ab. Während ich an der Uni bin, ist er bei Bimz und versucht, Leute zu finden, die mit ihm auf Raubzug gehn, aber wir scheinen uns ständig zu verpassen, aus welchem Grund auch immer. Egal.

Ich dann so, ich muss sofort hier weg, und ich rufe Capo an, da er South Killy kennt und normal mit dem Auto unterwegs ist. Er geht ran, und ich, hey, Bro, ich hab grad einen im Park in SK gestochen, kannst du mich holen kommen, ich muss hier weg, und er sagt, yeah, Junge, ich und Blix, wir kommen, sind grade auf der Hochzeit von Mos Bruder. Ich lege auf und sag den Leuten, dass ich verschwinde. Klar, Snoopz. Sie gehn zu Uncle T und ich lauf zurück zum Precinct.

Fünf Minuten später meldet sich Capo und sagt, er parkt hinten hinter Bimz' Block. Capo und Blix tragen Anzüge, weil sie direkt von dieser marokkanischen Hochzeit kommen und sie haben einen sudanesischen Bruder dabei, den sie kennen. Er heißt Omar. Ich spring in den Wagen und Capo meint, komm mit zum Empfang, die essen noch und so, und ich, sicher, Bruder. Dieser Omar fängt an, mich zu fragen, warum hast du diesen Typen gestochen, wozu, das ist bescheuert, und ich sage, es ist verdammt noch mal nicht bescheuert, was fragst du, wozu, wenn dus eh nicht kapierst, du kennst das Leben hier nicht, Junge, und ich starre ihm in die Augen und er kuckt weg und wird still, so als wollte er was sagen, weiß aber, es ist besser, die Klappe zu halten. Ich sehe, dass er einer von denen ist, dies kritisieren, wenn einer was Krasses macht, aber nicht, weil er es moralisch ablehnt, sondern nur, weil ihm Gewalttätigkeit von andern Leuten Angst einjagt, weil er selbst so was nicht macht, er hat keine Knarre, raubt keinen aus und hat auch noch nie einen mit dem Messer angegriffen. Er versucht die Kluft zwischen mir und ihm zu schließen, weil was ich grade getan habe, verschafft mir Ansehen, während er ein Niemand ist, wenns um die Straße geht.

Später frage ich Capo, was geht mit deinem Omar? Er hat mir im Auto ein paar blöde Fragen gestellt, und Blix lacht und sagt, ich hab gesehn, wie schnell er still wurde, als du ihm gesagt hast, er kennt das Leben hier nich, und Capo, denk dir nichts, Snoopz, der is noch neu. Der hat noch keinen Plan.

Wir fahren zu dem Hochzeitsempfang, der im Saal eines Gemeinschaftszentrums in Maida Vale stattfindet. Die andern gehen zurück aufs Fest, aber ich sage zu Capo, für mich nich, Junge. Ich fühl mich komisch, weil ich meinen schwarzen Raiders-Trainingsanzug und meine Air Maxes anhabe. Ich bin absolut nicht für eine Hochzeit angezogen und habe immer noch mein Messer in der Tasche. Capo bringt mich zum Küchentrakt hinten im Zentrum, sagt was auf Arabisch zu einem Mann, der mir die Hand schüttelt, *Salam alaikum* sagt und auf einen Stuhl an einem leeren Tisch zeigt. Capo geht zurück zur Feier. Ich kann Singen hören, Klatschen und Frauen, die diesen hohen Heulton produzieren, fast wie ein Kriegsruf. Es klingt, als läge gleichzeitig Freude und Schmerz darin. Klar, eine Marokkanerin mit Kopftuch bringt mir einen Teller Reis mit Lamm, und ich sage danke, *Allhamdulillah*, weil Capo mir gesagt hat, dass das die richtige Antwort ist, wenn du dich bedanken willst, und ich sitze allein da am Tisch und esse, während sich die Frauen hier hinten um die Versorgung der Gäste und um jammernde und hyperaktive Kinder kümmern, die alle schick angezogen sind, mit sauber polierten Schuhen.

Als ich mit dem Essen fertig bin, warte ich auf Capo, damit er mich zurück zur Wohnung von meiner Mum fahren kann. Ich nehm an, es ist besser, heute nicht mehr in SK aufzutauchen, nur für den Fall, dass die Bullen nach einem Mann suchen und ich will sowieso zurück, um nachsehen zu können, ob noch Blut an meinem Messer ist.

AM HAKEN

It's alright, Ma (I'm only bleeding).
BOB DYLAN

Ich habe 220 Stunden gemeinnützige Arbeit zu leisten, werde das aber ignorieren. Meine Bewährungshelferin schreibt in den Briefen an mich nicht mal meinen Namen richtig.

Die Fußfessel ist supernervig. Stell dir vor. Ich geh in der Wohnung meiner Eltern ins Bett, eine der Bewährungsauflagen ist, dass ich da jede Nacht schlafe, und hab einen grauen Gummigurt um den Fuß, so eng, dass er nicht runterzukriegen ist, unter keinen Umständen, mit einem großen runden Plastikdings und einem vorstehenden Sensor. Wenn ich auf der Seite liege, reibt er an meinem freien Bein. Jede Nacht. Ich wache auf unter der Decke, weich in meinem Bett, in dem ich jahrelang geschlafen habe, alles ist voller Kindheitserinnerungen, aber an meinem rechten Fuß zieht diese Fessel.

Ich muss hier drei Monate sein, dann bin ich wieder

weg. Von Juni bis Mitte September, im Prinzip die ganzen Sommerferien, bevor ich mein zweites Jahr an der Uni anfange. Wobei ich ehrlich auch eine Freiheitsstrafe hätte kriegen können und ich nehme an, ich habe Glück, daran vorbeigekommen zu sein. Vor Gericht habe ich mir den Umstand zunutze gemacht, dass ich englische Literatur studiere, so, bitte, machen Sie mir meine Zukunftsaussichten nicht kaputt, indem Sie mich einsperren, Euer Ehren. Aber klar, ich bin schon zu oft verhaftet und straffällig geworden, als dass sie mir nur einfach eine Geldstrafe und ein paar Stunden gemeinnützige Arbeit hätten aufbrummen können, also habe ich die Fessel. Es war eine Anklage wegen zweifachen tätlichen Angriffs auf Polizeibeamte, aber ich habe es geschafft, dass nur eine Anklage weiter verfolgt wurde und bin am Ende wegen der verknackt worden.

Als ich zurück zu meinen Eltern zog, fand ich, obwohl ich zuletzt mit meiner Mutter auf Kriegsfuß stand, mein Bett frisch gemacht vor, mit meiner Lieblingsbettwäsche mit hellgrünen Spiralen auf dunkelgrünem Hintergrund. Grün ist meine Lieblingsfarbe. Ich habe mich gleich kurz hingelegt und den leicht pudrigen Geruch des Waschmittels meiner Mutter eingeatmet.

Wenn ich abends nach sieben oder morgens vor neun die Wohnung verlasse, schickt ein Apparat in meinem Schlafzimmer ein Signal an Serco, eine der privaten Security-Firmen, die irre Knete damit machen, dass sie Leute ins Gefängnis transportieren oder jemanden wie mich überwachen. Sie rufen dich auch über den Apparat an, da hängt ein Hörer dran, und kontrollieren, was du machst und wo du bist. Wenn du den Alarm zu oft auslöst, können sie sagen, du brichst deine Bewährungsauflagen, und die Bullen schicken, damit sie dich richtig einlochen. Ich kenne ein paar Leute, die den Gummigurt um den Fuß mit einem Föhn weich gemacht haben, damit sie den Sender runterbekamen. Aber wenn das danebengeht oder sie merken beim Abnehmen was, wanderst du definitiv zurück vor Gericht und wahrscheinlich in den Knast. Vergiss es. Wie ich sage, es ist nervig.

Ich stelle mich unter die Dusche, das heiße Wasser wäscht mir die Träume vom Körper, und ich wache langsam auf. Um den Fuß die Fessel. Meine Arme sind frei, ich berühre meine Rippen. Mein Schwanz ist frei, er liegt an der Innenseite meines Schenkels. An meinem rechten Fuß diese verdammte Fessel, ich bin nicht frei. Ich gehe zu Yinka. Ihre Mum ist mit dem Stiefvater und den Kindern im Urlaub, da weiß Yinka, was ansteht. Sie macht die Tür in einem rosa Tanga und einem BH auf, der das Schimmern ihrer Haut noch unterstreicht. Sie trieft geradezu vor Weichheit, und ich will eigentlich nur in sie reinbeißen, sage ich ihr, als ich durch die Tür gehe und pack ihren Hintern. Ich sehe schmelzenden Karamell in ihren Rundungen, Blutorangen und die untergehende Sonne. Sie ist klein, mit winzigen Füßen, die ich fressen möchte, und ihr Haar ist dunkelrotgelb, was verrückt ist, weil ihre Mum ist schwarz mit schwarzen Haaren, und ihr Dad offenbar auch, auch wenn ich ihn nie gesehn habe. Yinka sagt, alle drei Generationen hat eine Frau auf der Seite ihrer Mutter rotgelbe Haare. Die Letzte war ihre Urgroßmutter zu Hause in Nigeria, in Ibadan, dem alten Sitz der Kriegerkönige der Yoruba, die so echt aussehende Bronzebüsten produzierten, dass man denkt, sie können atmen und sprechen. Ich küsse sie, als sich die Tür hinter mir schließt und mein Herz schlägt wild, bis runter in meine

Beine und hoch hoch hoch und meine Hände fassen und kneten ihren Hintern, als könnte ich dafür sterben, und sie kriegen einfach nicht genug und dann macht sie sich kichernd los und rennt die Treppe hoch, und ich krieg sie oben auf dem Treppenabsatz, und sie geht runter auf alle viere und reckt mir ihre saftige Hinterseite entgegen, als wärs eine reife, süße Aprikose, und ich beiße hinein und ich will sie öffnen und

Später, ich hab nichts mehr an und ihr rosa Tanga ist schon lange sonst wo gelandet, und es ist so intensiv und brennt und riecht derartig nach Leben und Nässe, wie es noch nie einer erlebt hat und unsere Körper sind ganz klebrig und verschmelzen ineinander und da ist dieses Wahnsinnsgefühl, als fielen wir durch den Raum, endlos, vorbei an Kometen und Sternbildern, nur diese eine Sache durchbricht das alles: die harte Fessel um meinen Fuß, unnatürlich, die mich erinnert. Es fühlt sich an, als würde sie schwerer und schwerer, je mehr ich versuche, nicht an sie zu denken, je mehr sich unsre Knie auf dem Teppich aneinander reiben.

Hinterher sagt sie, komm, wir kucken *Flavour of Love*, und ich sage, neeeiiin, als würde die Welt untergehn, falle auf den Rücken und tu so, als würde ich sterben und setz mich wieder auf und sage, ich ertrage diesen Schwachsinn nur, weil ich dich liebe, weißt du, und sie sagt, komm schon, ich weiß, dass du es auch magst, wahrscheinlich findest du sogar schon eine besonders heiß, du willst es nur nicht zugeben, und ich, hööör auf, meine Schöne, keine ist so heiß wie du, und dann beiße ich ihr in die Schulter.

Yinkas Zimmer ist das kleinste im Haus. Eine Schachtel, ein Einzelbett mit wenig Platz daneben und ein

Kleiderschrank und eine Kommode. Immer sauber und ordentlich, das einzige Durcheinander ist der Haufen Haarpflegemittel und Bürsten voller orangener Haare, sind die Cremes und Lotionen, Binden und Haarklammern auf der weißen Kommode am Fußende des Bettes. Als ich das erste Mal hier war, das war, nachdem sie mir ihr Geheimnis verraten hatte, sah ich all die Poster von Usher und La Rule an der Wand und es machte mich irgendwie traurig und eifersüchtig zugleich, so als hegte sie die geheime Hoffnung, dass Usher eines Tages von einer Wolke aus blitzendem Licht zu ihr hinabkäme, ihr ein Liebeslied vorsänge, dazu tanzte und sie mit in ein neues Leben nähme, sie aus diesem Zimmer errettete, in dem sie als Kind missbraucht worden war, aus diesem Bett, in dem sie, wie sie mir erzählt hatte, eines Tages mit einem Messer gesessen und genug Mut zu fassen versucht hatte, um sich umzubringen.

An der Wand hängt ein Me-to-You-Kalender mit babyblauer Umrandung und blauen Teddybären rundum und sie hat mit schwarzem Kuli in Bubble-Buchstaben kleine Notizen draufgeschrieben, wann sie sich mit Freundinnen trifft, Smileys bei Tagen draufgemalt, auf die sie sich freut und in einem Feld kann ich meinen Namen sehen, schwarze Kuli-Herzen und Schmetterlinge drum rum, weil eines Tages fing sie plötzlich an, mich Butterfly zu nennen. Einmal hörte Mazey, wie sie mich so nannte, und sagte, Butterfly, ey?, und ich, weil du als Mann ein Butterflymesser dabeihast, oder, und Yinka lachte mit diesem besonderen Lachen mit dem Schneidezahn mit der fehlenden Ecke und sagte, hör auf, Gabriel, spiel vor deinen Jungs nicht den Macker, und dann sagte sie zu Mazey, ich nenn ihn so, weil er mein Schmetterling ist. In der

Ecke neben dem Kleiderschrank steht ein riesiger Stoffelefant und sie hat mir mal erzählt, wie sie, als sie jünger war, damit Vögeln geübt hat, worauf ich vor Lachen nicht mehr konnte.

Wir liegen in den Kissen auf ihrem Bett, ihren Laptop offen vor uns und sie legt mir den Kopf auf die Brust, als wollte sie meinem Herzschlag lauschen, während wir zusehen, wie sich die Chicks bei *Flavour of Love* um einen flüchtigen Moment des Ruhms im Reality-TV bekriegen. Aber dann kann ich nicht mal über Nacht bleiben, weil ich vor sieben zurück bei meiner Mum sein muss.

Eines Morgens treffe ich mich mit Dario. Er ist aus Kanada zurück. Wir halten Ausschau nach einer Wohnung zum Einsteigen. Wenn es ein kleines Badezimmerfenster ist, geht er als Erster rein, weil er so klein und beweglich ist und macht mir die Tür auf. So sind wir überhaupt Freunde geworden, mit solchen Aktionen. Vorher haben wir uns bei Piratensendern gesehn, bei Laylow FM mit Secret Service und einer Gruppe namens Hot Off Da Block. Dann hab ich ihn auf der Straße getroffen, er war allein, ich war allein und er sagte, was geht, Mann, und ich hab ihm von dieser Wohnung erzählt, die ich gesehn hatte, mit einem offenen Fenster, und er, komm, die räumen wir aus. Er ging kurz nach Hause und wir trafen uns bei der Wohnung, er in einem dunkelblauen Overall mit Nike-Baseball-Handschuhen in der Tasche und einem Tuch vor Mund und Nase. Wir haben nie drüber reden müssen, verstehen uns ganz natürlich, instinktiv. Das ist es, was wir machen wollen.

Seit der Aktion mit den dreißig Riesen sind wir echte Brüder und seine Familie behandelt mich auch so, wenn ich rüberkomme, obwohl es meist nur wegen Dario ist, bevor wir einen neuen Bruch machen. Sein jüngerer Bruder Travis und seine kleine Schwester Chynique sehen, wie wir unsere Balas in die Tasche stecken und leere Rucksäcke aufsetzen, während sie sich für die Schule bereit machen. Die große Bajan-Familie. Das letzte Mal, als ich bei ihnen zu einem Barbecue war, fragte ich, krieg ich einen Teller, und sein Onkel Kelvin grinste mich mit seinen Goldzähnen an und sagte, daran erkenne ich, dass du eine Weile nicht hier wars, Snoopz, weiß du nicht, dass sich in dieser Familie jeder selbst der Nächste ist, und dann klopfte er mir auf den Rücken. Dario liebt seine Burger oder wie er sie nennt: sein Fett. Wann immer er fotografiert wird, kneift er die Augen zusammen und saugt die Lippen in den Mund, als wollte er sie verstecken. Dario war der Erste, der mir von dieser ganzen Anunnaki-Sache erzählt hat, nachdem er das Gilgamesh-Epos gelesen hatte und wann immer wir bei seiner Mum chillen und auf dem Dachboden kiffen, reden wir am Ende über sumerische Götter, die mit Raumschiffen von Nibiru gekommen sind und Menschen geschaffen haben, um sie nach Gold graben zu lassen und es zurück zu ihrem Planeten zu bringen.

Bei unserem letzten Bruch haben wir Laptops, eine Playstation 2, Versace-Parfüms und sogar ein paar Scheine mitgehen lassen, die wir in einer Schublade gefunden haben. Ich hab noch Westside 2 Gunz Up mit meinem Messer in die Wand geritzt. Wir wissen beide, dass wir hinter einer weiteren fetten Kiste wie der her sind, die uns reich gemacht hat. Die Leute sagen, du solltest dir einen ehrlichen Job besorgen. Aber so, wie ich es sehe und auch Dario, meinen sie eigentlich, dass du dich unterwerfen sollst. Schuften wie ein Irrer, um einem anderen die Taschen zu füllen, mehr als die eigene, mit grade mal genug nach Hause kommen, um einen weiteren Monat über die Runden zu kommen, damit das Ganze von vorne losgehen kann und immer so weiter. Es laugt dein Hirn aus, dein Inneres. Macht dich zu einer leeren Hülle und wenn du in sie reinhorchst, kannst du grade noch von fern den Klang deiner Träume hören. Aber die sind nichts als eine Illusion. Vergiss es.

Diesmal suchen wir uns eine Souterrainwohnung aus. Machen es wie immer eins zwei drei und mit Anlauf die Tür eintreten. Sie geht zu einfach auf und kracht gegen die Wand. Ich sehe vier marokkanische Brüder im schwachen grauen Licht des Flurs vor uns stehen und uns anstarren. Ich habe einen Hammer in der Hand, aber Dario ist schon wieder Richtung Treppe unterwegs. Die richtige Entscheidung. Ich mache ebenfalls kehrt. Wir rennen die Straße runter, vorbei an weißen Häusern und Hecken, ein morgendliches Brennen in der Brust. Die Fessel an meinem Fuß rutscht beim Rennen rauf und runter und ich spüre, wie sie schwerer wird und mir über die Haut reibt. Aber nein, ist nur für einen Moment, weil ich dran denke. Ich mache, was ich immer mache. Sie ist Teil meines Fußes. Ich bin sie mittlerweile gewohnt. Stell dir vor.

Das Übelste ist, dass ich das Ding ausgerechnet in meinen Sommerferien verpasst kriegen musste. Wobei, wirklich übel ist es, bei meiner Mum schlafen zu müssen. In meinem Zimmer kann ich nicht kiffen, was heißt, dass ich mir bei Bimz oder Uncle T irre was reinziehe, bevor ich nach Hause komme und dann fragt sie mich ständig, ob ich high bin und anderen Scheiß, weil meine Klamotten nach Gras stinken und meine Augen ganz rot sind und sie ist wie besessen und kann mich einfach nicht in Ruhe lassen.

Eines Morgens fragt sie, wohin gehst du, was machst du mit deinem Tag? Ich esse meine Spiegeleier und sie immer wieder, Gabriel, wo gehst du hin? Dann sagt sie, bist du ein Drogendealer? Sie spricht Drogen mit ihrer bemühten Einwandererstimme aus, die versucht, so ungeheuer englisch zu klingen, und ich muss über das, was dabei rauskommt, lachen. Aber dann bin ichs leid und sage, hör mit dem Scheiß auf, ich geh zu meinen Freunden in South Kilburn, und sie sagt, zu deinen kriminellen Freunden, die ihr Leben vergeuden. Den Schwachsinn habe ich schon viel zu oft gehört und ich sage, sei still, Mann, und sie sagt, rede nicht so mit deiner Mutter, und ich, ist mir egal, Mann, und sie sagt, ich bin kein Mann, ich bin deine Mutter und ich verbiete dir, so mit mir zu reden. Sie kapiert einfach nicht, dass ich Galaxien von ihr entfernt bin, auf einem anderen Planeten, bei den Göttern des Weltraums und den gefallenen Engeln. Ich bin nicht der, für den sie mich hält. Ich bin das Gebiss eines Vielfraßes, die Zunge einer Echse. Die Agonie von tausend Gesetzlosen. Sag mir, wohin du gehst, sagt sie. Ich sage, oder was? Ich bin ein erwachsener Mensch, ich kann tun und lassen, was ich will und überhaupt, du erlaubst nie, dass Yinka oder einer meiner Freunde herkommt, warum sollte ich also den ganzen verdammten Tag hierbleiben? Sie sagt, ich lass das Mädchen hier nicht rein, weil ich sie nicht mag. Ich sage, wie kannst du sie nicht mögen? Du kennst sie nicht mal, und meine Mutter sagt, weil sie nicht gut genug für dich ist. In meinem Kopf explodiert was und ich verlier alle Worte, die drauf gewartet haben, aus meinem Mund zu kommen. Ich stehe auf und gehe zu ihrem Schreibtisch im Wohnzimmer, wo sie ein paar Fotos von mir und meinem Bruder hat. Ich zerreiße die Fotos von mir in winzige Fetzen und werfe sie auf den Boden. Als ich meine Lieblings-Nikes im Flur anziehe, hebe ich den Blick und sehe das neuste Kunstwerk meiner Mutter an der Wand über mir hängen: ein hölzernes Brett mit schwerer, klumpiger Ölfarbe, auf dem ein Paar weiße Babyschuhe kleben, meine Babyschuhe, die ich mit zwei oder so hatte, und daneben hängt die ausgetrocknete Schote von irgendeiner Pflanze. Das Ganze steckt in einem Fensterrahmen, den meine Mutter in einem Container gefunden hat und von dem die weiße Farbe abblättert. Ich hau ab.

Das letzte Mal, als wir so einen Streit hatten, bin ich raus und hab einen Ziegel durchs Küchenfenster eines Hauses ein Stück die Straße runter geworfen, wo die Leute beim Abendessen am Tisch saßen.

Diesmal rufe ich Uncle T an und er sagt, er hat Purple Haze da, extragute Qualität, und ich sage, ich brauche zwei Joints, ich komm gleich vorbei, T. Er sagt, kein Problem, mein Junge, hör mal, und dann legt er auf.

Ich gehe die Harrow Road hoch und atme tief durch. Der heiße Zuckergeruch der Abgase. Aber das Gefühl, das meine Mutter in mir losgetreten hat, geht nicht weg, es drückt mir immer noch das Herz zusammen.

An der Kreuzung mit dem roten Costcutter, an der Ecke, wo abends all die Runtergekommenen auftauchen, überquere ich die Straße. Der Verkehr steht still. Ich gehe zwischen zwei Wagen durch. Der links rollt ein Stück vor, trifft auf mein Bein und lässt mich einknicken. Ich drehe mich zum Fahrer um so wie, was ist dein verficktes Problem? Er starrt mich an und zieht die Stirn kraus. Saure Augen. Sieht aus, als zerkaut er sich die eigene Fresse. Gibt mir den Mittelfinger. Ich gehe zurück, mache die Tür seines Autos auf und verpasse ihm drei harte Schläge ins

Gesicht, bis ich Blut von seinem Auge runterrinnen sehe, eine intensivere Farbe als alles, was ich heute schon gesehen habe und da sind dunkle Flecken auf den Knöcheln meines schwarzen Handschuhs. Jetzt kommen die Geräusche wieder. Der Bus, der hinter uns wartet, drückt auf die Hupe. Der Typ schießt aus der Reihe über die Gegenspur auf den Bürgersteig und kracht gegen eine Laterne. Ich gehe weiter. Ich muss zu Uncle T und seinem Purple Haze und dieses Ding ersticken, das da in meiner Brust herumtanzt, obwohl es sich jetzt schon richtiger anfühlt.

Später, nachdem ich in Uncle Ts Wohnzimmer einen fetten Joint geraucht habe, sich Wolken um mich legen, ein modriger Geruch die Wohnung einnimmt und mir in Augen und Kopf steigt, erzähle ich Uncle T, was passiert ist. Ich kuck beim Reden an die Wand, wo zwischen den gerahmten Porträts von Martin Luther King und Marcus Garvey zwei Schwarz-Weiß-Fotos von einem nackten schwarzen Mann und einer nackten schwarzen Frau hängen, auf denen in dicken Buchstaben unten aufgedruckt steht, DER UR-MANN UND DIE UR-FRAU. Weiter unten an der Wand hängt eine goldgerahmte Urkunde, auf der in goldgeprägten Buchstaben VATER DES JAHRES steht und drunter: HIERMIT WIRD BESTÄTIGT, DASS DER BESITZER DIESER URKUNDE ZUM VATER DES JAHRES ERNANNT WURDE, WEIL ER WARMHERZIG, WEISE, GROSSZÜGIG, LIEBENSWERT UND EINE SEHR WICHTIGE PERSON IN SEINER FAMILIE IST. IN LIEBE, und auf der gepunkteten Linie haben Taz, Naf und Jasmin unterschrieben. Uncle Ts Stieftochter Tanisha sitzt auf dem Sofa und zieht an einem Joint, den ihr irgendein Bruder geschenkt hat. Sie kriegt immer Sachen geschenkt, von verschiedenen Männern, die wahrscheinlich von ihr träumen, es aber nie schaffen, neben ihr zu träumen. Sie rückt ihre zarte Gestalt auf dem Sofa zurecht. Wir sind uns irre nah, praktisch eine Familie, da ich mit ihren Brüdern Malice und Grizzy so eng bin und auch mit ihren Schwestern, und wann immer ihre ältere Schwester Jasmin eine Party feiert, kommen die beiden, drücken sich von zwei Seiten mit ihren Hintern an mich, rufen, Käsesandwich, und brechen in Lachen aus. Tanisha hat aber Tiefgang. Sie hat eine Vision. Sie kann Sachen sehn, die nicht da sind, auch wenn die nicht alle gut sind, weil ich weiß noch, wie sie mir von dem einen Mal erzählt hat, als sie aufgewacht ist weil sie von Händen aufs Bett gedrückt wurde und sie konnte nicht schreien, weil da was über ihr schwebte und ihr den Mund zuhielt.

Tanisha schüttelt den Kopf, als Uncle T sagt, nun, du has eben eine K.-o.-Faust, Snoopz. Wer dir in die Quere kommt, merkt das schnell. Tanisha räuspert sich und fängt an zu summen.

Ich sage, ich kann es nicht abwarten, dass ich die Fessel loswerde, damit ich bei meiner Mum wieder rauskomme.

Onkel T sagt, du bis groß, Snoopz, die kann dir nich vorschreiben, wie du leben solls. Oder?

Ich sage, manchmal, ehrlich, da hasse ich sie.

Tanisha zieht an ihrem Joint, stößt den Rauch wieder aus, starrt auf den Fernseher und sagt, mich hat Liebe gezeugt und ich kenne Hass nicht.

TREFFE GOTTI

Als ich mit der Tube in Kilburn Park ankomme, habe ich nur zwei Dinge im Kopf: Gras und einen Bruch.

Das Gras kann ich in South Killy kriegen. Uncle T hat Ammi, und Jermaine, der bei Bimz wohnt, hat grade erst supergeiles Lemon Haze gekriegt. Was den Bruch angeht, so ist der Drang danach ständig da, versteckt wartet er in mir, wie Tränen, Herzschläge und Vergesslichkeit. Ich hab zurzeit ständig meine Bala mit im Rucksack, zusammen mit den Büchern und Notizen von der Uni. Nur für den Fall.

Ich habe mein zweites Jahr angefangen. Es ist September und ich bin die Fußfessel seit zwei Wochen los. Ich trete aus dem Bahnhof und die Nacht schließt ihren Kiefer um den Tag. Ich komme direkt aus dem Osten und alles, was ich will, ist mich ausknocken. Ich kann mich nicht mal mehr dran erinnern, wie es ist, ohne Gras einzuschlafen. Ohne so high zu sein, dass sich mein Kopf dreht und die Augen in Dunkelheit versinken. Wenn ich nichts zu rauchen habe, rennen mir die Gedanken die ganze Nacht über weg und ich bleibe wach und jage sie. Wenn ich kiffe, vergesse ich meine Träume. Wahnsinnige, blutige Träume.

Ich gehe also zum Peel Precinct rüber. Es ist noch

nicht kalt, der Sommer gibt noch nicht nach, ich hab mein schwarzes Nike-Hoodie an, Jeans, das reicht. Aber ich hab auch diese unbenennbare Energie in mir, die mich warm hält, dieses Gefühl, endlich wieder mit der Nacht vereint zu sein, als wäre ich unterwegs zu einer besonderen Freundin, du weißt schon, deiner ersten Liebe, die du ewig nicht gesehn hast. Die letzten drei Monate mit der Fußfessel war ich immer um sieben zu Hause.

Es ist kurz nach zehn, als ich in den Precinct reinkomme. Er liegt verlassen da, nur die Kamera auf dem stachelbewehrten Pfosten in der Mitte überblickt alles und an den Läden sind die Rollläden runter. Warmes gelbes Licht hütet Geheimnisse hinter Vorhängen in den dreistöckigen Blocks. Straßenlaternen kämpfen mit den Schatten und verlieren. Die Nacht bricht an. In der Ferne treiben gelbe Rechtecke in unerschütterlicher Einsamkeit: Fenster in den Betonblöcken von South Kilburn.

Und dann sehe ich Gotti aus Bimz' Block kommen. Er hat ein weißes Girl dabei, die vielleicht halb so groß ist wie er, mit weißem Mantel und einem Fellbesatz an der Kapuze. Hey, Gotti, sage ich und er, was geht, Snoopz, was steht an?

Gotti. Schwarz wie eine Bienenzunge und mit Augen wie eine ferne Ecke des Universums, wo sich selbst noch Sterne verlieren. Ich kann Aknenarben auf seiner Wange sehen und die Kleine riecht nach Shampoo und Zigaretten. Ein paarmal hab ich mit Gotti bei Bimz gechillt und wir haben uns einen Joint geteilt, während sich alle ins Schlafzimmer quetschten, sich einen Platz auf dem Bett suchten und sich bei *Soulcalibur* auf der Xbox abwechselten. Mazey ist kürzlich in eins der freien Zimmer bei Bimz gezogen und sagt mir ständig, wie irre es wäre, wenn ich mich mit Gotti zusammentäte und ich antworte immer, echt, ich brauch einen, mit dem ich Brüche machen kann. Aber ich bin kein Kriecher und würde ihn nicht plötzlich bitten, mich bei was mitzunehmen.

Das ist Chelsea, sagt Gotti und das weiße Mädchen hebt die Hand und ich sag, wie gehts, dann zu Gotti, ich such was Gras, Junge.

Er sagt, Bimz is nich da. Da hab ich vorhin schon geklopft.

Einer muss was haben, sage ich.

Wo kommst du grad her?, sagt er.

Ich sage, von der Uni, aber für die Woche bin ich durch und erst mal wieder hier.

Na dann, sagt er, ich frag mal, wer was hat, und nimmt sein Telefon.

Wir sitzen auf der Betontreppe rauf in den ersten Stock von Bimz' Block. Sein Girl steht unten, kaut Kaugummi und kuckt uns an.

Ich hab gehört, du versuchs wen zu finden, der was mit dir macht, sage ich.

Yeah, aber die Leute sind nich so drauf, sagt Gotti. Du aber schon, wie ich höre.

Yeah, Junge, ich bin immer bereit, sage ich, stehe auf, nehme den Rucksack ab, mach ihn auf und hole meine Bala heraus. Es ist eine von den dicken wollenen mit zwei Löchern für die Augen und einem für den Mund.

Kein Scheiß, sagt er und ein Lächeln zieht über sein Gesicht. Er nimmt sie. Ich schwöre, ich sehe Funken in seinen Augen, wie Glut, die von was Unsagbarem angefacht wird, aber vielleicht hab ich auch zu viele Bücher gelesen und meine Fantasie springt im Dreieck.

Ich liebe diese Dinger, sagt Gotti und hält meine Bala

fast schon zärtlich in der Hand. Er kuckt sie an, als wärs eine Geliebte. Die Stille des Precinct umhüllt uns und das Mädchen spuckt ihr Kaugummi aus und steckt sich ein neues in den Mund. Dann Stimmen.

Wir sehen Ryder, einen von den Jüngeren aus SK, und seinen Kumpel mit zwei jungen Chicks in Trägertops und sie wanken und lachen, stoßen gegeneinander und die beiden Chicks stützen die Jungs, die an ihnen lehnen und halb leere Hennessy-Flaschen in der Hand halten.

Was geht, sagen wir alle und Ryder, is mein Geburtstag, und wir, alles Gute, Junge, und die Chicks lachen wegen irgendwas und ihre Tops hängen weit unten mit kleinen Goldkettchen zwischen den Brüsten, mit rosa Knast-Rosenkranzperlen aus Plastik verzwirbelt, Tattoos auf den Handgelenken, zu kleinen Locken gegelte Babyhaare, die perfekt auf der Stirn kleben. Ryders Kumpel sagt, ich bin so zu, und sein Girl, gib mal den Henny, Baby, und alle sind so irre voll und trotzdem fließt die Stille des Precincts um uns rum wie ein einsamer Fluss, in dem wir rumspritzen. Dann sehen wir einen asiatischen Bruder von den Läden drüben quer durch den Precinct kommen und Gotti kuckt mich an und sagt, komm, den nehmen wir aus, und ich, bin dabei.

Gotti zieht sich meine Bala übers Gesicht und ich mir meine Kapuze über den Kopf, schnür sie fest zu, dass nur nochn bisschen was vom Gesicht rauskuckt und wir rennen los. Pantherfüße. Der Mann bleibt stehn, erstarrt, als wären die Schatten um ihn rum plötzlich zum Leben erwacht und es findet alles offen unter der Videokamera statt, mitten im Precinct. Ich pack den Typ beim Sweatshirt-Kragen und zieh ihn zurück so wie, schön hierbleiben, mein Freund, und gleichzeitig holt Gotti ihm mit einer Bewegung die Uhr vom Handgelenk, und der Mann, Himmel, nein, bitte nicht bitte nicht, und ich befühle seine Taschen, zieh ihm die Brieftasche raus und Gotti packt ihn vorne beim Sweatshirt und ich schwöre, ich kann sehn, wie er lächelt, aber es ist, als wär die Bala eins mit seinem Gesicht und ich mache die Brieftasche auf und hol das Geld raus, nur sechzig Pfund. Gotti stößt den Bruder weg, ich werf ihm die Brieftasche zu und der Typ bückt sich, hebt sie auf, sieht uns an und sagt, bitte, Mann. Er liegt voll daneben. Marschiert nachts durch den Precinct, als wüsste er nicht, wie gefährlich es hier ist, wollte wahrscheinlich eine Abkürzung zum Bahnhof Queens Park nehmen oder so. Das has du davon, wenn du nicht aufpasst. Ich sage, zieh Leine, Mann, und bewege mich auf ihn zu, als wollte ich ihm was tun und er rennt weg. Ich bleib stehen und Gotti lacht und ich lache und dann drehn wir um und gehen zurück zu Bimz' Block.

Chelsea steht da und wartet und Ryder und die anderen taumeln hin und her, trinken ihren Henny und kucken uns zu. Dann sagt Ryder, ihr habts drauf, Mann, und sie ziehn weiter, wohin sie auch wollen, denn der Abend ist für sie noch nicht vorbei, hat kaum erst angefangen.

Siehs du, das sagt mir, dass du dabei bist, sagt Gotti, zieht sich die Bala runter und reicht sie mir. Hast keine Sekunde gezögert, und er gibt mir die Faust, boxt mir gegen die Knöchel und ich fühl mich wie aufgedreht, krasse Energie strömt mir durch Arme und Beine. Ich denke, dass ich gerade Teil von dem geworden bin, was die Gegend hier gefährlich macht. Ich bin Teil der Landschaft. Von ihrem unberechenbarsten Teil. Eher von ihrem eigenen Wettersystem als dem Himmel drüber.

Was fürne Uhr ist das?, sage ich und er zeigt sie mir.

Eine TAG Heuer aus Edelstahl. Er sagt, kannst du haben, Bro, und gibt sie mir, als wär er nicht mal dran interessiert. Kein Scheiß, sage ich. Yeah, Bruder, ist deine, sagt er und ich, komm, wir ziehn uns was rein.

Er packt Chelsea von hinten um den Körper, vergräbt sein Gesicht in ihrem Haar und sagt, du kanns mitkommen und bei mir pennen, wenn du wills, Snoopz. Echt, Bruder? Beim Leben meiner Mutter.

Ich sage, ich will nur noch schnell zu meiner Mum, bisschen Kohle und ein paar Sachen holen, und er sagt, cool, Junge, ich komm mit.

Ich habe eine Regel, die lautet, lass niemanden wissen, wo deine Eltern wohnen, damit in was ich auch reingerate, nicht bis zu ihnen nach Hause durchdringt. Und was noch wichtiger ist, so kann keiner meiner Familie was antun, weil er mich drankriegen will.

Und so sag ich zu Gotti, als wir die Harrow Road runtergehen, dass meine Mutter direkt hinter den Blocks auf der anderen Seite vom Warwick Estate wohnt. Er sagt, Chelsea wohnt in Warwick und er bringt sie da jetzt hin. Ich gehe durch die Blocks auf der anderen Seite und kaum bin ich außer Sicht, sprinte ich runter zur Brücke quer über die Gleise und durch die Gasse auf der anderen Seite zur Straße, in der meine Eltern leben.

In der Wohnung pack ich meinen Rucksack um. Das Haus schläft. Die Digitaluhr am Herd zeigt schimmernd Mitternacht. Ich hol den Nike-Schuhkarton unter dem Bett hervor und nehme 3000 von meinem Vorrat. Das sollte eine Weile reichen und überhaupt, ich bin sicher, dass ich bald schon ein paar ernsthafte Brüche mache und das wird zusätzlich was einbringen. Ich nehme meine Pistole. Sie liegt mit im Schuhkarton unter all den Fünfzigern, meine 9mm Star mit Schalldämpfer, im Moment abgeschraubt, in ein öliges T-Shirt gewickelt und in zwei blaue Plastiktüten gepackt. Im Magazin sind acht Patronen, zwei rollen lose im Karton herum. Ich habe das Gefühl, ich brauche sie irgendwann. Ich stecke die drei Riesen in die vordere Tasche meines Rucksacks, dazu mein Lehrbuch zur Literaturtheorie, liniertes Papier, mein Exemplar von *Das Kapital* und meine Stifte. Dann suche ich ein paar Klamotten zusammen, die ich um die Pistole wickle, bevor ich sie in das Hauptfach des Rucksacks stopfe. Ich gehe wieder, ohne meinen Vater oder meine Mutter zu wecken. Ich bin zu einem Geist geworden.

Ich renne den Weg zurück, auf dem ich gekommen bin, durch die Gasse und über die Brücke, atme tief durch und rufe Gotti an, sage, ich geh jetzt von meiner Mum los, Junge, wo bist du? Er sagt, ich soll ihn bei der Tankstelle an der Harrow Road treffen. Wir gehen zurück nach South Kilburn.

Die Nacht hüllt South Killy ein, orangefarbenes Licht aus den Blocks und schwarze Schatten saugen die Farbe aus allem. Gottis Mum hat eine Wohnung in Block D, im Wordsworth House. Vier Stockwerke in völliger Dunkelheit, die aus den Durchgängen sickert. Ein berüchtigter Ort. Fast habe ich das Gefühl, ich muss einmal tief Luft holen, bevor ich Gotti nach drinnen folge, aber da es mittlerweile zwei Uhr morgens ist, liegt alles in tiefer Stille. Gotti erzählt mir, wie hier mal zwei Undercover-Bullen, ein Mann und eine Frau als Junkies verkleidet auf den Balkon raus sind. Die Leute haben sie fertiggemacht, haben ihnen die Fresse poliert und als sie k. o. waren, ihnen sämtliche Klamotten ausgezogen, ihnen die Handschellen, Funkgeräte und all den Scheiß abgenommen. Du hättest sehn solln, wie dann die Bullen hier angereist sind, den ganzen Block haben sie sich vorgenommen, Junge. Zwei Mannschaftswagen Überfallkommando, jede einzelne Tür haben sie eingetreten, völlig durchgeknallt, sagt Gotti und dann lacht er, Splitt in der Kehle.

Hast du wen erreicht?, frage ich, weil ich jetzt gleich was rauchen will. Nah, aber ich kenne einen jungen Typen, der wird was haben. Ich klopf da an und weck ihn auf, sagt Gotti.

Drinnen im Block sehe ich, dass die Kameras alle mit schwarzem Lack vollgesprüht sind. Wir gehen in den ersten Stock hoch, die Treppe stinkt nach kaltem Skunk und Pisse. Wie im Blake Court. Ein langer Balkon, von dem man auf den Park zum Precinct rübersieht und die Reihe Türen. Eine der Lampen flackert, erlischt, erwacht neu zum Leben und es geht von vorne los. Ich denke, dass das hier der Ort ist, wo die ganzen Leute rumhängen, nach Bullen Ausschau halten, nach Spitzeln und Junkies und laut und abfällig über jeden reden, der vorbeiläuft. In wegschmelzenden Schatten haben sie Waffen hinterm Gürtel stecken, dreckiger, regennasser Beton überall und sie sehn aus, als hätten sie Sterne vom Himmel gepflückt und sich in den Mund gesteckt. Gotti geht zu einer Tür und klappert ein paarmal mit dem Briefkasten. Keiner antwortet, also macht ers noch einmal.

Wird der Junge nicht grade pennen?, sage ich. Scheiß drauf, dann wacht er eben auf, sagt Gotti. Er zieht sich die Kapuze runter und sieht auf den mit Nacht gefüllten Park raus, mattes elektrisches Licht umschließt die runde Form seines Kopfes. Dann beugt er sich über die Brüstung, spuckt runter, dreht sich um, geht zur Tür und klappert ein weiteres Mal an dem Briefkasten.

Die Tür öffnet sich und da steht dieser große weiße Bruder und runzelt die Stirn. Sagt, was geht, und reibt sich die Augen. Gotti sagt, gib mir was Gras und sorg dafür, dass es gut ist. Der Bruder sagt nichts dazu, dass Gotti um zwei Uhr morgens bei ihm klopft.

Wie viel willst du?, sagt er, und Gotti, wie viel willst du, Snoopz? Fürn Zwanziger. Und Gotti darauf, und gutes Zeug, verstanden, nichts Laffes, wenn ich weiß, du has Lemon.

Der Junge verschwindet, kommt nach einer Minute zurück und gibt mir das in Frischhaltefolie gewickelte Gras. Ich sage, nice, und geb ihm den Zwanziger aus meiner Tasche und Gotti sagt, cool, und der Junge geht wieder rein und ich hör, wie er den Schlüssel im Schloss umdreht.

Ich folge Gotti zur Treppe und wir gehen hoch in den vierten Stock. Eine von den mit Plastikabdeckungen versehenen Lampen ist aus irgendeinem Grund rosa. Die andern sind alle gelb. Ein Teil der Abdeckung ist zerschlagen und am schartigen Rand klebt ein Spinnennetz. Eine fette braune Spinne hängt an ihrem Faden, als ich vorbeigehe, aber ich töte sie nicht, weil Capo mir mal erzählt hat, dass es Spinnen waren, die den Propheten gerettet haben, als er vor seinen Feinden floh.

Wir kommen oben an und als wir den Balkon langgehn, sehe ich was Weißes in Plastik Gehülltes, sieht aus wie Müll in der kleinen Rinne direkt bei der Mauer, die das Regenwasser ableiten soll. Gotti nimmt es, stopft es in die vordere Tasche seines Hoodies und sagt, die Leute verstecken hier ihrn Stoff in kleinen Portionen für die Junkies. Er lacht, aber seine Augen bleiben außerirdisch. Krass, sage ich, nicht schlecht für einen Abend, und wir lachen beide. Wir kommen zur Tür zur Wohnung von seiner Mum. Er macht auf und wir schleichen rein, schließen leise ab. Ich folge ihm zu seinem Zimmer.

Er hat ein einzelnes Campingbett mit einer dünnen Matratze und einer Steppdecke und zieht einen Schlafsack darunter hervor, rollt ihn auf dem Boden aus und sagt, du kannst das Bett haben, Junge, und ich, okay, Bruder. Ich setze mich aufs Bett, drehe mir mit dem Gras, das ich grade gekauft habe, einen Joint und Gotti schaltet seine Musikanlage ein. Er sucht eine Uncle-Murda-Playlist aus, setzt sich auf seinen Schlafsack und macht den Plastikbeutel auf, den er draußen gefunden hat. Das Ding ist voll mit H und C, alles schön in 10-Pfund-Portionen aufgeteilt und in Frischhaltefolie gewickelt. Gotti sagt, yeah, damit verdienen wir hübsch was Bares, das bringen wir in ein paar Tagen unter, und ich sage, kein Scheiß.

Auf der Heizung steht mit schwarzem Edding Kilburn Banditz, und ich sage, wars du das, yeah?, und er, yeah, und fängt an mir zu erzählen, wie er zusammen mit ein paar anderen irre Raubzüge veranstaltet hat, sie sich die Kilburn Banditz nannten und die Leute einen Wahnsinnsschiss vor ihnen hatten, weil sie so skrupellos waren. Einmal haben wir eine Mum gekidnappt, weil der Bruder sonst nicht mit dem rausgerückt wär, was wir wollten, sagt er. Und ich, das sollten wir wieder starten, Mann. Das war alles wegen Bunny, sagt er, Bugz Bunny. Der hat uns Wahnsinnssachen machen lassen, Snoopz. Echt, einmal hat er sogar ein Auto abgefackelt und um noch eins draufzusetzen, seine Kanone rausgeholt und in die Luft geballert und wir sind los und haben drei Straßen weiter einen Juwelier leer geräumt. Die Bullen aus der Gegend sind alle zu der brennenden Karre und hatten mit den Anrufen wegen den Schüssen zu tun. Bunny hat mir meine erste Pistole gegeben. Ernsthaft, Snoopz, der Mann tickt anders. Ich sage, yeah, Mazey und so haben mir von ihm erzählt. Gotti sagt, als ich noch grün war, hab ich ihn mit Müllsäcken voller Geld von seinen Raubzügen zurückkommen sehn, und er sagte, wir sollten die Hände reinstecken und uns rausholen, was wir greifen konnten. Echt jetzt? Beim Leben von meiner Mum, Snoopz. Als wir älter wurden, hat Bunny uns trainiert, indem er uns die Tankstelle beim Precinct hat ausrauben lassen. Deshalb hat sie dichtgemacht. Weil sie zu oft ausgeraubt wurde.

Wir gehen raus auf den Balkon, um den Joint zu rauchen, den ich gedreht habe, und Gotti sagt, so wie du gleich dabei wars, als ich gesagt hab, komm, den Jungen nehmen wir aus, das zeigt mir, dass dus ernst meinst, Snoopz, und mein Herz schwillt an und füllt meine Adern mit Sonnenuntergangsglühn.

Später liege ich auf dem Campingbett, drehe noch einen Joint und Gotti räkelt sich auf dem Boden und streckt die Arme aus.

Keiner von den Typen hatn Herz wie du, Snoopz, aber sie versuchen so zu tun, als wärs ihr Leben. Er lacht. Wie dieser Bruder, Yellow, sagt er, und ich, oh, yeah, Yellow kenn ich, und er, Yellows Leben is das auch nich. Aber ich hab ihn voll mit Brillis gesehn, sage ich, mit geilen Ketten und so, dealt er nicht oder so was? Yellow is ein Idiot, Snoopz, sagt Gotti. Seine Oma is gestorben und hat ihm ordentlich Scheine hinterlassen und er is gleich los und hat sich Brilliketten und so geholt, und gleich drei Knarren oder so, als wär er der Obergangster, dabei is er einfach nur ein Trottel, der sich bei den Leuten reinzuschleimen versucht. Und ich, wie kann sich einer Knarren und Brillis mit dem Geld von seiner toten Großmutter kaufen? Was fürn Loser. Genau, sagt Gotti. Yellow mag jan paar Kanonen haben, aber geschossen hat er damit noch nich. Der Punkt is, dass er jetz pleite ist. Hat sein Geld rausgehaun, um was herzumachen und jetzt sitzt er auf seinen Glitzerketten. Ich sage, Junge, wenn ich mein Geld so ausgebe, dann nur, wenn ichs von einem krassen Bruch habe, was soll das sonst? Und Gotti sagt, genau. Dann setz ich mich auf und öffne meinen Rucksack. Ich wühle in den Klamotten rum und hol die 9er Star raus, immer noch in ihrer Plastiktüte, gebe sie Gotti und sage, check die mal, Bro.

Gotti setzt sich auf und sagt, kein Scheiß, und ich kann die Begeisterung in seiner Stimme hörn, wie eine Welle, die auf den Strand kracht, und er hält und befühlt die Wumme durch das Plastik, nimmt den Griff und zielt aufs Fenster. Er hat das Licht im Zimmer ausgemacht, aber die Laternen draußen lassen Orange über seine Muskeln schmelzen und heben die Seite seines Gesichts aus dem Dunkel raus. Schwarz und Orange. Ein gestählter Knast-Körper wie aus scharfen Drähten, die mit Muskeln bepackt sind.

Wir werden ein paar fette Dinger drehn, Snoopz, sagt er und gibt sie mir zurück. Ich stecke sie in den Rucksack zwischen meine T-Shirts, Socken und Boxershorts und drehe weiter an meinem Joint. Gotti legt sich wieder hin und vergräbt seine Augen.

Ich spüre, wie mich was erfasst, und das Lemon Haze, das ich da zerkrümele, hat den süßesten Duft, das Bett, auf dem ich liege, die weicheste Matratze, der Text von Uncle Murda, den wir hörn, ist so rein und kommt direkt aus der Seele und die Dunkelheit umfängt mich, füllt mir das Herz und hält es, drückt es. Ich klopfe mit dem Joint auf meine Hand, um das Gras und den Tabak zu verdichten, klopf klopf klopf, damit er gut zieht und mir wird so klar, dass ich kein leichtes, langweiliges Leben will. Ich will vor dem Gesetz davonlaufen und spüren, wie mein Herz schlägt, dass mir schlecht wird. Ich will ficken, als wärs mein letztes Mal auf dieser Erde. Ich will Angst in den Augen der Menschen sehen und meine eigene spüren, sie in mich hineinschlingen. Ich will gefährlich leben, am Rand der Existenz.

Ich klopf klopf klopf den Joint und es geht auf im Poch Poch Poch meines Herzschlags, der eins ist mit dem Wummern der Musik und alles um mich herum hat einen Puls, wie dies dies dies ist das Leben und ich sehe, dass Gotti eingeschlafen ist und zum ersten Mal seit langer, langer Zeit flutet ein ungeheures Gefühl von Ruhe meinen Körper und ich drifte zur Musik von Uncle Murda in Schlaf.

TAGEBUCH EINES RÄUBERS

Gestern Nacht ist dieser Bruder aus SK namens Ammo bei einem Rave im Scala in King's Cross erschossen worden.

Tatsächlich war es heute früh, Sonntagmorgen, sagt Gotti, gegen vier Uhr mitten im Getümmel, wo alle ausrasten, geht ein Typ aus Block D zu Ammo, zieht eine Pistole und schießt ihm in den Kopf. Dann mischt sich der Schütze in die schreiende Menge und entkommt mit der Welle der fliehenden Leute nach draußen. Es ist buchstäblich das Erste, was ich höre, als ich auf dem Campingbett in der Wohnung von Gottis Mum aufwache, hey, Snoopz, bist du wach? Hör das mal.

Gotti ist schon eine Weile wach und er erzählt mir alles bis ins Letzte, während Regen gegen das Fenster schlägt. Es ist erst etwa fünf Stunden her. Er sagt mir, wers war, weil er ihn kennt und es kein Geheimnis ist. So wie er redet, klingt er begeistert wie wegen eines Fußballergebnisses oder über irgendeinen Promi-Tratsch.

Alle im Estate reden heute darüber. Uncle T kann auch nicht davon aufhörn, als ich Gras bei ihm kaufen gehe. Er telefoniert, während ich mir in der Küche einen Joint drehe und wiederholt genau das, was er auch mir gesagt hat, als ich reingekommen bin. Hast du gehört, was einer von den Idioten vom Balkon da mit eim Jungen auf eim Rave heute Nacht gemacht hat? Ich sag dir, die Rastas heute wern immer schlimmer, sagt er wieder und wieder. Vielleicht redet er so, weil wenn ers nicht tut, wird das alles normal und das will er nicht, auch wenn es nicht der erste Mord an einem aus dem Estate ist, einem, der praktisch ein Nachbar war, ein Bruder, den ich während meiner Zeit bei Uncle T immer wieder im Estate gesehen habe. Aber dieses ganze Gerede drüber, dass die Leute immer schlimmer werden? Bullshit. In meinen Augen ist es das definitive Zeichen dafür, alt zu werden, wenn du anfängst, mit den Sachen, die passiern, nicht mehr mitzukommen und dich geschockt fühlst, weil dus spürst. Nichts wird schlimmer. Es is wie es is. Das hier is South Killy. War es, is es und wird es immer sein. Die Leute sind Blut und Seele von SK und umgekehrt ist es auch so.

Ich rufe Gotti an. Er sagt, ich bin bei Bimz, kommst du auch, und ich so, yeah, drücke den Rest von meinem Joint in den Aschenbecher, obwohl da noch ein paar Züge drin wärn, und gehe.

Als ich in die Wohnung komme, hat es aufgehört zu regnen, und Bimz sagt, er will ein paar DVDs besorgen. Die Pfützen fangen Teile vom Himmel ein, Baumwipfel und Blocks und stellen sie auf den Kopf, während wir zur Kilburn High Road gehen. Bimz, Spooks, Gotti, Mazey und ich. Unsere Klamotten stinken nach Gras. Dreck und Regen marinieren die Straßen. Mazey sagt, Mann, ey, ich kanns nicht glauben, dass sie diesen Ammo-Typen mitten im Rave ausgeknipst haben, und Bimz sagt, diese Leute tun nich lange rum. Rübe weg, sagt Spooks und alle fangen an zu lachen und Bimz sagt, Leute, und saugt die Luft durch die Zähne ein.

Kilburn High Road, das sind Chicken Shops, Friseure, Banken und Junkies wie Shakes und sein Sohn, die vorm Eckladen hocken und betteln. Zwei Generationen, die gleich alt aussehen mit ihrem gejagten Blick, der dir quer über die Straße auffällt, und als wir an Shakes vorbeikommen, sagt er, hey, Gotti, hast du noch was von dem Zeug? Gotti sagt, ich komm später. Schalen mit Obst für einen Pfund vor dem Laden, die die Abgase des vorbeifahrenden Verkehrs absorbieren. Undercover-Bullen mit New-Balance-Sneakers, engen Jeans und Superdry-Hoodies greifen plötzlich einen, holen Handschellen und Funkgeräte raus. Chinesische DVD-Verkäufer verstecken ihre Ware und tun so, als warteten sie auf den Bus. JD Sports und der Foot Locker, wo alle ihre Air Maxes und Trainingsanzüge kaufen, die Western-Union-Filiale mit jamaikanischer und polnischer Flagge im Fenster. Nagelstudios. Mazey und Bimz bleiben vor einem Fenster stehn und kucken eine Braut an, die ihre Nägel gemacht kriegt, und Mazey so, Alter, ist die heiß, und Bimz sagt, sie soll mit den Nägeln fertig werden und rauskommen, Junge, die hat die geilen SLLs, und dann lacht er seine Zeichentricklache. Ich sage, was sind SLLs? Schwanz-Lutscher-Lippen, Mann, alles klar? Argos, McD's, der große Primark, wo sich die Leute 2-Pfund-T-Shirts ankucken, auf den Boden werfen und keiner hebt sie auf. An Ständen gibt es Netzhemden, Sonnenbrillen und Stirnbänder, auch wenn der Sommer längst hin und es nass und grau ist und uns schon wieder die ersten Regentropfen im Gesicht treffen. Graspressen und nachgemachte Ralph-Lauren-Trainingsanzüge, Räucherstäbchen und falsche Ketten, die deine Haut nach einer Woche grün werden lassen.

Wir machen die chinesischen DVD-Verkäufer aus, die

direkt vor Argos, DVD, DVD, säuseln. Wir reißen ihnen ganze Packen aus den Händen, Taschen von den Schultern und ich sehe, Bimz hat bereits zwei und als einer der Typen ihm eine wieder abzunehmen versucht, baut sich Bimz vor ihm auf und der Junge weicht zurück. Bimz geht davon, cool bis in die Haarspitzen. Ich jage einen Typen und eine Frau zu WH Smith rein und gleich da, direkt vor den Stiften und dem Papier hol ich ihm die Tasche von der Schulter. Die Frau versucht es zu verhindern und der Security-Typ vom Laden kommt rüber und sagt, bitte, macht das draußen. Ich nehme die Tasche, geh raus. Draußen drängen sich die DVD-Verkäufer in einer Gruppe bei der Bushaltestelle zusammen und kucken zu uns rüber, während sie leise in einer Sprache reden, die keiner von uns versteht. Jeder von uns hat einen Stapel DVDs oder eine Tasche und so gehts zurück zu den Blocks.

Zurück in Bimz' Wohnung gehen Bimz und Spooks ins Schlafzimmer, die DVDs sortieren. Ich und Gotti, wir machen so was nur gegen die Langeweile, ich meine, es sind verschissene DVDs und nichts Ernsthaftes. Aber Bimz ist voll bei der Sache, verteilt die DVDs auf Stapel und meint, er hat genug Pornos, um bei Chris oder Uncle T wenigstens zehnmal Gras zu kaufen. Drei Pornos für eine 10-Pfund-Ration. Andere Leute im Estate kaufen DVDs für drei Nugs, besonders wenns die neuesten Filme sind und keine verwackelten Handkameras, wo du die Köpfe der Leute vor der Leinwand siehst und so. Wenigstens haben wir jetzt was zum Ansehen.

In einem der Packen finden wir *Die Straßen Harlems* und ich, Mazey und Gotti gehen uns den Film in Mazeys Zimmer ankucken. Er basiert auf der wahren Geschichte dieser drei Harlem-Dons namens Alpo, Rich Porter und

Azie, die in den 80ern mit Dealen reich wurden und es gibt da diese Szene, wo die drei Freunde zusammenhocken, nachdem Azie gerade einen Kopfschuss überlebt hat. Azie sagt, er hört mit der Crack-Dealerei ganz auf und Apo erklärt ihm, hey, Niggaz werden jeden Tag erschossen, Baby, und Gotti prustet los, wiederholt es und wendet sich Mazey zu, hey, Mazey, Niggaz werden jeden Tag erschossen, Baby, und wir alle brechen in Lachen aus und Mazey so, dieser Typ, und gibt mir den Joint.

Tags drauf ist Montag, und ich muss zur Uni in eine Vorlesung und zu zwei Seminaren. Mazey und Gotti sind noch außer Gefecht, als ich gehe. In der Uni lauf ich in Capo rein und wir reden drüber, wie sie Ammo ausgeknipst haben und dann später sitze ich mit Leuten im Seminar, die keinen Schimmer von South Killy haben, keinen Schimmer von Nachbarn, die ermordet werden und all dem Dreck und wir reden über *Die Geburt der Tragödie*. Ich mit meinem Butterfly-Messer in der Tasche und alles, worüber ich reden will, ist, wie ein Mann bei einem Rave umgebracht wurde und seine Mörder wahrscheinlich ungestraft davonkommen, so als könnte hier drüber zu reden, in der Uni, im Seminar, es normal werden lassen, weil seit ich in der Uni bin, wo die Leute Scherze machen, studieren und was sonst noch, habe ich angefangen zu bezweifeln, dass es normal ist. Aber am Ende sage ich nichts, weil es sich ehrlich einfach abnormal anfühlt, dass keiner an der Uni über solche Dinge redet, weils in anderen Blocks stattfindet, in anderen Gegenden wie Pecknarm, Bricky und Hackney und ich beteilige mich kaum am Seminar, was ungewöhnlich für mich ist, aber alles, was ich will, ist zurück nach SK und zu meinen Leuten.

In den letzten zehn Minuten komme ich trotzdem

noch mal zurück in die Diskussion, die Hand hoch, ja, Gabriel?, und ich fange an, das Konzept des Dionysischen und des Apollinischen runterzubrechen, Kunst als das schöne Endprodukt, das die dunklen, verstörenden Ursprünge seiner Inspiration verbirgt. Unser Seminarleiter Dr. Jerry Brotton sagt, das ist gut, das ist gut, sagt, haben alle mitgeschrieben, was Gabriel gesagt hat? Ich sage, wenn einer Privatunterricht braucht, meldet euch bei mir. Alle lachen und ein Mädchen sagt, Sara hätte gerne Privatunterricht bei dir, und die Iranerin neben ihr beginnt tiefrot zu glühen und hält sich ein Buch vors Gesicht.

In dem Moment, als Renay mir während der Vorlesung über Kritisches Denken was zuflüstert, weiß ich, ich knick ein. Eine gut aussehende Frau, die englische Literatur studiert, was mehr könnte ich mir wünschen? Nach der Vorlesung tauschen wir Telefonnummern aus. Sie sagt, sie wohnt in Kensal Green und ich, wow, das ist nur ein Stück die Straße von mir rauf, ich wohn in South Kilburn. Nach dem Seminar nehmen wir die Tube. Sie lädt mich zu ihrer Mum ein, damit wir die Unterhaltung weiterführen können, die wir in der Tube angefangen haben, wobei sie eigentlich nichts sagt und nur zuhört, wie ich die Stille fülle. Hinterher gehe ich in den Precinct und sage zu Mazey, ich treff da son hübsches Ding aus Kensal, die auf meine Uni geht, und die ist so geil, und Mazey sagt, hör auf, Snoopz.

Am nächsten Tag hab ich keine Seminare oder Vorlesungen und geh von Bimz direkt zu Renay und wieder rede hauptsächlich ich und es fühlt sich an, als erführe ich nichts über sie und wenns so weitergeht, muss ich echt anfangen, was über mich rauszulassen. Fuck. Wann immer ich aufhöre zu reden, um mir was anderes, was ich sagen könnte, zu überlegen, fragt sie, warum bist du so still, bis es nervt und ich nichts mehr weiß, also fangen wir an, uns zu küssen und wir treiben uns an, als dürften wir nicht aufhörn und am Ende vögeln wir auf dem Sofa und sie ist so irre petite, ich heb sie hoch und fick sie an der Wand und ihre Möse ist so eng, dass ich nicht ganz reinkomme und sie schlingt die Beine um meinen Rücken, als kämpfte sie um ihr Leben oder so was. Ich sehe ihr ins Gesicht und sie hat die Augen zu, als zwänge sie sie zu und dann zieh ich ihn raus und spritze über den Wohnzimmerboden von ihrer Mum.

Später am Abend knalle ich mich mit Gotti und Mazey zu. Wir trinken Rémy Martin und gehn zur Kilburn High Road, wo ich einen Typen in den Schwitzkasten nehme und Gotti leert ihm die Taschen, nimmt ihm sein Telefon ab, sein Portemonnaie, seine Uhr, irgendein billiges Seiko-Ding und kaum, dass wir ihn loslassen, rennt der Typ quer durch den Verkehr, als wollte er von einem Auto plattgemacht werden. Wir gehn zurück zum Block D und brauchen nicht mal mehr irgendwelche Joints, weil wir vom Alk so zu sind. Ich krache aufs Campingbett, ohne auch nur die Schuhe auszuziehn. Gotti liegt auf dem Boden und spielt mit der Uhr, die wir grade geklaut haben, dreht die Zeiger rum und rum, als käme morgen damit eher. Draußen vor dem Fenster zuckt die Nacht und während ich in Schlaf falle, sagt Gotti, hey, Snoopz, Niggaz werden jeden Tag erschossen, Baby, und sein Lachen scheppert in die Dunkelheit, die mir die Augen füllt.

DIE NACH ANGENEHMEN SACHEN SUCHENDEN

Dieser Spruch, der sich auf die letzten Tage bezieht, betrifft die Versammlung derer, die nach angenehmen Dingen suchen (...) die das Gesetz verachten und sich nicht Gott anvertrauen (...) Und wie Räuber einem Mann auflauern (...) verachten sie die Worte des Gesetzes.

FRAGMENT AUS DEN SCHRIFTROLLEN VOM TOTEN MEER

Es war der Morgen, an dem ich meiner Dozentin sagte, verfickt noch mal die Schnauze zu halten. Gotti rief an und meinte, ich habne große Sache für uns, Junge, komm rüber, wenn du mit der Uni fertig bis. Dann ging ich in meine Vorlesung, total aufgedreht und sagte der Dozentin, sie solle verfickt noch mal die Schnauze halten. Das ganze Jahr hocken alle, die Englisch studieren, in diesem Hörsaal, um wem zuzuhören, der über Nietzsche und seine *Geburt der Tragödie* redet.

Die Vorlesung beginnt. Ich sitze hoch oben in meinem Nike-Trainingsanzug und meiner Avirex-Jacke, alles schwarz, habe meinen Block und mach mir Notizen. Drei Chicks sitzen in der Reihe vor mir, flüstern und lachen. Die Dozentin hält inne, sieht zu uns hoch und sagt, Sie müssen nicht hier sein, wenn Sie sich lieber unterhalten wollen. Sie starrt in meine Richtung und einige Reihen Studenten drehen sich um und sehen mich an. Die Dozentin fährt mit ihrem Vortrag fort und ich mach mir weiter Notizen und die drei Mädchen reden weiter. Die Dozentin hält aufs Neue inne und sagt, hören Sie, wenn Sie reden wollen, gehen Sie bitte hinaus, Sie müssen nicht hier sein, und nimmt mich fest in den Blick. Die Studenten drehen sich um. Die Dozentin wendet sich wieder ihrem Nietzsche zu, während mein Gesicht rot anläuft. Ich stehe auf und sage, meinen Sie mich? Sie sieht von ihrem Skript auf und sagt, ja, wenn Sie sich lieber unterhalten wollen, gehen Sie einfach hinaus, und ich sage, sie soll verfickt noch mal die Schnauze halten, und der gesamte Hörsaal wird zu einer Stimme, die nach Luft schnappt und über den Köpfen von allen hängt. Ich sage, ich hab nicht geredet, beschuldigen Sie nicht willkürlich irgendwen, der nichts getan hat, sonst wird das peinlich für Sie wie grade jetzt, und sie sagt, können Sie bitte gehen, und ich, nein, kann ich verdammt nicht, und dann setze ich mich wieder, und sie steht da allein im Licht auf der Bühne, tut mit ihrem Skript rum, als wollte sies ordentlich Kante auf Kante legen und fährt mit ihrer Vorlesung fort.

Hinterher verlasse ich den Hörsaal, blitze jeden an, der zu mir hersieht und alle kucken schnell wieder weg. Keiner sagt was. Ich ruf Gotti an und erzähl ihm, was passiert ist, und er sagt, echt? Du bist zu krass, Snoopz, und er lacht, und ich, ehrlich, ich hab kein Wort gesagt, Junge, und dann sagt er, ich habne große Sache für uns heute Abend, Bruder, sieh zu, dass du gleich nach der Uni herkomms, und ich, aber sicher, Junge, und dann gehe ich ins Seminar.

Es ist klar, dass viele im Seminar *Die Geburt der Tragödie*, *Jenseits von Gut und Böse* oder was von den anderen Sachen von Nietzsche auf der Liste nicht gelesen haben, weil keiner wirklich was sagt oder wer was gelesen hat, hält den Mund, weil er nichts drüber sagen will. Ich liebe Seminare. Da kannst du dich richtig in was reinbeißen, es zerlegen und durchdenken. Wobei echt, *Die Geburt der Tragödie* ist schon heavy. Ein Sumpf aus Worten und Gedanken, ich musste es mit einem verdammten Wörterbuch lesen, sage ich zum Seminarleiter und ein paar von den Mädchen lachen und sehen mir auf den Mund, weil ich meine Grillz drin habe. Ich sehne das Ende des Seminars herbei, weil ich dann zu Gotti kann. Der Professor redet über menschliches Leiden als Bestätigung unserer Existenz und ich reib mit dem Finger über die kantigen Diamanten auf einem meiner Zähne, kuck mir die Gesichter im Raum an, aufmerksam, uninteressiert, ganz so, ihr habt keine Ahnung von mir, und hebe die Hand. Der Professor sagt, Gabriel, und ich sage, was Nietzsche unter anderem meint, ist, dass sich Moral als Verhaltensregel nach dem Grad der Gefahr ausrichtet, in dem jemand lebt. Wer in gefährlichen Zeiten lebt, kann es sich nicht leisten, sich in den moralischen Strukturen zu bewegen wie jemand in Sicherheit und Frieden. Das heißt, es ist keine universelle natürliche Sache, verstehn Sie, und der Professor, hat das jeder begriffen?

Nach dem Seminar hole ich mir was zu beißen und esse es auf dem Weg zum Bahnhof Mile End, über mir der metallene Novemberhimmel. Wind filetiert die Luft um mich rum und zum Essen nehme ich meine Grillz raus. Die gebratenen Chicken Wings und die Pommes in dicker orangener Burgersoße lassen meine Finger glänzen. Ich mache die Schachtel zu, die jetzt voller fettiger Knochen ist und sehe den gezeichneten Hahn obendrauf, daneben steht: Mein köstliches Lieblingshähnchen, und drunter: Geschmack, der überzeugt, und der Hahn strahlt in der Sonne und ist ganz begeistert, dass die Leute seine Verwandten essen. Ich werfe die Schachtel weg und gehe in den Bahnhof.

Am Bahnhof Kilburn Park rufe ich Gotti an und sage, ich gehe zu Bimz, meine Tasche wegbringen, und er sagt, wo bist du, Bruder? Ich sage, grade in Kilburn angekommen. Hast du was zu rauchen? Gotti sagt, nah, nicht mehr, hab eben meinen letzten Joint ausgedrückt, aber Jermaine hat Blue Cheese. Cool, ich hol mir was von ihm, und er sagt, ruf an, wenn du da bist, und ich komm und treff dich im Precinct.

Später bringt mich Gotti zu den Wohnungen hinter den Läden im Precinct, damit ich Ill Will kennenlerne. Es sind dreckige cremefarbene Blocks, die Balkone voller Fahrräder, Wäscheleinen und allem möglichen Scheiß und überall die gleichen weißen Fenster, zu klein zum Reinkucken, zu klein zum Rauskucken.

Ill Will, blutunterlaufene Halbmondaugen, dreht eine Riesentüte, als wir uns vor seinem Block die Faust geben und Gotti sagt, das is Snoopz, und Ill Will, Snoopz, yeah? Ich höre, du drehs diese Dinger, und ich, weiß nicht. Wir gehn in seinen Block, setzen uns im Dämmerlicht auf die Treppe und ich zünde mir meinen Joint an und geb ihn Gotti. Gotti sagt, wir machen heute eine große Sache, aber wir müssen auf Jungle warten, der gibt uns die Einzelheiten.

Ill Will ist klein, Haribo-Cola-Fläschchen-Haut und seine Ohrläppchen werden von Weißgoldsteckern voller kanariengelber Diamanten runtergezogen. Auf seine Art ist er ein typischer SK-Vertreter. Mit dreizehn aus der Schule raus, fängt an zu dealen, erst als Handlanger für einen der Älteren und spart am Ende genug, um einen eigenen H&C-Handel zu starten. Wohnt in einem dreckigen Block, häuft Geld an und gibt es für Brillis und Designer-Klamotten aus, macht sein Ding immer weiter, ohne mal innezuhalten und zu überlegen, wo er eigentlich hinwill. Seine ganze Familie steckt tief drin. Onkel, Cousins, Neffen, sogar seine Mutter. Da gibts nichts zu verbergen, pack dein Crack nur nich auf den Küchentisch, weil wir da essen und so.

Später erzählt mir Ill Will, wie er diese Hübsche mit der hellen Haut hatte, irrsinnig hübsch, ehrlich und alle wollten irgendwie an sie ran, sagt er, aber sie wollte Ill Will. Der brachte sie dazu, harten Stoff zu rauchen und als er sie am Haken hatte, hat er sie an die Typen verhökert. War ihr Zuhälter, sie musste nie was für den Stoff zahlen und gelegentlich fickte er sie auch selbst, was das war, was sie ursprünglich gewollt hatte. Wie alle Junkies sah sie am Ende aber kaputt und hohläugig aus und du konntest dir an ihrn Hüftknochen blaue Flecke holen. Keiner wollte sie mehr und da musste sie das weiße Zeugs von Ill Will kaufen, wobei er ihr manchmal so was gab, wenn sie ihm einen blies.

Als Ill Will telefoniert, sehe ich die Rolex an seiner Hand. Er legt auf und sagt, Jungle ist unterwegs, und ich so, Mann, die Uhr is geil. Ill Will hebt seine Hand in meine Richtung, damit ich sie mir ansehen kann. Es ist eine 18-Karat-Gelbgold-Rolex, das Frauenmodell, das Ziffernblatt ist komplett voll mit weißen Diamanten und statt Ziffern sind da zwölf rosa Rubine, wie eingefrorene Tropfen Blut. Wo hast du die her, sage ich, und er, einer hat sie beiner Sache erbeutet, hat mich nur sechs Riesen und noch was gekostet, und ich, echt, so was muss ich mir auch zulegen.

Wir verlassen den Block. Ein grauer Porsche hält an und ein Bruder mit einer Lederjacke springt raus, sagt, was geht, Leute, und Gotti sagt, das ist Pest, und gibt mir den Joint. Ill Will geht zu Pest, während Gotti und ich rauchen und der Joint schrumpft und schrumpft. Gotti sagt, Pest is ein Arschloch, dreht keine Dinger und nichts, will nur das Gefühl haben, dass er dazugehört, und es ist, als bräche sein Image unter Gottis Blick zusammen und ich sage, verstehe, starre Pests Porsche an und eine blaue Rauchschlange kriecht mir aus dem Mund in die Luft.

Pest kommt rüber zu uns und Gotti sagt, das is Snoopz. Pest sagt, ihr zwei macht die Sache also heute? Wo hast du die Grillz her? Ich sage, Hattons, oder? Er hat einen Weißgoldzahn mit einem einzelnen großen Diamanten, aber das sieht irgendwie blöd aus. Er wendet sich Gotti zu und sagt, Jungle ist gleich da, ich hab ihn vorne am Laden abgesetzt, er willn bisschen Saft kaufen.

Am Ende hocke ich hinten im Porsche. Es ist ein Zweisitzer, ich hab mich da reingequetscht, die Knie fast am Kinn, und Jungle und Pest sitzen vorne. Jungle ist Ende dreißig, fast vierzig, mit kleinen grauen Blitzen im abendlichen Haar. Ein paar kleine Narben auf der Wange und der Stirn erzählen als einzige die Geschichte irgendeines Lebens, der Rest des Gesichts ist tot und kalt, hinter den

Augen nichts als Leere. Er dreht sich ein Stück um und sagt zum zweiten Mal, du muss das nicht machen, wenn du nicht wills. Ernsthaft, keine große Schnauze, sag einfach, wenn du nicht willst.

Ich säß hier nicht und redete mit euch, wenn ichs nicht wollte, sage ich.

Pest kuckt nach vorne und sagt, es is okay, wenn nicht, sags einfach und wir finden einen anderen.

Ich darauf, ich rede nicht rum. Ich lass das, was ich tu, für mich sprechen, und kuck Jungle an, der sich den Hals verdreht, um zu mir herzusehen.

Jungle lacht und sagt, nah, er wills, er wills unbedingt.

Jetzt, wo ich mich dazu verpflichtet habe, gibts kein Rauskommen mehr. Besser Risiken eingehen, besser ins Feuer rein und mich lebendig fühlen, und wenn nur für einen Moment, als nicht wirklich gelebt zu haben. Manche Leute verbringen ihr Leben sterbend. Scheiße. Und auf keinen Fall lass ich diese Brüder glauben, dass ich ein Weichei bin und es nicht will. Dass ich nur groß rumrede. Damit würde ich meinen Namen verlieren, bevor ich überhaupt einen habe.

Jungle sagt, hör zu, so läufts: Wir fahrn mit zwei Wagen in die Stadt rein, nach Knightsbridge oder Chelsea in eine von den reichen Ecken. Gotti und du, ihr habt euern eigenen Fahrer, ich sitz in dem anderen Wagen und such die Beute aus. Meist is es ein Diamantring oder eine Uhr, aber manchmal haben die reichen Frauen auch Ohrringe oder eine Halskette. Bei Männern ist es eher die fette Rolex oder eine Cartier. Wenn ich was entdeckt hab, ruf ich euch an und sag euch, auf wen ihr losgeht. Du muss einfach festhalten, verstehst du.

Yeah, und wie mache ich es?, frage ich.

Du läufst zu den Opfern und sorgs dafür, dass sie dich nicht bemerken, wie du rankommst, dann hälts du sie fest, nicht zu fest, aber fest genug, dass sie merken, was Sache is und Gotti nimmt sie aus. Er weiß genau, wie man Uhren runterkriegt, hat den Scheiß schon oft gemacht. Du muss sie nur festhalten, bis Gotti alles hat. Wenn sie was versuchen, drücks du fester und glaub mir, dann wissen sie, was los ist.

Er starrt mich an und sagt, also was, wills du noch?

Yeah, Mann, ich bin dabei.

Wir steigen aus dem Porsche. Die Dämmerung saugt den Tag aus der Welt. Ich bin in der Wildnis.

Jungle beugt sich vor, um was von seinen Louis-V-Monogramm-Turnschuhen zu wischen, das nur er sehn kann, holt ein Exemplar von *Loot* aus der Tasche und blättert durch den Autoteil. Er sucht nach einem Fluchtwagen. Pest telefoniert mit unserem Fahrer, Ill Will dreht sich einen Joint und Gotti zeigt mir, wie ich Leute richtig festhalte.

Ich probiers ein paarmal bei Gotti und er lacht, als ich ihn an mich drücke, den linken Unterarm fest auf seiner Kehle, die linke Hand packt den rechten Bizeps, sodass der Griff nicht aufgebrochen werden kann. Er sagt, yeah, Bruder, genau so.

Ein Junge und ein Mädchen in Schuluniform kommen die Straße rauf und starren uns an und Ill Will sagt, gib mir die Faust, kleiner Mann, und der Junge stößt mit der Hand gegen Ill Wills, ohne auch nur eine Miene zu verziehen. Dann öffnet er mit seinem elektronischen Schlüsselanhänger die Tür zum Block und geht mit dem Mädchen rein, gefolgt von der Marihuana-Wolke, die Ill Will ihnen hinterherbläst.

Jungle kommt rüber und sagt, es läuft, ich hab einen Wagen für euch, Leute, in Maida Vale. Wo ist Quincy?

Unterwegs, sagt Pest.

Ich weiß, er raucht immer noch hartes Zeug, wir müssen ihm also nicht mehr als ein paar Scheine geben, sagt Jungle.

Der Bruder, der uns fährt, ist ein Junkie. Einer von den halb funktionierenden Typen, die noch nicht ganz hinüber sind, aber den ständigen Hunger nach Light und Dark haben, was heißt, er ist rücksichtslos und wird alles tun, dass wir entkommen, sollten wir in eine Verfolgungsjagd mit der Polizei geraten. Wobei, am Ende des Tages ist ein Junkie ein Junkie und du kannst nicht sagen, was sie denken, aber wie Jungle sagt, er ist mit ein paar Hundert Pfund zufrieden, um sich seinen Stoff zu kaufen. Bleibt mehr für uns.

Ich drehe mich zu Gotti hin und erzähle ihm von Nietzsche und dass wir unseren reinsten Instinkten folgen und Gotti sagt, ernsthaft, das ist krank, weißt du, Snoopz, du bist anders, Junge, ich schwöre, du bist einer der realsten Leute, die ich kenne. Etwas Helles flackert für einen Moment in seinen Augen auf und verlischt, ein Stern, der von einem schwarzen Loch verschlungen wird. Ich sage, Moral ist ein Luxus, den wir uns nicht leisten können, verstehst du. Und wenn du gefährlich lebst, ist es nur eine Einschränkung, die nichts zählt, oder? Und ich kann sehen, dass Gotti es voll kapiert. Er hat keine Angst vor dem eigenen Untergang. Direkt hier am Rand hat er die Wahrheit gefunden. Wobei es noch mehr ist. Es ist wie die Entdeckung eines entscheidenden Elements, das unsere Welt zusammenhält.

Ich gehe und bringe meine Avirex-Jacke zu Bimz,

weil ich nicht will, dass mich das schwere Leder unbeweglich macht. Ich nehme meine Bala und die Chirurgenhandschuhe aus meinem Rucksack. Gotti hat seine bereits vorne in der Tasche seines Hoodies. Quincy, unser Fahrer, taucht bei Ill Wills Block auf, groß, ein wandelndes Skelett, das in seinen übergroßen Klamotten versinkt, die ihm vielleicht mal gepasst haben. Die Schneidezähne sterben gelb und schwarz von all dem harten Zeug, das er raucht und Jungle sagt, kommt, Leute, wir holen den Wagen.

Wir fahren nach Maida Vale, wo Jungle den Wagen von einem weißen Mann kauft, bar auf die Hand, unterschrieben werden muss nichts, so ist nichts rückverfolgbar. Der Plan ist sowieso, ihn hinterher loszuwerden, also brauchts keine Papiere und all den Scheiß. Wir fahren zurück nach South Kilburn und parken vorm Block von Ill Will. Die Mannschaft ist bereit.

Es ist sechs Uhr abends und eine kalte Novembernacht breitet sich über South Kilburn, der Beton wird blau, als die Dunkelheit alles mit Schatten glasiert. In Fenstern gehen Lichter an. Sterne verblassen. Gotti und ich springen in den Fluchtwagen und fahren in die Stadt.

Ich sitze hinten und hör zu, was Gotti mit unserem Fahrer redet. Quincy erzählt Gotti von der letzten Aktion, bei der er dabei war. Sie hatten kein Zwei-Mann-Team, es war nur ein einzelner Irrer namens Icer, mit Quincy als Fahrer. Icer packte diese Frau, konnte ihrn Ring aber nicht vom Finger kriegen, sagt Quincy. Der war zu fett. Sie fing an zu schrein. Icer versuchte den großen Diamanten aus dem Ring rauszubeißen und dabei brachen seine Schneidezähne ab. Kam schreiend zurück zum Wagen gerannt und all das Blut auf ihrm Ring, reinste DNA.

Dauerte nicht lange, bis sie ihn hatten. Volle sechs hat er gekriegt. Sechs Jahre Knast, kaputte Zähne, keine Diamanten.

Ach du Scheiße, sage ich, und Gotti, verfickt, Mann.

Gotti kuckt aus dem Fenster und wartet auf den Anruf von Jungle und mir fällt auf, wie losgelöst das alles vom normalen Leben ist, als existierte die Zeit in diesem Moment für uns nicht. Autos voller gewöhnlicher Leute, die gewöhnliche Leben führen, fahren an uns vorbei und haben keine Ahnung, dass wir den Rhythmus der Existenz von jemandem ändern werden. Wir sind in einem Computerspiel. Fuck, wir sind in *GTA*. Nichts ist wahr. Alles ist erlaubt.

Gottis Telefon klingelt.

Welche?, sagt er und sieht aus dem Fenster.

Ill Will sitzt im Wagen zwei vor uns. Ich zieh meine Handschuhe an und setz mir die Bala auf den Kopf, bereit, sie herunterzuziehen.

Ich sehe sie, ich sehe sie, sagt Gotti und kuckt aus dem Seitenfenster. Er legt das Telefon aufs Armaturenbrett und sagt zu Quincy, er soll langsamer fahren. Ich fühle das Herz in meinem Bauch, die Brust ist hohl und leer, fast fühlt es sich an, als würde ich woanders sein wollen, während ich zusehe, wie sich Gotti seine Handschuhe überzieht, schnapp schnapp, es folgt seine Bala, die Schwärze wird eins mit seinen Augen und ich rolle mir auch meine über das Gesicht und er sagt, komm, Snoopz, und öffnet die Tür, als das Auto mitten auf der Straße zum Stehen kommt.

Auf der anderen Seite der Straße geht es durch einen hohen Steinbogen in eine Mews, weißer Stein verstummt im Abendlicht und eine Frau geht auf den Bogen zu, langes blondes Haar, ein bisschen fett unter der grünen, gefütterten Jacke mit Fell am Kragen, du weißt schon, wie sie reiche Tussen tragen, als kämen sie direkt vom Land, von einer Fuchsjagd oder so, und ich aus dem Wagen, und die Straße, die vorbeifahrenden Autos und die Lichttränen ringsum verschwimmen ineinander und da ist nur noch dieser Moment, der den vorherigen verschlingt und immer so weiter. Jede Geburt ist ein Tod. Gerade jetzt wird jemand geboren und jemand stirbt. Vögeln, leben und sterben sind eins und doch dauert nichts davon an, weil alles vom nächsten Moment vernichtet wird, um nie wieder zu existieren.

Der Mond sinkt in eine Wolkengrube und wir rennen, die schwarze Bala fest auf meinem Gesicht, rennen über die Straße, während das Opfer in die Siedlung geht. Und jetzt sind auch wir drin und ich hab das Gefühl, als könnte ich den Abend selbst ausrauben. Als wir näher kommen, werden wir langsamer, schleichen geduckt durch die Schatten und die Bala fühlt sich an, als wäre sie Teil meines Gesichts. Ich glaube nicht, dass ich, seit ich aus dem Auto bin, auch nur einmal geatmet habe, aber bevor ich richtig denken kann, bin ich hinter unserem Opfer und die Zeit hält an.

Alles hinter uns ist unsichtbar geworden. Ich sehe die rot gestrichene Holztür mit der draufgenagelten 35 aus Messing und die Fenster neben der Tür leuchten orange hinter einem dünnen weißen Rouleau und es scheint warm da drinnen. Auf dem Fensterbrett stehen Töpfe mit rosa Blumen, grüne Blätter scheinen blau im Dämmerlicht und all das sehe ich im Bruchteil einer Sekunde, bevor mir klar wird, dass die Frau da jetzt reingeht. Das automatische Licht vor der Tür flammt auf, alles ist grell und ich weiß, gleich dreht sie sich um, weil sie spürt, wie unsere Energie die Helligkeit dämmt und ihre Hand hebt sich mit dem Schlüsselbund zur Tür, ich richte mich auf und dann bin ich ein Schatten, der sie umschlingt.

In dem Moment, da ich sie umfasse, fühle ich mich unsterblich. Ich spüre, wie ihr Kinn sich über meinen Arm schiebt, ich weiß, ich hab sie richtig, so wie Gotti es mir gezeigt hat und ich drücke meine rechte Hand auf ihren Mund und, sei still, verdammt, dann passiert dir nichts, zische ich, und ihr Schrei kriecht zurück in ihre Kehle und ich frage mich, wie ihr Gesicht wohl aussieht, während ich sie fest an mich drücke und hoffe, sie versucht nicht, mir in die Hand zu beißen und so presse ich sie noch fester auf ihren Mund, als wollte ich ihn zerquetschen. Gotti reißt ihr die Uhr vom Handgelenk, ich höre den Steg brechen. Gotti ist ein Geist, ein Gespenst, seine Instinkte können sich nicht mehr verstecken und die Arme der Frau strecken sich ihm entgegen, als wollte sie die Luft um sich fassen, Finger glitzern, Arme flattern und ich drücke sie an mich und spüre, wie sie schwer an mir lehnt. Gotti reißt ihr eine Goldkette vom Hals und dreht einen Diamantring von einem ihrer Finger, aber den mit dem dicksten Klunker kriegt er nicht runter, er sitzt fest und Gotti kuckt mich an und wendet sich ab, lässt den Moment zurück. Die Wirklichkeit schwemmt mit einer Flut Geräusche und Farben über mich, das Opfer rutscht auf die Erde und ich kapiere, dass ich sie zu fest an mich gedrückt haben muss. Ich hab sie schlafen geschickt, sie liegt vor ihrer Tür und schnarcht und ich komm wieder runter, Blut und Herz beruhigen sich, und ich kann wieder richtig hören und sehen und ich beuge mich über sie und drehe ihr vorsichtig den funkelnden Ring vom Mittelfinger, sehe dabei ihr Gesicht immer noch nicht, obwohl ich doch direkt hineinblicke und dann kehre ich um und folge Gotti aus der Mews.

In den Eingang zur Siedlung reingeklemmt steht ein Auto, ohne Platz für mich oder Gotti, um rauszulaufen. Erst siehts aus, als parkte da einer, aber als wir näher kommen, schnallen wir, dass da einer gesehn hat, was passiert ist und versucht, unsere Flucht zu verhindern. Kein großes Ding. Gotti springt auf die Haube, ich hinterher, wir fegen über die Windschutzscheibe, sehn, der Mann am Steuer telefoniert, wahrscheinlich hat er den Notruf dran, springen aufs Dach, ich kuck nach oben und kann zum ersten Mal an diesem Abend die Sterne sehen, wie sie den petrolschwarzen Himmel durchstechen, und runter vom Dach und zum Fluchtwagen, der mit laufendem Motor mitten auf der Straße auf uns wartet. Wir reißen die Türen auf und werfen uns rein. Die Karre schießt davon.

Wir ziehen unsere Balas runter und Gotti dreht sich zu mir um und sagt, du bist der Wahnsinn, Junge, ich hab gesehn, wie du den Ring noch runtergekriegt hast, den ich ihr nich vom Finger ziehn konnte, dafür liebe ich dich, und ich sage, klar, Bruder, ich geh da doch nicht ohne, ich musste auch was mitgehn lassen, und er, du has es drauf, Snoopz, du has es so drauf. Dann klingelt das Telefon und er erzählt Jungle, wie wir uns die Schätze geholt haben, und wir fahren zurück.

Auf dem Weg durch die Stadt verschwimmt die Welt. Die Lichter sind Juwelen, die in der Nacht um uns glühen und aufblitzen. Ich frage mich, was meine Mutter genau in diesem Moment macht, was mein Vater macht. Es ist nach sieben, fast schon acht, also essen sie wahrscheinlich gerade, vielleicht Reis mit Hähnchenschenkeln und viel

Soße oder kalten russischen Salat mit Rotwein für ihn und weißem für sie und Daniel, mein Zwillingsbruder, übt wahrscheinlich irgendwo Geige. Und ich habe getan, was ich zu tun hatte. Ich fühle mich gut. Wirklich gut. Nein. Euphorisch. Wenn sie uns erwischen, kriegen wir beide mindestens sechs Jahre. Was für eine Art, sich lebendig zu fühlen, die Möglichkeit, so abzustürzen. Aber ich habe sie angenommen. Ich spüre eine Ruhe in mir, die ich nicht beschreiben kann. Was immer. Als Quincy an einer roten Ampel auf der Edgeware Road hält, sagt er, yeah, ihr seid super. Habt ihr gut gemacht. Was habt ihr gekriegt? Eine Edelstahl-Carti mit Goldfassung, sagt Gotti und dann, zeig mir den Ring, Snoopz, und ich gebe ihn ihm und er, irre, das sind mindestens drei Karat, da gibts nette Kohle für. Du hast es gerissen, Snoopz, und ich sitze hinten und nicke, als wäre es nichts.

Später gibt Jungle mir und Gotti drei Riesen als unseren Anteil an der Uhr, für jeden anderthalb, und er sagt, er geht die Ringe mit Gotti am nächsten Tag in Hatton Garden verkaufen. Ich habe am Nachmittag Uni. Alles easy, Bruder, ich mach das, sagt Gotti. Ich behalt die Ringe so lange bei mir, sagt er zu Jungle. Kein Ding, kein Ding, wir treffen uns morgen und bringen sie zu dem Juden in Hatton, sagt Jungle. Ich sage zu Jungle, ich will das wieder machen, aber um reich zu werden, ich will in den nächsten Monaten wenigstens dreißig Riesen machen, und er, vertrau mir, Snoopz, wenn du dabei bis, machen wirs öfter und im Februar, in drei, vier Monaten hast du deine dreißig Riesen klar. Pest sagt, Scheiße, der Mann meints ernst.

Ich gehe zu Bimz, hole meinen Rucksack mit den Unisachen und meine Avirex-Jacke und folge Gotti in die

Wohnung von seiner Mum in Block D. Als wir in der ächzenden Dunkelheit durch den Park gehen, muss ich an ein Buch denken, das mein Vater mir und meinem Bruder vorm Schlafengehen auf Polnisch vorgelesen hat. Es ist die Geschichte von zwei Brüdern, die sich entschließen, den Mond zu stehlen. Die Leute sagen, sie würden es nie zu was bringen, denn sie weigern sich, ein Leben voll Plackerei und Verantwortung auf sich zu nehmen und beschließen stattdessen, den Mond zu stehlen und zu verkaufen, um schnell reich zu werden. Sie laufen von zu Hause weg und haben viele Abenteuer zu bestehen und begreifen am Ende, dass sie es niemals schaffen werden, den Mond zu bekommen, dass ihre Gier leer, bedeutungslos oder sonst ein Scheiß ist und sie wollen zurück nach Hause. Als sie dort ankommen, müssen sie feststellen, dass ihre Mutter tot ist, weil sie gearbeitet und gearbeitet, auf ihre Söhne gewartet und gewartet und sich am Ende zu Tode gearbeitet hat. Und alles, was sie noch tun können, ist, ihre Mutter zu begraben.

OUTLAW-TÄTOWIERUNGEN

Wir beschließen, dass wir Outlaw-Tattoos wollen und so fahren Gotti und ich eines Morgens rauf nach Harlesden in einen Laden, der Krazy Needles heißt. Wir dröhnen uns vorher böse zu, ziehen uns gleich zwei superstarke Joints nacheinander rein, bis die Augen tiefrot sind und essen schnell noch eine Hähnchen-Frikadelle, bevor wir losziehen. Gotti will das Tattoo auf den Hals, sackt dann auf dem Stuhl weg und der Tätowierer muss ihn aufwecken. Er muss dann wieder weggetreten sein, weil als er seine Augen wieder aufmacht, sagt er, wenn das O erst fertig is, is das Schlimmste vorbei, dabei steht da schon fast alles, der Tätowierer füllt nur noch den letzten Bogen vom w. Ich lass mir das Outlaw in einer gotischen Schrift, die ich für den Tätowierer skizziere, auf den linken Arm schreiben und sehe zu, wie mir das Blut tintenschwarz vom Arm tropft. Hinterher gehen wir zurück zu Bimz und Gotti sagt, er muss was von seiner Mum holen, und ich sag, cool, bis dann, Bruder.

Junge, du muss was runterschalten, weiß du, sagt Bimz. Er träufelt scharfe Maggi-Würze über eine Schüssel Reis mit gehackten Tomaten und Zwiebeln. Bimz ist der Typ, der einem aus einer Packung Ramen-Nudeln und einer Zwiebel ein super Essen produziern kann, das dir den Bauch für den Rest des Tages füllt. Solange er seine Maggi-Würze hat.

Wie meins du das?, sage ich und gebe eine Blüte Amnesia in die rote Plastikpresse.

Er hat recht, weiß du, sagt Ki, starrt auf den Fernseher und lacht so, wie Leute lachen, wenn sie wissen, dass gleich was passieren wird. Er sagt es seitlich aus dem Mund raus, weil er einen Joint zwischen den Lippen hat und gleichzeitig mit Mazey *Soulcalibur* spielt. Wir sitzen alle um Bimz' Bett herum und die Luft ist voller Rauch von all dem Gras, eine lebendige Wolke, die sich wie ein Puls um uns zusammenzieht und ausdehnt.

Du Pussy. Pussy. PUSSY, sagt Mazey, als Kis Kämpfer eine Neuner-Combo abfeuert und Mazey k. o. geht.

Ich habs dir gesagt, mit dem Speer hast du keine Chance gegen mich, sagt Ki, legt den Controller zur Seite und zündet seinen Joint neu an. Wir machen immer *Soulcalibur*-Turniere und alle haben ihre Lieblings-Charaktere, meiner ist Raphael mit dem Degen. Ich schwöre, ich hab diese Fechtscheiße voll drauf. Trotzdem, mein Lieblingsspiel ist eindeutig *GTA: San Andreas*, weil da kannst du durch die Stadt ziehn, Leute zusammenschlagen, Autos in die Luft jagen, dich mit den Bullen schießen, mit anderen Banden oder wem immer. Es ist wie das wirkliche Leben, echte Brüder-Scheiße auf Testosteron, eine Gangster-Fantasie auf dem Bildschirm ohne irgendwelche Limits für das, was du tust und wenn du stirbst, gibst du den Controller weiter und wartest, bis du wieder dran bist.

Ich mein ja nur, ich meins nur gut mit dir. Vergiss nicht, dass du nich Gotti bis, Bro, sagt Bimz und hebt die Brauen, hat Lücken in sie reinrasiert wie son pretty boy.

Ich lache, leere die Presse auf der *Soulcalibur*-Hülle aus und sage, wie meinst du das, Junge?

Mann, weißt du, wie viel Feinde Gotti hat?, sagt Bimz. Wie viel ihm an den Kragen wollen? Überleg mal, Snoopz, die Leute vergessen nicht, wie Gotti sie ausgeraubt hat, weiß du. Er schaufelt sich eine Gabel Reis in den Mund.

Ich sage, ja, und? Oi, wer hat die blauen Blättchen?

Ki reicht mir die Rizlas, ich nehme ein Blättchen raus und reiß ein Stück Pappe für das Mundstück ab.

Bimz kaut und sagt, wenn einer Gotti auflauert, um ihn fertigzumachen, sieht er, dass du mit ihm eng bis und dann hängs du mit drin.

Scheiß drauf, da drum kümmere ich mich, wenns so weit ist, sage ich.

Mann, dieser Typ, sagt Bimz, lacht bitter und stellt seine leere Schüssel auf den Boden. Dann wendet er sich an Ki, dessen Augen starr auf den Fernseher gerichtet sind, die Finger tanzen auf dem Controller, und sagt, echt mal, ich versuch ihn vor sich selbs zu schützen und er sagt, er kümmert sich schon drum.

Yeah, Junge, sage ich und feuchte das Blättchen mit der Zunge an. Ich komm schon klar und Gotti sowieso. Schwimm oben oder geh unter.

So isses, sagt Mazey.

Du hörs mir nicht zu, sagt Bimz. Ich weiß, ihr geht zur Sache und so, aber wenn einer kommt und schickt ein paar Kugeln in deine Richtung, bist du nich plötzlich schusssicher, Junge, kapiert? Mach, was du wills, ich versuch dir nur zu helfen, ich meine, du muss das Risiko nich eingehn, bloß weil er dein Kumpel is.

Es is, wies is, Junge, sage ich, zünde meinen Joint an und spüre, wie das brennende Kraut mir die Kehle aufheizt und die Augen füllt.

Oi, das riecht geil, Junge, gib mir die Presse, sagt Bimz, holt sein Gras raus und legt sich ein Blättchen aufs Knie.

Später bin ich in Mazeys Zimmer. Wir sind grade vom Laden im Precinct zurück. Mazey isst Skittles, ich hab eine Flasche KA Black Grape und drehe einen Joint, als Gotti zurückkommt.

Timmy hat mir grade eine Knarre an den Kopf gehalten, sagt er, als er reinkommt und sich neben mich aufs Sofa fallen lässt.

Mazey und ich, Scheiße, was?

Gotti erzählt uns, wie er zu seiner Mum ist, um ein paar Sachen zu holen. Auf dem Treppenabsatz steht Timmy mit ein paar Jungs, wahrscheinlich warten sie auf Junkies. Timmy sieht Gotti und sagt, ich weiß, du has meinen Stoff geklaut. Erst versucht Gotti, sich blöd zu stellen, als wüsste er nicht, dass Timmy das H und C meint, das wir oben auf dem Balkon gefunden haben, als ich das erste Mal mit zu seiner Mum gekommen bin. Gotti hat etwa einen Riesen damit gemacht, anderthalb, das war also kein kleiner Verlust für Timmy, den er einfach so wegdrücken konnte. So wie Gotti es spielt, denkt er, die haben Schiss, das Geld aus ihm rauszuhaun und er steht da und tut so, als wüsste er nicht, wovon Timmy redet. Timmy sagt, gib mir mein Geld, Junge, und Gotti, fick deine Mum. Damit, was Timmy dann tut, hat er nicht gerechnet. Timmy steht unter Druck, vor allen Leuten so angemacht zu werden, sein Ruf, es geht um sein Gesicht und das kann er da nicht mehr zeigen, wenn er keins mehr hat, oder? Vielleicht wollte er nicht wirklich was machen, aber es muss in ihm gebrannt haben. Gebrannt, weil Gotti ihn einfach so anstarrte und sich nicht bewegte, kein Anzeichen von Nervosität zeigte. Gebrannt, weil er die Leere in Gottis Augen sah, der genau wusste, was mit dem Stoff passiert war. Was denkt der Typ, er kann mir sagen, ich soll meine Mum ficken? Timmy zog seine Pistole aus dem Bund, spannte sie, ging zu Gotti und hielt sie ihm an den Kopf. Direkt zwischen die Augen. Mann ey, da fing mein Herz an zu wummern, weil ich dachte, das könntes gewesen sein, sagt Gotti.

Was has du gemacht?, sagt Mazey.

Ich hab mich umgedreht.

Gotti hat sich umgedreht und die Tür zur Wohnung seiner Mutter aufgeschlossen, weil er keine Zeit für seinen eigenen Tod hatte. Ich meine, am Ende des Tages ist ein Leben nur ein Leben.

Ich konnte ihn hinter mir spürn, wie er mit der Knarre immer noch auf meinen Kopf zielte, sagt Gotti. Ich mach also die Tür auf und geh in Mums Wohnung und denke, was immer passiert, passiert. Ich werds nicht mal spürn, wenn ers mir rausbläst. Aber nichts. Dann dreht sich Gotti zu mir, ganz ruhig, und sagt, keine Sorge, Snoopz, dein Geld is noch da.

Ich nehme an, wir müssen ab sofort woanders bleiben. Ein Glück, dass ich meine Pistole zurück zu meiner Mum gebracht habe, sage ich und stecke mir meinen Joint an.

ÜBERGANGSRITEN

Zu Ende der frühen Morgenstunden, das
Leben eine Trübsal, keine Ahnung, wohin mit
den geplatzten Träumen, der Fluss des Lebens
apathisch in seinem hoffnungslosen Bett.
AIMÉ CÉSAIRE, *CAHIER D'UN RETOUR AU PAYS NATAL*

Ich hab am Abend wohl nicht genug gekifft.

Die Brüder mit den schwarzen Steppjacken und den schwarzen Wollmasken über den Gesichtern versuchen mich oben in einem Doppeldeckerbus mit ihren Zombiemessern abzustechen und ich bringe keinen einzigen Schlag zustande. Es ist, als wären meine Arme gelähmt, ich komme gegen die Dichte der Luft nicht an. Ganz langsam, laaangsaaam landet meine Faust auf dem Kopf von diesem einen Bruder, der sein Messer in mich reinrammen will und es tut scheißweh, als die Klinge in meinen Leib fährt und dann wach ich auf, weil mein Telefon vibriert und ich sehe, es ist meine Mutter.

Hallo, Mama.

Gabriel?

Ja.

Gabriel, heute Morgen waren Detectives vom Raubdezernat da und haben nach dir gesucht.

Echt? Was wollten die?

Sie wollten wissen, wo du bist, sie wollen mit dir sprechen.

Worüber?

Ich weiß es nicht, das wollten sie nicht sagen. Aber sie meinten, du wirst gesucht und es gibt einen Haftbefehl.

Hast du ihnen gesagt, wo ich bin?

Ich weiß es ja nicht mal. Wo bist du?

Ich hab absolut keine Ahnung, warum die mit mir reden wollen.

Ich kann es dir nicht sagen, aber es ist das dritte Mal diesen Monat, dass sie hier waren und nach dir gefragt haben. Es geht nicht, dass die Polizei hier um sechs Uhr morgens auftaucht, nach dir fragt und dein altes Zimmer durchsucht, wenn nicht mal wir wissen, wo du bist. Du musst dich auf dem Revier Notting Hill Gate melden. Das haben sie gesagt.

Ich bin im Osten bei Freunden von der Uni.

Bitte melde dich da.

Mach ich. Ich habe um neun eine Vorlesung und direkt danach ein Seminar, dann fahr ich hin.

Bitte melde dich bei denen.

Mach ich, versprochen, Mama.

Vergiss es nicht.

Bye, Mama.

Bye, Gabriel, sagt sie, als ich auflege.

Ich hocke auf dem Sofa bei Capo in Mile End. Seit

Timmy Gotti im Block D die Pistole an den Kopf gehalten hat, habe ich meist hier geschlafen. Gotti liegt auf dem anderen Sofa. Bevor ich gehe, um rechtzeitig zu meiner Vorlesung zu kommen, wecke ich ihn und sag ihm, ich muss zur Befragung aufs Revier nach Notting Hill.

Nach dem Seminar springe ich zusammen mit Gotti in Mile End in die Central Line und wir fahren nach Westen, aber bis dahin komme ich gar nicht erst. Und das ging so.

Der Zug hält an der Liverpool Street. Er ist knallvoll mit Leuten, die sich nie aneinander erinnern werden. Mit der Tube fahren, das sind kurze Lebensfetzen, die man mit Fremden teilt, ohne sie wirklich wahrzunehmen. Du bist nichts als der Hintergrund der Träume deines Gegenübers. Ich bin mit Gotti am Ende des Wagens und alle stehn so nah nah nah zusammen.

Die Türen öffnen sich. Es gibt keinen Platz, aber dieser Mann im Anzug drängt sich trotzdem rein und sein Rucksack schlägt mir ins Gesicht, als er sich an uns vorbeischiebt.

Ich sage, du könntest dich verdammt noch mal entschuldigen.

Er dreht sich um, kuckt mich an und sagt, was?

Tickst du nicht richtig, hat dir deine Mutter nix beigebracht?

Er zieht die Stirn kraus, hält sein Gesicht direkt vor meins und sagt, rede nicht so mit mir, Junge.

Ich verpasse ihm einen Kopfstoß. Keine Reaktion, also kriegt er gleich noch einen. Alle um uns rum sind in dem Moment gefangen. Fliegen in Bernstein. Seine linke Braue schwillt an. Er packt mich bei der Kehle und versucht mich aus der offenen Wagentür zu zerren. Ich schlag ihm ins Gesicht. Eine Welle rauscht durch meinen Körper und es ist, als sähe ich mir selber zu, schlage ihm ins Gesicht, während er zu Boden geht, einmal, zweimal, dreimal, und ich kann Stimmen hörn, weit weg, oi, oi, aufhörn, aufhörn, seine Hand lässt meinen Hals los und er wankt auf den Bahnsteig. Versucht mich mit sich zu ziehen, also kriegt er seitlich noch eins auf den Kopf, stolpert gegen den Zug und ein Bein rutscht in die Lücke zwischen Wagen und Bahnsteig. Er versucht es wieder rauszuziehen, worauf ich ihm mein Knie ins Gesicht ramme und ich sehe Köpfe aus den Türen ragen, den ganzen Zug entlang.

Er stemmt sich frei und schreit, zieht die Notbremse, und jemand sagt, haben wir längst. Dann wendet er sich mir zu und ich sage, bist du irre? Gebe ihm noch eins in die Fresse und jemand springt auf meinen Rücken. Ich werde unter dem Gewicht nach vorne gedrückt, breche fast zusammen und der Mann im Anzug weicht zurück und ich höre Gotti hinter mir schrein, lass ihn sofort los, und dann höre ich einen Schlag, der auf einen Kopf trifft und das Gewicht auf meinem Rücken ist weg und ich sehe, dass Gotti aus dem Zug gekommen ist und dem Typ, der mich festhalten wollte, eins verpasst hat. Der Kerl weicht vor Gotti zurück und rennt den Bahnsteig runter. Gotti steigt zurück in den Zug und dann seh ich reichlich London-Underground-Leute mit ihren orangenen Warnwesten und blauen Kappen auf uns zurennen. Der Mann im Anzug zeigt auf mich, der hat mich angegriffen, der hat mich angegriffen. Ein London-Underground-Arbeiter tritt zwischen uns und sagt zu mir, beruhig dich, Junge, beruhig dich, und ich schrei den Mann im Anzug an, fick dich, Alter, fick dich, mit Scheiß anfangen, den du nicht mal fertig kriegst, du Wichser, beruhig dich, Junge, beruhig dich, der hat mich angegriffen, der hat mich angegriffen. Dann sehe ich Polizisten in weißen Hemden und schwarzen Schutzwesten den Bahnsteig herunterkommen.

Keiner hört mir zu. Die Bullen umringen mich und der Mann im Anzug sagt, er hat mir Kopfstöße gegeben, hat mich geschlagen, angegriffen und zwei von ihnen packen meine Arme und ziehn sie mir hinter den Rücken und einer lässt Handschellen um meine Handgelenke schnappen, während er mir das Gewohnte erzählt, was ich schon so oft gehört habe: Ich verhafte Sie wegen des Verdachts auf Körperverletzung, Sie müssen nichts sagen, Sie können die Aussage verweigern, aber das könnte Ihre Verteidigung erschweren, den ganzen Schwachsinn, alles, was Sie sagen, kann gegen Sie verwendet werden, verstehn Sie das? Ich sehe weg und sage, verfickte Dreckssscheiße, und der Bulle sagt, der Verdächtige antwortet nicht, und ein anderer schreibt was in sein Notizbuch.

Sie führen mich den Bahnsteig runter und der Mann, dem ich eine gedröhnt habe, zeigt auf Gotti und sagt, der da war bei ihm, der war bei ihm, und Gotti und ich sagen gleichzeitig, den kenn ich verdammt nicht mal, und wir sehn uns an und gleich wieder weg, weil es nicht der richtige Zeitpunkt wäre, um zu lachen, und die Bullen führn mich weiter den Bahnsteig runter. Die Rolltreppe hoch und die Leute starren mich an, als wäre plötzlich dieser Moment meines Lebens auch ihrer. Die Bullen bringen mich aus dem Bahnhof und quer über die Straße zum Revier Bishopsgate.

Dann gehts los. Ich hab das schon so oft mitgemacht, dass ich mich ihm ergebe. Die Gesten, der Rhythmus, die Abläufe. Zuerst: Haftzellentrakt. Handschellen runter vor einem Sergeant hinter einem Schreibtisch, graue

Haut, kuckt dich an, als wärst du ein leeres Kästchen auf dem Formular, das er ausfüllt. Taschen ausleeren. Blaue Gummihandschuhe tasten dich ab, von Kopf bis Fuß. Schuhe aus, ausschütteln. Deine Sachen werden dir abgenommen, registriert, eingepackt. Schwarze Ohrenklappen-Kappe mit grauem Fleecefutter und Voodoo-Schädel vorne drauf, in die Tüte. Schlüssel, Telefon, Stift, eine Liste der Bücher, die ich für eins meiner Uni-Module brauche, Chinua Achebe, *Alles zerfällt*, Joseph Conrad, *Herz der Finsternis* und noch einige mehr, Zettel mit Notizen, Liedtexten, Gedanken, Plänen, Momenten, die ich nicht vergessen will, in die Tüte. Ist das nicht das, woraus wir alle bestehen? Die Avirex-Jacke kommt in eine Tasche. Ich mag nicht, wie sie zusammengelegt wird. Schuhriemen raus, damit ich mich in der Zelle nicht erdrosseln kann. Name, Adresse, Geburtsdatum, alles wird in den Computer getippt. Abgehakt. Keine Selbstmordgedanken, noch ein Haken. Hier steht, Sie sind ein Gewalttäter, Sie machen uns hier aber keine Schwierigkeiten, oder, sagt der Sergeant und starrt auf seinen Computerbildschirm. Ist keine Frage. Ich werde in den nächsten Raum gebracht, wo ein anderer Bulle deine Hände packt, als gehörten sie dir nicht und Finger für Finger über einen Scanner rollt. Fingerabdrücke, Daumenabdrücke, Handflächenabdrücke, die Ränder der Handflächen. Setze mich auf einen Stuhl vor einer Kamera. Sehen Sie dahin, Blitz. Drehen Sie sich zur Seite und sehen Sie geradeaus, Blitz. Fotos fertig. Zurück auf den Gang, plastikweißes Licht, das sich anfühlt, als würde es nie ausgehen, auch nicht, wenn wir hier drin gestorben sind. Chemischer Geruch. Komme in Zelle Nummer soundso. Schwerer Schlag, dicke Eisentür, die letzten Fetzen Zeit werden ausgesperrt. Keine Antwort darauf, wann du verhört wirst oder wie lange man dich hier festhalten wird. Echos hallen über den Gang. Irgendwer weiter runter schlägt gegen seine Tür. Irgendwer ruft, schreit, verflucht die Bullen und Gott. Stille.

Es ist immer das Gleiche. Vier Wände. Massiv. Eine stählerne Kloschüssel in der Ecke. Gegenüber in den Betonboden zementiert das Bett. Blaue Plastikmatratze, blaues Plastikkissen. Dein Körper wärmt beides nicht auf. Eine dünne blaue Decke aus Synthetikfaser, die praktisch unzerreißbar ist, damit sich keiner einen Strick damit drehn kann, um sich aufzuhängen. Dir ist nicht mal erlaubt, dich umzubringen. Das Licht geht nie aus. Wenn du es schaffst einzuschlafen und wachst wieder auf, denkst du vielleicht, ein Tag ist rum, doch dann kapierst du, es war nur eine halbe Stunde. Stell dir das vor. Du fängst an, das Gewicht jeder Minute zu spüren. Aber wenn du es erst zehnmal oder öfter mitgemacht hast wie ich, weißt du, wie es geht. Es dauert nicht ewig. An der Decke eine Frage, in schwarzer Schablonenschrift: IST IHNEN SCHLECHT UND SIND SIE ES LEID, SICH SCHLECHT UND MÜDE ZU FÜHLEN? BITTEN SIE UM EIN GESPRÄCH MIT EINEM DROGENBERATER. Oben in der Ecke eine Kamera, die alles aufzeichnet. Ich könnte einen Joint brauchen.

Ich bin überrascht, als sie kommen und mich zum Verhör holen. Der Vorfall war am Mittag und zu Beginn des Verhörs sagt einer der Bullen, es ist 17:55, der 28. November, und so weiß ich, dass ich nur ein paar Stunden in der Zelle war. Das Licht hier wie auf allen Revieren hat etwas, das vernichtender ist als Dunkelheit. Ich sehe es, als ich den Blick durch den Vernehmungsraum schweifen lasse, die Helligkeit des Lichts, unablässiges, leeres Weiß, das die natürliche Existenz von Schatten eliminiert, selbst deines eigenen, und es fühlt sich an, als wärst du von einem unsterblichen Teil deiner selbst getrennt worden. Die Vernehmung dauert etwa zwanzig Minuten, dann werde ich zurück in meine Zelle gebracht.

Später werde ich dem diensthabenden Sergeant vorgeführt. Ich bin erschöpft von der Anstrengung, nichts zu tun.

Okay. Krauze. Wollen Sie die gute Nachricht zuerst oder die schlechte?

Die gute, sage ich.

Nun, die gute Nachricht ist, dass Sie, was die Körperverletzung angeht, auf Kaution rauskommen, und ich werde ganz ruhig, denn damit ist das Schlimmste überstanden und ich komm hier wieder raus.

Die schlechte Nachricht ist, da ein Haftbefehl für Sie vorliegt, werden wir Sie heute Nacht hierbehalten und morgen kommen Sie in die Anstalt Feltham für junge Straffällige.

Feltham. Fuck. Und dann denke ich, nun ja. Am Ende also doch. HMP Feltham. Gang-City und Gladiatorenspiele. Alle wissen, Feltham ist krass. Gotti hat erzählt, als er in Feltham war, wurden Leuten in seinem Flügel die Gesichter zerschnitten. Ich weiß noch, dass er *zerhackt* gesagt hat. Er sagte, er hat gesehn, wie ein Bruder einem anderen das Gesicht zerhackt hat. Not Nice hat was von Fenster-Kriegern erzählt, Taz von Kämpfen in den Duschen und wie er einem Mann den Kopf einschlagen musste, sonst hätten sie ihm seinen eingeschlagen. Keine Möglichkeit, dem zu entkommen oder sich zu verstecken, immer das Schicksal direkt vor Augen. Bist du aus London, ist es irre gut möglich, dass du deine Feinde da triffst, je nachdem, mit welcher Gang, welchem Estate, welchen Dons du Zoff hast. Nun, jetzt werde ich rausfinden, wie es wirklich ist. Scheiß drauf. Wissen gewinnst du an den Rändern. Solang du nicht drüber kippst und abstürzt.

Ich frage nach meinem Telefonanruf. Ich rufe Yinka an und erzähle ihr, was passiert ist und dann ist es so, dass ich mich nicht mehr an das erinnern kann, was der Sergeant gesagt hat, mich nicht mehr erinnern kann, was Yinka gesagt hat. Ich kann mich an überhaupt keine Einzelheit mehr erinnern, es ist, als hätten mich meine Gedanken verlassen, sich von mir befreit. Morgen komme ich in den Knast und ich kann nichts daran ändern. Es ist ein Moment meines Lebens, der nicht mir gehört.

Morgens werde ich in einen Serco-Van verfrachtet. Die Schwitzkiste. Du wirst in eine Kabine gesperrt, die nicht hoch genug ist, um zu stehen, es ist grade mal genug Platz, um dich auf den fest eingebauten Plastiksitz zu hocken. Kein Raum, um die Beine auszustrecken, kein Raum, um die Arme auszustrecken, kein Raum, dich zu bewegen und das Fenster ist so stark getönt, dass es den Tag zur Nacht macht. Kein Raum für Worte. Kein Raum, um irgendwas zu beschreiben.

Der Van fährt zum Magistrates' Court in Willesden, um noch ein paar Gefangene abzuholen. Mittags kommen wir da an, was heißt, dass ich seit zwei Stunden in dieser Box hocke. Das Sweatshirt klebt mir auf dem Rücken. Ich werde in eine Wartezelle unten im Gerichtsgebäude gebracht. Jemand vom Gericht kommt und erklärt, dass ich für zwei Wochen nach Feltham in Untersuchungshaft geschickt werde und dann zurück vors Willesden Magistrates' komme, weil der Haftbefehl Missachtung meiner gemeinnützigen Arbeit lautet und ich den Bewährungsbestimmungen in einem Fall von Beamtenbeleidigung und

Widerstand gegen die Staatsgewalt nicht nachgekommen bin. Zwei Wochen. Ich will jetzt wirklich nach Feltham, dieses ganze Theater mit Hierhin- und Dorthin-Gebrachtwerden ist desorientierend und ermüdend. Dein Gesicht trocknet aus und dein Magen knurrt, aber das Essen, das sie dir in die Zelle bringen, ist so scheiße, irgendein Nichts aus der Mikrowelle, das eins zu sein scheint mit der Plastikverpackung. Ich rühr es nicht an. Essen wird dieses Gefühl sowieso nicht vertreiben. Ich höre, wie andere Leute in Zellen gesperrt werden. Weiter warten, dann werde ich wieder rausgeholt, Handschellen und rein in die Box im Serco-Van. Es ist früher Nachmittag. Die Fahrt nach Feltham dauert noch eine Stunde.

Grade noch bin ich in Mile End und denke über eine Vorlesung nach, ziehe den Reißverschluss meiner Avirex zu, weil der Wind sie mir aufweht, denke darüber nach, was Nietzsche sagt, stelle mir vor, die süße Somalierin zu nageln, die ich ein paar Tage zuvor an der Bushaltestelle angemacht habe, denke an den nächsten Beutezug mit Gotti und Jungle, denke, ich will Fried Chicken oder nein, lieber einen Hähnchen-Döner-Wrap mit Knofi und Chilisoße auf dem Fleisch und reichlich Burger-Soße auf den Pommes und schon hocke ich in dieser Box, sehe auf meine Hände, balle sie zu Fäusten, frage mich, wie es in Feltham sein wird und ob ich gleich am ersten Abend mit wem in den Ring muss? Sobald ich sehe, es geht drum, scheiß auf alle Rederei, da hau ich ihm gleich was in die Fresse, selbst wenn es mich hinterher anscheißt. Es ist, wie Gotti gesagt hat, du musst es ausfechten, du musst die Scheiße im Griff behalten. Sonst hängt dir am Ende deine Unfähigkeit an, draufzuhaun.

Wir sind im Grunde alle Produkte der unterschiedlichen Augenblicke unseres Lebens und werden manchmal zu was, das wir nie für möglich gehalten hätten. Wenn ich in den Knast wandere, muss ich alle anderen Teile meines Ich auf Kante falten und in den Höhlen meines Seins einlagern. Wobei die Leute *sagen*, es gibt so viele Teile von dir, all die verschiedenen Seiten einer Person: die, die Klavier spielt, die, die schreibt und mehr schreiben will, die, die über urzeitliche Aliens nachdenkt, die möglichen Schöpfer der Menschheit, die, die Leute abstechen, die Reichen ausrauben und diese Gang-Sache will. Doch das sind nicht wirklich unterschiedliche Seiten, Teile oder Stücke. Es sind alles Teile eines Ganzen. Einer einzigen Sache. Es ist so, stell dir eine gigantische Säule vor, die du nie ganz ins Blickfeld kriegst und so sehen die Leute immer nur das, was sie gerade vor Augen haben.

Jedenfalls, jetzt bin ich hier.

Ihre Majestät, der Knast von Feltham. Schmutzige rote Ziegel und vergitterte Fenster, die sich niemals öffnen werden. Nach gründlicher Durchsuchung in der Aufnahme, Hose runter, Boxershorts runter, in die Knie, heb die Eier an, husten, nach dem ganzen Scheiß und nachdem ich registriert bin, nachdem sie mir meine Klamotten abgenommen und ich mir die Knast-Jeans und das kurzärmelige T-Shirt mit den blau-weißen Längsstreifen angezogen, nachdem ich mir das graue Sweatshirt über den Kopf gezogen habe, werde ich Gefangener Nummer TF6677 und komme mit allen anderen Neuankömmlingen in den Aufnahmeflügel. Es ist eine Gruppe müder Gesichter, Haut wie aus Pappe, starre Blicke aus getriebenen Augen, gelähmte Gefühle, rausgerissene Erwartungen.

Der Flügel heißt Eisvogel. Ich habe eine eigene Zelle, die Treppe hoch auf dem Absatz. Alle werden in Einzelzellen gesteckt, um während der ersten paar Nächte jede Art von Zoff zu vermeiden. Blaue Eisentüren. Gelbe Wände. Metallgitter. Einfache Worte. Kratzer im Metall. Kratzer in den Wänden. Namen, Daten, Postleitzahlen. Holt Uns Raus, Kofi Real Killa '04, Fick die Bullen, Pecknarm, Fick OTF, Junga Hitta On Tour '03, Wichserpack, LOM Love Of Money, Befreit Elka, N15, SW9 Real Ridaz: Lebensspuren in miesen Momenten. Die guten und die schlechten Nachrichten. Ha. Das muss ich dem Sergeant lassen.

In meiner Zelle. Ein Metallbett mit grüner Wäsche und einem harten Kissen. Auf die Wand über dem Bett hat einer NO LOVE GANG geschrieben. Klo in der Ecke. Waschbecken. Tisch. Brauche Papier und Stift. Ein Frühstückspaket, als sie uns um 7 wecken: Knast-Cornflakes, eine Packung H-Milch. Stell sie auf die Fensterbank vor das metallene Lüftungsgitter, um sie möglichst kühl zu halten. Schließer kucken ständig, dass du tagsüber nicht schläfst. Wenn sie dich dabei erwischen, wird das vermerkt. Mittagessen um 12. Abendessen um 5. Gefängnisfraß. Ich verschwende keine Worte für den Dreck. Vierzehn Stunden vom Abendessen bis morgens, ohne was zu beißen. Das Frühstück ist so dürftig, dass es im Prinzip neunzehn Stunden ohne richtiges Essen sind. Jeden Tag. Dreiundzwanzig Stunden in meiner Zelle eingesperrt. Die Geschichte hat so was Merkwürdiges, dass ich sie nicht erzählen kann, weil es nicht genug Worte gibt, um zu beschreiben, wie es wirklich ist. Du kannst es mit beschwörenden, komplizierten Worten versuchen, versuchen, so genau wie nur möglich zu sein, aber es bringt dich nur immer weiter davon weg, weil es wirklich nur einfache Worte dafür gibt, es einfache Gefühle sind, die jeder versteht, kalt, hart, leer, nichts, es sind die Grenzen dieser Worte, die es auf den

Punkt bringen. Und selbst das ist es noch nicht, es ist eine reine Wortverschwendung. Weil es dadurch weit mehr zu sein scheint, als es ist, weil du Worte benutzt, um zu beschreiben, was doch tatsächlich tot, am Ende ist, und es gibt Tausende, die in genau dem Moment das Gleiche durchmachen.

Beim Aufschluss rede ich mit einem Bruder aus New Cross namens Smiler. Lebe jeden Tag als wärs dein letzter, hat er auf den Hals tätowiert. An dem Abend finde ich in meiner Zelle den abgebrochenen Stiel einer Zahnbürste, den einer angefangen hat, scharf zu schleifen. Ich verbringe den Abend damit, den Job zu vollenden, indem ich mit dem Ding über den Betonboden schrappe. Reiß ein Stück von meinem Laken ab und wickle es als Griff um das Ende. Am nächsten Tag beim Aufschluss habe ich mein Messer zwischen den Arschbacken. Ich gehe etwas langsamer und strecke die Beine nicht ganz durch, damit es nicht rausfällt. Wir stehen für fünfzehn Minuten auf einem kleinen geteerten Hof mit roten Backsteinmauern und Stacheldraht obendrauf und kurz steigt Rauch auf. Einige von den Jüngeren rappen was. Ich steh nur da, kuck zu und schmecke die Luft. Ein Schließer hält einen kurzen Vortrag über Mobbing und dass, wenn einer gemobbt wird, er es einem Schließer sagen muss, damit der Sache nachgegangen werden kann. Jeder mit nur ein bisschen Grips weiß, das ist das Blödeste, was du machen kannst. Wenn du sagst, du wirst gemobbt, weiß jeder, dass du ein Denunziant bist und dann bist du fortan das Opfer, egal in welchen Flügel du kommst. Abends wasche ich meine Boxershorts und Socken im Waschbecken mit dem Stück Seife, das wir bekommen haben, und hänge sie auf das eine heiße Rohr, das durch meine Zelle läuft. Keiner sagt irgendwas über die Wäsche und wann wir frische Klamotten kriegen.

Beim Aufschluss kiffen ein paar Jungs aus South in der Dusche. Ein großer weißer Bruder quatscht mich mit irgendeinem Scheiß voll, während er sich abtrocknet. Ich hatte Probetrainings bei Arsenal, sagt er komplett aus dem Zusammenhang raus und ich sehe, dass er völlig hinüber ist. Einer der Jungs aus South fragt mich, wo komms du her, Mann? Er bietet mir den Joint an. Nah, muss nicht, Junge. Zwanzig Minuten später hören wir ein tiefes animalisches Schreien aus einer Zelle unten im Erdgeschoss. Es ist der weiße Bruder aus der Dusche. Dann was wie Möbelkrachen und dann Stille. Ein Schließer kommt aus der Zelle und sagt, der will sich prügeln, kommt aber nich damit klar, wenn er dabei was draufkriegt, die Pussy. Ich sehe den Bruder nicht wieder.

Ich bekomme einen Stift und Papier. Gefängnispapier. Blaue Linien wie auf den Shirts. Nummer, Name, Flügel sind auszufüllen, wenn du einen Brief schreiben willst. Ich zeichne einen Bruder wie in einem Adult Video mit einer 9mm und einer MAC-10, weiten Jeans, Nike Air Maxes und einer ins Gesicht gezogenen Basecap, fiese Augen über den Schirm gestickt. In den Hintergrund kommen die Blocks von South Killy, wie ich sie in Erinnerung habe, dazu Streifenwagen mit zuckenden Lichtern und drunter schreibe ich, von Snoopz TF6677 HMP Feltham 02/12/06 der Gang treu. Ich zeig Smiler die Zeichnung und er sagt, geil, Junge, mach mir auch so was bitte, will ich meiner Baby-Mum schicken.

Am nächsten Morgen werde ich zusammen mit Smiler und ein paar anderen aus dem Aufnahmeflügel in die Wildente verlegt. Auf dem Weg von einem Flügel zum anderen kommen wir durch gemauerte Korridore voll düsterer Schatten und durch Gitter hereinfallender Lichtfetzen, doch es ist, als verhinderte die Düsternis, dass uns auch nur etwas von dem Licht trifft. Ich sehe ein paar Leute mit Schließern und alle kucken und fuck, sie kucken weg, wobei du spürst, wie eine Spannung dein Gesicht erfasst und die Nerven in Armen und Beinen zu zucken beginnen. Du kannst sehen, wer nicht nervös ist, weil manche scheinen sich gradezu zu amüsieren. Sie starren dich an und lassen dich ihre Zähne sehn. Türen werden aufgeschlossen. Schlüssel rasseln. Metall auf Metall. Jetzt bin ich in der Wildente.

Im Knast-Jargon heißt den Vogel machen deine Zeit absitzen. Wenn du verurteilt wirst, wirst du gleichsam zu einem gefiederten Freund. Was ist das für ein Schwachsinn, den verschiedenen Flügeln Vogelnamen zu geben. Eisvogel, Wildente, Zaunkönig, Rabe, Fischadler, Turmfalke, Reiher. Die reine Verarsche. Wie ich höre, sind Rabe und Fischadler die übelsten Flügel, wo es täglich knallt. Lauter Mörder und Lebenslängliche. Regelmäßig werden da Leute abgestochen, sagt mir ein Bruder, mit dem ich mich unterhalte. Er will in den Raben, da sind seine Jungs und er is übel angefressen, weil er mit Frischlingen zusammen ist. Überall ums Gefängnis laufen Pfauen herum. Echt jetzt. Du kannst sie durch die Zellenfenster sehn, wie sie ihre Federn zur Schau stellen, unwirkliche Farben wie Augen eines mythischen Wesens. Du siehst sie durch die Fenster, wenn du beim Auflass draußen rumläufst. Manchmal hörst du ihre hellen, lauten Schreie in der Nacht. Wahnsinn, oder?

Eines Abends klingen Stimmen zwischen den Zellen hin und her.

Oi, Nummer 20, komm mal ans Fenster, Junge.

Was?

Was meinst du, was? Ich schlag dir die verdammte Fresse ein, Junge, mach mich nich wütend.

Bitte, Mann.

Haha, er sagt bitte, Mann.

Andere Stimmen lachen.

Hey, Nummer 20, noch da?

Yeah.

Hey, fick deine Mum.

Mann, red nich über meine Mum. Meine Mum is tot, ja.

Dann fick deine tote Mum.

Mann, ey, hör auf.

Schnauze, Mann.

Hey, Nummer 20, sing mir ein Lied.

Was?

Ich sagte, sing mir ein verdammtes Lied, Pussy, sonst pass auf, was morgen is, wenn die Türn aufgehn.

Was fürn Lied?

Sing mir Happy Birthday.

Er fängt an zu singen.

Lachen hallt durch den Flügel, Leute hämmern gegen ihre Zellentüren.

Sing das richtig, Mann.

Auflass, ich sitze auf der Treppe, jeden Nachmittag fünfundvierzig Minuten aus der Zelle raus, und rede mit Smiler und ein paar Brüdern aus South. Doch dann drifte ich aus der Unterhaltung weg, weil ich an Gotti denken muss. Stimmt, ich bin froh, dass sie ihn nicht mit mir verhaftet haben, weil er weit länger Knast gekriegt hätte als ich. Ich frage mich, was für Sachen er grade abzieht. Ich hoffe, er dreht das große Ding nicht ohne mich.

Etwas passiert am Pooltisch. Ein großer Kerl mit Mini-Dreads springt über den Tisch, packt den Kopf von einem der Jungen und rammt ihn gegen die Betonkante einer Zellentür. Er fällt wie eine Marionette in sich zusammen, der die Fäden durchgeschnitten wurden. Einer sagt, ey, Mann, der hat was abgekriegt. Blut schmiert über die Zellentür, als er dran runterrutscht. Irgendein andrer tritt ihm ins Gesicht, zieht ihm die Turnschuhe aus und steckt sie sich unter das Sweatshirt. Der Bruder auf dem Boden versteift sich und fängt an zu zittern. Dann sind die Schließer überall und schreien, ZURÜCK IN EURE ZELLEN, eine Sirene geht los, Türn knallen zu, der Aufschluss ist vorbei.

Ich sitze in meiner Zelle und denke an die Uni. Heute sollte ich meine Arbeiten für das Ende des Herbst-Trimesters einreichen und sie wissen nicht mal, wo ich bin. Ich denke über den Schwachsinn nach, der mich hergebracht hat. Leute wie ich, die von null auf hundert durchstarten, werden immer mit Konsequenzen rechnen müssen. Ich versäge gerade meine Trimester-Arbeiten, was mir, wie ich weiß, die Chancen auf einen Spitzenabschluss vermiest. Es pisst mich an. Aber mehr noch vermisse ich die Straße. Ernsthaft, ich denke kaum mal, Scheiße, Mann, wegen dem, was ich bisher gemacht habe. Es ist leichter zu sterben, als mit Bedauern zu leben. Manchmal denke ich, es wäre schmerzvoller, etwas zu bedauern, als abgestochen oder erschossen zu werden.

Die Nacht drückt ihre kalte Stirn gegen mein Fenster. Ich kriege einen Brief von Yinka. Der Umschlag ist geöffnet und trägt einen Stempel: Her Majesty's Institution Feltham für junge Straftäter, eingegangen am 5. Dez 2006.

Es gibt nichts Geschriebenes, nur ein gemeinsames Automatenfoto von uns beiden. Ich muss lächeln und dann spür ich Gefühle und lege es weg.

Am nächsten Tag kommt ein Schließer an meine Tür und sagt, ich soll mich für einen Besuch fertig machen. Es sind Mama und Capo. Im Besuchsraum weiß ich nicht, was ich sagen soll und ich bitte Mama, meinen Betreuer an der Uni anzurufen und ihm zu sagen, was mit mir ist. Sie sieht sich um und meint, ist ja gar nicht so schlimm hier, und ich sage, nun, du siehst den Teil nicht, wo ich aufpassen muss, dass mich keiner unter der Dusche absticht, und Capo sagt, chill, Snoopz, chill. Ich bin echt glücklich, ihn zu sehen, was noch mehr dafür sorgt, dass ich hier rauswill. Familien drängen sich um ihre Söhne und unterhalten sich mit gedämpften Stimmen. Mädchen lehnen sich über Tische und küssen ihre Freunde. Sie halten sich bei den Händen. Einige haben sogar Kinder dabei.

Als Mama und Capo gehen, eilen drei Schließer durch den Raum und packen einen Bruder und sein Girl. Auf dem Boden liegt was, mit Frischhaltefolie umwickelt. Wahrscheinlich hatte sie den Stoff in ihrer Möse und die Übergabe ist danebengegangen. Sie schreit sich die Seele aus dem Leib, als die sie festnehmen und ihren Freund aus dem Raum bringen. Gott im Himmel. Hier gibt es echt alles. Liebe, Gewalt, Opferbereitschaft, Sehnsucht, Unterdrückung. Alles und nichts. Ich bin eh in ein paar Tagen wieder draußen.

Als sie mich zu meiner Anhörung zurück zum Magistrates' Court in Willesden bringen, bin ich innen taub, die Welt draußen ist gedämpft, selbst noch als ich in sie zurückgebracht werde. Sie schicken mich zu einem Bewährungsgespräch. Der Beamte hat nur einen Arm und der Ärmel des Anzugs ist um den Stumpf festgesteckt. Augen wie rostige Haken, teeverfärbte Zähne. Ich sage, ich studiere Englisch an der Saint Mary University, und er, ja, und? Ich habe zwei akademische Abschlüsse. Ich überlege, ob ich ihm die Fresse polieren und das Büro zerschlagen soll, aber ich muss zurück nach Hause. Das Gericht verhängt eine neue Ausgangssperre, aber dieses Mal ohne Fußfessel. Ich muss mich jede Woche auf dem Revier Paddington Green melden und 250 Stunden gemeinnützige Arbeit ableisten. Vergiss es. Auf jeden Fall kann ich gehen. Alles ist völlig unwirklich. Ich fühle mich wie Öl auf Wasser. Ich bin eingefroren und warte drauf, zurück ins normale Leben zu schmelzen.

Gehe in die Wohnung meiner Eltern. Dusche, ziehe mich um. Meine Mutter sagt, Gabriel, du bist an der Uni abgemeldet, weil du deine Arbeiten nicht abgegeben hast und sie nicht wussten, wo du warst.

Scheiße, das hab ich befürchtet.

Aber ich habe mit deinem Betreuer gesprochen und sie machen eine Ausnahme, extra für dich: Du kannst das zweite Jahr wiederholen, ohne noch mal zahlen zu müssen.

Das ist super, Mama.

Willst du etwas essen?

Nah, ich besorg mir draußen was.

Sie sieht mich an und kuckt dann weg. Mein Vater ist bei der Arbeit. Sie kann ihm sagen, dass ich draußen bin. Zeit für SK. Anrufe. Mazey, Gotti. Wann bis du raus? Komm nach SK, sobald du kanns, Bro. Uncle T, Capo, Bimz. Als ich gehe, sagt meine Mutter, wenn du nicht gut sein kannst, sei wenigstens vorsichtig. Ja, Mama. Dann gehe ich zu Uncle T.

Auf dem Balkon im vierten Stock von Blake Court sehe ich, dass einige Lichter nicht funktionieren, Schattenblöcke füllen die Lücken. Schatten. Ich denke an die harte Helligkeit auf dem Polizeirevier. Ich sehe Schatten und es fühlt sich gut an, sich durch sie durchzubewegen.

Dann bin ich bei Uncle T und fange an, mich etwas normaler zu fühlen. Willkommen zu Hause, mein Sohn. Sobald ich gehört hab, dass du raus bis, hab ich angefangen zu kochen. Has du was zu rauchen, mein Sohn? Was geht, sagt sein Kumpel Sparky und gibt mir die Faust. Bass wummert aus dem Soundraum unten hoch. Die Wohnung lebt. Auftauen. Ein Teller Ziegencurry, Reis, Erbsen, Coleslaw und gebackenen Kochbananen. Ich putz alles in null Komma nichts weg, dann kauf ich mir einen Joint.

Später geh ich und treffe Gotti, der mit Ill Will vor Ill Wills Block chillt. Er umarmt mich und sagt, komm, wir organisieren eine Flasche. Wie wars? Ruhig, oder, ich bin nur froh, dass ich raus bin, sage ich. Irgendwas Größeres? Nah, Bruder, ich war nur zwei Wochen drin. Gotti sagt, es war irre, als du angefangen has, dem Bruder in der Tube was draufzugeben, sahst aus, als wolltes du nie wieder damit aufhörn. Ich kann sehn, dass du grade aus dem Knast kommst, Bruder, du has diesen Blick in den Augen, und ich, lass mich mal an dem Joint ziehn. Ich gehe ein Stück weg von ihm und Ill Will und rufe Yinka an, Süße, ich will dir alles runterreißen, dich umdrehn, mich in dich reinschieben und dich so so so von hinten nehmen, bis du den Verstand verlierst, und sie sagt, oh, mein Gott, ich hab dich so so so vermisst, ich bin so nass, Gabriel.

BLUT HEULEN

Schartiger Winter. Sorgt dafür, dass sich, wenn ich mich anspanne, die Knochen in meinem Rücken anfühlen, als wollten sie brechen, weil egal wie viele Schichten ich trage, die Kälte kriecht in mich rein. Gott sei Dank gibts Avirex-Jacken. Der Schnee ist mies, hält sich nie lange, überzieht Balkone und Treppen in SK mit Nässe und lässt alle Schritte langsamer werden. Es ist zu kalt für Raubzüge. Wir bleiben drinnen. Die möglichen Opfer wahrscheinlich auch. Nur die Junkies nicht. Die kommen bei jedem Wetter, eingeschrumpft in ihre zu großen Jacken und Mäntel. Entschlossen. Die frostige Luft lässt ihren Atem zu Nebellumpen werden, die ihnen aus den Mäulern hängen. Dealer rauschen schnell auf dem Fahrrad ran, stoßen ihre Ware ab und verschwinden gleich wieder.

Am Silvesterabend gibt es so viel Gras und Alk, dass ich mich nicht an viel erinnere. Party bei Jasmin in ihrem Block im Precinct. Tanzen im Wohnzimmer zu Mavado und Vybz Kartel mit allen Lichtern aus und dann treffen sich alle draußen auf der Treppe zum Kiffen. Ich kotze die Treppe runter und UncleT ruft, weiter so, Junge, lass es raus, und alle lachen. Als ich fertig bin sage ich, okay, ich bin bereit fürn neuen Drink, wer willn Henny? Später sitze ich in Jasmins Küche auf ihrem Schoß und sie sagt, du solltest ein Lover und kein Kämpfer sein. Dann schlaf ich allein auf ihrem Bett ein und als ich wieder aufwache, sind noch andere auf dem Bett und dem Boden weggesackt. Bimz, Ayesha und so weiter.

Ich muss nicht zur Uni. Bis September kann ich machen, was ich will. Yinka sagt, wenigstens kannst du jetzt endlich mehr Zeit mit mir verbringen und wir können anfangen, unsere Zukunft zu planen.

Du verstehst nicht, sage ich. Ich werde mit Gotti ein paar ernsthaft große Dinger drehen und wenn mich das reich gemacht hat, können wir uns die Zukunft schaffen, die wir wollen.

Das ist mir egal, ich will nur, dass du dich stärker bemühst, Zeit mit mir zu verbringen.

Ich verbringe viel Zeit mit dir, letzte Woche erst habe ich für ein Hotel bezahlt.

Das meine ich nicht, Gabriel.

Ich muss bei meinen Leuten sein, falls sich was ergibt.

Meine Leute, meine Leute, und sie schnalzt missbilligend. Verdammt, Gabriel. In dich verliebt sein ist nicht leicht. Manchmal denke ich, du liebst deine Leute mehr als mich.

Sei nicht dumm, sage ich. Ich liebe dich mehr als alles. Aber als die Worte aus meinem Mund kommen, wird mit klar, die Mühe, die es mir macht, sie auszusprechen, bedeutet, dass sie nicht wahr sind. Ich weiß, eines Tages ist es zu Ende, aber ich kann mich nicht dazu bringen, es ihr zu sagen.

Ich hör auf, jeden Abend aufs Revier in Paddington Green zu gehn, um mich dort zu melden. Ich lass mich nicht mehr damit nerven und wie es scheint, die auch nicht, weil sonst meine Mutter anrufen würde, um mir zu sagen, dass die Bullen wieder hinter mir her sind. Während ich bei Bimz chille und auf das nächste Ding von Jungle warte oder was sonst vom Himmel fallen könnte, geht das neue Trimester los. Capo ruft an und sagt, er nimmt sich zusammen mit seinem Cousin Blix eine Wohnung in Fish Island. Sagt, ich kann kommen und bei ihnen bleiben, wann immer ich will, Gotti auch. Capo weiß, dass wir an was Irrem dran sind und nach einem Raub oder so vielleicht untertauchen müssen. Ganz ruhig, Bruder, ich komm sowieso zur Uni, ich muss da nochn paar Bräute klarmachen, und er lacht und sagt, aber sicher.

Eines Morgens klingle ich bei Gotti durch. Er sagt, du wirs lange leben, weiß du, ich wollte grade anrufen, komm so schnell wie möglich her, hinter den Block von Ill Will.

Der Himmel ist klar, die Sonne draußen, Hähnchen- und Gemüsepatties brutzeln, die Kamera mitten im Precinct deutet nach unten. Ich sehe ihn direkt vorm Eingang zum Block. Er sagt, was geht, Snoopz, aber seine Augen sind irgendwo anders, sind ihm weggerutscht. Die Sonne stolpert über ihn, steht aber schon wieder und bewegt sich weiter, und ich sage, was is, Bro?, und er fängt an, mir zu erzählen, wie ein Dealer gekommen ist und angefangen hat, ihm und Ill Will die Kunden wegzunehmen.

Die beiden sagen den Junkies, sie sollen in diese kleine Straße kommen, weil sie etwas abgelegen und weg von den Überwachungskameras ist. Da verkaufen sie ihnen ihr H und C und dieser Bruder, sagt Gotti, der wird grad selbst zum Junkie, er raucht das harte Zeug auch, heißt Stefano und ich glaub, er is aus Neasden oder so. Aber er is nich einer von den total kaputten Typen, die völlig fertig sind, er hat grade erst angefangen mit dem Rauchen und ist super gut drauf so wie, ich bin verdammt unbesiegbar, du kenns das. Jedenfalls taucht er hier plötzlich auf und ich weiß nich, wen er in SK kennt, dass er einfach so hier aufkreuzt, mir meine Junkies nimmt und ihnen seinen Stoff verkauft, und ich sag ihm, er muss hier weg, und er so, yeah, was immer du sagst, und am nächsten Tag is der Typ wieder da. Ernsthaft, ich hab gesehn, wie er einem was verkauft hat, der mich zehn Minuten vorher wegen dreimal Light und zweimal Dark angerufen hatte. Also sag ich ihm, du kanns hier nich dealen, und er so, was denn, Mann, was wills du dagegen tun? Gotti erstickt fast an seiner Wut. Ich sage, und was hast du gemacht? Nichts, aber Bruder, pass auf.

Die Sonne kriecht über den Himmel. Wir gehen aus dem Estate auf die Kilburn High Road, gehn an den Läden lang, und er, Mann, da is er, Stefano, und er zeigt auf einen Bruder in einer glänzenden schwarzen Montcler-Winterjacke mit Pelzkapuze, der eine Flasche Supermalt trinkt. Gotti geht direkt auf ihn zu und sagt, hey, Junge, was geht, was suchs du? Stefano sagt, has du was?, und Gotti, yeah, yeah. Stefano sieht echt noch nicht fertig aus. Er ist etwa dreiundzwanzig und längst nicht so mager und am Arsch wie die meisten Junkies, aber ich kann das Crack in seinen Augen sehn, weil es alles Leben aus ihnen rausgeholt hat, da ist nur noch was Schmieriges, Fieses, das drauf wartet, losgelassen zu werden. Er hat keinen Schiss vor Gotti, ich meine, der Junge will echt hier und jetzt von ihm Stoff kaufen. Dreist. Er muss wohl mies auf dem Trocknen sitzen, weil er schon eine Weile nichts mehr gekriegt hat. Muss denken, weil Gotti ihm nichts getan hat, ist alles cool.

Und da er selbst dealt und jetzt aber was von Gotti will, nehme ich an, sein ganzer Stoff ist weg, wahrscheinlich hat er das meiste davon selbst geraucht. Alle wissen, das ist das erste der zehn Crack-Gebote: Dröhn dich nicht mit dem eigenen Nachschub zu. Ich meine, du kannst nicht gleichzeitig Junkie und Dealer sein. Das ist einfach scheiße fürs Geschäft. Ich will zwei Mal Light, sagt er. Das sind zwei 20-Pfund-Rocks Crack. Ich weiß, Gotti hat nichts dabei, als er ihm also sagt, komm mit, und wir zurück nach SK gehn, ist klar, dass gleich was abgeht, oder?

So boom, wir gehn zu den Blocks runter und es ist diese kleine Straße, die von der High abgeht rein in den Estate und rechts ist diese lange Mauer mit dem Royal-Mail-Depot dahinter, die ganz mit Efeu bedeckt ist, der Efeu frisst sie, verdaut sie, und während wir die Straße runtergehn, bewegt sich der Efeu, obwohl kein Wind geht, der reinbläst oder irgendwas, aber er bewegt sich, als wärne Riesenschlange drin versteckt und ich kann nicht wegsehn, was zur Hölle ist da so lebendig? Da huscht direkt vor mir eine riesige Ratte raus, läuft zu einem Mülleimer, klettert rein, kommt mit was in der Schnauze wieder raus und zurück gehts in die grüne Wand. Jetzt kommen noch mehr Ratten und alle machen den gleichen Ausflug zum Mülleimer, bevor sie sich wieder in die sich krümmende Mauer verdrücken.

Wir gehen zum Alpha House, einem großen, gelben Block mit roten Balkonen bis hoch in den achten Stock. Gotti sagt, komm, hier rein, und Stefano nimmt einen Schluck aus seiner Flasche Supermalt. Gotti reißt die Tür auf, knackt das Magnetschloss und wir gehen rein, weil es mit all den Kameras auf der Straße zu kritisch ist. Wir steigen in den Aufzug.

Stefano sagt nichts, er kuckt uns nur eindringlich an, von einem zum andern, von mir zu Gotti, von Gotti zu mir. Ich seh weg, so als hätte ich mit alldem nichts zu tun und Gotti macht Anstalten, so als holte er den Stoff raus, fährt sich mit der Hand hinten in die Trainingshose, als hätte er echt was für Stefano. Der Aufzug fährt los. Schwebt. Ich sehe Stefano an, der den Rest aus seiner Flasche trinkt und sie dann locker in der Hand runterrutschen lässt und beim Hals hält. Scheiße, der kleine Wichser ist auf der Hut, ich muss jetzt wach sein, ganz wach. Die Wände des Aufzugs rücken näher.

Ping. Der Aufzug hält. Die Türen öffnen sich. Stefano will Gotti mit der Flasche eins drüberziehen, aber Gotti duckt sich schon weg und die Flasche streift ihn nur. Ich trete Stefano in die Seite und als er aus dem Aufzug stolpert, vergesse ich meinen Herzschlag, die Welt schrumpft in diesen Moment und ich verlier mich in ihm. Gotti ist direkt hinter Stefano und schlägt ihm ins Gesicht. Stefano holt mit der Flasche aus, aber Gotti hechtet zur Seite, völlig im Overdrive und gibt ihm noch ein paar. Stefano fällt zurück gegen die Mauer. Wir stehen jetzt im Treppenhaus, draußen vor dem Aufzug, die Tür zu den Balkonen und Wohnungen ist rechts, links führt die Betontreppe den Block runter.

Stefano versucht aufzustehen, also trete ich ihm gegen die Brust. Er strampelt mit den Beinen wie ein riesiger Giftkäfer, der hochzukommen versucht. 10000 Volt Adrenalin. Wir zögern. Als er sich hochrappelt, die Flasche Supermalt immer noch in der Hand, kriegt er meinen Schuh ins Gesicht und sein Kopf knallt BONK gegen die Betonwand hinter ihm, heftig, mir ist, als wenn ich seinen Schädel knacken hörte, aber er versucht wieder aufzustehen.

Und ernsthaft. Er springt auf die Füße und versucht, Gotti ein weiteres Mal mit der Flasche zu erwischen, aber diesmal kriegt Gotti sie zu fassen und sie fällt auf den Beton und zerplatzt und wies scheint, kapiert Stefano plötzlich, okay, diese Typen wollen mir echt was, er kapiert, dass er hier wegmuss, weil wir nicht aufhörn werden, besonders da wir wissen, dass er Kohle dabeihat.

Gotti schreit ihn an, gib uns das verdammte Geld, Junge. Stefano versucht wegzulaufen, aber Gotti erwischt noch seine Kapuze und der Bruder lässt Jacke und T-Shirt zurück und ist jetzt mit bloßem Oberkörper unterwegs, rennt an mir vorbei, um auf den Balkon zu kommen und Gotti ruft, Snoopz, halt ihn auf, und ich krieg ihn von hinten am Hals zu fassen, zieh mein Messer raus, lass gleichzeitig die Klinge aufspringen und steche ihm zack zack zack zack fünfmal in den Rücken, ohne die Klinge auch nur einmal in ihn reingehn zu spüren, ich seh nur, wie sies tut, so leicht und nichts passiert, ich meine, die Klinge verschwindet bis zum Anschlag, ich zieh sie wieder raus und dann diese fünf offenen Augen auf seinem Rücken und sie fangen an, Blut zu heulen. Lange rote Ströme rinnen an ihm runter.

Er schaffts auf den Balkon, nur ein paar Meter von mir weg und er hält sich, schlingt die Arme um sich, als bräche er gleich auseinander, als wollte er verhindern, dass sein Körper in lauter Teile zerfällt, die über den Balkon scheppern. Er atmet ein und aus, ein und aus, ein und aus, laut krächzend, die Augen weit aufgerissen, aus seinem zerstochenen Rücken tropft es auf den Balkon und er wirft mir zwei zerknüllte Fünfziger zu. Ich nehme sie und stecke sie ein. Gotti sagt, das passiert, wenn du herkommst und Stoff verkaufen wills, obwohl du nich von hier bis.

Ich dreh mich um, pass nicht auf, wohin ich trete, rutsche auf dem Blut weg und verlier fast das Gleichgewicht, aber Gotti packt meinen Arm und zusammen rennen wir die Treppe runter.

Wir kommen unten aus dem Block raus und ein älterer Bruder, ein Original-Gangster etwa in seinen Vierzigern, will gerade in den Block und der so, was geht, Leute?, und wir, yeah, yeah, cool, cool. Wir gehn zurück zu Bimz.

Mazey ist gerade aufgestanden. Bimz macht Frühstück. Gotti geht ins Wohnzimmer und sagt, Snoopz hat Stefano in den Rücken gestanzt, fünfmal. Und alle, super, irre, Snoopz is irre. Ich geh ins Badezimmer, hol mein Messer raus, machs auf und wasch das Blut runter, reinige die Klinge und den Griff und dann klapp ichs wieder zusammen und steck es zurück in die Tasche.

Ich geh mit Gotti Tabak und was zu knabbern kaufen, um die Fünfziger kleinzukriegen, und als wir durch den Precinct gehen, sehn wir den OG wieder, der auch zum Laden unterwegs ist und er sieht uns und sagt, oi, ihr seid verdammt gefährliche Jungs, ihr seid gefährlich, und wir lachen. Mir war langsam schon langweilig geworden, nur so bei Bimz zu chillen, aber jetzt ist es wieder ein normaler Tag, ich bin ich, Gotti is Gotti, was immer. Wir gehn zurück zu Bimz, Gotti schläft auf dem Bett ein und ich rauche einen mit Mazey. Ausnahmsweise mal läuft der Fernseher, weil keiner *Soulcalibur* oder so spielt, und da is was in den Nachrichten über Vorfälle mit Pistolen und Messern und die Mutter von einem, der ermordet wurde, sagt, das muss aufhören, und ich sage zu Mazey, siehs du, das is genau der Bullshit, der die Leute so anpisst. All das Gerede bedeutet keinem was, der Leute plattmacht und so weiter. Die Killer hörn nich auf, Killer zu sein, bloß weil die Mum von sonem toten Bruder sagt, das muss aufhörn. Mazey lacht, du bis irre, Mann, nah, aber echt, recht has du, und er legt mir einen Arm um die Schultern.

Es lässt mich denken, wie viel Geld mit diesen Anti-Gewalt- und Anti-Waffen-Kampagnen verschleudert wird, ich meine, sie werden an den Brüdern, die Knarren und Messer besitzen wollen, nichts ändern, die haben ihre Entscheidung getroffen, die haben längst gesagt, so wolln wir leben. Aber die Regierung veranstaltet diese Riesenshow und sie predigen in Schulen und Jugendzentren rum, holen sich irgendeinen reingewaschenen Rapper, der dann rumtönt von wegen, das Leben ist wertvoller und diese ganze Scheiße, als wärs das, was die Leute brauchen. Irgendeinen, für dens länger nicht mehr läuft, und also macht er jetzt auf positiv. Was fürn Haufen leerer Schwachsinn. Weißt du nicht mehr, wies war, du auf der Straße und Dinger drehn? Ich wette, da konnte dir keiner was sagen, aber jetzt, wo deine Karriere auf der Straße aus ist, wo keiner im Viertel mehr was von dir hält, wo du kein Gangster mehr bist, kein Geld mehr hast, weil das Spiel für dich nicht aufgegangen ist oder was immer, jetzt, wos vorbei ist, versuchst du dich neu zu erfinden. Die Hälfte von diesen Rappern hat sowieso nichts Ernsthaftes auf der Straße gerissen, manche haben in ihrm Leben keine einzige 20er Dosis Crack verkauft. Aber die Regierung fängt sie, kommt, redet mit den Kids, sie sollen ihre Messer weglegen, Leben retten und was immer fürne verblendete Nachricht sie im Sinn haben, während die Räuber, die Killer, die Dealer zukucken und denken, was für Trottel, wer denken die, wer sie sind? Die kommen hier besser nich vorbei mit ihren Juwelen, die sind sie hier aber sofort so was von los.

Später ruft Renay, die Maus von der Uni, an, meine Mum ist weg, magst du herkommen? Und ich sage, yeah, yeah, bis später. Abends gehe ich zu ihr, und als sie die Tür aufmacht, ist sie rausgeputzt mit weißen Strümpfen und Tanga und kaum bin ich drin, bäng, weiß sie, was kommt. Ich geh nach oben in ihr Zimmer und sie klettert aufs Bett und dreht sich um, damit ich sie von hinten ficke. Aber als ich ihn ihr reinstecken will und auf ihren nackten Rücken sehe, sind da fünf Stichwunden, die immer wieder aufblitzen und es versaut mir die ganze Stimmung und ich krieg ihn nicht richtig steif und erfinde irgendne Entschuldigung. Ich tu so, als hätte ich mich verletzt, hätte unglücklich meinen Schwanz in ihr verdreht und jetzt täts weh wie Sau. Ich beende die ganze Sache, so schnell es geht, weil ich immer nur diese roten, Blut heulenden Augen auf ihrem Rücken sehe und dann sag ich ihr, ich muss wieder weg. Aber hinterher bei Bimz schlaf ich easy, alles ist cool, und ich denke nie wieder wirklich richtig doll dran.

KATZEN FANGEN IN GHANA

Ich weiß nicht, warum er es getan hat. Ich meine, er hätte einfach warten können, aber nah, warten is nicht sein Ding, es muss immer jetzt jetzt jetzt sein.

Letzte Woche ist Gotti in Bimz' Wohnung eingebrochen, weil alle weg waren, und er wollte nicht im Block rumhängen und drauf warten, dass einer mit dem Schlüssel zurückkam. Also richtig eingebrochen ist er nicht. Er hat das winzige Fenster neben der Tür aufgedrückt, das Badezimmerfenster, sich hochgezogen und ist durchgerutscht. Als Bimz dann nach Hause kam, chillte Gotti auf dem Sofa in Mazeys Zimmer, rauchte einen Joint und Bimz fragte, wie bist du reingekommen, Mann? Gotti sagte es ihm und Bimz war stinksauer, fuck, dieser Typ. Wie kann er wie son Einbrecher einfach bei mir rein und keinen Respekt für meine Privatsphäre zeigen?, sagte er zu mir, als ich später kam. Das is *dein* Kumpel, Snoopz, vergiss nicht, was ich dir gesagt hab. Es war, als wollte er Gotti nicht mehr kennen. Ab dann sind wir in den Osten zu Capo.

März. Es ist echt nichts zu tun, und die Sofas sind wahnsinnig unbequem, man kann sich nie voll ausstrecken und wir werden oft früh geweckt, weil Capo zu einer Vorlesung muss. Ich hab immer wieder diesen verrückten

Traum, in dem mein Zwillingsbruder und ich uns gegenseitig abstechen und ich schwöre, es tut wirklich nicht weh, wenn die Klinge in mich reinfährt, aber dann wach ich auf, mein Herz wummert wie nach einer echt krassen Sache und es fühlt sich an, als hätte ich keine Minute geschlafen. Mir is langweilig, sagt Gotti. Mir auch. Es ist Zeit, zurück nach SK zu fahrn, wo immer was läuft und ich mich real, normal und lebendig fühle. Gotti sagt, aber zu Bimz geh ich nich, vergiss es. Als hätte Bimz ihm was Übles angetan. Ich lache nur. Ich geh zu Ill Will, sagt er. Alles easy.

Als wir aus dem Bahnhof Kilburn Park kommen, hörn wir, dass Rico vor ein paar Stunden erschossen worden ist. Gottis Telefon klingelt. Hey, Alter. Waaas? Was sags du? Wie? Mein Telefon fängt an zu vibrieren. Uncle T. Hi, Pops, was geht? Snoopz, has du gehört, dass der Junge, der Malice vom Balkon gejagt hat, grad vorner Stunde erschossn wurde?

Es ist das Erste, was Mazey mir erzählt, als er Bimz' Tür aufmacht. Drin reden alle drüber, has dus gehört? Sie ham Rico das Licht ausgeblasen? Krasser Scheiß, oder? Rico ist, war, einer der Top-Brüder bei FAC, wie sich die Block-D-Leute selbst nennen. FAC, Family About Cash. Ich habe gesehen, wie sie im Block und auf dem Platz im Estate Musikvideos gedreht haben, gegenüber vom Blake Court, alle komplett in Gucci und Fendi und Louis V, mit brillibesetzten Rolexes und Cartiers, Diamanten-Grillz und Weißgoldketten. Einmal haben sie ein Video direkt vor dem kleinen Laden gedreht und ein paar von ihnen legten die Diamantketten ihren Kindern um den Hals, die sie mit dabeihatten und die noch gar nichts kapierten, die unsicher auf den Füßen waren und grade erst laufen gelernt hatten. Diese Shoots waren verdammt geil, alle riefen FAC und SK in die Kamera und reckten den Mittelfinger der einen und den Abzugfinger der anderen Hand, die Spitze des Abzugfingers am Gelenk des Mittelfingers, das FAC-Zeichen.

Ich hab Rico mit seinem Bruder Warlord erst kürzlich noch gesehn, als ich bei Uncle T einkaufen war. Sie standen auf dem Balkon und Warlord sagte, was geht, Snoopz, nur Rico sagte kein Wort, weil ich schon immer ein Niemand für ihn war. Es ist sowieso nicht so, als wäre ich mit irgendwem von denen eng. Ich weiß noch, dass er mit wem auf dem Balkon über was lachte und als ich vorbeiging, verstummte er und sah mich durchdringend an. Er war der, der Malice draußen vorm Rave das Gesicht zerhaun hatte. Jetzt ist er weg und Malice kann wieder herkommen, weil nach der Scheiße ist er nicht mehr zu Uncle T.

Alles, was ich in den nächsten Tagen höre, ist, dass Rico in seinem Wagen in der Scrubs Lane bei Kensal Green ausgeknipst wurde. Er saß da, sein Fenster war unten und einer fuhr ran und schoss ihm in den Kopf. Alle in SK, alle im Nordwesten reden drüber, weil Rico ein Irrer war, vor dem eine Menge Leute Schiss hatten. Jetzt sagen alle, es gibt Krieg, no way, dass SK nicht zurückschlägt und ein oder zwei von denen umlegt. Wir wissen, es muss einer aus Kensal Green oder dem Mozart Estate gewesen sein, der Rico umgebracht hat, weil die schon ewig Beef mit SK haben. Das wird ernsthafte Schießereien geben, sagt Mazey.

Es heißt, der Zoff zwischen SK und Mozart ging los, als vor ewigen Zeiten ein SK-Bruder aus einem Laden kam und ein paar Zart-Brüder fragten ihn nach Rizlas, aber er ließ sie abblitzen. Also stachen sie ihn ab und er verblutete, bevor der Krankenwagen kam. Er war beliebt in seinem Viertel und die Sache trat eine ganze Reihe von Vergeltungsaktionen zwischen South Killy und Zart los, die an die nächste Generation weitergegeben wurden. Ob es *tatsächlich* so angefangen hat, weiß ich nicht, keiner ist sich wirklich sicher. Auf beiden Seiten können dir alle irgendeine Geschichte von Rivalität und Rache erzählen und es gibt längst genug Tote und Überlebende von Schießereien, Messerstechereien, Säureangriffen und Entführungen, die ganze Palette, um den Kreislauf in Gang zu halten. Besonders verrückt wird die Sache dadurch, dass viele von diesen Leuten auf die gleichen Schulen und Colleges gegangen sind. Mazey war mit dem Bruder auf der Schule, dessen Ermordung die ganze Sache in Gang gesetzt haben soll und auch mit Ammo und Rico und eine ganze Reihe seiner alten Klassenkameraden sind heute tot, wegen allem möglichen Scheiß. Es ist schwachsinnig, liegen die beiden Estates doch direkt nebeneinander. Von der Malvern Road sind es zu Fuß nur fünf Minuten nach Mozart und doch sind die benachbarten Estates jeweils Sperrgebiet für die Leute, alle wissen, welche Straßen du nicht überqueren darfst, wo die unsichtbaren Grenzen verlaufen und du aufpassen musst, weil du nie weißt, wies dich erwischt, wenn du auf die falsche Seite gerätst. Mindestens nehmen sie dir deinen Schmuck und dein Geld ab, du wirst zusammengeschlagen und womöglich ziehn sie dich aus, filmen dich und schicken das Video rum und wenn du deinen Ruf retten willst, musst du Rache nehmen, musst einen Ausgleich schaffen und so gehts immer weiter. Ja, so is es, meinte Uncle T, als er mir vom Mord an Rico erzählt hat. Doch es geht sogar noch über die beiden Estates hinaus. SK ist mit Stonebridge in NW10 verbunden und Zart mit Kensal Green und so stecken die Bridge- und die KG-Leute in der Fehde mit drin und am Ende ist es eine riesige Falle, die ich zu vermeiden versuche, so gut es geht, weil ich Kumpel in KG, SK und Zart habe und ich will in diese Gang-Geschichten nicht mit reingezogen werden, mit Leuten, die sich wegen Blocks, Postleitzahlen und so streiten, wo ich doch auch so schon wegen den Sachen, die ich mit Gotti gedreht habe, genau aufpassen muss, sobald ich einen Schritt rausmache.

Dann eines Tages im April, morgens um vier, stürmen fünfhundert Polizisten South Kilburn. Fünfhundert Bullen, darunter fünfundsechzig mit Waffen, Hunde bellen, Rammböcke durchbrechen Türen, und ich und Gotti kucken es uns abends bei Bimz in den Sechs-Uhr-Nachrichten auf BBC an. Oi, ich schwöre, das is die Tür von meinem Kumpel, die da eingetreten wird, echt jetzt, ich wollte immer an seine Schwester ran, Scheiße, mit den Handschellen da, das ist doch, und ein Reporter sagt, siebzehn Leute sind verhaftet worden, nach mindestens vier weiteren wird noch gefahndet.

Der Hintergrund war, dass FAC-Leute über Monate hinweg Waffen an Undercover-Bullen verkauft hatten. Das Ganze war Teil einer riesigen verdeckten Operation, so lange bis die Bullen schließlich beschlossen hatten, dass sie genug in Händen hielten, um die Jungs hochgehen zu lassen. Also fahrn sie eine Razzia in SK, etliche Leute wandern in den Knast und wer es geschafft hat, zu verduften, kriegt eine Woche später Sendezeit bei *Crimewatch*. Ich erkenne ein paar Gesichter vom Balkon von Blake Court wieder, wo sie gedealt, gekifft und sonst was gemacht haben.

In den Blocks wird es danach ruhiger. Es sind nicht mehr so viele Köpfe unterwegs. Wir sehen jetzt öfter welche von den Jüngeren im Precinct, weil Buj und Work an Junkies zu verkaufen, das hört nie auf. Jetzt, wo etliche von den Älteren raus sind, gibt es jede Menge Möglichkeiten für hungrige Youngster, sich was zu verdienen.

Ein paar Wochen nach der Razzia komm ich mit Mazey von Uncle T und wir gehen die Malvern Road runter, als ein Polizeitransporter an uns vorbeifährt, langsam, die Tür weit offen. Ein großer weißer Bulle lehnt sich raus, als wär er drauf und dran rauszuspringen, starrt uns an, funkelt uns an, und als wir seinen Blick erwidern, sagt er, was zum Teufel kuckt ihr so? Wir haben beide Messer dabei, und Gras, das aus den Taschen rausstinkt, und so sagen wir nichts, sondern kucken nur weg und gehn weiter, sagen uns, scheiß auf den Wichser, und hoffen, der Wagen hält nicht an. Als wir in den Peel Precinct kommen, sehn wir, dass der Wagen ein Stück weiter angehalten hat und drei Bullen springen raus und rennen zu den Jungs rüber, die auf der Treppe zu einem der kleineren Blocks hocken, packen sie bei der Kehle und drücken sie gegen eine Mauer, um sie zu durchsuchen, und wir hörn einen von den Jungs würgen, einer krächzt, ich krieg keine Luft, Mann, ich krieg keine Luft, und es klingt, als platzten da Luftblasen in seiner Kehle. Und ehrlich, ich kann den großen weißen Bullen von vorher hören, wie er sagt, wir haben Zeugenaussagen, dass ihr hier dealt, und ich sage zu Mazey, der redet was vom Dealen und so, und Mazey zieht die Luft durch die Zähne und sagt, komm, lass reingehen. Und ich schwöre, die Jungs sind nicht älter als vierzehn, fünfzehn, ich meine, die gehen noch in die Schule oder sind zumindest in dem Alter, aber hier ist es normal, dass dich die Bullen so rannehmen, dich würgen, dir mitten im Precinct die Hosen runterziehen, die Boxershorts, um dir zwischen die Beine zu kucken, ob du da Stoff versteckt hast, wobei es wirklich darum geht, dich zu erniedrigen. Klar, eigentlich ist es ihnen nicht erlaubt, uns in der Öffentlichkeit so zu durchsuchen, aber sie wissen genau, dass hier keiner Beschwerde dagegen einlegt.

Ein paar Tage danach kommen gleich zwei Wagen voll besetzt mit Bullen zu Bimz' Block und sie wühln die Büsche und Blumenbeete vorm Haus um. Sie finden eine Pistole und etwas Stoff und keiner bringt die Beete wieder in Ordnung.

Ich sitze bei Bimz und wir hörn draußen einen Bruder sagen, ich habs dir verdammt gesagt, du verdammte Schnalle, und wir hörn ein Mädchen heulen. Bimz macht die Tür auf und wir sehen, wie einer von den Youngstern einer Kleinen ins Gesicht schlägt. Sie heult, sagt, warum machs du das? Er sagt, ich habs dir verfickt gesagt, schlägt ihr wieder ins Gesicht und ihr Kopf knallt gegen die Betonwand und er sagt, oh, Scheiße, bis du okay? Sie heult nur noch mehr. Er sagt, Schnauze, Mann, und schlägt ihr noch mal ins Gesicht. Bimz sagt, Junge, hör mit dieser Scheiße vor meiner Tür auf, klar? Der Bruder sagt, halt du dich da raus, Mann. Bimz kuckt den Jungen an und der kuckt weg, weil Bimz' Blick knallhart ist, was ihn irre mies aussehn lässt, so als könnte er jeden Moment durchknallen, wobei wenn du ihn kennst, weißt du, dass ern echt gutes Herz hat.

Obwohl er von all dem Dreck hier umgeben ist, will Bimz eigentlich nichts weiter als Chicks anbaggern, rappen, Musikvideos drehen, Klamotten maßschneidern und seinen ferngesteuerten Spielzeughubschrauber fliegen lassen. Bimz kuckt den Jungen an, der da die Kleine an die Wand drückt, saugt die Luft ein, murmelt, als redete er mit sich selbst, und sagt, verzieh dich von meiner Tür, Kumpel. Der Junge nimmt die Kleine beim Arm und zerrt sie raus in den Precinct. Wir gehen wieder rein und spielen *Soulcalibur*.

Wobei ehrlich, das Mädchen tut mir irgendwie leid, aber es ist so, wenn du dich in den Kram von wem einmischst, sagen wir, wir schnappen uns diesen Typ, haun ihm eine rein und sagen der Kleinen, vergiss den Idioten, er is ein Loser und so, geht der Ärger richtig los. Der Bruder wird zurückkommen und was beweisen müssen und er ist nich irgendein dämlicher Idiot: Ich hab ihn im Precinct gesehn, wie er seinen Stoff verteilt, ihn die Junkies rund um die Uhr anrufen und er versorgt sie in Bimz' Block, weil die Kamera im Precinct nicht bis hierher reicht. Bimz hätte ihm eins draufgeben können, aber was dann? Dann kommt er mit seinen Kumpels zurück und er weiß jetzt, wo Bimz wohnt, weiß, wo wir alle chillen, also. Es nervt mich, dass die Kleine das hier vor Bimz' Tür mit sich machen lässt, weils keiner von uns mag, wir uns aber auch nicht in son Theater mit reinziehn lassen wollen. Das gibts oft genug. Einer hat Stress mit einem der aufsteigenden Jüngeren, der eins gegen eins keine Chance hat, also kommt er später mit seinen Jungs und sie schießen dir die Wohnung zusammen, ein ganzes Magazin feuern sie durch die Tür, kippen dir sogar Benzin durch den Briefkasten und fackeln deine Bude ab, während du schläfst oder so. Ich kenn einen, dem das passiert ist, er heißt JD. Er hat einem Typen das Gesicht mit einem Samurai-Schwert aufgeschlitzt, weil der mit seinen Leuten die kleine Party crashen wollte, die JD in seiner Wohnung gab, ein paar Männer, ein paar Frauen, was zu trinken und coole Musik. JD hatte da keinen Bock drauf. Er machte die Tür genau in dem Moment auf, als einer von den Typen sie eintreten wollte und schnitt ihm das Gesicht mit dem Schwert auf. Ein paar Tage später kam JD von seiner Schicht bei Ikea nach Hause und fand seine Wohnung komplett ausgeweidet vor. Die war nichts anderes mehr als eine ausgebrannte schwarze Höhle, vor der Polizei und Feuerwehr vergeblich standen. Nichts mehr da, zu dem es sich zurückzukehrn lohnte. Also echt, misch dich nicht ein. Wenns dich nichts angeht, halt dich raus, sagt Mazey, weil er weiß, wie diese Sachen laufen können.

Später am Abend sitzen wir alle im Zimmer vorne in der Wohnung, das jetzt völlig leer ist, nachdem sich Jermaine nach der Razzia davongemacht hat. Es ist nur noch ein aufgerollter Teppich da, gegen den sich alle lehnen, Mazey und Sly und Spooks und Ki und Bimz und wir kiffen und reden Scheiß.

Bimz sagt, hört mal, wisst ihr, wie sie in Ghana Katzen fangen?, und er lacht seine spezielle Lache, die das Zimmer füllt und alle ansteckt, sodass du schon nicht mehr kannst, bevor der Witz überhaupt losgeht.

Mann, die Katzen da, das sind echte Straßenkatzen, da laufn so viele von rum, sagt Bimz. Was die Leute da also machen, yeah, sie nehmen einen stinkenden Fisch und eins von den fetten Rohren, die sie beim Bauen für Abwasserleitungen oder so brauchen, schmeißen den Fisch rein und warten drauf, dass ne Katze kommt, um ihn sich zu holen. Die Leute krümmen sich bereits vor Lachen, es ist die Art, wie ers erzählt, glaubs mir. Wenn die Katze dann im Rohr drin is, stemmen sies schnell hoch, sodass die Katze nach unten rutscht und da mit dem Fisch festsitzt. Rausklettern kann sie nich, weil das Rohr ganz glatt ist und senkrecht steht.

Sly atmet lachend eine Wolke Rauch ein und fängt an, sich die Lunge rauszuhusten.

Junge, is noch nich vorbei, sagt Bimz. Dann holen die Leute einen Käfig und kippen das Rohr wieder und die Katze rennt panisch rein und rums, der Käfig schnappt zu. Und dann kochen sie das Viech.

Meine Seiten schmerzen, ich drücke mir eine Hand auf die Rippen und spür, wie mir das Lachen die Knochen zusammenzieht.

Sie kochen sie direkt so, Jungs, im Käfig, wisst ihr. Sie stelln ihn auf einen Topf mit kochendem Wasser und die Katze dreht durch und schreit, während der Dampf sie verbrüht und dann kippt sie um und is tot und sie kratzen die Haut und das Fell runter und kochen mit dem Fleisch einen Eintopf. Ehrlich jetzt, ihr denkt, das is ein Witz, Jungs, sagt Bimz und lacht so sehr, dass ihm, wie uns auch, Tränen aus den Augen laufen.

Dann BOOAAHH kracht es durch alles durch und lässt den Raum erzittern, als rüttelte Gottes Hand den Precinct durch und wir alle wissen, was es is, weil wir hier oft Feuerwerk hörn, die Leute lieben es, sich da gegenseitig zu überbieten und das war jetzt bestimmt keine Römerkerze. Wieder kracht es draußen und wir laufen zum Fenster und ziehn den Vorhang zur Scite, aber da ist nichts zu sehen, nur die Stille der Nacht, die sich über den Precinct und alles rundum senkt. Nach ein paar Sekunden gehn wieder alle vom Fenster weg und setzen sich und Sly und Bimz fangen an zu streiten, ob nigerianischer Jollof-Reis besser als ghanaischer ist.

MYSTERY DATEN

Mazeys Girl ist schwanger und als Gotti sagt, komm, wir rauben diesen Bruder aus, der die Wocheneinnahmen vom Wettbüro unten an der Kilburn High Road zur Bank bringt, sage ich, lass Mazey mitnehmen.

Mazey ist sechsundzwanzig, sechs Jahre älter als ich und drei Jahre älter als Gotti und er ist der eine Bruder, der ohne Gegenleistung immer für mich da ist. Es ist verrückt, aber er würde nie zögern, dir zu helfen und er liebt Skittles. Besonders die mit Tropic-Geschmack. Mir gibt er immer die grünen, weil er weiß, es is meine Lieblingsfarbe. Manchmal nennen wir ihn Five Foot Five, weil er jedes Mal, wenn wir rappen, diesen Grime-Text raushaut, *Don't step to this five foot five coz this five foot five will take your life / Your life span ain't nuttin to me coz that can be changed easily – Leg dich mit dem Five-Foot-Five-Mann nicht an*, auch wenn er selbst drei Zentimeter größer ist, was er weiß, weil sie ihn bei der Polizei immer messen. Er hat ein Mighty-Mouse-Tattoo mit Nike-Trainingsanzug und Huaraches auf dem Arm, das ich ihm gezeichnet habe.

Erst ist ern bisschen unsicher, was den Überfall angeht, weil er weiß, wie ich und Gotti draufgehn und er will nicht riskieren, vor der Geburt seines Kindes eingesperrt zu werden. Am Ende drängen wir ihn dazu, das muss du machen, bevor dein Baby kommt, Bro, noch ein letztes Mal, machs für deine Alte, als wärs eine Art Junggesellenabschied oder so.

Bimz sagt, Gotti darf nur in die Wohnung, wenn Mazey da ist. Er is *dein* Cousin, sagt er zu Mazey. Wir bleiben über Nacht, schlafen in unseren Trainingsanzügen auf den zwei Sofas in Mazeys Zimmer und stehn früh am Morgen um sechs auf, um loszuziehen und einen Block von der High Road entfernt Stellung zu beziehen. Da sehn wir die Leute vorbeikommen und können auf unser Opfer warten. Als wir Bimz' Wohnung verlassen, seh ich die rosa Finger der Dämmerung den Himmel aufreißen und die Sonne bricht aus ihm hervor.

Der Plan ist, wenn der Bruder mit den Wocheneinnahmen vom Wettbüro vorbeikommt, überraschen wir ihn. Gotti sagt, ich kenn den, is ein normaler Kerl, wenn der uns mit unsern Messern sieht, streckt er die Waffen und gibt das Geld rüber. Wir verschwinden damit zurück in den Precinct und wenn wir erst wieder drin sind, ist alles cool und keiner wird je rausfinden, was war. Der Typ geht immer schon früh zur Bank, bevor das Wettbüro aufmacht, wir müssen also nur aufpassen und warten.

Wir hocken uns also auf die Betonstufen dieses Blocks mit unverstelltem Blick auf die Kilburn High und ich spüre die Flut kommen. Diese bekannte Welle, die durch die Brust bis runter ins Gedärm schwappt, bevors zur Sache geht. Wir haben Küchenmesser dabei, große Dinger, die dem Bruder Angst machen sollen. Gotti und ich, wir haben unsere Balas hochgerollt auf dem Kopf, während Mazey sorgfältig ein Halstuch faltet, das er sich vor Mund und Nase binden wird. Eins, was mir an Mazey immer auffällt, er sieht, egal, was gerade los ist, immer topp aus. Die Haare frisch geschnitten, die Klamotten gebügelt und seine Turnschuhe sind nie verdreckt oder so. Selbst jetzt, so wie er sein Halstuch zusammenlegt, das is total ordentlich und genau und als ers sich umgebunden hat, will er, dass ich mit seinem Telefon ein Foto von ihm mache und das kuckt er an, als wollte er sich versichern, dass er krass genug aussieht. Gotti behält die Straße im Auge.

Mazey kriegt einen Anruf von Davina und sagt, ich mach grad was mit Snoopz und Gotti, Babe, ich ruf dich später an. Ich sage, lass mich mal mit ihr sprechen, Mann, und Mazey sagt, Snoopz will mit dir reden, Babe, und gibt mir das Telefon. Ich sage, hi, und sie sagt, hey, Snoopz, was machs du mit meinem Mann? Sie lacht, hält inne und sagt, nein, aber im Ernst. Ich sage, wir drehn gleich was und wenns läuft, ziehn wir alle ein paar Riesen, ihr kriegt ein Baby, da kann ers brauchen, oder? Du bis irre, Snoopz, sagt sie, und dann, echt, manchmal denke ich, er hat keine Motivation, weiß du, wir müssn uns auf das Baby vorbereiten und er arbeitet nich mal was. Ich sage, chill mal, er is an diesem Ding mit dran, Geld fürs Baby kommt bald schon rein, und sie sagt, aber bring ihn nich in Schwierigkeiten, ich will keinen Mann im Gefängnis, wenn ich unser Baby auf die Welt bringe. Keine Sorge, hier wird keiner eingebunkert, ist alles bestens, und dann sag ich, bye, und sie, gib mir Jerome noch mal, und ich geb Mazey das Telefon zurück und er legt auf, ohne noch mal mit ihr geredet zu haben.

Als Mazey Davina kennengelernt hat, da hat er ihr gesagt, er heißt Jerome, obwohl er aus Sierra Leone stammt und ein echter Prinz ist. Sein Vater war ein Stammeshäuptling und tatsächlich heißt Mazey Saar, aber wann immer wir Bräute anmachen, nennen wir ihnen falsche Namen, weils gewöhnlich nur ums Knallen geht und du nie weißt, ob eine echt ist. Aber es nervt. Am Ende verbringst du die Hälfte der Zeit damit, dich drauf zu konzentrieren, deinen Namen nicht rauszulassen oder zumindest denke *ich*, es nervt, wobei Leute wie Bimz und Mazey regelmäßig Bräute klarmachen, sodass sie keine Schwierigkeiten mehr damit haben. Egal, als Mazey Davina kennenlernte, hat er ihr jedenfalls gesagt, er heißt Jerome, und als sie kapierten, dass sie sich echt verliebt hatten, war es zu spät. Für sie ist er Jerome und für ihre Familie auch: Mum, Dad, Tanten, Bruder, für alle. Was fürn Witz.

Davina ist eine Gute. Sie ist keine von diesen schamlosen Bitches, die die Gefahr zu sehr lieben, sich heute einen Typen angeln und morgen für seine Kumpel die Beine breit machen, die geil werden, wenn einer, mit dem sies machen, eine Kanone hat und mit Crack dealt, die vor allem Geld lieben, Gucci-Gürtel und Großtuerei und die ihrem Dealer einen blasen. Die sind ganz übel. Nur gut für eine schnelle Nummer und dann bye.

Frauen wie Davina mögen aus dem Viertel sein, aber sie wolln einfach nur ein besseres Leben, obwohl sie vor Langem schon akzeptiert haben, dass Träume nur halten, solange du schläfst. Diese Chicks sind treu und wenn du im Knast landest, stehen sies durch und warten auf dich.

Bringt mich drauf, dass es zwischen mir und Yinka in letzter Zeit absolut beschissen läuft. Wir haben seit Monaten nicht mehr vernünftig telefoniert. Wenn wir uns treffen, ist es wirklich nur zum Vögeln und dann treiben wir wieder auseinander, ohne uns umzusehen. Sie wusste, dass ich letzte Woche Geburtstag hatte, am 5. Mai, und alles, was sie getan hat, war, mir eine SMS zu schicken. Sie leuchtete auf dem Display auf, Happy Birthday, Gabriel, mögen alle deine Träume wahr werden. Yinka xxx, während Bimz den Jungs und mir Tassen mit Cognac füllte, sie prosteten mir zu, auf viele glückliche, Hammer Jahre, Snoopz, noch mehr Leben, mehr Leben, und ich hab vergessen, Yinka zurückzusimsen. Sie weiß, ich steck in diesem Leben fest. Vielleicht wartet sie darauf, dass ich mich ändere. Aber das werde ich nicht. Ich trag in der Uni das Gleiche, wie wenn wir einen ausrauben. Ich küsse mein Mädchen sanft und weich mit denselben Lippen, mit denen ich einem Wichser sage, er soll seine Mum ficken. Ich streiche Yinka mit derselben Hand über die Haare, mit der ich mein Messer halte und es wem reinjage. Ich frag mich sowieso immer öfter, ob es wirklich Liebe ist oder die Reife ihres Körpers und ihrer Lippen, die mich zu ihr hinzieht, mein Herz schlagen und meinen Schwanz hart werden lässt. Wenn ich nicht bei ihr bin, fange ich an zu denken, ich liebe sie. Wenn ich bei ihr bin, weiß ich, ich tus nicht. Wenn sie meiner Liebe hinterherjagt, weiß ich, wird sie stolpern und ich kann nicht verhindern, dass sie fällt. Der Großteil unserer Beziehung besteht aus blöden Streitereien, Trennung und so. Sie sperrt mich aus, weil ich sage, wir können uns nicht sehn, weil ich was mit Gotti oder wem immer mache. Dann gehts von vorne los, ich sag den Jungs, scheiß auf sie, ich bin fertig mit ihr, und abends schreib ich ihr elf Nachrichten, dass ich mich endlich für sie ändern werde, weil nichts so wichtig ist wie wir. Aber ich tu das nur, weil wenn ich sie nicht haben kann, nimmt ihr Körper in meinem Kopf eine fast schon mythische Form an, nach der ich mich sehne und ich fang an, mich an all die guten Sachen zu erinnern. Wie sie mir hinten reingefahrn ist, als wir auf der Gokart-Bahn waren. Nächte unter ihrer

Heizdecke. Wie sie völlig überdreht war wegen meiner Rapperei bei einem Clash im Estate. Ich weiß nicht. Die Sache ist an dem Punkt angelangt, wo wir uns alle paar Monate trennen und ich dann mit irgendeiner anderen rummache.

Da gabs mal diese Frau von der Uni, mit der ich eine kurze heiße Zeit hatte. Sie hieß Tiwa. Irre sexy. Groß, helle Haut, Locken und ein Körper, der alle Typen hat stehn bleiben und noch mal hinkucken lassen, heilige Scheiße. Sie stand auf mich und etliche Leute an der Uni waren übel neidisch. Dieses eine Mal bin ich mit in ihre Wohnung und während ich sie auf ihrem Bett gefingert hab, hing über mir ein Riesenposter von Leonardo DiCaprio in *Titanic* und das ganze Zimmer war voll mit kitschigem Prinzessinnen-Scheiß, flauschigen Kissen und Teddybärn überall, als wollte sie einen Kindergeburtstag feiern, nachdem sie meine Finger in ihren Säften gebadet hatte. Als ich vorschlug, ein paar langsame Jams zu hören, sagte sie, ich hasse diese Musik, und dann hat sie mir einen geblasen, hat an mir rumgelutscht und mich auf ihre großen Olivenöl-Brüste spritzen lassen. Ich dachte, was fürn Scheiß, was fürne Idiotin sie ist. Das Ganze endete auf einer Party in der Uni, wo sie mir in Tränen aufgelöst hinterher ist und ich sie angeschrien hab, ich bin fertig mit dir, du verwöhnte Tusse, ich brauch deine Dummheit nicht, selbst im Küssen bist du eine Null, was stimmte. Sie spannte dabei die Lippen so komisch an, als hätte sie Schiss, unsere Zähne könnten zusammenstoßen. Alle an der Uni hielten mich für verrückt, aber ich kann mich wegen irgendner Schönheit nicht einfach zum Narren machen. Später allerdings wünschte ich mir, ich wär noch mit ihr zusammen, aber sie hat auf keine meiner Nachrichten mehr geantwortet und meine Nummer blockiert, weil ichs immer wieder versucht habe. Wer ist jetzt der Idiot?

Manchmal wache ich mitten in der Nacht auf und ich weiß, ich warte auf eine, mit der ich immer schon verbunden bin, die ich aber noch nicht getroffen habe und der Umstand, dass ich sie nicht finden kann, erfüllt mich mit einer Traurigkeit, die mich jedes Mal neu überrascht. Es wird erst besser, wenn ich mir einen Joint anstecke und wieder schlafen gehe und dann wache ich am Morgen mit hartem Schwanz auf und denke an einen Raubzug. Sowieso.

Wir sitzen hier jetzt seit zwei Stunden und noch immer ist nichts von diesem Wettbürotypen zu sehen. Mein Magen knurrt und Mazey sagt, ich muss was frühstücken. Gotti spuckt übers Geländer der Treppe und flucht, scheiße, wo bleibt der. Mazey faltet sein Halstuch zum soundsovielten Mal zusammen und Gotti meint, der kommt nicht mehr, is zu spät, der Laden is längst offen und dann bringen sie kein Geld mehr zur Bank. Es ist so was von nervig, aber das Adrenalin ist schon lange raus aus uns und wir haben Hunger, also gehn wir zurück. Mazey gähnt und sagt, ich bin müde, und ich, Brudda, du bis eben erst aufgewacht, was redes du da? Aber ich spür es auch, bin völlig ausgelaugt von dem ganzen Bereitsein, aus dem nichts geworden ist.

Wir gehen zum Laden im Precinct und ich kaufe eine Dose KA Black Grape. Mazey holt sich Ribena und eine Tüte Skittles. Dann gehn wir in das kleine Café nebenan, kaufen Chickenpatties und zurück gehts zu Bimz.

Gotti ist wahnsinnig aufgedreht, als könnte sein Hirn einfach keine Ruhe geben, während er auf seinem Telefon rumtippt. Mazey und Bimz spielen *GTA: San Andreas*, laufen rum und ballern Leute ab, jagen Autos in die Luft und holen so viele Sterne wie möglich, bis sie ausgeknipst oder verhaftet werden und die Controller weitergeben. Ich rauche meinen letzten Joint. Die Leere des Tages füllt den Raum und klammert sich an uns.

Kommt mit was zu rauchen besorgen, sagt Gotti und Mazey und ich stehn auf und folgen ihm aus der Wohnung. Ich sage, ich brauch auch was, und Gotti sagt, yeah, das is mein Bruder, ich hab schon einen in Craik Court, der auf uns wartet. Wir gehen rüber zum Block. Gotti drückt auf eine Nummer und die Tür geht auf.

Als wir in den ersten Stock raufgehn, seh ich zwei Junkies direkt vor Gotti, einer von ihnen hat eine Flasche White Lightning in der Hand. Ohne was zu sagen, springt Gotti auf den Treppenabsatz rauf und gibt einem der Junkies von hinten was auf den Kopf. Ich hol mein kleines Messer raus und steche dem Zweiten, der näher bei mir ist, in den Kopf. Die Klinge rutscht vom Schädel ab und er fasst sich an die Wunde und ächzt, aah, was hab ich gemacht? Er geht auf die Knie, als wollte er die Stufen untersuchen. Gotti gibt dem ersten Junkie was in die Fresse und ruft, du hast mein verdammtes Geld nicht, wie? Ich springe die Treppe weiter hoch, komm hinter den Junkie, dem Gotti grade eine verpasst hat, und ramm ihm mein Messer in den Nacken. Blut kommt rausgesickert und der Junkie sagt, fuck, und legt sich beide Hände auf den Schnitt, drückt fest drauf und kippt dann seitwärts gegen die Wand, als wärs vorbei. Eine der Wohnungstürn geht auf und ein älterer Afrikaner mit Brille kuckt den Flur runter, sagt, was is da los, und wir, nichts, Boss. Er kuckt die beiden Junkies an, als wärs irgendein Dreck auf dem Boden und verschwindet wieder hinter seiner Tür. Wir gehn nach oben, und Mazey sagt, wow, Snoopz hat dem Bruder das Messer in den Kopf gesteckt, als wärs nichts, und Gotti lacht und sagt, der Wichser schuldet mir Geld von wo ich ihm drei Nuggets verkauft hab. Muss gedacht haben, der sieht mich nie wieder, was fürn Scheiß, und er lacht sein gewohntes AHAHAHA und dann klopft er an eine Tür, um unser Gras zu holen.

Als wir wieder runterkommen, sind die Junkies weg. Blutstropfen haben sie zurückgelassen. Ich sehe, dass mein Messer kaputt ist. Als ich den Bruder in den Kopf gestochen habe und die Klinge von seinem Schädel abgerutscht ist, ist der Plastikgriff angebrochen. Ich zeigs Mazey, Junge, ich hab mein Messer an seinem Kopf zerbrochen, und er, was, lass mal sehn. Ich sag, Mann, das war mein liebstes kleines Messer. Mazey sagt, isne echte Schande, Snoopz, ich glaub, so welche haben sie im Laden nich, und dann gehn wir zu Bimz, um uns zuzudröhnen.

Später sitzen wir in Mazeys Zimmer und haben grade was gegessen. Es stinkt nach Chicken Cottage und Dope. Ich bin am Telefon und schreibe Mystery. Mystery ist eine Frau, die Taz mir vorgestellt hat, als ich die Musik-Sache gemacht hab. Sie ist da auch in der Szene, voll der Tomboy, immer mit Trainingsanzug und Beanie, kann aber nicht verstecken, wie geil sie aussieht. Das erste Mal, dass mir das echt aufgefallen ist, war nachdem sie mir geschrieben hat, wills du rüberkommen und paar Texte schreiben? Ich bin zu ihr, sie trug einen Trainingsanzug, aber keine Beanie. Lange schwarze Haare wien japanischer Geist, satingelbe Haut und ich sah, dass ihre Augen weich und feucht wie Grassamen waren. Sie ist neunzehn, wobei sie jünger aussieht, weil sie irre zart ist, hat einen einjährigen Sohn, aber der Dad ist ein Loser, der nie auftaucht. Ich bin an dem Abend hin, nachdem sie ihren Sohn ins Bett gebracht hatte. Wir schrieben Texte zu ein paar Grime-Takten und am Ende haben wir auf ihrem Sofa gevögelt, ohne Gummi. Von Zeit zu Zeit texte ich sie an, um sie zu sehen. Und von Zeit zu Zeit textet sie. Du kennst das.

Ich schreibe, sehn wir uns?

Sie schreibt zurück, heute abend so um 6 meine mum hat meinen sohn du kanns bleiben.

Ich, hast du eine freundin für meinen kumpel?

Sie antwortet, yeah vielleicht wie is er?

Also beschreibe ich Gotti und am Ende, er hat einen großen, und sie, LOL yeah rufe meine freundin an dass sie kommt x

Ich sage, hey, Gotti, ich treff heut Abend eine in Harlesden, sie sagt, sie hat eine Freundin für dich, hast du Lust? Und er, klar, Bruder, bin dabei. Wir sagen Mazey nicht viel und gehn.

Gotti kauft im Eckladen, wo die Fahndungsplakate im Fenster hängen, eine Flasche Rémy Martin, seinen Lieblingscognac. Wir nehmen die Tube von Queen's Park nach Harlesden. Mystery wohnt direkt gegenüber von Krazy Needles, wo wir uns unsere Outlaw-Tattoos haben stechen lassen. Sie kommt an die Tür und umarmt mich auf Zehenspitzen, während ich mich zu ihr runterbücke, sie ist echt wahnsinnig klein, und dann sagt sie Hey zu Gotti, der sagt, alles okay, yeah? Ich sage, das ist Gotti, und wir gehen ins Wohnzimmer. Mysterys Freundin sitzt auf dem Sofa und kifft. Kurviges, schwarzes Ding, mit offenem Haar, genug rausgeputzt, um gut auszusehn, aber gerade so, dass man die Mühe dahinter nicht erkennt. Mystery trägt ihre weite Trainingshose und irgendein Top, aber für mich muss sie auch nichts Besondres anziehn. Gotti und

Mysterys Freundin stellen sich einander vor und wir machen es uns auf den beiden Sofas bequem und fangen an zu quatschen.

Mystery lehnt sich an mich. Gotti macht die Flasche Rémy auf und klar, wir trinken und rauchen, reden, hörn Musik und die Vibes sind gut.

Draußen ist es dunkel. Wir haben es uns jetzt ein paar Stunden gutgehn lassen, als Mystery in die Küche verschwindet, als bräuchte sie was, und ich folge ihr. Sie macht das Licht nicht an, da ist nur das Blau der Nacht, das durchs Fenster fällt und Flecken auf den Boden wirft, die Wand, den Kühlschrank, ihr Gesicht, die Augen weich und ölig wie Grassamen. Ich küsse sie, schmecke das Gras und den Cognac und dazu noch dieses andere, das keiner beschreiben kann und das einen Kuss gut schmecken lässt. Sie stöhnt und ihr Atem kommt schneller und meine Hände sind in ihrer Trainingshose und packen ihren kleinen Hintern. Sie greift mir vorne hinter den Bund, zieht ihn raus und ich schwöre, sie kann meinen Puls in ihrer Hand fühlen und dann drehe ich sie um, beuge sie über den Küchentisch, zieh ihr Hose und Tanga zusammen runter und schieb ihn in warme, enge Nässe und sie sagt, fuuuck, du bist so groß. Du reichst zu tief, und ich, zu tief? Sie sagt, ja, isn bisschen unheimlich, ich kann dich im Bauch fühlen, und sie lacht und ich zieh ihn raus und seh ihr Lächeln in der Dunkelheit. Sie küsst mich sanft, Lippen Lippen Lippen, und drückt mich auf einen Stuhl. Zieht mir die Hose runter, die Boxershorts, runter bis zu den Füßen, dreht sich um und setzt sich auf mich, ihre Möse jede Form von Nässe und ich denke, wie viel Sinn es ergibt, dass Wasser eine Göttin ist und Eisen wie Knarren, Messer, harte Schwänze ein Gott. Dann reitet sie auf mir, hält mir den Rücken zugewandt und ich bin ganz gebannt, wie ich es immer bin von einem schönen Hintern, diesen zwei perfekten Rundungen, die das Universum erfunden hat, und ich will da einfach nur reinbeißen, sage ich. Sie lässt mich. Später schleichen wir über den Flur, falls Gotti und sein Ding grade vögeln und gehn in Mysterys Schlafzimmer, beginnen von vorn und dann spritz ich über ihren Rücken und schlafe ein.

Am nächsten Morgen wache ich irre früh auf. Es ist noch nicht mal acht. Das Haus seufzt. Mystery schläft. Ich stehe auf. Blicke mich um und sehe verschiedene Dinge meines Lebens ohne jedes Gespür für Ordnung im Zimmer verteilt. Mein schwarzes Nike-Hoodie auf dem Boden. Eine leere Grastüte nur noch mit grünem Staub. Schwarz-weiße Air-Max-90s. Das Messer mit dem zerbrochenen grünen Griff auf dem Nachttisch. Ein leere Dose KA Black Grape. Meine Diamantenzähne. Mysterys rasierte Möse, wie ein polierter Stein.

Ich ziehe meinen Trainingsanzug an und gehe ins Wohnzimmer rüber, drücke die Tür langsam auf, weil ich die beiden nicht stören will. Gotti liegt auf dem einen Sofa, Mysterys Freundin auf dem anderen. Die beiden sehn ziemlich genau so aus wie gestern Abend, abgesehen von den Schlafabdrücken. Gotti macht die Augen auf und sagt, was geht, Junge? Hey, Alter, alles gut? Er setzt sich auf und sagt, wie viel Uhr ist es? Mein Akku is leer. Ich sage, ich kuck mal, wo ein Ladegerät ist, betrachte das Mädchen auf dem Sofa, das fest schläft, und sage, habt ihr gevögelt? Nah, nich mal, sagt Gotti, has du noch Gras? Nah, is gestern Abend alles weg. Gotti geht zur Handtasche von Mysterys Freundin, die auf dem Boden vor dem Sofa liegt, wühlt drin herum, zieht eine Tüte hervor, die noch halb voll ist, und holt eine Blüte raus. Ich sage, Bro. Er sagt, das fällt ihr nicht auf, und lacht. Ich lache und sage, du bis grausam, Junge. Es setzt sich zurück aufs Sofa und dreht einen Joint. Wir rauchen schweigend, während der Morgen den Himmel aufbricht. Dann sagt Gotti, scheiß drauf, geht wieder rüber zu ihrer Tasche und holt noch eine Blüte raus, sodass jetzt nur noch ein paar staubige Blätter und ein paar Krümel in der Tüte übrig sind, nicht mal genug fürnen Winz-Joint. Er lässt das Tütchen auf den Boden neben ihre Handtasche fallen und ich sage, du bist ein Arsch, Junge.

Bald schon wacht das Mädchen auf und sagt Hallo. Gotti sitzt da, raucht einen fetten Joint und kuckt zur Decke. Das Mädchen kuckt nach ihrer Handtasche, sieht die Tüte, nimmt sie mit zwei Fingern und sagt, meinst du das verdammt noch mal ernst? Du rauchs mir mein Gras weg, sagt sie zu Gotti und hebt die Stimme. Gotti saugt die Luft durch die Zähne ein und sagt, hab mir nurne kleine Blüte genommen. Nurne kleine Blüte? Spinnst du? Die Tüte war noch halb voll, meins du, ich bin blöd, und Gotti sagt, ganz ruhig, hör auf zu schrein, Mann. Das Mädchen sagt, ich glaubs nich, und lässt übel laut die Luft durch die Zähne zischen. Sie steht auf, stürmt raus und ich höre, wie sie in Mysterys Schlafzimmer geht und sich aufregt. Gotti raucht weiter und wir können hörn, wie sie sagt, was stimmt mit dem nicht, raucht mir alles weg, während ich schlafe. Gotti hat den Joint aufgeraucht und lässt das Mundstück in die leere Rémy-Flasche fallen. Ich hörs zischen, als die Glut auf den Rest Cognac auf dem Boden der Flasche trifft und Gotti sagt, was solls, und geht zu der Handtasche rüber. Er holt ihr Portemonnaie raus, macht es auf, nimmt sich, was an Scheinen drin ist, zwei Zehner, einen Zwanziger, und stopft sie sich in die Tasche. Komm, wir hauen ab und ich muss lachen, nah, was fürn Scheiß, Bro, und jetzt lacht er auch. Mystery und ihre Freundin kommen ins Wohnzimmer. Mystery sagt, tut mir leid, Snoopz, aber, und Gotti sagt, vergiss es, wir gehn sowieso. Ich sage zu Mystery, ich ruf dich später an, und Mysterys Freundin sagt, verpisst euch. Wir gehn raus und die Sonne ergießt sich über uns und jetzt lachen wir richtig los. Aber schon schade, die war echt scharf. Die hätte ich definitiv genagelt.

DER PRINZ

Nichts bringt dem Prinzen größere Wertschätzung als die großen Unternehmungen und die Demonstration seiner besonderen Fähigkeiten.
NICCOLÒ MACHIAVELLI, *DER FÜRST*

Lass mich von meinem Bruder Kaos erzählen. Kaos war im William Hill an der Willesden High Road. Eine Stunde vor Kassenschluss versuchten die Leute noch, den letzten Gewinn des Abends zu machen und als sie verloren, schlugen sie auf die Roulettemaschinen ein. Zwei Männer an der Kasse waren damit beschäftigt, Gewinne auszuzahlen, Spielscheine zu überprüfen, was immer. Kaos ging in die Toilette. Da gab es einen Schrank unter dem Waschbecken. Er machte ihn auf, quetschte sich rein und zog die Tür zu. Eine Stunde später hörte er, wie die Kassierer rufen, der Laden schließt, die letzten Versprengten gingen, irgendwer öffnete die Tür zur Toilette, machte das Licht aus, das Wettbüro wurde von innen verschlossen und die Kassierer machten sich daran, ebenfalls nach Hause zu gehen. Kaos kletterte aus dem Schrank unter dem Waschbecken, zog sich die Bala übers Gesicht, die Handschuhe an, nahm seine 9mm und kam aus der Männertoilette gerannt. Die beiden Kassierer wussten nicht, wie ihnen geschah, standen noch hinter der Theke, zogen ihre Jacken über die William-Hill-Shirts. Kaos rannte zu ihnen rüber und gab einem der Männer mit dem Pistolenknauf ordentlich auf den Schädel. Dem anderen sagte er, er solle den Safe aufmachen, aber der meinte, er wüsste den Code nicht. Kaos gab dem Kassierer, den er festhielt, noch eins drüber, der darauf halb bewusstlos zu Boden ging. Dann packte sich Kaos den, der gesagt hatte, er würde den Code nicht kennen, drückte ihm den Lauf der 9mm unters Kinn und befahl ihm, den Safe zu öffnen. Acht Riesen waren drin. Achttausend Pfund. Und der Schlüssel zum Wettbüro steckte immer noch von innen im Schloss. Bevor er abhaute, knockte er auch noch den Bruder aus, der sich schließlich doch an den Code erinnert hatte. Hab ihm die Fresse eingeschlagen, erzählte er mir. Dann steckte er die Knarre hinter seinen Hosenbund, hängte sich den Rucksack mit dem Geld über die Schulter und verschwand in die Nacht. Sein Fluchtfahrer hatte Schiss gekriegt und sich dünngemacht und Kaos musste die Willesden High runterrennen, die Bala über dem Gesicht, kaltes Metall, das ihm beim Rennen den Schwanz massierte, und an seiner Schulter zappelte der Rucksack voller Geld. Als er später von meiner Aktion mit den dreißig Riesen hörte, sagt er, das hätten wir zwei machen sollen, Bruder, und ich darauf, William Hill, das hätten wir zusammen machen sollen, und er sagte, ich weiß.

Kaos ist auf eine Weise mein Bruder wie keiner sonst. Es ist nicht wie mit mir und Gotti, wo sich alles um Raubzüge dreht, um wilde Aktionen und Adrenalin pur. Wir kennen uns schon viel länger. Er war immer hin und weg von meinen Texten, als ich noch mit anderen MCs clashte und ich sah gleich, dass er echt war. Die Art Kumpel, die dir zeigt, was moralische Prinzipien bringen, wenn du in den Lauf einer Pistole kuckst. Irgendwann hatte ich ihn auf der Kilburn High Road getroffen und er hatte es grade echt schwer. Seine Mum hatte ihn rausgeworfen, er war sechzehn, wohnte in einem miesen Hostel voller Junkies und seine Mum hatte ihm alles genommen, er hatte kein Geld, kein Essen, kein Gras, kriegte keinen Schlaf. Ich war damals achtzehn, hatte noch keine großen Dinger gedreht und auch selbst kaum Geld. Aber ich hatte was zu rauchen und grade Hähnchen und Pommes gegessen. Ich hab ihm meinen letzten Zwanziger gegeben und das hat er nie vergessen.

Die Leute bewundern Kaos. Er ist bekannt, wird gefürchtet und geliebt. Aber wenns ihm schlecht geht, ist nie einer für ihn da, abgesehen von seinen Chicks, die ihn vergöttern und dann wieder hassen, wenn sie von den anderen Frauen erfahren. Aber das dauert nie lange an. Du weißt, auf Altgriechisch heißt Kaos Leere, hab ich ihm mal gesagt, als wir in seinem Zimmer kifften und Mixtapes von Sheek Louch und Styles P hörten und er meinte, klar, Bruder, aber es bedeutet nich wirklich Leere, sondern mehr so unendliche Finsternis. Kaos hat lange vor mir schon Leute niedergestochen. Wie das eine Mal, da war er sechzehn und ein paar Ältere kuckten von der anderen Straßenseite zu ihm rüber und er zu ihnen, was kuckt ihr so, Leute? Einer von denen sagte, häls dich fürn echten Gangster, was? Kaos kam über die Straße, sagte nichts, sondern steckte dem Bruder nur seine Klinge in die Brust und ging weiter, während dessen Freunde auf die Wunde drückten, alle warn voller Blut und irgendwer schrie nach einem Krankenwagen.

Seine Mutter hat ihn nicht gut behandelt. Er meint, dass es da was gab, was sie an ihm hasste, weil bevor sie ihn aus der Wohnung in Harlesden warf, sagte sie, dich gibts nur, weil dein Vater mich vergewaltigt hat, worauf Kaos die Scheibe von der Wohnzimmertür einschlug und das Glas schnitt ihm das Handgelenk auf. Die Narbe, wo er genäht wurde, erinnert ihn immer an diesen Moment.

Sein Name allein bedeutet Macht in diesem einen Estate beim Busdepot Willesden, tatsächlich ist er aber mehr in Kensal Green unterwegs. Da gibts jede Menge Dealer und Gangster. Es ist schon irgendwie verrückt, weil wie ich sage, Kensal Green hat Brass mit South Killy und du siehs nie einen aus KG durch SK laufen, umgekehrt auch nicht. Aber am Ende des Tages bin ich kein echter SK-Mann, ich bin ein Besucher mit vielen Freunden da und ich versuch nie so zu tun, als repräsentierte ich SK oder dass ich Teil seiner Geschichte bin. Und Kaos macht auf Einsamer Wolf, geht hin, wohin immer er will und macht sein eigenes Ding, verstehst du.

Wir haben diese Verbindung, die keiner kaputt machen kann. Ich weiß nicht, was es ist, aber ich kann ihn Monate nicht sehn und dann ein Anruf, hey, wo bis du, Bruder? Alles klar, bin auf dem Weg. Sein Gesicht erinnert mich an den riesigen Granitkopf von Osiris, der ägyptischen Göttin der Unterwelt, die ich mal im British Museum gesehn habe.

Einmal besuche ich ihn in seiner neuen Wohnung in Kensal Rise und er sitzt im Schlafzimmer und zerkleinert gerade Crack. Die Rasierklinge, Schnitt bäng, Schnitt bäng, bleibt jedes Mal im Tisch stecken. Ich reiße kleine Frischhaltefolienfetzen ab und breite sie auf dem Tisch aus, damit er seine Rocks darin einwickeln kann. Als er fertig und alles eingewickelt ist, nimmt er einen Schraubenzieher, montiert die Abdeckung vom Dimmer in der Wand ab, packt die Rocks in die Aussparung dahinter und schraubt den Deckel wieder zu. Setzt sich zu mir aufs Sofa und wartet darauf, dass einer anruft. Er sagt, es gibt vielleicht Krieg. Er macht seine Verkäufe immer in diesem einen Block in Willesden und er hat ein paar Brüder aus Harlesden gesehn, die sich da rumgetrieben haben, als planten sie, sein Revier zu übernehmen. Kaos is es scheißegal, wer sie sind oder wie viele, er ist voll drauf vorbereitet, dass es Krieg gibt, hat jeden Tag ein fettes Messer in der Hose, bereit, es rauszuholn und sie abzustechen. Es is mir scheißegal, wenn ich dabei draufgeh, Junge, sagt er und hebt sein Pharaonen-Face in meine Richtung. Augen wie Hennessy nachts unten in der Flasche. Ich kann sowieso nich sterben, meine Vorfahrn sind Götter. Wenn sie mich killen, trete ich inne andere Dimension ein und werd unsterblich.

Danach hab ich von Kaos ein paar Wochen nichts gehört und dann ruft mich sein Kumpel Jimmy an und sagt, sie haben ihn niedergestochen, als er nach Willesden rein is. Etwa einen Monat später sehe ich ihn wieder und er zeigt mir die frischen Narben, drei fette Dinger auf seinem Körper. Das muss ein Riesending gewesen sein, was da in ihn rein is und ich berühre eine der Narben und sage, Bruder, was war? Er sagt, Snoopz, ich geh in den Estate rein und da hält dieser Wagen neben mir und drei Typen mit blauen Halstüchern vorm Gesicht springen raus und dieser Bruder sagt, häls dich also fürn Gangster, ja?, und holt ein riesiges Messer raus. Mann, ich bin Kaos und ich lauf vor diesen Wichsern nich weg und ich geb ihm was auf die Fresse und bevor ich weiß, was abgeht, gehn sie zusammen auf mich los und versuchen mich fertigzumachen. Glaub mir, ich hatte mein Messer draußen und hab einen damit erwischt, aber da sticht mir der mit dem Riesending in den Rücken und ein anderer holt einen verdammten Vorstecher raus, rammt es mir vorne rein und ich spür, wie ich noch einen Stich in den Rücken krieg und dann springen sie alle zurück in ihre Karre und weg sind sie. Es war der Wahnsinn, Bro. Vor meinen Augen wurde es komplett rot, du weiß schon, wie bei *GoldenEye* auf dem N64, wenn du erschossen wirs und der Bildschirm wird rot. Es war, als kuckte ich durchne rote Brille oder so in die Welt, die ganze Straße rot, der Himmel, die Bäume und Wohnungen, alles rot und dann bin ich umgekippt. Das Nächste, was ich weiß, ich lieg in einem Krankenwagen und Jimmy heult, ich soll nich sterben, aber Bruder, in meinem Kopf, da war nur der Schreck, warum mein Schwanz so geschrumpft war, kein Witz, Snoopz, ich schwörs, sie hatten mir die Hose aufgeschnitten, die Boxers und alles war blutgetränkt und als ich runterkucke, konnte ich meinen Schwanz nich sehn, es war, als wär er in sich selbs reingeschrumpft. Total irre. Mein Onkel Dave war da und ich zu ihm, Onkel, was is mit meim Ding, wird der nich wieder groß?, und dann sagt der Sanitäter, das is nur, weil das ganze Blut überall raus is, wo ichs nich zum Überleben brauche. Da hab ich mich zurück hingelegt und bin weggetreten.

Ich beschließe, ihn Gotti vorzustellen. Es ist höchste Zeit, dass sich die beiden kennenlernen, oder. Kaos ruft an und lacht los, kaum dass ich rangehe und er erzählt, wie

Jimmy diesen jamaikanischen Chicks in Willesden Gras verkauft hat und wie die ihn fragen, kenns du Snoopz? Die haben geredet, als wär ich ein Gangster, der echtes Geld macht und Kaos so, ich weiß, Bruder, du machs paar Sachen, aber jetz mal ehrlich, wie können diese Chicks sagen, kenns du Snoopz? Ich erzähle ihm von den Raubzügen mit Gotti, wie wir reichen Ladys in der Stadt die Juwelen abnehmen und sage, du solltes ihn kennenlernen, und er, cool, kommt rüber, wenn ihr Zeit habt, ich bin heute den ganzen Tag zu Hause.

Und so sitzen Gotti und ich in Kaos' Schlafzimmer. Es ist das einzig wirklich bewohnbare Zimmer und meist siehts ordentlich aus, weil Kaos' Girl Shanae hier aufräumt. Wir kiffen und Kaos und Gotti reden über irgendwelche älteren Gangster, die sie beide kennen, als wollten sie sich gegenseitig testen, wer besser auf der Straße Bescheid weiß. Ich sitze auf der Bettkante und rauche einen Joint nach dem anderen, bis ich nicht mehr weiß, bin ich jetzt high oder nicht. Sie reden über irgendne Größe namens Ghost Film und Gotti sagt, yeah, Ghost Film kenn ich und ich denke, dass diese Namen wirklich Macht haben, sogar über die Leute hinauswachsen, die sie tragen, weil die Worte ein Eigenleben entwickeln. Es ist verrückt, wie gut ich diese Welt voller Boshaftigkeit und Irrsinn, der dir Respekt verschafft, kenne, und gleichzeitig zur Uni gehe und Hausarbeiten über *Die Geburt der Tragödie* zu schreiben versuche. Und ich kenne auch die Welt, in der die Leute morgens aufstehen, zur Arbeit gehn, in den Urlaub fahrn, dies kaufen, das kaufen, hiern Häkchen machen, da ein Häkchen Häkchen Häkchen Häkchen. Aber die Leute in der Uni-Welt und der Häkchen-Welt kennen die hier nicht, in der ich mich im Moment befinde. Diese Welt, in der sich ein ganz normales Gespräch in einem Zimmer zwischen drei Leuten um einen Bruder dreht, der Ghost Film heißt, der Leute erschießt und damit durchkommt und das Gespräch geht immer weiter, während die Sonne in der lila Ferne draußen versinkt und die Nacht heraufzieht.

Ein paar Tage später bin ich allein bei Kaos. Noch ein Sommertag, wir schwitzen, die Fenster stehn offen und die Hitze der Autos draußen vermischt sich mit den Graswolken. Kaos hat einen jungen Staffordshire-Terrier, aber der hört nicht auf, in den Flur zu scheißen und ich kann sehn, wie Reiz des Neuen seinen Glanz verliert. Kaos kommt ins Zimmer und sagt, der Hund geht mir auf die Nerven. Er hat sein T-Shirt ausgezogen, weil es so heiß ist, und ich sehe die Narben, die sich wie Schnüre in ihn gegraben haben und an seinen Knochen oder so festgebunden sind. Ich sage, ich mache im September noch mal mein zweites Unijahr, Bruder. Kaos sagt, das ist gut, ich bin stolz auf dich. Dann dreht er sich zu mir um und sagt, weiß du, dein Kumpel Gotti hat mir kein einziges Mal in die Augen gekuckt, Snoopz. Ich, echt? Warum sags du das, Brudda? Er wollte mir nich in die Augen sehn, sagt Kaos, ich sags dir, Snoopz. Wie als ich mit ihm geredet hab, hat er immer nur an mir vorbeigekuckt. Vielleicht war er einfach so zugedröhnt, sage ich und Kaos sagt, da is was mit dem, dem ich nich trau, sei vorsichtig, Bruder, ich sags dir, und ich, nah, Bruder, Gotti is für mich da, wir haben jede Menge Dinger zusammen gedreht und er hat mich nich einmal im Stich gelassen. Kaos sagt, Snoopz, er wollte mir nich in die Augen sehn. Und dann sagt er, ich brauch Alk, komm, wir gehn einkaufen. Er versucht den Hund mitzunehmen und will, dass er die Treppe runtergeht. Der Hund weiß aber nicht mal, was eine Treppe ist. Er kuckt nur über den Absatz und weicht zurück. Verdammte Scheiße, los doch, Mann, sagt Kaos und tritt den Hund die Stufen runter. Der Hund bricht sich ein Bein und bleibt jaulend unten liegen. Guten Tag auch, sage ich. Kaos sagt, ich wollte den Hund drauf abrichten, dass er dir an die Kehle geht, weiß du.

Einen Monat später, es ist August, sitzt Kaos im Knast, vier Jahre hat er bekommen. Das ging so. Ein Bruder, der Kaos kennt, wird vor einem Laden in Harlesden angemacht. Er ruft Kaos an und bittet ihn, ihm zu helfen. Kaos kommt zu dem Laden, sieht die Brüder davor, sagt nichts und geht rein. Er fragt den Verkäufer nach einer großen Flasche E&J-Brandy, nimmt sie beim Hals, ohne zu zahlen, geht raus und zieht sie einem der Brüder über den Kopf. Die andern hauen ab, während ihr Kumpel in einer Pfütze Blut und Brandy auf dem Pflaster liegt. Der Mann im Laden ruft die Bullen und Kaos endet im Knast. Der Typ, der Kaos angerufen hat, sagt kein Wort. Kaos wird wegen schwerer Körperverletzung verknackt, kriegt aber Bewährung, da es das erste Mal ist. Kurz darauf findet seine Freundin Shanae raus, das Kaos seit Monaten ihre beste Freundin vögelt. Sogar in dem Bett, in dem er und Shanae schlafen. Shanae ist keine billige Braut, die so was einfach schluckt und ihn insgeheim dafür hasst. Dafür liebt sie ihn zu sehr. Es gibt also einen Riesenkrach und am Ende streiten sie draußen auf der Straße vor dem Haus. Dann kommt ein Mann vorbei und mischt sich ein, weil er denkt, Kaos misshandelt Alicia oder so, worauf Kaos ausrastet und den Mann mit einem fiesen Schlag k. o. macht. Noch schlimmer wirds, als er ihm anschließend ins Gesicht tritt, als wärs ein Freistoß. Dem Mann fliegen die

Zähne raus und Shanae muss ihn auf die Seite legen, weil sie Angst hat, dass er an seinem Blut erstickt.

Kaos erzählt mir das alles übers Knasttelefon. Vier Jahre. Wenn er sich zusammenreißt, kommt er nach zweien raus. Das bedeutet, er ist wieder draußen, wenn ich meinen Uniabschluss mache. Er sagt, sein Guthaben ist gleich weg, und ich sage, ich verspreche, ich schreibe dir, Bruder, und er sagt, bitte schick mir ein paar Bapes, Größe 9 und ein paar Soulja-Slim-CDs, und dann bricht die Verbindung ab und ich hab das Gefühl, heulen zu müssen, was was ist, was ich längst vergessen hatte.

OSTEREIER

Ich wiederhole also mein zweites Unijahr. Reichlich Boost und durchgearbeitete Nächte, um Hausarbeiten bis zum Abgabetermin am Morgen fertig zu bekommen. Zitate. Chicks. Yinka schreiben und streiten. Eine Frau bläst mir einen in einem leeren Seminarraum und hört erst auf, als ihr der Kiefer wehtut.

Chillen bei Bimz, wann immer ich keine Veranstaltungen habe. Gotti hat etliche Pickel im Gesicht bekommen. Immer rastlos. Fragt, ob er meine Knarre den Tag über haben kann. Klar, Bruder. Er schraubt den Schalldämpfer drauf und steckt sie sich vorne in die Trainingshose. Wir sehn einen Typen mit einer Rolex Daytona im Queen's Park. Eindeutig ein Dealer. Wir nehmen sie ihm ab. Er wehrt sich und wirft mich über die Schulter, als ich ihn festzuhalten versuche. Er ist größer als wir. Gotti holt die Knarre raus. Der Typ wirkt überrascht. Er ist nicht sicher, ob sie echt ist. Sieht sich um, aber es ist eine ruhige Straße, alle sind bei der Arbeit oder so. Dann BAAAM. Und ich kann nicht glauben, was ich sehe. Gotti hat ihm tatsächlich in die Brust geschossen. Die Filme lügen. Der Schalldämpfer macht den Schuss nicht leise. Es ist absolut keine James-Bond-Nummer. Vielleicht etwas leiser, aber fuck, no way, das leise zu nennen. Wir probieren nicht mal, die Uhr noch zu kriegen. Der Typ kippt gegen eine Mauer, greift nach einem Busch, während er nach unten wegrutscht und da wächst schon eine dunkelrote Blume auf seinem Hemd. Ich renne, wie ich noch nie gerannt bin. Fall fast hin. Gotti steckt die Pistole im Rennen vorne in sein Hoodie. Verwichste Scheiße. Zum Glück ist SK nicht weit.

Bro. Ich schnappe nach Luft, als wir im kleinen Park beim Precinct langsamer werden. Du weiß, dass wir das keinem erzählen können, sage ich. Ich weiß, aber er wird nicht sterben, sagt Gotti. Das hoffe ich verdammt, sage ich. Ich schwöre, ich kann den Schuss in meinem Ohr immer noch losgehen hören. Ich hab das Gefühl, ich muss es ausspülen, bis alles weg ist. Die Art, wie der Bruder ins Gebüsch gepackt hat, als versuchte er sich zu retten oder so. In der Ferne Sirenen. Wir gehen zurück zu Bimz und machen die Tür zu Mazeys Zimmer hinter uns zu. Schrauben den Schalldämpfer ab. Wickeln ihn mit der Pistole in ein altes T-Shirt und eine Plastiktüte und stopfen beides unter eines der Sofas. Gotti geht raus und kommt mit einer anderen Plastiktüte zurück. Steck deine Handschuhe da rein, sagt er. Wir müssen alles loswerden. Du musst deine Klamotten verbrennen, sage ich. Ich weiß, ich mach es hinterm Block von Ill Will, sagt er und geht. Ich schlafe zwei Tage nicht und Mazey sagt, was is mit dir? Deine Augen sehn irre müde aus, und ich sage, ich muss zurück in den Osten. Ich hab tausend Sachen für die Uni nächste Woche zu tun.

Weihnachten läuft genauso wie im Jahr zuvor. Ein schneller Besuch bei meiner Mum zum Essen und ich sage nicht wirklich was, während mein Bruder meine Eltern zum Lachen bringt. Kaum dass das Hauptgericht vom Tisch ist, zu Uncle T. Ein fetter Joint, eine Flasche Courvoisier und ein paar triefende, überwürzte Reste. Dann Ruhe und rote Augen, mein Kopf knallt auf den Tisch, und Uncle T und seine Kumpel, fertig, abräumen, worauf sie in Lachen ausbrechen.

Ich habe mich seit dem Neuanfang an der Uni und seit Kaos im Knast gelandet ist, stärker auf mein Studium konzentriert. Im Januar verpasse ich sogar einige Raubzüge, von denen Gotti mir später erzählt. Ehrlich, ich wünschte, ich wäre dabei gewesen, aber ich musste ein paar Hausarbeiten abgeben. Als ich im Februar wieder einen auslasse, habe ich die Nacht in der Bibliothek verbracht, und Gotti sagt, keine Sorge, Bruder, da kommen noch mehr. Ich hoffe es. Vertrau mir, Snoopz, da kommen noch mehr.

Wenn ich in der Bibliothek arbeite, setz ich meine Kopfhörer auf und höre klassische Musik, Klavierkonzerte von Rachmaninow oder was von Chopin. Das hilft mir, mich auf meine Arbeit zu konzentrieren, aber es ist auch so, als würde ich versuchen, etwas von der Erinnerung meiner Mutter an mich zu bewahren. Es erinnert mich daran, wie ich zu Hause gespielt habe. Eine Stunde Üben am Tag. Ich fange an, meine Eltern zu vermissen oder besser etwas, das mit ihnen zu tun hat, ohne genau sagen zu können, was es ist. Ich beschließe, nach Hause zu fahren und sie zu Ostern zu besuchen. Vielleicht bleibe ich am Ostersonntag zum Essen und tu mein Bestes, übers Studium zu reden. Vielleicht kann ich sie zum Lachen bringen, wie Danny es tut.

Ich treffe mich mit Gotti im Peel Precinct. Wir stehn auf dem Balkon von Bimz' Block und versuchen, unsere Joints vor dem Wind zu schützen, der um uns rumweht, und ich erzähl ihm davon, wie sehr mein Vater die *Paten*-Filme liebt, weil es meinen Eltern immer um die Familie geht.

Gotti sagt, das Einzige, woran ich mich erinnere, was meinen Dad angeht, is, wie er versucht hat, unsre Wohnung abzufackeln, samt mir und meiner Mum.

Echt jetzt?, sage ich.

Es war etwa drei Uhr morgens, als ich aufgewacht bin und ich konnte Rauch riechen, weil er Feuer gelegt hatte. Manchmal, wenn ich heute aufwache, könnte ich schwörn, ich rieche den Rauch wieder.

Wie bist du da rausgekommen?

Meine Mum is auch aufgewacht und hat mich aus meinem Zimmer geholt, aber wir konnten nich vorne raus, weil der Flur schon brannte. Meine Mum hat mich mit in ihr Zimmer genommen, die Feuerwehr gerufen und das Fenster eingeschlagen. Es war im ersten Stock und wir konnten rausspringen und dann kam die Feuerwehr und hat den Brand gelöscht. Aber wohnen konnten wir da nich mehr.

Heilige Scheiße.

An was anderes erinnere ich von meinem Pops nich. Ich weiß noch, ich schlief in dunkelbrauner Bettwäsche, mit sonem Zickzackmuster, aber wie er aussah, das weiß ich nich mehr.

Ich warten auf dich, sagt mein Vater am Ostersamstag. Er sitzt in der Küche, als er mir das sagt und ich bin froh, dass meine Mutter nicht da ist und sein Englisch verbessert. Das macht sie immer, besonders dann, wenn er eine Geschichte erzählt und kurz bevor die Pointe kommt, unterbricht sie ihn und besteht drauf, dass er die richtige Verbform benutzt oder ein Wort richtig ausspricht, womit die Geschichte verdorben ist. Ich mag es sowieso lieber, wenn er mit mir Polnisch spricht, denn meine Mutter weigert sich immer, weil ich stolz drauf sein soll, Brite zu sein, Englisch zu sprechen und in einem, wie sie sagt, besseren Land zu leben. Nicht, dass ich irgendwelche Vergleiche anstellen könnte.

Mein Vater sitzt am Küchentisch und seine Finger bewegen sich ziellos über die gemusterte Tischdecke. Seine Hände sind knochig und wegen seiner schlechten Durchblutung leicht gelblich. Mein Vater hat sein ganzes Leben lang gezeichnet. Er lacht oft, statt sich mit Worten an einem Gespräch zu beteiligen, aber im Augenblick scheint er irgendwie bedrückt. Vielleicht macht er sich Sorgen um mich, vielleicht ist es was anderes. Ich kann es nie wirklich sagen. Ich war seit Weihnachten nicht mehr zu Hause, will jetzt aber übers Wochenende bleiben, es sind Osterferien, und nächste Woche ist keine Uni. Er sieht mich an, während ich in der Tür stehe, und sagt wieder, ich warten auf dich.

Alle meine Freunde, die meinen Vater kennen, mögen ihn sehr und fragen mich nach ihm. Manchmal, wenn ich irgendwo in London bin, weit weg und blaue Rauchschwaden treiben durchs Zimmer, sagt einer, Snoopz, wie gehts deinem Pops? Und dann, was fürn Typ, was fürne Legende, dein Pops is supercool.

Dein Pops is die Wahrheit, hat Dario mal gesagt und das vergess ich nie. Einmal hat er mir erzählt, er hätte seinen Dad getroffen, zufällig, vor einem William-Hill-Wettbüro. Es war das erste Mal, dass ich Dario was über ihn sagen hörte. Ich fragte ihn, wie es war, ihn nach all den Jahren wiederzusehen, in denen sie keinen Kontakt gehabt hatten, und Dario meinte, Snoopz, mein Pops war einfach einer wie die andern und jetzt is er einer von den ältren andern, hängt ständig im Wettbüro, reißt mit seinen Kumpeln Witze und braucht immer Geld, damit er sich einen Joint oder so reinziehen kann. Darios jüngerer Bruder Travis sagte, zum Teufel mit ihm, D, du hättest nich mal mit ihm reden solln. Aber ich hatte in Darios Stimme nur Mitleid gehört. Ich glaube nicht, dass er ihn je wiedergesehen hat.

Obwohl Mazeys Vater ein Häuptling ist, in Sierra Leone, kommt er seinen Sohn nie besuchen und manchmal seh ich Mazey, wie er wegen was sauer ist und dann fängt er an zu reden, als würde er ein Gespräch fortsetzen, mein Pops gibt sich auch nich die leiseste verfickte Mühe zu hörn, wies mir geht, er is da draußen in Sierra Leone, schürft Diamanten und so und erzählt groß von seinem Sohn in London, ruft aber kein einziges Mal an. Jedes Mal, wenn ich ihn über eins seiner Telefone erreichen will, krieg ich einen verdammten Fremden dran, der mir sagt, ich soll in irgendner Kneipe in Kono anrufn, wo Pops grade chillt und dann hab ich kein Guthaben mehr.

Egal.

Mein Vater sitzt am Küchentisch und sieht mich an, während Reihen gerahmter Bilder und Gemälde von der Wand auf uns herunterstarren. Da ist ein Schwarz-Weiß-Foto von ihm, als er jünger war und auf dem er eine Maske hoch auf den Kopf geschoben hat, in die Kamera blickt und das Gesicht verzieht.

Wann machen wirs, Tata?, frage ich und zieh in der Tür meine schwarzen Nike-Air-Maxes an.

Ich warten auf dich, wiederholt er und greift nach einem der kleinen Päckchen auf dem Tisch.

Morgen ist Ostersonntag. Es gibt eine Tradition, die mein Vater seit seiner Kindheit in Polen aufrechterhält und an der ich mich jedes Jahr beteilige: das Bemalen der Ostereier für den Ostersonntag. Am Tag selbst dann gibts ein großes polnisches Essen, Roggenbrot, Lachs, Meerrettichsoße, Kartoffelsalat, Gewürzgurken, Kabanossi, das sind diese dünnen getrockneten Würstchen mit der schrumpeligen Pelle, Borschtsch, Mohnkuchen, polnischer Käsekuchen und wir spielen dieses Spiel mit hart gekochten Eiern. Einer hält ein Ei und der andere versucht mit seinem Ei die Schale einzuschlagen. Es geht hin und her, bis ein Ei eingedellt ist, der hat verloren.

Wir sind keine religiöse Familie, aber es gibt bestimmte Rituale, die jedes Jahr wiederholt werden, wie um uns daran zu erinnern, woher wir wirklich kommen. Vor Ostersonntag kauft mein Vater diese Päckchen mit gefärbtem Puder. Es gibt sie hier kaum, sie werden hier nicht hergestellt und so kauft er normalerweise deutsche oder russische Produkte, die er irgendwo ganz hinten im staubigen Regal eines irakischen Lebensmittelladens in der Porchester Road findet. Wir produzieren eine Menge hart gekochter Eier, warten, dass sie kalt werden, reihen ein paar leere Gläser nebeneinander auf und schütten die verschiedenen Pulver in je eines davon: Rot, Lila, Grün, Gelb, Orange, und geben dann kochendes Wasser dazu, bis wir einen Regenbogen aus vollen Gläsern haben. Im nächsten Schritt nehmen wir die gekochten Eier und geben je eins in ein Glas, lassen sie drei Minuten drin, damit sie die Farbe in die Schale aufnehmen und geben dann das nächste hinein. Die gefärbten Eier holen wir mit einem Löffel aus den Gläsern und lassen sie auf Papiertüchern trocknen. Das erste Ei im Glas ist jeweils am stärksten gefärbt, die letzten werden blasser. Am Ende polieren wir sie noch. Dazu steckt man den Finger in ein Stück Butter und reibt sie über die Schale, bis die Eier glänzen und die Farben das Licht reflektieren. So bemalen wir unsere Ostereier. Tata und ich. So haben wir es immer gemacht. Jedes Jahr.

Ich sollte ihm schon gestern dabei helfen, aber ich war unterwegs, hab mit Gotti in Ill Wills Block gechillt und war erst um vier Uhr morgens zurück bei meinen Eltern. Ich hocke in der Küchentür und mein Vater und die Bilder an der Wand kucken auf mich runter, während ich die Schuhe anziehe und auf das Karomuster des Bodens starre, das meine Mutter vor Jahren, als wir eingezogen sind, penibelst von Hand draufgemalt hat.

Ich bin am Abend wieder da, dann können wir es machen.

Okay, sagt er, während er die Farbpäckchen auf dem Tisch befingert und ein Zittern durchfährt mich. Ich spüre meine Bala hinten in der Tasche und ich denke, dass ich meine Handschuhe brauche.

Als ich mich mit den Leuten in SK treffe, sind Ostereier und Familientraditionen bereits wieder vergessen und wir verbringen den Nachmittag auf der Treppe von Ill Wills Block, rauchen, kriegen schwarze Verstärkung, reden mit Tyrell, unserm neuen Fluchtwagenfahrer, und versichern uns, dass er seinen Job voll durchzieht, wenns heikel wird und die Bullen hinter uns her sind.

Später sitzen wir im Wagen und der Puls beschleunigt sich, es ist das gewohnte Gefühl, wenn es auf einen Raubzug geht. Wir kommen auf den Sloan Square, Jungle sitzt im anderen Wagen, den Ill Will fährt. Und dann ist es Nacht da draußen, alles ist dunkel, als wäre der Himmel auf die Erde runtergefallen. Wir kurven jetzt seit mehr als zwei Stunden herum und der Tag hat sich verabschiedet, ohne dass ich es gemerkt hätte. Gotti kriegt einen Anruf von Jungle und als er auflegt, sagt er zu Tyrell, er soll parken. Wir halten in einer ruhigen Nebenstraße der King's Road und warten.

Die Gegend hier hat was, das ich nicht mag. Eindrucksvolle rote Backsteinbauten sehn auf uns herab, saubere Bürgersteige, verzierte Türklopfer, Klingeln mit Video-Sprechanlagen, glänzende schwarze Geländer und warmes Licht, das aus hohen Räumen fällt, private Gärten voller schwarzer Bäume und Büsche, die Nacht lässt sie so aussehen, und immer ist alles in eine Stille getaucht, die nur zu leicht zu stören ist und du denkst, wenn es so friedlich ist, müssen dich die Folgen, den Frieden zu stören, auf ein anderes Level bringen. Gottis Stimme reißt mich aus meinen Gedanken, drängend, aufgeregt, der da, der da, Snoopz, der hatne diamantenbesetzte Rolex Presidential.

Ich sehe einen Mann im Anzug vorbeikommen, Kopfhörer in den Ohren, das Haar ordentlich gegelt, wahrscheinlich vom Morgen noch und die Einfassung seiner Rolex blinzelt mir aus der Dunkelheit zu und ich weiß, das ist es jetzt.

Wir sind in Sekunden aus dem Wagen, der kalte weiße Mond sieht von oben zu und alles, was ich hören kann, ist mein eigener Herzschlag und es fühlt sich an, als wärn überall versteckte Gesichter, die jede Bewegung beobachten, während außerhalb von meinem Körper alles still und ruhig wie eine Lüge ist.

Ich packe ihn mitten auf dem Bürgersteig, genauso wie ich es gelernt habe, der Unterarm drückt fest gegen seine Kehle, schließt sich um seinen Hals, sperrt die Sauerstoffzufuhr und dann lehnt sein Körper schon schwer an meinem und er hat aufgehört an Gegenwehr zu denken. Ich kann das Haargel riechen. Gotti reißt ihm die Rolly runter, und ich lass los und renn zurück zum Wagen. Der Mann geht auf die Knie und hält sich die Kehle.

Wir springen in die Karre, Tyrell gibt Gas und ich fühl mich komplett losgelöst von allem, auf einer völlig anderen Welle, während Gotti mit Jungle telefoniert, und sie reden drüber, die Presidential gleich zu verkaufen.

Die Stadt rauscht vorbei, Geräusche versinken im Meer der Nacht, Lichtperlen treiben durch ihre Tiefen und ich denke, wenn wir das Karma sind, muss der Bruder was ziemlich Übles in seinem Leben gemacht haben, dass ich und Gotti ihm passiern und ich will auch so eine Rolex und es kotzt mich echt an, dass mir seit einiger Zeit die Haare ausfalln und ich fahr mir da im Auto mit der rechten Hand über den Kopf und seh weiße Schuppen und kleine Haare mit den Wurzeln noch dran auf meine Jeans rieseln und während wir auf der Edgeware Road an leuchtenden Autoschlangen und den neonrosa Lichtern von Shisha-Cafés vorbeikommen, frag ich mich, was meine Mutter wohl grade in diesem Moment macht und ich kann in meinem Kopf hören, wie ein Messer auf Holz trifft, mit dem sie das Ende von einem alten Laib Brot schneidet, ihr Lieblingsstück, ich seh sie in der Küche mit dem bemalten Boden und den gelben Wänden am Schneidebrett stehen und sie trägt ihre Brille aus nachgemachtem Schildpatt, deren runde Gläser sie ein bisschen wie eine Eule aussehen lassen und es ist verrückt, weil ich für gewöhnlich nicht an sie denke, nie an meine Familie denke, und da endlich schaffe ich es, mich von meinen

Gedanken zu befreien und ich stelle fest, dass wir fast zurück in South Kilburn sind.

Es ist etwa drei in der still dahinpulsierenden Einsamkeit des Morgens, als wir acht Riesen für die Rolex bekommen. Gotti und ich kriegen jeder zweieinhalb davon ab, Jungle zwei fürs Einfädeln, Tyrell einen. Wir sagen, okay, wir sehn euch, zu Jungle, Ill Will und Tyrell und gehn rüber zum Block D in die Wohnung von Gottis Mum. Bist du sicher, wir können hier pennen, sage ich und Gotti sagt, nach der Razzia sind die meisten im Knast, hier is keiner unterwegs. Wir rauchen einen Joint nach dem andern auf dem Balkon und als wir reingehn und ich mich auf das Campingbett lege, ernsthaft, da bin ich so high, dass ich denke, mir falln die Augen raus und ich kann mein Gesicht nicht mehr spürn.

Als ich aufwache, kriecht die Dunkelheit durch jede Ecke, die Straßen runter und es ist Sonntagabend. Nah. So eine Scheiße. Wie konnte ich den ganzen verfickten Tag verschlafen? Ich brauche eine Weile, um Klarheit in meinen Kopf zu kriegen, aufzuwachen, da drückt immer noch Nebel von innen gegen meine Stirn und das Einzige, was ich denken kann, ist, dass ich den Ostersonntag verpasst habe, das Eierfärben mit Tata und dass ich mehr als alles nach Hause muss. Sofort.

Es ist fast Mitternacht, als ich vor dem Haus meiner Eltern stehe, ich sehe an ihm hoch bis zu den Fenstern ganz oben und es brennen keine Lichter. Alle schlafen. Als ich oben an der Treppe ankomme, bleib ich kurz stehen, den Schlüssel in der Hand und starre auf das E aus Messing auf unserer Tür. Ich schlüpfe aus meinen Nikes, zieh die Avirex-Jacke aus und leg sie mir über den linken Arm. Nehme die Schuhe in die linke Hand und versichere mich, dass mein Telefon und das Geld in meinen Taschen stecken. Öffne die Tür langsam, halte den Atem an, während ich den Schlüssel vorsichtig aus dem Schloss ziehe, fast kein Geräusch stört die Stille. Als die Tür zu ist, schleiche ich eingehüllt in Dunkelheit auf Socken die Treppe hinauf, ich brauche kein Licht, weiß genau, wo ich auf die Holzstufen treten muss, damit sie nicht knarzen. Es ist verrückt, wie du dein Zuhause am Knarzen erkennst. Ich erreiche den Treppenabsatz, stelle meine Nikes ab, atme leise aus, hänge Schlüssel und Jacke auf und hoffe, niemand ist aufgewacht. Wie sonst, wenn ich zugedröhnt bin, produziert mein Kopf irre Gedanken und diesmal stelle ich mir vor, ich bin ein Geist, der meine Eltern verfolgt. Eine Diele knarrt. Mein Knie knirscht, reißt die Stille auf und ich bleibe stehen und halte erneut die Luft an. Geräusche in der Nacht, Geräusche in der Nacht.

Die Küche ist in Mondlicht gehüllt. Ich mache mir nicht die Mühe, das Licht einzuschalten, als ich die Schüssel mitten auf dem Tisch sehe. Es sind nur noch vier Eier da, bereits gefärbt, bereits poliert und ich gehe hinüber zum Abfalleimer und weiß, was ich darin finden werde, will es aber dennoch sehen. Ich sehe rote und grüne, lila und blaue und orangene Eierschalen zwischen leeren Farbpackungen, Essensresten, Plastik und anderem Abfall und dann schließe ich den Deckel und muss mich setzen. Ich sitze am Tisch und halte eines der ungegessenen Eier in der Hand, ein grünes, meine Lieblingsfarbe, und ich reibe sanft mit den Händen darüber und weiß nicht, was es ist, aber ich habe das Gefühl, dass ich irgendwo da draußen einen Teil meiner selbst verloren habe.

MIT GEISTERN SCHLAFEN

Fluchen und Lügen, Morden, Stehlen und Ehebrechen haben überhandgenommen, und Bluttat reiht sich an Bluttat.

HOSEA 2:4

Was ich zu sagen versuche, ist, dass du nie weißt, was vor dir liegt. Du kannst dich nur für alles zu wappnen versuchen. An dem Morgen, als ich der Frau den Finger gebrochen habe, hatte ich vorher, als wir loszogen, keine Ahnung, dass es so kommen würde. Aber so wars, es ging komplett daneben, wir kamen nicht an ihre Juwelen und dann wollte Jungle, dass wir gleich noch ein Ding drehten, weil er Geld für einen neuen Wagen wollte. Wie ich schon sagte, was zur Hölle sollte das jetzt?

Ein paar Tage nachdem wir beschlossen haben, nichts mehr mit Jungle zu machen, häng ich mit Gotti im ersten Stock von Bimz' Block ab, einen Joint in der Hand und mein Mund brennt von superscharfen Chicken Wings.

Der Tag schlittert mit nassgrauem Magen dahin, bereit zu platzen. Auch wenn wir es nicht aussprechen, weiß ich doch, dass wir beide an den gebrochenen Finger denken und dass wir die Schätze hätten kriegen solln.

Gotti sagt, wir sollten so richtig einsteigen, weiß du. Wir sollten echte Killer werdn. Ich kuck ihn an, aber er lächelt nicht mal, starrt nur in die Ferne und sieht da was, was nicht da ist. Seine Gedanken beißen. Wie meins du das, Killer? Also da gibts Leute, die dir irre viel Knete dafür zahln, dass du einen ausschaltest, oder. Besonders in London. Da will immer einer einen killen. Ich darauf, aber wie fangen wir das an? Wie kommt man da überhaupt rein? Er, es gibt schon Möglichkeiten, deinen Namen da ins Spiel zu bringen. Du muss nur einen abknallen, dann wissen die Leute, dass du die Eier has und wenn sie sehn, dass du damit durchkomms, werden sie dich kontaktiern und dir Geld anbieten, damit du ihre Probleme löst. Ich sage, gut, aber wie sorgs du dafür, dass du damit durchkommst?

Gotti zieht noch mal an seinem Joint und wirft ihn vom Balkon. Ich beiß in einen der scharfen Wings. Er kuckt mich an und sagt, du machst diese Juju-Sache und kriegs einen Geist. Einen Geist? Yeah. Du gehs zum Juju-Mann, der mit Geistern und Mächten handelt und dich irgendn Ritual machen lässt, er gibt dirn paar magische Pulver, die du verbrenns oder in die Wanne gibst und dann bäng! kriegs dun Geist. Was für einen Geist? Einen Geist, der sich an dich dranhängt, dich schützt und verschiedene Sachen für dich macht. Er kann dich unsichtbar oder kugelsicher machn. Ernsthaft, Bruder?, sage ich. Beim Leben meiner Mutter, Snoopz, ich kenn da diese Leute, dien Typen ausknipsen wollten, durchlöchert ham sie ihn, ein ganzes Magazin auf ihn abgeschossen, aber sie sahn, wie die Kugeln einfach durch ihn durch sind, als wär er gar nicht da und der Junge is einfach immer weitergerannt. Sie konnten ihn nich killen, verstehst du. Er hatte Mächte, die für ihn arbeiteten. Manche haben Mächte, die sie unsichtbar machen, damit die Bulln sie nich sehn, wenn sie Dinge drehn, oder. Ich sage, echt, ganz ehrlich jetz, und Gotti sagt, yeah, Junge, und kuckt mich ohne ein Blinzeln an, ohne irgendwas, das sich in den Seen seiner Augen bewegt, und er sagt, Bruder, so siehts aus, gib mir nochn scharfen Wing. Ich halte ihm die Schachtel hin und er nimmt sich einen raus. Dann lehnt er sich zurück gegen das Geländer und sagt, aber du darfs es nicht verbocken, du darfs nich einen Fehler machen. Wenn der Juju-Mann sagt, du muss diese Perlen tragen, is der Tag, an dem du sie ablegs, der Tag, an dem sich der Geist von dir löst und du verkackst es. Das wird dein ganzes Leben versaun. Oder vielleicht sagt der Juju-Mann, dass wenn du sie trägs, wenn dun Mädchen vögelst, dass du dann deine Macht verliers. Ich lehne mich an das Metallgeländer, von dem die Farbe abblättert. Mir wird leicht schwindelig, aber das ist wahrscheinlich das Gras, das wir rauchen. Gotti wirft seine Hühnerknochen vom Balkon und leckt sich die Finger.

Würde mir das irgendwer anders erzählen, würde ich sagen, ey, was ist das fürn Bullshit von wegen Magie, du weißt ja nicht, wovon du redest, wir leben im verdammten 21. Jahrhundert, da gibts den Scheiß nicht mehr. Aber das ist Gotti. Ein äußerst ernsthafter Mensch. Wir haben eine Menge gemeinsam durchgemacht und ich weiß, wie fest er mit beiden Beinen in der Wirklichkeit steht. Er ist intelligent, nicht einfach einer, der Schwachsinn und irgendwelchem Aberglauben anhängt, den man weder sehen noch beweisen kann. Er glaubt nicht mal an Gott. Wir wissen ja nicht mal, ob Gott an uns glaubt, also warum? Aber von dieser Juju-Sache spricht er, als wär sie so real wie die Luft, die wir atmen, wie die Schwerkraft und so. Er zeigt auf einen Block in der Ferne und sagt, siehst du den Block da, wenn du wills, bring ich dich zu dem Juju-Mann, der wohnt da. Für den richtigen Preis verschafft er dir einen Geist. Und dann fängt er an, über Bugz Bunny zu reden.

Ich lehne am Balkongeländer und sehe hoch in den regenbleichen Himmel. Es sind noch zwei Chicken Wings da. Der Tag stirbt. Gotti sagt, was denks du, warum Bunny immer durchkommt?

Was, hat Bunny viele Leute gekillt?

Gotti lacht, als wärs offensichtlich und sagt, klar, Junge, so was von. Und ihn kriegen sie nie. Wie bei der Sache mit Bishop.

Yeah, von Bishop hab ich gehört. Ist der nich beiner Party im Block D angeschossen worden und vom Balkon gesprungen?

Yeah, da hab ich für gesorgt.

Wie meinst du das?

Gotti erzählts mir: Bishop hat nie was eingeworfen, hatte mit nichts was zu tun, war einfach nur ein Junge aus SK. Im Sommer hat er immer einen kleinen Getränkestand aufgebaut und den Leuten Saft verkauft, aber sein Cousin hat mit Kumpels ein paar von Bunnys Leuten in einem Chicken Shop ausgeraubt. Die ham ihnen die Ketten abgenommen und ihnen mit der Knarre was auf die Mütze gegeben und so weiter. Ich war grade auch in dem Laden. Danach sind die Typen verschwunden, Bunny konnte nich rausfinden, wer sie warn. Bald drauf dann hatte Bishop seine Party, und reichlich Leute aus SK warn da. Ich auch, und Bishop hatte diese Perle, die sich direkt neben mir an ihn ranmacht, also ruf ich Bugz Bunny an und sag ihm, einer von den Brüdern, die seine Leute ausgeraubt haben, is hier. Bunny sagt, bis du sicher? Ich sage, ja, weils so is, dass Bishop der Cousin von dem einen is, der den Raubzug angeführt hat, reicht, oder? Ich sag zu Bunny, ich bleib direkt an ihm, komm her. Etwa zwanzig Minuten später kommt Bunny in die Wohnung gerannt, ganz in Schwarz, den Kopf unter einer Bala und eine Glock 9 mitnem roten Laser in der Hand und schießt Bishop direkt vor mir in die Brust. Bishop versucht noch wegzulaufen, rennt auf den Balkon und springt runter. Aber die Wohnung is im zweiten Stock vom Dickens House und er bricht sich beim Landen die Beine. Ehrlich, alle konntens knacken hören und er fängt an, um Hilfe zu rufen. Die Leute kommen rausgerannt und ich weiß noch, wie eine Frau, helft ihm, helft ihm, geschrien hat. Bunny kommt aus dem Block und sagt, helfen, yeah, und er sagt, zurück, zurück, und wedelt mit seiner Knarre vor den Leuten rum, als wollte er Fliegen verjagen. Er geht rüber zu Bishop und schießt ihm ein paarmal ins Gesicht. Dann dreht er Bishops Kopf mit der Spitze seines Schuhs, schießt noch ein paarmal in die andere Seite und macht sich dünn.

Als er mir das erzählt, geht Gottis Blick in die Ferne und driftet ganz ab, als holte ihn die Erinnerung hier weg, als machte die Vergangenheit ihn besoffen. Übel, sag ich. Ich kau immer noch an dem Flügel rum und irgendwas in mir fängt an zu zittern und ich sage, verstehe, cool, Alter, und lache, aber ich kann den toten Vogel durch die fettige Haut riechen und steck das halb gegessene Fleisch und die Knochen in die Plastiktüte mit der Schachtel und werf sie vom Balkon. Alle wissen, es war Bunny, sagt Gotti, aber die Bullen können ihn unmöglich dafür drankriegen. Seine Mächte sind zu groß. Ich hab Bishop sowieso nie gemocht, er war ein Schwachkopf, und dann lacht er.

Gotti erzählt mir, wie Bunny gegen gutes Geld für ein paar Bosse im Nordwesten einen Bruder gekillt hat. Er sitzt hinten im Wagen und es is der Bruder vor ihm auf dem Beifahrersitz, den er umbringen soll, sagt Gotti. Sie parken irgendwo in Maida Vale und Bunny holt die Kanone raus und drückt sie dem Bruder von hinten gegen den Kopf. Aber es war ne reaktivierte Pistole und der Lauf nicht richtig aufgebohrt, sodass die Kugel aufm Schädel krepiert und ihn nich ganz durchschlägt. Der Kerl reißt die Hand an den Kopf, sagt, aaah, fuck, und Bunny drückt noch sieben, acht mal ab und das wars dann offenbar. Der Cousin des Typen, der am Steuer sitzt, springt raus und rennt weg und Bunny schreit ihm hinterher, komm zurück, Bruder, ich tu dir nichts. Und wann immer Bunny in den Knast muss, nie wegen M, es is immer für was andres und das liegt an seinem Geist. Das is die Macht, die Bunny gekriegt hat, verstehs du.

Ein paar Kinder in Schuluniform laufen durch den Precinct und die Kamera dreht sich runter, um ihnen hinterherzusehn. Sie gehen in den kleinen Laden, wo wir immer Skittles, KA, Tabak und Rizlas kaufen. Ich kucke Gotti an und ich denke, ja, echt, das stimmt. Gewisse Leute gehn in London um, schalten Leute aus und kommen damit durch. Ungelöste Fälle, über die keiner reden will. Von denen keiner weiß, *wie* er drüber reden soll.

Gotti sagt, aber der Scheiß hat auch einen Nachteil, Snoopz. Wenn du einen Geist kriegst, der dich schützt, hast du ihn dein Leben lang am Leib, oder. Er geht nich mehr. Du wachs auf und der Geist ist da im Zimmer bei dir und ich meine nich, dass er so da is, dass du seine Gegenwart spürst, ich meine, du wachs auf und siehs ihn am Fuß von deim Bett stehn. Glaub mir, Snoopz, ich weiß das. Wohin immer du gehs, wo immer du schläfst, er wird dich nie allein lassn. Ich lehne mich übers Geländer, weil mir irgendwie schlecht ist. Wahrscheinlich die Chicken Wings, die wir gegessen haben.

Ich weiß noch, wie ich Zuhörer war, sagt Gotti, und ich so, was ist ein Zuhörer? Und er sagt, wenn du im Knast sitzt und du versuchs Vergünstigungen zu kriegen und der Bewährungskommission zu zeigen, dass du dich besserst und so, kanns du ein Zuhörer werden. Dann bist du im Prinzip für Leute da, die mit eim reden wolln, aber nicht mit einem Offiziellen. Du gehst zu denen in die Zelle, wenn sie sich mies fühlen, hörs dir ihre Probleme an und versuchs drüber zu reden und so. Das letzte Mal, als ich die fünf Jahre abgesessen hab, bin ich son Zuhörer geworden, sagt Gotti, und ich war bei Leuten in der Zelle, die lebenslang wegen Mord hatten und die haben erzählt, dass sie nich schlafen können. Weil immer wenn sie die Augen zumachen, sehn sie das Gesicht von dem, den sie gekillt haben. Oder sie gehn ins Bett, um zu schlafen, ziehn sich die Decke übern Kopf und merken, der, den sie ausgeknipst haben, liegt mit drunter. Aber ehrlich, Snoopz, es is nich der Geist von dem Toten, sondern der, der an ihnen dranhängt und nich wieder geht. Ich sage, Mann, Scheiße, das is echt krass, und Gotti, yeah, glaub mir, es is irre, die Leute reden nich drüber, die meisten wissens ja nich mal, aber es is so, ich schwöre.

Er spuckt über das Geländer und sagt, egal, Bruder, ich glaub, wir sollten das machen. Der Himmel oben hat sein Licht verloren und macht Gottis Gesicht blaubeergrau, als er mich mit leeren Augen ansieht. Er sagt, aber wenn wirs machen, müssen wirs ernst meinen, kapiert, weil wenn wir uns entscheiden und einen umlegen, gibts keinen Weg zurück. Ich sage, yeah, verstehe, lass mich mal drüber nachdenken. Wasser küsst mir die Stirn. Es fängt an zu regnen, also gehen wir nach oben und klopfen bei Bimz. Er macht auf und lässt uns rein.

Später, als ich mit einem fetten Joint Amnesia wegdrifte, denke ich mir, dieses Leben scheint ewig zu währen, für immer ich und Gotti hier im Block, überlegen, wie wir reich werden und vielleicht schaffen wirs ja eines Tages. Aber im Moment fühlt es sich an, als würde es immer so bleiben, als würde dieses Leben immer so weitergehen. Mit Bimz und Mazey und dem Precinct und SK und Uncle T und allem zusammen, wie ein Tornado, den du nicht aufhalten kannst.

WERWÖLFE

(…) dass es eben der Sinn aller Kultur sei, aus dem »Raubtier« Mensch ein zahmes und zivilisiertes Tier (…) herauszuzüchten (…)

FRIEDRICH NIETZSCHE, *ZUR GENEALOGIE DER MORAL*

Visionen von Frauenhintern am Morgen. Visionen in der Nacht, wenn ich allein im Bett liege. Visionen von Göttern, gefallenen Engeln und großen Schlachten auf fernen Sternen. Ich wache auf und zieh mir die Decke wie einen Schleier über Gesicht und Kopf, mich so zu vergraben, verbirgt mich vor der Welt. Ich vermisse das Gefühl von Yinkas Möse um meinen Schwanz. Sie hat jetzt eine Wohnung in Chiswick, aber ich bin nur selten da und bleibe. Ich sitz ihr wie Quecksilber im Blut, rauf und runter, heiß und kalt. Wann ziehst du ein, fragt sie. Bald, Süße, bald. Das sagst du immer. Nächste Woche, ich verspreche es. Die nächste Woche kommt und ich fahre nicht mal hin und bleib über Nacht. Ich ignoriere ihre Anrufe. Neunzehn Anrufe in Abwesenheit. Am nächsten Tag geh ich ran. Warum treibst du immer solche Spielchen mit meinem Herzen, Gabriel? Was für verdammte Spielchen? Du weißt, was ich durchgemacht habe, du weißt, wie wichtig es für mich ist, mir ein Leben mit dir aufzubauen. Es is aber nicht mein Leben, oder, sage ich, es is deins und ich bin nicht dein Zement. Yinka fängt an zu weinen und es ist dieses hohe, von Schmerz zerfressene Geräusch. Es ist, als habe sie begriffen, dass ich sie ins Unglück stürze. Sie sagt, verdammt, es ist immer das Gleiche, du lässt mich denken, du willst ein Leben mit mir, aber das stimmt nich. Du stecks mit deinen Kumpels auf der Straße fest, und ich lausche ihren Tränen, weil ich nicht weiß, was ich noch sagen soll. Mir sind die Worte ausgegangen und ich empfinde im Moment gar nichts, obwohl ich es will. Mein Herz ist aus meiner Brust raus, es sitzt mir auf der Schulter und lässt die Beine baumeln und die Welt um mich rum ist ein Ächzen. Yinka sagt, ich kann das nicht mehr, und das Telefon macht *beep beep beep*, weil sie aufgelegt hat und ich gehe die Straße runter, mit nichts in mir drin. Zurück nach South Killy. Das Liebeslied ist aus.

Ich kann nicht glauben, dass sie sich von mir getrennt hat. Es fühlt sich an, als wärs jetzt echt vorbei. Komisch, wie ich sie jetzt mehr will als überhaupt jemals, als wir noch zusammen waren. Ich wache auf und Bilder von ihr auf allen vieren quälen mich, wie sie den Rücken durchbiegt, mir den Hintern entgegendrückt und ich. Es ist, als bestünde die Erinnerung wie die Geschichte nur aus Qualen und Opfern.

Zurück an der Uni. Das dritte Trimester des zweiten Jahres, das ich wiederhole, aber wie gewöhnlich gibts viel

Rumfickerei. Gestern Abend, das war verrückt, als Lexi ihre Jungfräulichkeit an mich verlorn hat. Ich habs auch erst hinterher realisiert. Ich hab eine ganze *Simpsons*-Folge gebraucht, um in sie reinzukommen und als ich sagte, warum geht das nicht, meinte sie, ich weiß nicht. Sie ist eine kleine, schwarze Braut mit langem, gewelltem Haar, immer makellos, da tanzt nicht eins aus der Reihe. Die Zunge gepierct, Rouge wiene rosa Schokokuchenglasur auf den Wangen und immer diese hohen Stiefel über den Jeans. Sie ist ein echtes Zuckerstück. Ich hab eine Weile gebraucht, um zu schnallen, dass sie auf mich steht wie keine. Ihre Freundin Keisha sagte eines Tages, du weißt, Lexi wartet drauf, dass du den ersten Schritt machst, und ich, krass, das nächste Mal, wenn wir irgendwo allein sind, kümmer ich mich drum. Sie wohnt auf dem Campus, also hats nicht lange gedauert und ich habs auch nicht rauszuzögern versucht, Mann, ich versuch dieser Tage verzweifelt mich am Leben zu fühlen, als könnte ich morgen schon eingesperrt werden oder einer versucht mich zu killen.

Ich bin kurz vor sechs zu ihr, hab sie warm geküsst und ihr Zungenpiercing klackerte gegen meine Diamanten-Grillz und dann legte sie sich aufs Bett und zog mich auf sich. Ich hab die Decke über uns gelegt und wir haben uns gegenseitig die Jeans runtergezogen, ohne mit dem Küssen aufzuhörn, als würde das die Trance brechen, in der wir warn. Ganze zwanzig Minuten hab ich gebraucht, um in sie reinzukommen und konnte es nicht verstehen. Ich weiß genau, wie lange es gedauert hat, weil die *Simpsons* gerade anfingen, als ich den ersten Versuch machte. Ich spürte, wie nass sie war, kam aber nicht weiter und erst beim Abspann ging er rein, und sie war irre eng. Hinterher saß sie im Bett mit der Decke ganz um sich und ich, hey, ich muss, ich treff mich mit Capo und den anderen auf der Roman Road. Ich hab noch Gotti geschrieben, where r u, und er schrieb zurück, in der wohnung, und dann bin ich los.

Ich wohne seit Beginn des Trimesters bei Capo und Blix in Fish Island. Gotti kommt regelmäßig und Blix und Capo haben beide gesagt, er kann auf dem anderen Sofa schlafen. Es ist ein guter Tapetenwechsel. Besonders seit den Razzien in SK und seit wir aufgehört haben, mit Jungle zu arbeiten und ganz besonders, seit Gotti gehört hat, dass er gesucht wird, nachdem die Bullen wegen ihm bei seiner Mum waren. Ich hab Toilettensachen, Unibücher und ein paar Klamotten hier. Gotti hat auch was hier, aber der Großteil von seinem Kram ist noch bei seiner Mum in Block D. Meine Star 9 habe ich ebenfalls dabei. Nach dem Auspacken habe ich sie in ein Handtuch gewickelt und unter einem der Sitzkissen des Sofas versteckt, auf dem ich schlafe. Capo und Blix hab ich nichts davon gesagt, weil nur ich und Gotti es wissen müssen und ich nicht will, dass sie sich komisch fühlen. Capo verkauft jetzt Gras an der Uni, 20-Pfund-Rationen hier und da und ich nehme an, es hilft mit der Miete. Gotti und ich geben ihm nichts dafür, dass er uns hier wohnen lässt und er hat auch nach nichts in der Art gefragt. Capo ist echt mein Bester.

Ich stehe auf und mache mich fertig. Vorlesung um neun, danach ein Seminar. Anschließend treffe ich mich mit Gotti und wir fahren nach Nordwesten, weil es Mittwoch ist und ich für den Rest der Woche keine Uni mehr habe. Capo und Blix schlafen noch, da sie erst am Nachmittag Veranstaltungen haben. Gotti liegt zusammengerollt auf seinem Sofa. Ich frage mich, wovon er träumt.

Wir sind wieder bei Nietzsche und nach der Vorlesung

im Seminar bin ich voll dabei, da ich gerade *Zur Genealogie der Moral* lese. Wir reden über Gerechtigkeit und ihren Ursprung und ich hebe die Hand und als der Professor sagt, ja, Gabriel, sage ich, also Nietzsche sagt in *Zur Genealogie der Moral*, dass es Gerechtigkeit nur als soziale Restriktion gibt, nicht einfach als eine Form von Kontrolle, sondern als tatsächliche Einschränkung der menschlichen Natur. Wenn ich also meinem Instinkt folgen will, eine Stadt zu plündern und zu übernehmen oder einfach nur, meine Feinde zu töten, kann ich das nicht tun. Weil mich das Gesetz bestraft und die Gerechtigkeit rächt sich an mir dafür, dass ich meinem Instinkt gefolgt bin und die Regeln der Gesellschaft gebrochen habe, richtig? Der Prof sagt, genau. Ich sage, und das ist nicht gut, weil es mich zu unterdrücken zwingt, was ich meinem Gefühl nach zum Glücklichsein brauche oder wenigstens doch, was die Rache angeht, um mit mir eins zu sein.

Einer aus dem Seminar sagt, aber wenn wir, nach dem was du sagst, in einer Gesellschaft lebten, in der alle ihren Instinkten folgen dürften, wäre es Pädophilen erlaubt, Kinder zu missbrauchen, da sie nur ihren Instinkten folgen. Sollen wir einfach sagen, oh, sie müssen eben tun, was sich für sie natürlich anfühlt?

Ich sage, yeah, da hast du auf eine Weise recht, aber dann könnte ich auch meinem Vergeltungsinstinkt folgen und alle Pädophilen töten, ja und alle Vergewaltiger. Und sie nicht einfach töten, sondern sie erst mal am Leben lassen und es langsam machen, sie leiden lassen, Stücke aus ihnen rausschneiden und so, sorry, ich will hier nicht zu übel klingen, aber ich meine es ernst.

Einige im Raum nicken. Einige sehen in ihre Bücher und ziehen die Brauen zusammen. Andere starren mich an. Irgendwer lässt hörbar Luft ab. Ich mache weiter, die Leute könnten für so Sachen echte Rache üben und Kinderschänder würden nicht einfach nur erbärmliche fünf Jahre in einem separierten Gefängnistrakt kriegen, der sie auch noch schützt, um anschließend zurück in die Gesellschaft entlassen zu werden, während die Kinder, die sie missbraucht haben, für den Rest ihres Lebens geschädigt sind, versteht ihr. Es ist doch verrückt, in dieser Gesellschaft kriegen Leute, die anderen Drogen verkaufen, die welche wollen, weitaus höhere Strafen. Das zeigt doch, was denen, die die Gesetze machen, wirklich wichtig ist, oder? Einige meiner Kommilitonen sagen, das stimmt, das stimmt, und der Professor sagt, okay, beruhigen wir uns erst mal.

Nach dem Seminar treffe ich Gotti im Bahnhof Mile End und er sagt, komm, Snoopz, wir fahrn nach Willesden, ich denke, wir können da was regeln. Ich sage, ich bin dabei. Was immer. Auf dem Bahnsteig lehnt er sich zu mir hin und sagt, Bruder, ich hab die Kanone dabei. Echt?, sage ich. Echt, sagt er. Ich hab zwei Boxershorts und zwei Trainingshosen an. Ich darauf, ich wollte schon sagen, Junge, keiner kann sehn, dass du was dabeihast, und er, das Einzige is, ich kann mich nich richtig setzen, weils dann aussieht, als hätte ichn Steifen, und dann lacht er. Du bist krank, sage ich, ist dir nicht heiß? Bisschen, sagt er, als der Zug in den Bahnhof fährt. Mann, Gotti ist echt durchgeknallt. Wenn ich denke, mich kann nichts mehr schocken, setzt er immer noch eins drauf. Gotti mit Kanone in der Tube. Und los gehts. An der Bond Street steigen wir um in die Jubilee Line nach Willesden Green.

Wir gehen zu den Blocks gleich am Ende der High Road und hängen hinter ihnen rum. Gotti stellt mich ein paar Leuten vor, die kommen und Hey sagen. Roter

Backstein und kleine Fenster, zugemüllte Grasflächen und über uns die Sonne, schwer und faulig. Ein paar junge Dinger, die Haare glänzend gegelt, Babyhaare wie kleine Kronen auf der Stirn, starren uns von der Treppe zu einem Hintereingang aus an. Eine von ihnen kaut auf ihrer Goldkette und nimmt mich in den Blick. Ich sehe sie an, gefütterte Jacke, enge hochgerollte Jeans über aschfarbenen Knöcheln und mit der Goldkette im Mund sagt sie, oi, der is nich schlecht, was, und ich lächle ihr zu und dreh mich wieder zu Gotti hin. Ein Bruder mit Gelbgold-Grillz oben und unten kommt rüber, sagt, was geht, Gotti, und Gotti sagt, das is Snoopz, der is übelst hart, und der Bruder gibt mir die Faust und sagt, ey, du bis also Snoopz, yeah? Dazu nickt er, als setzte sich in dem Moment in seinem Kopf was zusammen und dann sagt er, so, und was habt ihr anzubieten?

Gotti hat mich übelst hart genannt. Als wär ich der brutale Gangster, abgebrüht, skrupellos. Dabei ist er viel härter drauf als ich. Gotti läuft mit einer geladenen 9mm in der Hose durch die Stadt. Das ist hart. Ich nehme an, er sagt das wegen all den Dingen, die ich gebracht habe, seit wir zusammen rumlaufen. Rein in die Finsternis. Wobei Leute wie Bugz Bunny die wirklichen Gangster sind. Leute töten, ohne mit der Wimper zu zucken. Mit Dämonen leben, bis du selbst einer wirst. Ohne Angst in den Augen, während du sie den anderen einjagst. Irre Sachen durchziehn, echt was dafür in Kauf nehmen, niemals einen Rückzieher machen, im Prinzip ohne Herz sein. So rücksichtslos sein, dass deine Boshaftigkeit den Eindruck macht, dass du kein Herz hast, um was zu fühlen. Ich glaub allerdings, das bin ich nicht. Was ich bin, weiß ich auch nicht. Wobei ehrlich, es gibt mir ein irres Gefühl, wenn Gotti mich so nennt. Als injizierte er mir damit eine besondere Macht.

Später sind wir wieder unterwegs, und Gotti sagt, er kann nicht so schnell, weil sich sonst die 9 in seiner Trainingshose verschiebt und natürlich keiner sehen soll, dass er eine Pistole dabeihat. Wir sind in NW10, die Undercover-Bullen bewegen sich hier anders, und wir müssen schwer aufpassen. Ich hab nichts dagegen, langsam zu gehen, da ich neue Jordans anhabe und sie nicht gleich zerknautschen will.

Wir holen uns bei Sam's Chicken & Chips und gehn rum zu ein paar Leuten direkt bei der Willesden High, die Gotti irgendwoher kennt. Die Bude sieht von außen wie eine Dealerhöhle aus, dabei ist es einfach eins der roten Brenter Backsteinhäuser, runtergekommen und verwahrlost. Wir setzen uns auf eine Mauer und kiffen. Gotti sagt zu einem der Brüder, die da mit uns hocken, oi, gib mir mal was Gras rüber, und als der ihm seinen Beutel hinhält, nimmt er sich die beiden größten Blüten raus und reicht dem Bruder seinen Beutel zurück. Obwohl dem nur ein erbärmlicher Blütenrest bleibt, sagt er nichts. Ich kann in seinen Augen sehn, dass er sich geschlagen gibt. Dann sagt Gotti, wir suchen nach Zweieinviertel oder vielleicht auch Viereinhalb, wenn der Stoff gut ist, kenns du einen, der was mehr hat? Ich denke, wir haben nicht genug Bares dabei, um eine größere Menge zu kaufen, aber ich vertraue Gotti, dass er alles im Griff hat, egal wie er es sich denkt. Der Bruder, den Gotti gefragt hat, wird ganz aufgeregt, yeah, sagt er, ich ruf mal rum, ich kenn da wen.

Der Abend blüht über der Straße auf. Der Bruder gibt Gotti eine Nummer, die er anrufen soll, und sagt, der

Junge hat Blue Cheese, ich hab ihm gesagt, du wills was holen. Ruf ihn an, wenn ihr in der Nähe vom Bahnhof Willesden Green seid und er sagt dir, wohin ihr kommen sollt. Wir gehn zum Bahnhof. Gotti geht in eine Telefonzelle, wählt die Nummer und sagt, hey, mein Kumpel hat mir deine Nummer gegeben, er meint, du hast was mehr, wassagsdu? Wohin soll ich kommen? Dann legt er auf. Wir setzen unsere Kapuzen auf und ziehn die Handschuhe an. Die Wohnung ist in einer Seitenstraße, direkt beim Bahnhof. Noch ein Reihenhaus, nur sieht das hier gepflegter aus. Es gibt nicht viele Laternen und das Haus liegt an der Ecke, wo die Straße nach rechts biegt, die Tür unter einem hölzernen Vordach. Wir tauchen in den Schatten, drücken auf die Klingel und warten.

Ein Yardie mit frisch geflochtenen Canerows und einer weißen Weste macht auf. Er sieht uns an und sagt zu Gotti, bis du Ninos Kumpel? Gotti sagt, yeah, das bin ich. Ich willne größere Menge kaufen, aber erst will ich sehn, was du anzubieten has. Was wills du? Bring mir Zweieinviertel, oder. Er sieht Gotti an, dann mich und sagt, okay, bring ich, Moment, geht wieder rein und macht die Tür zu. Durch die Milchglasscheibe in der Tür sehen wir, wie er nach oben in seine Wohnung im ersten Stock geht. Ich kucke Gotti an und sage, wir brauchen wenigstens Neun, und er sagt, yeah, klar, lass mal sehn, was abgeht, wenn er mit dem Stoff wiederkommt. Neun Unzen, ein Viertelkilo, ist das Mindeste, was wir kriegen sollten, das sind grade mal ein paar Hunnis. Der Bruder kommt die Treppe wieder runter, macht die Tür auf und gibt Gotti in Frischhaltefolie gewickelte Zweieinviertel. Er sagt, Blue Cheese, Großer, während Gotti die Folie abwickelt, um den Stoff zu prüfen. Er riecht dran, gibt ihn mir und sagt, was meins du, Bruder?

Ich halt das Zeug an die Nase und sage, yeah, cool, Mann. Has du noch mehr von dem Stoff? Der Bruder sagt, wie viel wills du? Gotti sagt, bring uns noch Viereinhalb davon. Der Bruder macht die Tür zu und eine halbe Minute später wieder auf und gibt Gotti noch zwei Kugeln wie die erste. Ich hab alles in Zweieinviertel abgepackt, sagt er zu Gotti, der mir die Viereinhalb gibt und sagt, dann bring mir noch eine. Der Dealer kuckt mich an, dann Gotti und sagt, hör zu, Kumpel, wie viel wills du, weil ich, aber ich sage, mir gefällt nicht, was du hier abziehs, als wolltes du uns reinlegen oder so. Der Bruder kuckt mich voll überrascht an. Seine Augen sind knallrot gekifft. Reinlegn? Ah, was fürn Scheiß redes du da, ich euch reinlegn, und ich sage, nah, Junge, so nicht, und zu Gotti, Bro, das gefällt mir nich, das isne Falle, und Gotti sagt, yeah, echt.

Ich stopfe mir die Unzen, die wir schon haben, in die Taschen meiner Avirex-Jacke, die grade mal groß genug sind, dass alles reinpasst, und der Cheese-Meister starrt meine Hände an, als fielen ihm die Handschuhe jetzt erst auf. Gotti zieht irre schnell die Pistole raus und ich pack den Bruder bei der Kehle. Gotti drückt ihm die 9mm in den Bauch und hält ihn dabei am Gürtel fest. Die Augen des Bruders öffnen sich weit, zwei schwarze Monde kommen aus den Wolken und er hebt die Hände neben den Kopf. Sie zittern. Bossman, ich hab meine Oma oben. Ich scheiß auf deine Granny, sagt Gotti. Ich schwör dir, ich zerschieß dich, wenn du uns nich reinlässt. Der Bruder tut einen Schritt zurück und wir gehen ins Haus. Ich lass seine Kehle los und mach die Tür hinter uns zu. Klick.

Flur und Treppe sind in Schatten gehüllt und ich kann oben an der Treppe hinter einer Glastür orangenes Licht summen sehn. Die Großmutter hat keine Ahnung, was hier unten vorgeht. Ich hör einen Fernseher vor sich hin brabbeln. Gotti lässt den Gürtel des Bruders los, spannt den Hahn der Knarre, ka-lack, und drückt sie dem Cheese-Meister zwischen die Augen, drückt fest und der Bruder wird kleiner, schrumpft in sich zusammen und schielt auf die 9mm. Ich geb dir eine Chance, sonst gehn wir in deine Wohnung hoch und wenn deine Großmutter da ist, glaubs mir, schlag ich ihr mit dieser Kanone die Fresse ein, sagt Gotti. Ich sage, wie viel Stoff hast du oben? Ich hab nur eine halbe Box, Bossman, er hält die Hände zusammen, als betete er. Bring mir einfach den Rest, sagt Gotti. Du has eine Minute, Junge, wenn du in einer Minute nicht wieder hier bis, komm ich hoch in die Wohnung. Der Bruder weicht langsam zurück, immer noch in geduckter Haltung, Gotti hält die Star 9 auf ihn gerichtet. Der Bruder rennt die Treppe rauf, stolpert vor der letzten Stufe, knallt auf die Knie, drückt sich wieder hoch, die Beine wacklig, kommt oben an, öffnet die Tür und taucht ins orange summende Licht. Eine halbe Box. Das ist ein halbes Kilo, achtzehn Unzen oder zwei Neuner. Standard-Dealer-Mathe. Das bringt uns drei Riesen. Easy.

Denks du, der probiert was, Junge?, sage ich und Gotti meint, nah, der is nich ernst zu nehmen, so idiotisch wie ers betreibt. Aus der Wohnung seiner Grandma raus zu dealen, als wärsne gute Deckung. Egal, wenn er in dreißig Sekunden nich wieder hier is, gehn wir da rauf. Ich sag, aber wie, und er, has du noch Platz in deiner Jacke? Nich fürne halbe Box, sage ich, aber wenn der Stoff in Teilen kommt, können wir ihn dir in die Hose stecken und laufen schön langsam. Geil, sagt Gotti.

Die Tür oben an der Treppe öffnet sich quietschend und der Bruder kommt mit einer weiteren Kugel und was, das wie ein eingewickeltes Brot aussieht, die Treppe runter. Sind noch Zweieinviertel und ein Neuner, Bossman, sagt er. Ich stopf es vorne in die Tasche von meinem Hoodie und Gotti packt den Bruder bei seiner Weste und drückt ihm die Pistole oben auf den Kopf. Drückt den Lauf fest zwischen die Canerows. Haarfett glänzt auf Metall. Ich drehe mich um und öffne die Tür. Gotti hat den Bruder jetzt auf den Knien, der wieder und wieder sagt, verschon mich, Bossman, verschon mich, ich bitte dich, und Gotti sagt, kuck weg. Der Bruder legt sich mit dem Gesicht auf den Boden, Gotti dreht sich um, steckt die Knarre zurück in die Trainingshose und kommt aus der Tür. Wir sagen nichts, während wir die Straße zum Bahnhof raufrennen. Die Nacht knurrt um uns rum und auf halbem Weg brechen wir in Lachen aus. Wir springen in den Zug, stinken nach Blue Cheese und fahren zurück in den Osten.

Zurück bei Capo erzählen wir, was war, wobei wir die Pistole außen vor lassen und er sagt, ihr seid echt krass, Leute. Wir geben ihm den Neuner und sagen, ein Riese dafür reicht, der Rest ist dafür, dass du uns hier unterkommen lässt. Er sagt, ah, spitze, Leute, ich wollte grad Nachschub besorgen, hab meine letzte Dosis heute verkauft. Passt schon, Bruder, danke, dass wir hierbleiben können. Den anderen Neuner behalten wir für uns, wir verkaufen ihn später und sacken das Geld ein. Als Capo in seinem Zimmer ist, holt Gotti die Knarre raus und gibt sie mir. Ich wickle sie in ein altes T-Shirt und lege sie zurück unter das Sitzkissen des Sofas. Zeit, was zu rauchen. Gotti packt bereits den Stoff aus, der süße Mutter-Erde-Geruch des Blue Cheese explodiert mit all seiner satten Reife ins Zimmer rein und Gotti holt uns ein paar Blüten raus.

Später, ich bin bei meinem dritten Joint, voll zugedröhnt, dreht mein Kopf ab, fährt Achterbahn und mein Hirn wandert mir aus dem Gesicht in den Bauch. Ich schließe die Augen, sehe Galaxien aus Rosa und Grün und dann explodieren alle Sterne in die Schwärze des Raums und das Hirn kommt zurück in meinen Kopf geflogen. Gotti ist bereits ausgeknockt und ich denke über den Tag nach. Der Irrsinn, wie die Leute über Gut und Böse reden und ich weiß, dass die Gesellschaft als ganze uns definitiv böse nennen würde. Aber kuck dir den Bruder an, den wir heute ausgenommen haben. Der denkt nicht, dass wir böse sind. Genau wie wir ihn nich so sehn. Warum sollten wir? Es gibt einfach stärkere und schwächere Wölfe. Was war es noch, was Nietzsche über Wölfe gesagt hat? Irgendwas drüber, wie absurd es ist, yeah, ich glaub, er hat absurd gesagt, wenn Schafe Wölfe böse nennen, wo sie doch alle nur ihren Instinkten folgen. Das Einzige, was schlecht ist, ist Machtlosigkeit und sowieso, an einem anderen Tag mag der Dealer mich auf dem falschen Fuß erwischen, mir die Knarre an den Kopf halten und mich ausnehmen. Was dann? Dann ist er der krasse Typ und ich bin das Opfer. Der Gedanke fängt an, mich nervös zu machen und ich denke, nah, der kann mein Gesicht nicht richtig gesehn haben. War zu dunkel in dem Flur. Scheiße, ich fahr fürne Weile nicht mehr nach Willesden und die Typen, die uns die Nummer von dem gegeben haben, kommen besser nich mit unsern Namen raus, weil ich weiß nicht, ob der Cheese-Meister sich rächen werden will und

Mein Kopf dreht schon wieder ab, der Rauch leckt an der Decke und dann vibriert mein Telefon. Eine Nachricht von Yinka, ich liebe dich noch. Ich kuck mir die Worte eine Weile an, dann lösch ich sie und weiß nicht, wann ich eingeschlafen bin.

ZEICHEN

Ich komme aus der Uni und Gotti liegt auf dem Sofa in Capos Wohnung, kifft und spielt mit einer Cartier-Uhr.

Wo has du die Carti her, Bruder?, sage ich.

Ich hab einen Bruder mit der Kanone ausgenommen, während du in der Uni wars, sagt er.

Echt?, sage ich. Wo?

Direkt hinter der Brücke, wo die Läden sind, sagt er. Ich seh, wien Mann mitner Carti am Arm auf die Brücke zugeht, lauf zu ihm hin und halt ihm die Knarre ins Gesicht.

Was hat er gemacht?, sage ich.

Er hatte irren Schiss und sagte, ich geb Ihnen alles, was Sie wollen, aber schießen Sie nicht, und Gotti fängt an zu lachen. Ich hab gesagt, er soll mir seine Uhr geben und er macht es und rennt und ich bin wieder her. Egal, was sagt die Uni?

Am nächsten Tag komme ich wahnsinnig spät aus der Uni und Gotti schläft schon, ins Sofa vergraben und einen Arm um sich rum.

Ich will mir einen Joint drehn und sehe, dass Gotti krass gekifft haben muss, weil von den neun Zeds, die wir dem Dealer in Willesden Green abgenommen haben, sind höchstens noch sechs da. Ich hatte kaum Zeit, was davon zu rauchen, ich hatte reichlich für die Uni zu tun. Mein Geld wird langsam knapp, weil ich mir ständig Takeaways hole und neue Schuhe kaufe. Ich muss den Stoff bald verkaufen und da Gotti das meiste davon geraucht hat, fängt er besser nicht davon an, dass wir die Knete fifty-fifty teilen. Ich stecke mir einen Joint an und versuche, nicht zu denken.

Ich komme aus der Uni und Gotti erzählt mir, dass sie Ill Will überfallen haben. Er sitzt auf dem Sofa, reibt sich mit der Hand über den Kopf, raucht und kuckt auf sein Telefon. Seine Akne ist noch mal schlimmer geworden.

Was ist passiert?, sage ich, stell meinen Rucksack ab und setze mich auf das Sofa ihm gegenüber.

Ill Will is nach Harlesden, um Stoff abzusetzen, geht in einen Block und der Kunde, der ihn angerufn hat, is nich da, aber plötzlich kommen tausend Leute mit Balas und Halstüchern vorm Gesicht rein in den Block, drängen um ihn rum und einer zieht ein Messer und versuchts ihm reinzurammen. Wer anders reißt ihm einen seiner Ohrstecker raus.

Was, einen von denen mit dem Kanarien-Diamanten?, sage ich.

Yeah, genau. Ill Will versucht zwischen ihnen durch zur Tür zu kommen, aber es sind echt zu viele und einer sticht ihm in den Bauch.

Scheiße, tief?

Weiß ich nich. Er hat gesagt, er spürte, wies reinging und als er die Hand auf den Bauch drückt, nimmt ihm einer der Typen seine Rolly ab, sagt Gotti.

Nicht die mit den Rubinen?, sage ich.

Yeah, Junge, genau die, sagt Gotti.

Ich liebe diese Uhr, sage ich.

Yeah, ein krasses Teil, Mann, und dann reißt ihm noch einer den andern Ohrstecker raus, reißt ihm das scheiß Ohrläppchen kaputt und dann, weil er wie verrückt aus dem Bauch blutet, kriegn die Jungs Schiss, dass er abschmiert und sie rennen aus dem Block. Er hats aber gepackt. Irgendne Frau hat ihn gefunden und den Krankenwagen gerufen, er selbs is nich mehr hochgekommen.

Ist er in Ordnung?, sage ich.

Yeah, Junge, er is nur übel drauf, oder, sagt Gotti.

Wahnsinn, sage ich.

Is aber auch sein Fehler, sagt Gotti. Nach Harlesden gehn, um zu verkaufen, wos da reichlich Dealer gibt und die Church-Road-Typen habens schon lange auf SK abgesehn, das sollte er wissen, besonders seit Brandzino beim Friseur ausgeknipst wurde. Und er hatte nich malne Knarre oder was dabei, was konnte er da machen?

Ich komme aus der Uni und Gotti ist nicht da.

Er hat seine glänzenden blauen Bape-Turnschuhe, die praktisch noch neu sind, seine braune Lederjacke und die D&G-Jeans dagelassen. Wahrscheinlich hat er irgendwas vor. Ich ruf ihn an, aber er geht nicht ran. Ich setze mich, um mir einen Joint zu drehn und denke, was soll das, da sind vielleicht noch drei Zeds da, wenn überhaupt. Das kann er nicht alles geraucht haben. Ich zieh eine Blüte raus und mach mich ans Drehn.

Bevor ich einschlafe, ruf ich ihn noch mal an, aber er antwortet nicht.

Ich komme aus der Uni und Gotti ist nicht da.

Seine Bapes, die Lederjacke und die D&G liegen da noch, was bedeutet, dass er noch nicht wieder hier war. Ich versuche ihn zu erreichen, aber sein Telefon klingelt und klingelt. Was, wenn sie ihn eingelocht haben? Aber wenn die Bullen sein Telefon hätten, wärs aus. Entweder hat er es irgendwo liegenlassen oder er ist noch unterwegs. Ich telefonier ihm hinterher, als wär ich seine verdammte Braut oder so, was ist mit dem Typen los? Macht keinen Sinn zu versuchen, den Rest vom Stoff zu verkaufen, da ich selbst was zu rauchen brauche und überhaupt, Capo gibt mir noch einen Riesen für die Neun, die ich und Gotti ihm gegeben haben. Aber ich brauche Geld und was ich noch von unsern Raubzügen habe, etwa drei Riesen, liegt noch in der Wohnung von Gottis Mum im Block D und es ist nicht so, als könnte ich da einfach so allein hin, wann immer ich will. Ich drehe mir einen Joint und drifte weg.

Ich komme aus der Uni und immer noch kein Zeichen von Gotti.

Ich sage zu Capo und Blix, ich kann Gotti nicht erreichen, echt, dem muss was passiert.

Blix sagt, ich hatte zwei fünfzig unter meinen T-Shirts in der Kommode in meinem Zimmer und die sind weg.

Capo sagt, yeah, die wird Gotti gelinkt haben.

Ich darauf, scheiße, warum sollte er das tun?

Capo sagt, weiß nicht, aber der Stoff, den ihr mir gegeben habt, ich hab heut nachgesehn, als ich aus der Uni gekommen bin, da fehln volle Zweieinviertel und ich hatte noch nichts davon angerührt.

Yeah, die wird er gelinkt haben, sagt Blix. Wer sonst

solltes gewesen sein, und er schaltet den Wasserkocher ein und sagt, wills du einen Tee?

Ich versuche elfmal Gotti anzurufen, aber sein Telefon klingelt und klingelt, ohne dass er rangeht.

Ich komme aus der Uni und Gotti geht immer noch nicht ran, als ich ihn anrufe. Ich war schon eine Weile nicht mehr in SK, weil in der Uni so viel zu tun war, aber übermorgen fahr ich hin.

Ich kann meine Aqua Master aus Edelstahl nicht finden, die ich mir vor drei Jahren gekauft hab, und stelle fest, dass ich auch nicht weiß, wo mein goldener Siegelring ist. Yinka hat ihn mir zum neunzehnten Geburtstag geschenkt. Ich weiß nicht mehr, wann ich ihn zuletzt getragen hab und könnte schwören, ich hab ihn auf dem Waschbecken im Bad liegen lassen. Ich frage Blix und Capo, habt ihr meine Aqua Master und meinen Ring gesehn?

Junge, die muss sich Gotti gekrallt haben, sagt Capo sofort.

Yeah, die hat Gotti, Snoopz, klar, und er dreht sich um und schaltet den Wasserkocher ein. Wollt ihr Tee?

Ich komme aus der Uni, stelle meine Tasche ab und weil es mich schon den ganzen Tag verrückt macht, heb ich die Sitzelemente des Sofas hoch, auf dem ich schlafe. Die Pistole ist nicht mehr da. Ich heb die Kissen von Gottis Sofa hoch, aber ich finde nur eine Münze, Krümel und Staub.

Mir ist schlecht. Ich rufe Mazey an und frage, ob er was von Gotti gesehn oder gehört hat und der sagt, nah, Bruder, wirklich nichts. Warum, was is?

Ich erzähle ihm von den letzten paar Tagen und Mazey kanns nicht glauben.

Warum sollte er einfach so verschwinden und eure Sachen mitgehn lassen, wo ihr euch da im Osten um ihn gekümmert habt?, sagt er.

Ich weiß, Bruder, das sag ich ja. Was machs du morgen?, frage ich.

Nichts, Bruder, sagt Mazey. Ich geh wahrscheinlich irgendwann im Grange Park was Fußball spieln, meld dich, wenn du herkomms.

Klar, Junge, bis morgen, sage ich.

Meine Arme fühlen sich wie Haut und Knochen an. Kraftlos. Leer. Ich rufe Gotti an, aber nichts.

Ich rauche sechs Joints, einen nach dem andern, bis ich fast das Gefühl hab, der Himmel ist unter mir. Ich wache auf, und ein heißer Stein brennt mir ein Loch ins T-Shirt und in die Haut. Muss mit brennendem Joint eingeschlafen sein und er ist mir auf die Brust gefallen.

Ich stehe am Kunstrasen-Fußballplatz im Grange Park direkt bei der Kilburn High Road, kucke zu, wie Mazey bei einem Fünf-gegen-Fünf mitspielt und rauche mit Akin und Biggz. Ich erzähle ihnen, dass Gotti verschwunden ist. Die beiden hören zu, ohne was zu sagen, lassen mich die ganze Geschichte erzählen und dann sagt Biggz, Gotti hat harte Sachen geraucht, aber echt.

Nah, Mann, no way, sage ich.

Hör zu, er hat C geraucht, ernsthaft, sagt Biggz.

Biggz und Akin sind zwei Ältere aus South Killy, ein paar Jahre älter als Gotti und sie kennen ihn schon lange. Es war in Akins Block, wo ich Stefano abgestochen habe.

Akin gibt mir einen Joint, aber ich will im Moment keinen. Die Welt um mich rum wirkt künstlich und leer. Als wär alles, was da grade vorgeht, Leute, die einen Ball kicken, Leute, die mit ihren Kids durch den Park laufen, der Verkehrslärm, der von der High Road rüberdringt, die Oberfläche von Akins lederner Avirex-Jacke, Biggz Atem, der sich als Grasrauch in der Luft abzeichnet, als wär das alles nicht echt, als spielten da alle nur eine Rolle, als wärn das alles nur Requisiten, Details in einem Film, nichts davon real. Ich stelle mir vor, was passieren würde, wenn ich flach aufs Gesicht fiele, ohne was dagegen zu tun, mitten im Gespräch. Was wär dann? Aber gleichzeitig weiß ich, dass das hier kein Traum ist, aus dem ich aufwachen kann und ich denke, dass ich nich mal mehr weiß, wann ich das letzte Mal richtig geträumt habe.

Ich sage dir, Junge. Ich weiß, dass er mindestens schon seit Monaten drauf ist, sagt Biggz.

Biggz sieht Akin an, Gotti war vorn paar Wochen mit uns im Auto. Mellow und die andern warn am Verkaufen und hatten Brandy und Schampus dabei und dann halten sie vor einem Laden und Gotti sagt, gebt mir fünf Weiße fürnen Junkie, der da im Laden arbeitet, das weiß ich. Also gibt Mellow ihm fünf Rocks und Gotti geht rein. Junge, wir hamne halbe Stunde auf Gotti gewartet, dass er wieder rauskommt. Rufen ihn an, abers klingelt nur. Also geht einer rein, um zu sehn, was los is. Der Bossman sagt, dein Freund ist reingekommen, hat gefragt, wo die Hintertür is und war auch schon wieder weg. Junge, der is in den Laden rein und nichts wie weg mit dem Stoff nach hinten auf die Willesden Lane. Biggz lacht, hustet. Akin zieht am Joint und nickt. Glaubs mir, Snoopz, Gotti raucht schon lange hartes Zeug. Leuten wie uns kanns du vertraun.

Ich kanns nicht glauben, sage ich und schüttele den Kopf. Gotti raucht Crack? Aber er hat nicht abgenommen, sieht nicht mager aus und so, sage ich.

Mann, hast du nicht all die fiesen Pickel in seinem Gesicht gesehn?, sagt Biggz.

Biggz und Akin geben mir die Faust, okay, Mann, pass auf dich auf, Mann, und verlassen den Park. Ich warte, dass Mazey mit dem Fußball fertig wird. Er lächelt nicht, als er mich sieht, kommt nur vom Feld und wir klatschen ab, stoßen mit den Schultern gegeneinander und er saugt die Luft zwischen den Zähnen durch.

Gotti, weiß du, sagt er.

Bei Bimz in der Wohnung leih ich mir das Telefon von meinem Kumpel Stranger und rufe Gotti an, weil ich denke, er kennt die Nummer nicht, vielleicht geht er dann ran.

Hey, sagt Gotti.

Junge, ich bins, Snoopz.

Oh, was geht, Bro. Ich will dich ewig schon anrufn, hab hier aber noch was Kleines laufen.

Warum? Was is?

Ich erzähls dir, wenn wir uns sehn, Junge, will übers Telefon nich wirklich drüber reden, du verstehs.

Junge, ich brauch meine drei Riesen aus der Wohnung von deiner Mum und ich brauch die Knarre.

Ich weiß ich weiß ich weiß. Hör zu, ich ruf dich zurück, weil ich grade was mit Ill Will mache. Is das deine Nummer, yeah?

Nah, Junge, du hast meine Nummer. Ich ruf seit Tagen bei dir an.

Ich weiß, Snoopz, ich weiß. Hör zu, ich ruf hundertprozentig zurück.

Mach das, Junge, sage ich und leg auf.

Ich rufe ihn später an, aber sein Telefon ist aus.

Ich probier es am nächsten Tag wieder, aber das Telefon ist immer noch aus. Ich beschließe, Alice anzurufen, seine Ex-Freundin und die ihn immer noch auf eine verhaltene, bedauernde Weise liebt. Alice stammt aus einer richtigen, guten Familie, weiß sich auszudrücken und es gefällt ihr, mit ein paar von den Worten zu spielen, die sie von Gotti aufgeschnappt hat, was sone Art Flirt mit seiner Welt is. Sie hat reiche Eltern, die im schönen Teil von Willesden leben. Ich erinnere mich, wie dick und sauber der Teppich in ihrer Wohnung war, am liebsten hätte ich mich ewig draufgelegt und überall gabs Familienfotos in Silberrahmen. Gotti und ich warn mal da und es war klar, dass was immer es zwischen den beiden mal gegeben hatte, noch nicht ganz weg war. Als wir wieder draußen standen, erzählte mir Gotti, wie Alice es geliebt hatte, wenn er ihr vorm Vögeln die Augen verband. Sie wollte Gotti, weil sie die einzigartige Kombi aus Intelligenz und seinem Wahnsinnsherz sah, und die Finsternis in ihm saugte sie ein.

Also rufe ich Alice an. Als sie rangeht, scheint sie glücklich, von mir zu hören. Ich komme gleich zur Sache und erzähle ihr, dass Gotti abgehaun ist, meine Pistole und was sonst noch aus Capos Wohnung hat mitgehen lassen und dann sage ich, die Leute meinen, er raucht Crack, aber ich kanns nicht glauben, ich meine, er is wie ein Bruder für mich.

Einen Moment sagt sie nichts und dann, es stimmt, Snoopz. Sie erzählt mir, dass es schon vorher angefangen hat. Bevor er für fünf Jahre in den Bau musste, da waren sie noch zusammen und er fing an Crack zu rauchen. Sie fand es raus, als er eines Tages in die Wohnung ihrer Eltern eingebrochen ist und den Schmuck von ihrer Mum geklaut hat. Da beschloss sie endgültig, dass es vorbei war.

Sie haben sich dann auf dem Bahnsteig im Bahnhof von Willesden Junction getroffen, weil sie ihm da in die Augen sehen konnte, während sie nach Antworten suchte.

Er hat geheult, als er es zugegeben hat, weißt du, sagt sie. Er sagte, er sei seit drei Monaten süchtig und dass er nicht anders könne und nicht wisse, was er tun soll.

Ich sage, aber Alice, er sah nicht aus, als würde er harte Sachen rauchen. Er hat mit mir im Osten gewohnt und war gut drauf, ich meine, er hatte immer noch mehr Muskeln als ich. Er sah definitiv nich wien Junkie aus.

Yeah, aber hast du seine Pickel gesehn? Wie er manchmal plötzlich so einen wilden Akne-Ausbruch hatte?, sagt Alice. Es wurde immer schlimm, wenn er Crack geraucht hat.

Dann sagt sie, weißt du, warum ich mich in Gotti verliebt habe? Weil ihm alles so fürchterlich egal war. Es störte ihn überhaupt nicht, was andere dachten. Bei unserem ersten Date sind wir die Straße in Willesden runtergelaufen. Er sagte, er müsse pissen und dann blieb er plötzlich stehen, holte seinen Schwanz raus und fing an, mitten auf die Straße zu pissen, als ging ihm alles sonst wo vorbei und das zog mich noch mehr an.

So passiert es. Der Verrat. Nicht dramatisch, nicht kompliziert, ich meine, da gibts nicht malne Geschichte zu erzählen. Das Ende einer Freundschaft. Was ein Dichter mal über das Ende der Welt gesagt hat, nicht mit einem Knall, sondern mit einem Wimmern. Mir ist kalt innen drin, mein Magen schwimmt und ich gehe und kaufe mir eine Flasche Courvoisier und Gras. Ich trinke die Flasche in Capos Wohnung ganz allein aus, zieh mir zwei, drei Joints rein und sacke auf dem Sofa weg.

Wir sitzen in Bimz' Schlafzimmer, spielen *GTA* und ich bin dran. Wir wechseln uns bei der Gang-War-Mission ab und haben drüber geredet, wie Gotti mich ausgenommen, wie er mir meinen Kram geklaut hat, die drei Riesen aus der Wohnung von seiner Mum, die Knarre für die ich zweieinhalb abgedrückt habe und Bimz sagt, Junge, diese Typen sind einfach anders, Mann.

Mazey sagt, yeah, schon ganz am Anfang, weiß du noch, Bimz, das eine Mal, als er hier war und Snoopz hatte den Umschlag und

Bimz fällt ihm ins Wort, ja, und Gotti fängt an von wegen es ihm abnehmen, krass. Er hält inne, um an seinem Joint zu ziehn.

Mazey sagt, erzähl dus ihm, ich kann das nich so gut.

Ich sage, was? Wovon redet ihr da? Ich halte das Spiel an.

Mazey sagt, lass mich auch mal, Bimz, und der gibt ihm den Joint.

Junge, pass auf, er wollte dich ausrauben, als er dich zum ersten Mal gesehn hat, weiß du, sagt Bimz und klingt dabei, als wär seine Nase zu, weil er den Rauch in der Lunge hält und nicht auszuatmen versucht.

Fuck, was meint ihr?

Bimz sagt, weiß du noch, als du hier wars und du hattes den Umschlag mit den drei Riesen drin?

Eine Szene in seinem Schlafzimmer steigt vor mir auf.

Bimz sagt, das war das erste Mal, dass du Gotti gesehn has und du has uns das Geld von irgendner Sache gezeigt. Als du weg wars, hat Gotti gefragt, ob er dich ausnehmen kann und wir, Junge, wenn du das versuchs, bricht der dritte Weltkrieg aus, Snoopz is kein Witz.

Ich sage, warum habt ihr mir das nich erzählt?

Bimz sagt, weil ihr kurz drauf schon zusammen wart, Leute ausgeraubt und alle möglichen Dinger gedreht habt, was sollte ich da groß rumreden. Bro, ich kann nich sagen, dass ich je zwei gesehn hab, die so eng warn.

Ich leg mich aufs Bett zurück und sage, er wollte mich von Beginn an schon ausrauben?

Mazey sagt, jetzt verdrehs nich, Snoopz, er war voll dein Mann, als ihr euer Ding gemacht habt, oder, aber das erste Mal, als er dich sah, hat er das gesagt, wo er dich noch nich kannte.

Mazey zieht an seinem Joint und sagt, es wär echt der dritte Weltkrieg geworden, ich schwörs, Snoopz, wenn ich dich ankuck, man kann nich wirklich sehn, wie du drauf bis, von wegen Leute ausnehmen. Aber das is gut, die sind nich drauf gefasst.

Bimz lacht sein helles Joker-Lachen und meint, das sind sie echt nich. Dann zischt er kurz und seine Stimme geht drei Oktaven runter, oi, gib mal zurück, Junge, du hattes schon, und Mazey gibt ihm seinen Joint zurück. Ich lege den Controller aufs Bett und sage, hey, ich hab keinen Bock mehr, Mazey, mach du weiter, und ich reibe mir die Augen, als versuchte ich, nicht einzuschlafen.

Es ist die erste Juniwoche, als ich von wem in SK höre, dass Gotti im Knast sitzt, er ist in U-Haft wegen Raub und wartet auf seine Verhandlung. Ich weiß nicht, ob es um eins von unsern Dingern geht, aber auch wenn er mich reingelegt hat, kann ich doch nicht sagen, ob er je den Kodex gebrochen und einen verpfiffen hätte. Ill Will ist wegen Dealerei verknackt worden und sitzt jetzt in Feltham, weil er noch jung genug ist, um als jugendlicher Straftäter durchzugehen. Dann hör ich, dass Tyrell aus freien Stücken zu den Bullen ist und gestanden hat, uns bei unseren Raubzügen gefahrn zu haben. Er ist nicht mal gesucht worden. Was fürn Irrer. Tyrell wollte immer irgendwie den Gangster geben, obwohl er nicht das Herz dazu hatte. Ich nehme an, eine Gefängnisstrafe gibt ihm das Gefühl, sich endlich ein paar Streifen verdient zu haben. Was fürn Idiot. Die Dinge, die manche Leute tun, um sichn Ruf zu verschaffen, der weit über ihre Fähigkeiten hinausgeht und sie komplett überfordert. Egal. So oder so werden sie alle Jahre hinter Gittern hocken. Jahre.

Ich nehme Gottis Klamotten, die glänzenden Bapes, die braune Lederjacke und geh in einen Laden an der Notting Hill Gate, um sie zu verkaufen. Der Bruder hinter der Theke bietet mir einen Zwanziger für alles. Zwanzig verfickte Pfund. Gehts noch? Ich will mich über die Theke lehnen, mir den Bruder greifen, ihn schütteln und sagen, is dir verdammt noch mal klar, wer diese Klamotten getragen hat? Geht es in deinen verdammten Kopf rein, dass der, dem die Schuhe gehört haben, kein normaler Sterblicher ist? Wärs du in der Lage, zu tun, was er getan hat? Aber stattdessen kuck ich mir die Sachen, die da vor mir auf der Theke liegen noch mal an und dann sage ich, ich geb dir die Jeans und die Bapes für fünfzehn, und der Mann sagt, Deal, und ich geh mit der Jacke wieder raus, auch wenn ich noch nicht so weit bin, sie selbst anzuziehen und ich weiß auch nicht, ob ichs je sein werde.

Später sehe ich Drama, einen der aufstrebenden Youngster aus SK im Precinct. Er kommt rüber, sagt, was geht, und ich erzähl ihm von Gotti.

Er sagt, du weiß, das Mal, als Gotti Stefano fünf Mal das Messer gegeben hat, yeah?

Ich sage, was? Gotti hat Stefano das Messer gegeben? Gotti?

Yeah, du weiß schon, der Bruder, der seinen Stoff hier bei uns verkaufen wollte und so, sagt er.

Yeah, ich weiß, wer Stefano ist. Aber Moment mal, du meinst, das war Gotti mit dem Messer?

Yeah, Gotti hats mir erzählt.

Ich schüttele den Kopf und lache, mit Scherben im Mund und ich sage, Gotti hat Stefano kein Messer gegeben. Das war ich. Dann geh ich zu Bimz, ohne noch was zu sagen, während Drama da mitten im Precinct steht.

CHICKEN & CHIPS

Meditation über den unvermeidlichen Tod sollte täglich erfolgen (…) Jeden Tag, ohne Ausnahme, sollte man sich als tot betrachten.

YAMAMOTO TSUNEMOTO, *HAGEKURE: DAS BUCH DER SAMURAI*

Ernsthaft, ich habs kommen sehn, bevor es tatsächlich so war, in Visionen, Träumen, meiner Vorstellung.

Ich fühle mich mehr und mehr paranoid und versuche meine Gedanken in Graswolken zu ersticken, rauche nonstop Ammi, von morgens bis abends und ich will nur den stärksten Stoff, um meinen Kopf auszuschalten und mich schlafen zu schicken. Aber es funktioniert nicht, ich verlier mich nur in einem Labyrinth aus Gedanken, während die Zeit um mich herum vergeht, ohne dass ich es mitkriege und ich muss mich da rausholen. Irrsinn.

Wenn ich allein die Straße langgehe und mir Leute entgegenkommen, fang ich an zu denken, sie reden über mich, ich höre Wortfetzen, die mein Kopf zu was macht, was mich betrifft. Manchmal, ehrlich, kann ich Leute hinter mir reden hören und wenn ich mich umdrehe, um zu sehen, wer es ist, ist keiner da. Wenn mir Leute in der Tube oder auf der Straße ins Gesicht sehen, geh ich gleich auf sie los und sage, was verfickt kuckst du so? Oder sagen wir, ein paar Leute beobachten mich, die blitze ich an und fühle in der Tasche nach meinem Messer, ich hab mir vor ein paar Wochen ein neues gekauft, mit einem Metallgriff, der nicht abbricht wie der letzte. Ich lasse die Klinge rausspringen, bereit, den Leuten die Fresse aufzuschlitzen. Warte drauf, dass es losgeht, doch das tut es nie.

Es ist, als bereitete ich mich auf was Unvermeidbares, Notwendiges vor. Ich bin viel alleine unterwegs, nachdem Gotti mich beschissen hat und Kaos im Knast sitzt und ich fühl mich auch mehr alleine. Ich erwische mich dabei, wie ich drauf hoffe, dass Gotti plötzlich anruft und sich alles als ein riesiges Missverständnis entpuppt, aber ich weiß, ich lüge mir was vor und dann füllt sich mein Herz mit Wut, rot glühend, schmilzt weg und die einzige Möglichkeit, was dagegen zu tun, wäre, mir die Brust aufzuschneiden und es rauszureißen. Ich kann mich nicht mehr mit Rémy Red betrinken, weil mich das Zeug an Gotti erinnert, und ohne ihn nehm ich auch wieder den langen Weg vom Precinct zu Uncle T, meide Block D für den Fall, dass mich da einer anzumachen versucht, aber noch mehr, weil ich dran denke, wie Bimz mich davor gewarnt hat, mit Gotti gesehen zu werden. Was, wenn sie jetzt, wo er im Knast sitzt, genau das tun, was Bimz für möglich gehalten hat: dass sie an mir Rache üben für was immer Gotti ihnen abgenommen hat?

Im letzten Trimester meines zweiten Unijahrs fahre ich mit Capo in ein Depot in East-London und kaufe mir eine schusssichere Weste. Aber nach ein paar Wochen, in denen ich sie täglich getragen habe, hör ich damit auf, weil mein T-Shirt darunter immer schweißnass ist und das Material der Weste anfängt, muffig zu riechen, was nicht wirklich gut kommt, besonders wenn ich eine Frau treffe.

Nach dem zweiten Jahr Uni komme ich zurück nach Hause und ich kann sehen, dass mein Vater mir unbedingt was sagen will. Eines Abends vorm Schlafengehen bleibt er in der Tür zur Küche stehen, während ich am Tisch sitze und durch mein Telefon gehe und er fängt an, weißt du, Gabriel, meine größte Sorge ist, dass eines Tages einer herkommt und dich töten will. Oder dass die Polizei kommt und mir sagt, du bist tot. Oder dass du einen umbringst.

Ich sehe ihn an und sage, Tata, keiner weiß, dass hier meine Familie wohnt, keiner. Mach dir keine Sorgen, und er starrt mich an, als konzentrierte er sich auf eine Röntgenaufnahme und suchte nach dem kleinen Etwas, vor dem ihn der Doktor gewarnt hat und dann sagt er Gute Nacht und geht ins Bett.

Ich habe nie gedacht, dass sich mein Vater so um mich sorgen würde. Jetzt wird mir klar, dass Erwachsene nichts anderes als groß gewordene Kinder sind. Als Jugendlicher denkst du, deine Eltern sind unbesiegbar. Als hätten sie nie Angst oder Sorgen, wären traurig oder sonst was. Als würden sie nie lügen und wollten mehr als das, was sie schon haben. Aber so ist es nicht. Eltern sind groß gewordene Kinder mit ihren eigenen Ängsten und einer Traurigkeit, die sie ständig mit sich rumtragen, nur dass sie beim Großwerden gelernt haben, es zu verstecken. Im Herzen sind sie noch dieselben, nur ihre Körper und Gesichter sehen anders aus und sie verstehen ein bisschen mehr von der

Welt um sich herum. Ich frage mich, wie meine Eltern als Kinder waren, mit welchen Ängsten und Hoffnungen sie aufgewachsen sind. Wenn ich in der Zeit zu einem Punkt zurückgehen könnte, an dem die Welt noch nicht ahnte, dass es mich mal geben würde, bevor meine Eltern überhaupt voneinander wussten, würde ich ihnen sagen, seid stark, wappnet euch, es hat grade erst angefangen.

Jetzt, wo mein zweites Unijahr rum ist, hab ich reichlich Zeit und geh nach Grove, um Dario zu treffen, der wieder in London ist. Ich hab den Tazer dabei, den ich mir kürzlich gekauft habe, und geh zu dem riesigen vierundzwanzigstöckigen Block in der Latimer Road, wo er mit all den alten Grovern abhängt. Ich hole meinen Tazer raus und einer von ihnen sagt, er will ihn mir abkaufen. Ich will Chicken & Chips, mein Magen knurrt, aber ich habe kein Geld bei mir und so sage ich, ich verkauf ihn dir fürn Fünfziger. Ein Filipino gibt mir das Geld und fängt an, das Ding an sich selbst auszuprobieren, gleich da im Wohnzimmer, drückt sich den Tazer auf den Arm und lässt ihn fallen, als der Stromschlag ihn trifft. Dann fangen auch die anderen an zu probieren, wie lang sie es aushalten.

Dario und ich verlassen den Block und gehn in Richtung Chicken Shop beim Bahnhof Ladbroke Grove. Wir kommen auf die Hauptstraße, die Front für Groves Dealer, hier verkaufen sie Buj und Work an die Junkies, die wie Gespenster aus einer anderen Dimension in der Dunkelheit auftauchen. Ich bin dieser Tage in meiner schwarzen AV mit Lederärmeln und Lederkragen unterwegs, hab meine Grillz im Mund und meine neue Aqua Master am Arm, die ich noch bei keinem sonst gesehen habe, irre exklusiv, mit Goldfassung und einem goldenen Ziffernblatt mit winzigen weißen Diamanten. Ein Bruder kommt mit seinem Bike rangefahrn und fragt, was fürne Uhr is das, Kumpel? Ich so, eine Aqua, und er, geil, so eine hab ich noch nie gesehn, krass, und ich, weiß nicht. Wir gehen weiter zum Bahnhof und in den Chicken Shop rein.

Ich gehe zur Theke, hi, Chef, einmal das Zweier-Angebot mit Brust und viel Burgersoße auf den Pommes, und yeah, eine Dose Miranda, da kommt dieser Bruder namens Poison in den Laden, geht zu Dario rüber und sagt, hey, Dario, wo bleibt mein Geld, du schuldes mir achtzig. Dario lächelt abfällig und sagt, Junge, du kriegs dein Geld, wenn ichs dir gebe, und er zieht ein Bündel Fünfziger raus, um sein Chicken zu bezahlen. Poison fängt an mit dem Kopf zu schütteln, während er Dario zusieht. Dreadlocks quellen unter seinem Beanie vor und tanzen ihm um die Schultern. Er kennt Dario seit ewigen Zeiten, also wird hier nichts losgehn, auch wenn sich die Sache anspannt. Poison sagt, Junge, wie kanns du die Fünfziger so rausziehn und mir sagen, ich krieg mein Geld, wenn dus mir gibs? Nich so von oben runter, Mann. Dario geht mit ihm raus, und ich seh, wie sie reden, während ich auf mein Chicken warte und in der Ecke an der Wand lehne.

Ich kuck nach links und seh, wie dieser Bruder namens Cold Wavez durch die Tür kommt. Licht zittert über die spitzen Gelbgold-Grillz auf seinen oberen Zähnen, aber seine Augen liegen im Schatten. Hinter ihm kommt eine Horde Leute mit in den Laden, alle mit ihrn Kapuzen auf, zehn Mann mindestens und sie kommen direkt auf mich zu. Ich weiß, was hier abgeht. Ich hab auf diesen Tag gewartet.

Vor einigen Monaten hat mich Cold Wavez mit Dario zum Bahnhof Westbourne Park gehen sehn. Er war auf seinem Bike, kam rangefahrn, sagte, was geht, zu Dario, beugte sich über den Lenker und flüsterte ihm was ins Ohr. Dario zog die Brauen zusammen, trat einen Schritt zurück und sagte, nah, Kumpel, so is es nich, verdrehs nich, das wills du nich, glaub mir. Darauf drehte der Bruder mit seinem Rad um und fuhr davon. Ich sagte zu Dario, was wollte der denn?

Snoopz, das wills du nich wissen.

Bruder, du muss mir sagen, was er wollte.

Es wird dir nich gefalln, Snoopz.

Was hat er gesagt?

Er hat gefragt, ob dun lohnendes Opfer bis.

Im Prinzip wollte er von Dario wissen, ob er mich ausrauben könnte. Dario wusste, dass mich das aufregen würde, da es die volle Geringschätzung ist. Ich fühlte mich angepisst, vergrub mich in meinen Gedanken, sagte nichts, dachte nur, den Bruder muss ich mir schnappen und fertigmachen und zwar bevors rumgeht, dass er gefragt hat, ob ich ein Opfer bin, was klar respektlos ist und ich nicht mal was drauf gemacht habe. Später an dem Tag war ich mit ein paar Grove-Leuten im Park und hab ihnen erzählt, was mit Cold Wavez war und einer von denen meinte, Junge, wenn du dem begegnest, gibts kein Zögern, den musst du sofort angreifen, keine Rederei vorher. Aber ich bin ihm nie mehr begegnet.

Schneller Vorlauf, vier Monate später: Als ich ihn mit dieser Horde in den Chicken Shop kommen seh, ist es, als fügte sich alles, als wachte ich plötzlich auf, weil der Bruder vorhin auf seinem Fahrrad, der meine Uhr so geil fand, der hat natürlich rumerzählt, ey, das is dieser weiße Typ mit einer Brilli-Aqua und geilen Diamant-Grillz, und Cold Wavez muss sich an mich erinnert haben und gleich so, Mann, den nehmen wir aus. Klar, die Jungs denken offensichtlich, wenn einer weiß is, is er vielleicht soft, oder, und er klappt zusammen, wenn wir anrolln. Und so weiß ich, als ich ihn jetzt seh, was Sache ist und dass es keine Möglichkeit gibt, dem zu entgehen.

Der Laden wird von all den Chicken-&-Chips-Angeboten und den Bildern mit den so frisch und saftig aussehenden Burgern hell erleuchtet, hier gibts die echten, Sonderangebote in grellen Farben, die von der Theke rüberleuchten, dazu der warme Geruch von Fett, und jetzt dieser verfickte Sturm, der da von draußen reinweht, Donnern in der Ferne, alle mit ihrn Kapuzen, während sie ohne einen Blick auf die Angebote direkt auf mich zukommen.

Sie umkreisen mich in meiner Ecke, sodass ich nirgends hinkann. Ich bleib da weiter locker stehn, als wär ich ganz entspannt, tatsächlich aber warte ich drauf, wer den ersten Schritt macht. Cold Wavez kommt rüber und sagt, das isne krasse Uhr, Junge, und starrt auf meine Hand. Als er das sagt, zischt einer der Jüngeren in der Gruppe, nimm ihn aus, nimm ihn aus, kuckt mich nicht an, steht aber direkt vor mir, als er es sagt. Ich also, wen soll er ausnehmen, Junge? Wen wills du hier ausnehmen? Der Junge verstummt und drückt sich zurück zwischen die anderen um mich rum. Wieder sagt Cold Wavez, das isne krasse Uhr, und er greift nach meinem Handgelenk und umschließt die Uhr, als wollte er sie sich ansehen. Ich reiße meine Hand weg und sag, fass verdammt meine Uhr nich an, Junge, und er gleich, was, du wills das wohl nicht auf die Freundliche, und ich, freundlich was, Junge? Was verfickt ist da freundlich dran, dass du meine Uhr anfasst, als wolltes du sie mir abnehmen? Ich lass die Luft durch meine Zähne zischen und er kommt mir ganz nah, der Schirm seiner Kappe stößt mir gegen die Stirn und er fragt, wo bis du her, Junge?

Ich weiß, was passieren wird. Ich weiß, ich werde zusammengeschlagen. Dass ich in ein paar Augenblicken um mein Leben und meinen Namen kämpfen werde und alles, was wir hier grade machen, is das Unvermeidliche rausschieben. Überleg mal. Ein Moment, in dem du in die Zukunft siehst und weißt, es lässt sich nichts ändern. Ich also, scheiß drauf, oder, Grove hat Zoff mit South Killy, die mögen SK absolut gar nich und so sage ich, ich bin aus South Kilburn, Junge, wobei ich weiß, dass das alles noch schlimmer macht. Die Brüder ringsum alle so, SK, echt, yeah?, und dann sagt Cold Wavez, wo wohnt deine Mum? Kaum dass er das sagt, gehts in meinem Kopf ab, nah, du wills was von meiner Mum, du kriegs was in die Fresse, ich bin Snoopz, ich dreh Dinger und mach Sachen, für die keiner von diesen Pissern hier den Mumm hat, denen zeig ichs verdammt, und BÄNG, ich schlag ihm so fest ins Gesicht, wie ich kann. Er fliegt ein Stück zurück und die Leute um mich rum ziehn sich auch was zurück. Erstarrt. Cold Wavez stolpert zur Tür des Chicken Shops, als versuchte er, sich auf den Beinen zu halten. Ich packe ihn hinten bei der Kapuze, zieh ihn zu mir und fang an, ihm gegen den Kopf zu boxen, zack zack zack. Dann fühle ich, wie mich Hände beim Kragen meiner Jacke packen, um mich umzureißen. Ich verliere den Halt und dann lieg ich auf dem dreckigen Fliesenboden des Chicken Shops und die Leute kommen ran und treten mir mit voller Wucht in den Rücken, gegen den Kopf und alles. Funken spritzen. Instinktiv rolle ich mich zu einem Ball zusammen, um mich zu schützen und denke gleichzeitig, nah, so werden Leute fertiggemacht, rollen sich ein, während das Pack ihnen die Seele aus dem Leib tritt, bis sie sich am Ende verabschieden. Scheiße, nein. Ich springe auf und versuch um mich zu schlagen und einen Moment lang weichen sie zurück wie Wellen, die sich von der Küste zurückziehn. Aber dann kommt einer vorgeschossen und versetzt mir einen unerwarteten Schlag seitlich gegen den Kopf und ich probiere, meinen Rücken gegen die Wand zu bringen, damit mich wenigstens keiner mehr von hinten angreifen kann. Sekunden vergehn in Zeitlupe, jede von ihnen wird ein einzelner, wichtiger Moment. Alles, was in unsrer Galaxie noch existiert, ist dieser Chicken Shop. Dario kommt reingerannt, packt einen Typen, reißt ihn von mir weg und ruft, lasst das, lasst das, und er drängt sich zwischen Tritte und Schläge und ich sehe, dass sie ihn nicht treffen wolln, weil ihn die meisten kennen, und so versuchen sie an ihm vorbei auf mich einzuprügeln. Ich bin in der Ecke, auf einem Knie, die Wand hinter mir, mach mich zu einem kleineren Ziel, so dass mir keiner die Beine wegtreten kann und hebe die Fäuste, um mich zu verteidigen. Turnschuhe quietschen über den Boden, irrer Lärm von überall, obwohl ich nicht hören kann, was sie schreien, Schläge, Tritte treffen auf meine Arme, ich versuche sie abzublocken, weiche aus, es ist, als ertränke ich, als könnte ich mich nicht mehr befrein und dann kommt einer von der Seite und gräbt mir seinen Finger ins rechte Auge. Ich zieh ihn raus, weil er es voll eindrückt, der rechte Augapfel wird mir tief in den Kopf gedrückt und als ich den Finger rauskriege, spür ich, wie er wieder vorschnappt und es fühlt sich nass an und alles ist schwarz. Ich versuch, ihm den Finger zu brechen, aber er macht sich los und weicht zurück.

Und dann im nächsten Moment ist es, als trocknete alles um mich herum aus. Ich hebe das Knie an, komm auf die Beine und sie laufen aus dem Laden und ich fluche, was für Pussys, und die beim Rauslaufen sagen, der is fertig, der is fertig. Ich bin nicht fertig, schrei ich ihnen hinterher, eine ganze Mannschaft von euch Wichsern und ihr schafft nicht mal einen einzelnen Mann? Aber sie laufen weiter raus und ich kuck auf den Boden und sehe fette Streifen Blut auf den dreckigen gelben Fliesen und ich, fuck, die haben mich erwischt. Ich such mich nach Stichwunden ab und fahr mir über den Rücken und die Seiten, wo ich schwer was abgekriegt habe, denn ich weiß, eine Stichwunde kann sich wie ein echt harter Schlag anfühlen. Ich checke meine Arschbacken, weil diese Typen dir da gern reinstechen, denn sie wissen, es bringt dich nicht um, ist nur wahnsinnig schmerzhaft, oder. Aber ich blute nirgends, es muss mein Gesicht sein, also geh ich rüber, wo ein Spiegel hängt und sehe, unter der Stirn ist rein gar nichts, nicht mal ein kleiner Fleck oder ein Kratzer. Aber drüber ist ein verschissener Schuhabdruck in Violett und das da muss ein Ring gewesen sein. Die verschiedenen Blutergüsse reichen in die Haare hoch. Aber keine Platzwunden. Das Blut auf dem Boden ist von Cold Wavez, als er mir die Uhr runterreißen wollte und ich hab ihm eins aufs Maul gegeben, das Blut ist seins.

Genau in dem Augenblick kommt er wieder rein und sagt, warum hast du mir eine reingehaun, Junge? Sein Mund ist blutig. Ich muss ihm die Lippe auf den spitzen goldenen Grillz zerschlagen haben, die er drin hat, und ich darauf, warum ich dir was verpasst habe? Bis du komplett durchgeknallt? Warum has du versucht mich auszurauben, Arschloch? Er geht wieder raus und sagt noch, pass auf,

Junge, pass bloß auf, und dann kommt noch einer rein, nimmt den Vorsicht-Rutschgefahr-Aufsteller, der bei der Tür steht, du weiß schon, eins von diesen gelben Schildern, die sie aufstellen, wenn sie frisch gewischt haben, und wirft ihn nach mir. Aber das Ding kommt nicht mal in meine Nähe. Die ganzen Typen drängen sich jetzt in die Tür, komm schon raus, du Memme, wirs sehn, was is, und ich nehme den Aufsteller und gehe in Richtung Eingang, auch wenn ich mich nicht wieder mit ihnen schlagen will, weil draußen auf der offenen Straße hab ich keine Rückendeckung. Dario sagt, geh nicht raus, Snoopz, aber ich beweg mich auf sie zu, als wär ich bereit, was zu machen und sie verpissen sich raus aus dem Laden.

Ein Krankenwagen taucht auf. Sanitäter kommen in den Chicken Shop und sagen, sind Sie okay, wollen Sie ins Krankenhaus? Ich sage, nah. Sie wollen wissen, was passiert ist und ich so, mich hats hingehaun, oder. Alles gut. Alles gut. Und die, aber Sie sind eindeutig angegriffen worden, Sie könnten eine Gehirnerschütterung haben. Ich sage, nah, hab ich nicht, ich bin einfach nur ausgerutscht und mit dem Kopf auf die Theke geknallt. Es is nichts, und die, Sie wollen also keine medizinische Versorgung? Ich sage, medizinische Versorgung wofür, Mann? Verzieht euch. Sie gehn raus, steigen zurück in ihren Wagen und fahren weg. Drei Bullen kommen in den Laden und sagen, wir haben gehört, hier ist einer von einer Bande angegriffen worden, sind Sie das? Ich sage, keine Ahnung, wovon Sie reden, ich will einfach nur Chicken & Chips kaufen. Sie sagen, was ist denn mit Ihrem Kopf passiert? Ich sage, ich bin hingefallen, oder, und die, und woher kommt das Blut auf dem Boden? Ich sage, ich weiß es verdammt noch mal nich, das hat nichts mit mir zu tun. Und die noch mal, Sie wollen also keine Anzeige erstatten? Und ich, ich scheiß auf eine Anzeige. Sie geben es auf und versuchen, mit anderen Leuten im Laden zu reden, aber keiner sagt was und so gehn sie wieder.

Ich checke meinen Arm und sehe, dass die Uhr weg ist und als ich mir mit der Zunge über die Zähne fahre, wird mir klar, dass mir die Grillz bei der Schlägerei aus dem Mund gefallen sein müssen und irgendwer hat auch sie mitgehen lassen, weswegen ich jetzt echt angepisst bin. Das ist das, was mich am meisten aufregt, dass ich meine Grillz los bin. Ich lehne mich über die Theke und sage, gib mir noch mal Chicken & Chips, Chef, weil meine erste Bestellung auf dem Boden verstreut liegt. Sie machen mir eine frische Portion, die aufs Haus geht. So was passiert in Chicken Shops ständig, für die ist es einfach nur ein Fall von das Blut wegwischen und die nächsten Bestellungen annehmen.

Als ich mit Dario aus dem Laden komme, ist die Straße leer, alle haben sich verzogen. Wir gehn zurück zum Block in der Latimer Road und alles, was ich denken kann, ist, dass ich mich rächen muss, egal was kommt. Mein Verlangen danach ist der finsterste Teil der Nacht.

Später sitzen wir auf der Treppe und ich rauche mit Dario einen Joint und bin ganz woanders, während mir die Wut das Innere auffrisst. Dario sagt, Bruder, du hast sie in Schach gehalten wie ein Gangster, wie ein Irrer hast du ausgeteilt, glaub mir, wie ein Gangster. Ich sage, echt, das warn zehn Mann, die auf mich los sind, und Dario, mindestens zwölf, Bruder, mindestens zwölf. Dario sagt, alles, was ich mitgekriegt hab, ich steh draußen vor dem Chicken Shop und streite mit Poison, und plötzlich seh ich Cold Wavez aus der Tür fliegen und er hat was aufs

Maul gekriegt und spuckt Blut aufs Pflaster, die Beine wacklig und so, und als ich in den Laden kucke, seh ich, wie sie alle auf dich losgehn, oder, und ich sage, ich hätte dem Filipino meinen Tazer nicht verkaufen solln, aber ich hatte Hunger und ich wollte Chicken & Chips.

Ich kann an nichts anderes als Rache denken. Der Knoten in der Brust wird immer härter, zusammengezogen von meinem Verlangen danach. Gotti wäre voll mit dabei, hätte er mich nicht beschissen und sich davongemacht. Verdammter Drecksack. Nah, Mann, diese Scheiße zerreißt mir echt das Herz. Ich rufe meinen Kumpel Flipz an, hey, Bro, ich bin von einer ganzen Mannschaft in Grove überfallen worden, und er, Mann ey, ich bin dabei, sag an, wenn du so weit bis, aber heute ist er nicht da und er hat auch keinen Wagen. Ich rufe noch ein paar Leute an, krieg aber nichts ans Laufen. Tall Man ist für den Rest des Sommers mit seiner Familie im Urlaub in der Dominikanischen, sodass ich nicht mal zu ihm durchkomme. Kaos, der mit seiner Kanone allein auf seinem Fahrrad kommen und wenigstens einen von denen für mich umnieten würde, sitzt im Gefängnis. Meek sitzt ebenfalls. Und noch ein paar andere Leute, die ich kenne und die kommen würden, sind im Knast. Ich gehe zurück nach South Killy.

Alle bei Bimz bedauern mich, klopfen mir auf den Rücken und so, geben mir Blüten zum Kiffen und fragen, ob ich was aus dem Laden brauche, aber keiner von denen sagt, komm wir gehn sofort runter nach Grove. Ich will verdammt nichts aus dem Laden, ich will, dass die Leute mit mir kommen und wir uns die Wichser schnappen, die mich zusammengeschlagen haben. Ich verzieh mich für den Rest des Abends in Mazeys Zimmer, weil ich keins von den Gesichtern mehr sehn will, scheiß auf die Blüten und alles, obwohl ich sie nehme, weil sie mir schlafen helfen werden. Ich weiß, Mazey ist dabei, wenn ich einen Wagen und eine Knarre organisiere und als der Joint brennt, fang ich an zu telefonieren und versuch eine Kanone klarzumachen. Ich wünschte, ich hätte die Star 9 noch. Ich werde diesen Cold Wavez ausknipsen, da besteht keine Frage, ich knall ihn ab und komm damit durch, genau wie Not Nice es mir erklärt hat.

Ich rufe Yinka an. Sie geht ran und ich sage ihr gleich, was passiert ist. Ich merke, dass es sie nicht kaltlässt, aber da liegt eine Distanz ihrer Stimme, sie droht mir zu entgleiten. Dann fragt sie nach, als wollte sie Einzelheiten hörn und ich fang an zu erzählen, aber dann hör ich auf und sage, Baby, komm, wir gehn ins Hotel, und sie sagt, Gabriel, nennt mich nicht mal mehr Baby oder so, und wie sie meinen Namen ausspricht, lässt alles hart und unnatürlich klingen, mir gefällt nicht, wie das aus ihrem Mund klingt, wir sind nicht mehr zusammen, ich geh nicht mit dir ins Hotel. Ich sage, fuck, ich bin grad überfallen worden, wie kanns du so gefühllos sein? Sie sagt, ich bin nicht gefühllos, ich schütze mich nur. Das Schweigen ist wie ein Schal, der vom Wind davongetragen wird und dann, du kannst mich nächste Woche Donnerstag nach der Arbeit treffen, wenn du reden willst. Ich lege auf.

In meinem Kopf pocht es und ich sehe, mein Joint ist fast am Ende und ich will mir einen neuen drehn, aber meine Hände zittern so, dass ich das zerdrückte Gras auf Mazeys Boden fallen lasse und ich schrei, verdammte Scheiße, und Mazey kommt rein und sagt, was is, Snoopy, und ich sag, Bruder, ich bin so am Durchdrehen und wütend und er sagt, fühl dich wie zu Hause, Bruder, mein Zimmer is dein Zimmer und ich, dafür lieb ich dich,

Junge. Ich kuck runter auf meine Brust und ich schwöre, ich kann sehn, wie die direkt über meinem Herz ein winziges Stück vorspringt, echt jetzt, so wie mein Herz boom boom boom wummert und ernsthaft, so schnell sollte es nicht schlagen und ich spür, wie mir was durch den Bauch kriecht und ich will es raushaben.

Ich wache irrsinnig früh auf dem Sofa in Mazeys Zimmer auf und sehe durchs Fenster, wie die Sonne aufgeht und die Haut des vergangenen Tages von der Welt schält. Meine Schultern tun weh und ich kann nicht wieder einschlafen. Ich setze mich auf, hebe meine AV vom Boden auf und sehe, dass die Lederärmel und der Kragen voller Abschürfungen und Kratzer sind. Sie ist innerhalb eines Tages zu einer alten, abgetragenen Jacke geworden. Ich muss diesen Typen drankriegen. Ich muss, hey, Mazey, sage ich, ich hau ab, und Mazey in seinem Bett auf der anderen Seite des Zimmers murmelt, okay, Snoopz, und dreht sich um.

Ich gehe zu meinen Eltern, weil ich frische Klamotten brauche. Als ich ankomme, ist Tata bereits zur Arbeit, aber meine Mutter steht im Bad und legt Wäsche auf einem Korbstuhl zusammen. Ich geh hinein und sage, hallo, Mama. Ich nehme sie nicht in den Arm oder so, ich hab es schon so lange nicht mehr getan, dass es sich unnatürlich anfühlen würde, schwierig, es ist leichter, die Distanz zwischen uns zu bewahren, als den Versuch zu machen, sie zu überwinden. Sie sieht meine Stirn. Was ist passiert?, sagt sie. Ich bin von zehn Leuten in einem Chicken Shop in Ladbroke Grove überfallen worden, sage ich. Sie kuckt mich weiter an und sagt nichts. Sie hält ein schwarzes T-Shirt in der Hand, ihre Finger sind rot vom Haarefärben. Sie schüttelt das T-Shirt aus und sagt, warum bist du nicht davongelaufen? Ich will ihr schon sagen, dass du nicht einfach weglaufen kannst, wenn dich einer angreift, aber dann erzähle ich ihr, wie es war: dass ich von ihnen eingekreist war, nicht wegkonnte und dass es zu viele waren. Sie faltet das T-Shirt zusammen, legt es oben auf den Stapel und nimmt sich ein anderes. Ich warte darauf, dass sie etwas sagt, ich möchte, dass sie noch etwas sagt, doch das tut sie nicht, und so sage ich, ich hol mir ein paar Sachen aus meinem Zimmer, und sie macht mit ihrer Wäsche weiter, ohne mich wieder anzusehen. Ich betrachte meine Mutter im Spiegel. Sie sieht gebeugt und klein aus und dann spür ich, wie die Welt draußen verschwindet und geh schnell aus dem Bad, um ein paar Klamotten und den Rest von meinem Geld zu holen. Als ich so weit bin, steh ich im Flur, eingehüllt in Düsternis, weil die Birne in der Lampe kaputt ist und es kein Fenster gibt, das Licht hereinlassen würde. Ich sage, ich gehe jetzt, Mama, und sie sagt, okay, bye, mit tonloser Stimme, ohne aus dem Bad zu kommen und ich hör den Korbstuhl knarzen, auf den sie wieder etwas legt. Ich gehe zurück nach SK.

Tagelang sitze ich in Bimz' Wohnung und kiffe mit den Jungs, während meine Blutergüsse langsam zurückgehen. Zwischendurch checke ich immer wieder wie besessen mein Telefon und hoffe, einer hat sich wegen der Pistole gemeldet, damit ich endlich losziehn und Rache üben kann. Aber es kommen keine Nachrichten und ich hab auch keine Anrufe verpasst und so sitz ich auf Mazeys Sofa, dröhn mich zu, esse Chickenpatties und Skittles und werde von meinen Gedanken erdrückt.

Ein paar Tage später fangen ein paar von den Brüdern, die mich überfallen haben, an, Dario anzurufen, sag deim Kumpel, sorry, wir wollten das nicht, weil sie Schiss vor den Folgen haben und denken, ich könnte einen ganzen SK-Trupp zusammentrommeln und ihnen die Straße anstecken und dieser Diddy, einer, der sich bei der Sache besonders ins Zeug gelegt hat, ruft Dario wieder und wieder an, sag deinem Freund, es tut mir leid, ich wollte das nicht so, ich wusste nicht. Als hätte er wirklich Angst. Aber das Witzigste, Dario erzählt mir, wie er bei einem weißen Dealer in Grove Gras kaufen war und als er in die Wohnung kommt, ist Cold Wavez da und legt praktisch sofort los, sag deinem Kumpel, die Sache is abgehakt, wir sind quitt, es is vorbei. Und der weiße Bruder, der da gerade eine Unze klarmacht, um sie Cold Wavez zu verkaufen, sagt, haaa, das hast du verkackt mit diesem Snoopz. Ich hab gehört, der hat dir die Fresse blutig geschlagen, und Cold Wavez sagt noch mal zu Dario, sag deinem Kumpel, wir sind quitt, sag ihm, wir sind quitt. Als Dario mir das erzählt, muss ich lachen. Natürlich sagt er das. Wenn ich allein mit all denen fertigwerde, was is dann, wenn ich ihn allein erwische? Dario sagt, glaub mir Snoopz, die wolln keinen Zoff. Ich sage, wir sind quitt, wenn ich es sage, und er, ich weiß nich, mein Bruder.

Juli. Die Sommersonne zieht den Himmel nackt blau aus, und der Beton summt. Der Bluterguss auf meiner Stirn is weg und während sie alle in den Park Mädchen anmachen gehn, will ich drinbleiben. Die Leute reden bereits vom Carnival, aber ich denk nicht mal daran. Es ist fast einen Monat her, dass sie mich überfallen haben und ich kann sagen, dass ich ein anderer geworden bin. Die Vorstellung einer Schlägerei mit ein, zwei Leuten kommt mir wie nichts mehr vor. Du brauchst eine ganze Gang, um mich zu töten.

Ich sitze auf der Treppe zu Bimz' Block und sehe den Tag vorbeiziehen, rieche Pot und Kakaobutterschweiß, die sich mit den Stimmen um mich herum vermischen, sehe frische Poloshirts, Sonnenlicht die Ketten der Leute rauf- und runterrennen, Sonnenbrillen bedecken die Augen. Zwei Chicks kommen vorbei, Tops und knappe Kleidchen, in die ihre Kurven kaum reinpassen und wow, kuck dir das an, meine Fresse, die hatn Hintern. 'tschuldigung, hallo, sagt Bimz, ganz der Nette und voll dabei mit seinen frischen Canerows, has dune Sekunde? Alle lachen, als er ohne ihre Nummer zurückkommt, schnalzt und sagt, sie hatn Freund, und Mazey sagt, echt, das is Reeses Cousine, und Spooks sagt, yeah, die hatte ich letzten Sommer. Was war mit der Freundin, fragt einer. Nah, die war voll hässlich, sagt Bimz, und kein Hintern, echt, Mann, ohne Hintern geht nichts, und er setzt sich hin, um sich einen Joint anzustecken. Cartoon-Lacher. Kleine Flaschen Cherry B und Alizé auf den dreckigen Betonstufen. Mazey spielt einen Beat auf seinem Telefon und ich rappe los.

Me and my co-d blacked-out ninjas,
Made a living kicking doors off hinges,
Inspired me to spit poems about it,
Flowing like heroin out of syringes.

Und die Jungs sagen, Alter, so krass. Sly sagt, Leute wie Snoopz. Später trinke ich eine ganze Flasche Cognac, dröhn mich irre zu und hab das Gefühl, ich kanns mit dem ganzen Estate aufnehmen. Ich weiß nicht mehr, wann ich weggetreten bin, aber ich wache auf Mazeys Sofa auf und der Rücken tut mir weh, in meinem Kopf wummert es, das Blut in meinen Schläfen is Metal und ich denke, ich brauch malne Nacht richtig Schlaf.

Angesichts von all dem Scheiß, den ich Leuten angetan habe, bin ich selbst ziemlich gut davongekommen. Dass ich kein Messer abgekriegt habe, hat mich echt überrascht. Ich meine, es war schon lange überfällig, praktisch unvermeidbar. Weil das is die Realität. Wenn du erst mal mit dem Scheiß auf der Straße anfängst, ist es nicht so, dass da gleich schlechtes Karma auf dich runterkommt, so wie du stichst einen ab und sein Bruder oder seine Leute kommen und sorgen für Punktegleichheit, ich meine, das kann auch passieren, aber was ich sagen will, ist, wenn du umherziehst, Leuten dein Messer reinjagst, sie ausraubst und so weiter, schaffst du eine negative Energie um dich rum und die zieht Ärger an. Da geht es allen gleich, die ich kenne und die so leben. Wenn du mit einer Knarre den Gangster und Killer gibst, zum Beispiel, zieht irgendwann ein Fremder, mit dem du dich anlegst, auch eine Knarre raus, irgendwer versucht dich plötzlich zu erschießen, irgendwer will dir ans Leder und zwar, weil du diese Kraft, diese Macht erzeugt hast, die stärker als alles ist, diesen Magneten, der diese Finsternis anzieht, die deinen eigenen Lebensstil auf dich zurückwirft. Das heißt, am Ende des Tages habe ich das Gefühl, noch mal davongekommen zu sein. Mir ist nichts Ernstes passiert. Aber klar, was mich fertigmacht, dass ich meine Grillz los bin.

Ich kann nicht noch eine Nacht auf Bimz' Sofa schlafen. Ich muss meinen Körper mal richtig langmachen, statt da eingerollt zu schlafen und so beschließ ich, zu meinen Eltern zu gehen. Ich bin sicher, meine Mum lässt mich ein paar Nächte dableiben, solange ich ihr erzähle, wie sehr ich mich drauf freue, im September wieder zur

Uni zu gehn. Ich versichere mich, dass ich mein Messer dabeihabe, weil ich weiß, sobald ich am Bahnhof Westbourne Park vorbeikomme, denke ich an das erste Mal, als ich Cold Wavez gesehn habe und mein Rachedurst wird mir das Blut aufwühlen und mein Magen wird sich zusammenziehn, wie er das in letzter Zeit immer tut, wenn ich dran denke und dann halte ich nach irgendwem von denen Ausschau, die mich überfallen haben und wenn ich einen sehe, dann muss es sein, kein Gerede, kein Nachdenken, sondern die direkte Aktion. Ich nehme ein paar fertig gerollte Joints fürs Einschlafen mit, damit ich mir bei meinen Eltern nicht heimlich einen drehen muss. Da meine Blutergüsse weg sind, werde ich keine unangenehmen Fragen beantworten müssen. Trotzdem geh ich erst nach Mitternacht hin, als beide längst im Bett sind.

Ich bleibe die Nacht in Westbourne in meinem alten Bett, frisch bezogen, mit dem Geruch einer anderen Zeit und genug Platz, um die Beine richtig auszustrecken. Aber am nächsten Morgen beschließe ich, wieder zu gehn, weil mir meine Mutter erzählt, dass sie mich in der Nacht wie verrückt hat schreien hören, alles Mögliche hätte ich rausgebrüllt. Geflucht. Du hast Dinge gesagt, die ich nicht wiederholen kann, sagt sie, es klang, als würdest du mit jemandem kämpfen. Sie sagt, sie ist zu mir ins Zimmer gerannt, um zu sehen, was da vorging und ich lag im Tiefschlaf im Bett und hab mir die Seele aus dem Leib geschrien. Und sie konnte mich nicht wach bekommen.

ROTER RIESE

Wenn du eine Wespe erschlägst, setzt sie ein Pheromon frei, das anderen Wespen sagt, eine von ihnen ist getötet worden. Es ist ein Signal, das anderen Wespen sagt, sie sollen kommen und angreifen. Das ist das, was uns der Schließer sagt, bevor er uns für die Nacht wegsperrt und dass wir, falls wir eine in der Zelle töten, versuchen sollen, sie aus dem Fenster zu werfen oder das Klo runterzuspülen. Sonst kommen weitere und versuchen euch zu stechen, sagt er und knallt die Tür zu.

Wir haben August und ich verbringe die Sommerferien vor meinem letzten Unijahr im Knast. Der Sommer ist nur noch ein Stück sonnenverbrannter Himmel hinter dem vergitterten Fenster meiner Zelle. Das Einzige vom Sommer, was uns hier drin erreicht, sind die Wespen und die Hitze.

Im Juli hatte ich meine Verhandlung wegen der Prügelei in der Tube vor mehr als anderthalb Jahren. Meinen Anwalt lernte ich erst am ersten Tag im Southwark Crown Court kennen. Er hätte bestens in eins dieser typisch englischen Gerichtsdramen gepasst, mittelalt, saturiert, rotbackig, ein bisschen fett, Schweißtropfen unterm Perückenrand. Er fragte mich, warum ich mich nicht schuldig bekannt hätte, die Beweislast gegen mich sei ziemlich überwältigend und die Jury werde sicher nicht zu mitfühlend sein, wenn der Staatsanwalt meine Vorstrafen aufzähle. Ich hätte Glück, dass sie mich nicht früher schon länger eingesperrt hätten, sagte er. Wir standen auf dem Flur vorm Gerichtssaal, und er sagte, schade, dass die Ihnen nicht einfach zehn Peitschenhiebe verpassen können.

Ich lachte.

Ich meine, Sie haben gesehen, wie es ist, Sie waren in Feltham, und es hat Sie nicht umgebracht. Sie sind eindeutig ein intelligenter Kerl, aber jetzt wandern Sie womöglich für etwas länger hinter Gitter. Literatur lesen, fügte er hinzu.

Schuld und Sühne, sagte ich.

Ja, sehr angemessen, sagte er und gluckste.

Oder *Der Prozess*, sagte ich, wir hatten das Buch gerade erst in einem meiner Seminare gelesen.

Ja, Kafka. Oder vielleicht was Reumütigeres wie die *Pilgerreise zur seligen Ewigkeit.*

Oder *Die Geschichte eines Wüstlings*, sagte ich und er lachte wieder.

Ich kannte eigentlich nur den Titel und wusste, es war eine altmodische Geschichte um einen Bruder, der es krachen lässt in seinem Leben, alles verliert und am Ende im Gefängnis landet.

Meine Mutter und mein Vater waren in Italien im Urlaub, das heißt, sie wussten nicht mal, dass ich vor Gericht musste. Aber ich ließ Yinka wissen, was war. Weißt du, Gefühle sind ein Spinnennetz, in das dein Herz fliegt und in dem es festsitzt. Dann kommt was Großes und fängt an, dich von innen aufzufressen. Nach einigen Monaten und ein paar Nachrichten später, hatten wir uns getroffen. Als ich sie das erste Mal nach der Trennung wiedersah, gingen wir im Wald bei Hounslow spazieren. Ich schenkte ihr eine Rose und nahm sie von hinten an einem Baum.

Jeden Tag, wenn ich zum Gericht musste, hab ich mich fein rausgeputzt. Das Ganze funktioniert so, lass es mich erklären.

Du musst aussehen, als gehörtest du nicht da auf die Anklagebank, sondern als wär was schiefgelaufen und du nur durch einen Fehler da gelandet. Ein Anzug und eine Krawatte sind der erste Schritt. Ich kenne Leute, die im Anzug ins Gericht sind, aber dazu mit einer Basecap, einer Sonnenbrille oder einer Goldkette, die sie über den Hemdkragen haben hängen lassen. Ich hab Leute mit brillibesetzen Armbändern, Rollys und Seidenhemden von Versace gesehen, wenns um Dealerei ging, die behaupteten, dass sie absolut nichts mit diesem Lifestyle am Hut, ja nicht mal genug Geld hatten, um ihre Kinder zu unterstützen und von Sozialhilfe lebten. Einige von denen haben echt nichts im Kopf. Stell dir vor, du bist im Film oder so. Rutsch nie in irgendwelchen Slang ab, wenn du Fragen beantwortest, achte darauf, wie du deine Worte aussprichst, rede wie. Du weißt schon, was ich meine. Komm nicht wie ein Ganove da an, nicht so, als wärst du gefährlich, weil am Ende des Tages sehen die Leute, was sie sehen wollen. Also habe ich mein Haar wachsen lassen, trug ein elegantes blaues Hemd und eine schwarze Hose. Ich will allerdings nicht lügen, dazu hatte ich meine Lieblingsschuhe an, meine schwarz-weißen Air Maxes, weil ich mir dachte, die sieht niemand, wenn ich auf der Anklageblank sitze.

Ich komme etwa um elf Uhr mit meinem Anwalt ins Gericht rein. Zwischen ihm und der Anklage wird alles

Mögliche diskutiert, sie laufen mit ihren Perücken und schwarzen Umhängen herum, während mein Verteidiger am Rand steht und kein Wort sagt. Ernsthaft, dass es gute Pflichtverteidiger gibt, ist ein Märchen. Nimm meine Erste, als es um die Körperverletzung ging. Sie hat sich nicht mal die Mühe gemacht, die Akte zu lesen. Als sie mich fragte, ob es etwas gebe, worüber ich reden wolle, sagte ich, ist Ihnen die schwachsinnige Aussage von dem Typen nicht aufgefallen, der mich als hellhäutigen Mann karibischen Ursprungs mit Afrofrisur beschrieben hat? Zunächst mal hatte ich die ganze Zeit eine Mütze mit Ohrenklappen auf, wie konnte er da verdammt meine Haare sehen? Aber noch lächerlicher war das mit der Hellhäutigkeit und dem karibischen Ursprung. Diese versteckten Rassisten. Sobald sie Aggression sehen und Straßenslang hören, gehn sie davon aus, es muss ein Schwarzer sein. Ich hab diese Scheiße von Weißen gehört, seit ich auf der Straße unterwegs bin. Ich muss irgendeinen Hintergrund haben, da muss was Schwarzes mit dabei sein, die Bullen fragen, sind Sie halb Jamaikaner?, und wann immer sie mich festnehmen, machen sie sich über die Art, wie ich rede, lustig. Es ist ihr instinktives Vorurteil gegenüber allem, worin sie sich selbst nicht erkennen, ihre Art zu handeln, zu sein, zu denken. Was auch immer. Wie also kann meine Verteidigerin monatelang auf all diesen Zeugenaussagen hocken und ihr fällt dieser Schwachsinn nicht auf? Da ist man echt gefickt. Nicht lange nach unserem Treffen habe ich die Verteidigerin gewechselt.

Aber egal, der Richter kommt jetzt rein, alles steht auf und dann stellt sich raus, das Opfer ist nicht da, um seine Aussage zu machen. Der Richter sagt, das ist lächerlich, dieser Fall zieht sich seit mehr als einem Jahr hin, ohne dass sich was bewegt und ich werde im Interesse des Gerichts keiner weiteren Verschiebung mehr zustimmen. Hat die Anklage noch weitere Beweise? Der Staatsanwalt sagt, keine weiteren Beweise, und der Richter sagt, damit lautet das Urteil nicht schuldig, der Angeklagte möge sich erheben. Ich so, super, das ging schnell. Da stehen zwei Frauen in Hosenanzügen und mit bitteren Zitronengesichtern auf und sagen, wir sind vom Bewährungsamt. Mr Krauze hat wiederholt seine Bewährungsauflagen nicht befolgt, war bei keinem Bewährungsgespräch und hat seine gemeinnützige Arbeit nicht abgeleistet. Der Richter sagt, das sind schwerwiegende Vorwürfe, und unterbricht die Sitzung fürs Mittagessen.

Ich habe mich nie auf gemeinnützige Arbeit eingelassen. Stundenlange sinnlose Plackerei mit lauter Ärschen, denn ehrlich jetzt, wenn du erwischt wirst oder es verbockst und du wirst zu gemeinnütziger Arbeit verurteilt, bist du schon so eine Art Loser. Ich will jetzt nicht so weit gehen und mich selbst so nennen, aber ernsthaft betrachtet, echte Kriminelle werden eingesperrt, weil sie eine Gefahr für die Öffentlichkeit darstellen und eine Bedrohung der Rechtsordnung sind. Gemeinnützige Arbeit ist eine Ohrfeige. Du bist eine Plage, eine lästige Mücke. Du wirst die Grenze wie alle anderen nicht überschreiten und so brummen wir dir 180 Stunden unbezahlte Arbeit auf. Das kriege ich dafür, dass man mich nie bei dem ernsthaften Scheiß erwischt hat, den ich fabriziert hab. Nur bei kleineren Dummheiten wie das Mit-sich-Führen eines Messers, der Besitz von Cannabis oder Widerstand gegen die Staatsgewalt.

Es gab diese eine Arbeit, die ich unter einem Ex-Bullen als Aufsicht gemacht habe, die gut war. Morgens ließ er uns erst mal einen Joint rauchen, während er die Zeitung las und dann ging er mit uns ins Kino, weil er da wen kannte, so dass wir umsonst reinkamen. Der Film dauerte bis mittags, anschließend konnte wir gehen und er schrieb volle sieben Stunden Arbeit auf. Wir mussten nie irgendein Geländer anstreichen oder irgendwelchen anderen Scheiß machen.

So gehe ich also nach dem Mittagessen zurück in den Gerichtssaal, die Bewährungshelferinnen beten sämtliche Verletzungen meiner Auflagen herunter und der Richter sagt, es ist eindeutig, dass Sie Ihren Bewährungsauflagen nicht nachgekommen sind, besonders wenn man in Betracht zieht, dass es sich um eine sechsmonatige Strafaussetzung handelt. Aber es ist zu spät, um heute noch ein Urteil zu sprechen, also schicke ich Sie in Untersuchungshaft und lasse Sie morgen wieder vorführen.

Klar, ab gehts in die Schwitzkiste und in Richtung HMP Wandsworth. Die getönten Scheiben verleihen dem Sommerabend eine rot glühende Düsternis, als wäre die Sonne zu einem Roten Riesen geworden, wie ich ihn als Kind in einem meiner liebsten Bilderbücher gesehen habe. Zu so was wird ein Stern, wenn er stirbt, dann dehnt er sich aus und verschluckt die anderen Sterne, die in der Nähe sind.

Her Majesty's Prison Wandsworth, Wanno, ist ein alter viktorianischer Bau, dunkel, grüblerisch, solide. Die Backsteine und leeren Fenster haben etwas Grausames und Trauriges. Ich komme in die Aufnahme.

Sie machen ein Foto von mir, das ausgedruckt und auf eine grüne Karte geklebt wird. Das ist mein Ausweis, der besagt, wer ich für sie jetzt bin, nämlich Nr. XF9367. Und XF9367 wird hinter einem kleinen Vorhang von einem großen Beamten mit lila Gummihandschuhen durchsucht, der mich nicht aus den Augen lässt. Ich ziehe mich nackt vor ihm aus und er sagt, ich soll mich umdrehen, die Eier anheben, in die Hocke gehn und husten, weil wenn du was reingeschoben hast, fällt es dadurch für gewöhnlich raus oder zeigt sich doch zumindest zum Teil. Wenigstens kann ich meine eigenen Klamotten behalten, weil es nur die U-Haft ist. Einer gibt mir eine Bettrolle und dann werde ich zusammen mit den anderen Neuankömmlingen in den Flügel E gebracht, in dem alle die erste Nacht verbringen.

Ich habe in den letzten zwölf Stunden nur ein Sandwich gegessen und mein Magen fühlt sich an, als klebte er mir auf dem Rücken. Uns wird gesagt, wir sollen in den Speiseraum gehen und uns was zu essen holen. Kartoffelbrei. Corned Beef. Ein Glas Wasser. Alle setzen sich an einen Tisch im Mittelteil, die Stühle sind aus Metall und am Tisch verankert, sodass keiner mit ihnen um sich schlagen kann. Wir fangen an zu essen. Mir gegenüber sitzt ein Junkie mit feuchten Augen und wächserner Haut, die ihm vom Schädel runterhängt. Er schiebt sich den Kartoffelbrei mit dreckigen Fingern in den Mund. Ein paar Plätze weiter unten sitzen drei schwarze Akhis aus einer von den Moslem-Banden, alle in grauen Gefängnisanzügen, einer mit einer mächtigen rosa Scharte seitlich im Gesicht, wund, frisch vom Pistolenknauf eines Polizisten. Das Auge drüber ist blutunterlaufen. Die drei treten eine achtjährige Haftstrafe wegen einer Entführung an. Ein Typ ist taub und er weicht vor allem zurück, auch vor den paar Leuten, die ihm zu erklären versuchen, was läuft.

Als wir mit dem Essen fertig sind, werden wir jeweils

zu zweit in Einzelzellen mit Etagenbetten gesteckt. Das Gefängnis ist überfüllt. Mein Zellenkumpel ist ein weißer Junge aus Essex. Wir verbringen den Abend mit Fernsehen und Kiffen. Er erzählt mir von seiner Süßen, die zwei Kinder von ihm hat und dass er es nicht erwarten kann, sie wiederzusehn. Mit einer früheren hat er noch eine Tochter, deren Namen er sich auf den Rücken hat tätowieren lassen. Der Name seiner aktuellen Freundin prangt hinten auf seinem Nacken.

Die Nacht drückt gegen die Fenster und füllt die Lücken zwischen den Gittern. Mir wird plötzlich bewusst, dass ich morgen die vollen sechs Monate meiner ausgesetzten Strafe kriegen könnte und so setze ich mich mit einem Blatt Gefängnispapier hin und schreib dem Richter in meinem besten Englisch einen Brief und erkläre ihm, dass ich zur Uni gehe, eine tatsächliche Haft meine Zukunftsaussichten ruinieren würde, ich all meine Handlungen bedauere und es mir von ganzem Herzen leidtut. Den ganzen Scheiß.

Am nächsten Tag bin ich wieder im Gericht. Bevor ich michs versehe, will der Richter schon das Urteil sprechen. Mein Verteidiger hat kein Wort gesagt, hat nicht mal erwähnt, dass ich studiere und mein drittes Jahr in weniger als zwei Monaten anfängt. Ich bitte ihn, dem Richter meinen Brief zu geben. Der Richter liest ihn und sagt, Sie sind ohne Frage ein sehr artikulierter junger Mann, aber Sie haben es nicht *versäumt*, Ihre Bewährungsauflagen zu erfüllen, sondern sie bewusst und willentlich *missachtet*. Dann verknackt er mich zu drei Monaten. Ganz ruhig. Ich muss nur anderthalb Monate absitzen, pünktlich zum Unibeginn bin ich wieder raus. Der Brief hat funktioniert. Und dann sagt der Richter, führt ihn ab. Die Gerichtswache legt mir Handschellen an und ich werde nach unten zurück in die Schwitzkiste gebracht.

Wandsworth ist heillos überfüllt und so verbringe ich meine erste Nacht in Haft auf dem Revier Catford. Da gibts nichts zu tun außer schlafen. Am nächsten Morgen wird mir gesagt, ich komme ins HMP Bullingdon in Oxfordshire.

Ehrlich gesagt ist die Fahrt dahin eine Art langsames inneres Sterben. Nach Pommes und Bohnen zum Frühstück werden wir in den Serco-Van verladen und dann nach Mile End gefahren, um ein paar Leute vom Bow Magistrates' abzuholen, die gerade verurteilt worden sind. Wir sitzen eine Stunde in unseren Boxen, schwitzend, steif, und warten, dass es weitergeht. Ich lese alle Namen, die in mein Fenster gekratzt sind. Wir hocken jetzt mindestens drei Stunden hier drin. Dann noch ein paar Stunden durch den Londoner Verkehr und die ganze Zeit nichts zu essen, nur kleine Dosen Wasser werden unter den Türen durchgeschoben. Kein Platz, um die Beine auszustrecken, der neue Dizzee-Rascal-Track, *Dance Wiv Me*, hämmert unablässig aus dem Radio. Was für eine Verarsche. Durch die getönten Scheiben macht die Welt einfach so weiter. Dann Landschaft.

Als der Van endlich im HMP Bullingdon ankommt, haben wir so um die sechs Stunden Schwitzkiste hinter uns. Es ist früher Abend und das geht hier echt gegen die Menschenrechte oder so, aber ich hab nicht die Zeit, mich zu bemitleiden. Ich kann an der Situation nichts ändern, kann die Zeit nicht zurückdrehn, kann nicht plötzlich beschließen, dass mir das alles zu viel ist, ich zurück nach Hause will, nicht für diese Scheiße gemacht bin, für diesen ganzen Dreck. Also statt jetzt nervös zu werden, so wie

Scheiße, ich komm in den Knast, was mach ich nur, was wird alles passiern, was, wenn dies oder das, was, wenn mich einer unter der Dusche zu vergewaltigen versucht oder mir beim Abendessen das Gesicht aufschlitzen will, statt alldem akzeptier ich einfach, dass es ist, wie es ist. Wenn du das schnallst, kannst du alles überleben. Selbst das Leben.

Als ich aus dem Van steige, bin ich so erleichtert, aus der Box raus zu sein, Arme und Beine strecken und aufrecht stehen zu können, dass ich froh bin, angekommen zu sein. Bullingdon ist ein großes, modernes Gefängnis mitten auf dem Land in Oxfordshire. Sandfarbener Beton mit braunem Wellblechdach, hohe Mauern und überall Stacheldraht. Es geht gleich in die Aufnahme. Bis auf Boxershorts und Socken werden mir die Klamotten weggenommen. All meine Sachen verpackt. Ich werde durchsucht. Nackt. Zittere. Hocke mich hin. Huste. Krieg ein blaues T-Shirt und einen grauen Trainingsanzug. Eine Bettrolle. Eine Raucherration. Ein Frühstückspaket mit zwei Teebeuteln, weil Tee in England ein Menschenrecht ist. Anschließend komme ich in eine größere Aufenthaltszelle mit Leuten, die auf Bänken hocken.

Beim Reinkommen werde ich von einem älteren Gefangenen begrüßt, der die Neuankömmlinge einführt. Ein Muskelpaket mit Goldzähnen oben, rundum. Er streckt die Hand aus und als ich sie schüttele, sagen wir beide, hey, ich heiß Gabriel.

Nah, kein Scheiß, sagt er.

Ehrlich, sage ich.

Ich heiße Gabriel, sagt er.

Ich auch, sage ich und zeige ihm meinen Ausweis aus Wandsworth.

Heilige Scheiße. Komm, setz dich zu mir, sagt er und grinst golden, als wir uns auf eine der Bänke setzen und zu reden anfangen. Er hat lebenslänglich, wegen Mord. Ich bin nicht abergläubisch oder so, aber ernsthaft, das muss was bedeuten. Es ist ein Zeichen, verstehst du, was ich meine? Wie viele Leute kennst du, die Gabriel heißen? Ich wette, nicht einen und schon gar nicht gleich zwei im selben verdammten Knast.

Noch in der Zelle. Ein Bruder aus Birmingham gut eins neunzig in einem gelben Trainingsanzug kommt rein, aus einem anderen Gefängnis her verlegt. Die Augen gehn hin und her, als traute er sich selbst nicht. Sagt, er ist einer von den Burger Bar Boys, die in Brum immer wilde Schießereien veranstalten. Sagt, er sucht seinen Freund, der sitzt, weil er seine eigene Schwester gekillt hat. Sagt, sie hat ihrn Bruder verpfeifen gewollt und Verpfeifen geht nich. Mir gegenüber sitzt ein junger Bruder mit Moslem-Gebetsperlen und wie er redet, ich könnt schwören, er is aus Süd-London. Nennt alle Cuz. Ich frage ihn und er sagt, er heißt Hollywood. Sagt, er kommt aus Lewisham. Ich sage, ich heiße Snoopz. Ich bin aus Kilburn. Wir rauchen eine zusammen und warten.

Noch ein paar Leute kommen rein. Ein paar Akhis, die Hollywood kennen. Einer von ihnen ist ein weißer Bruder, der sich zu uns setzt. Hollywood fragt, weswegen bis du hier, Akh? Der weiße Bruder sagt, er hat eine Asiatin in Slough ausgeraubt und während er versucht hat, ihr die Uhr runterzureißen, hat sie angefangen die Schahāda runterzubeten, was die Moslems machen, bevor sie sterben. Ich schwör dir, Akh, ich dachte, die warne Sikh, hätte ich gewusst, die isne Schwester, hätt ichs nie versucht, und Hollywood lacht und sagt, nah, red kein Scheiß, Akh.

Ein älterer Bruder kommt rein, um die Zelle zu fegen. Er hat Sensenmänner auf beide Arme tätowiert. Hebt die Füße, Jungs, sagt er, als er unter den Bänken herfegt. Fuck, ich hör mich an wie meine Mum, wärne klasse Mutter, echt, sagt er und geht mit dem Besen über der Schulter wieder raus.

Mein Name wird aufgerufen, X9367 Krauze, und ich nehme meine Bettrolle und meine Ziggi-Ration und dann wird der Burger-Bar-Bruder aufgerufen und wir folgen den Schließern aus der Zelle. Wir werden in den Flügel B gebracht. Es ist fast neun und der Flügel zerfällt in Dunkelheit. Auf der einen Seite liegen die blauen Stahltüren der Zellen, auf der anderen Seite weiße metallene Treppen, die zu zwei weiteren identischen Ebenen raufführen. Zwischen den Balkonen der einzelnen Ebenen seh ich Drahtnetze, falls einer übers Geländer geworfen wird oder sich runterstürzen will. Scheiße. Ich bin jetzt echt in einem richtigen Knast, das wird noch malne ganz andere Erfahrung. Egal. So oder so komm ich da durch.

HINTER DER TÜR

Zu versuchen übers Gefängnis zu schreiben, fühlt sich an, wie was Totes zum Leben erwecken zu wollen, so als gäbe ich ihm etwas, was es nicht verdient. Du begreifst nicht, wie viel Leben in einem Grashalm, einem Laden, einem Bürgersteig, im Geruch von Abgasen und verdreckten Straßen steckt, wenn du noch nie in einem Gefängnis warst, wo es nur diese leblosen Oberflächen gibt, die keine Beschreibung verdienen, alles Leben im Stand-by, rausgerissen aus der Welt draußen.

Ich werde auf die oberste Ebene gebracht, bekannt als die 3er, und der Schließer sperrt eine Tür auf und sagt, hier. Die Tür zu Zelle B333 schlägt hinter mir zu.

Der Raum ist nichts als ein blau in der Dunkelheit flackernder Fernseher. Es ist eine echte Zwei-Mann-Zelle mit einem Bett links und einem Bett rechts. Von rechts sagt eine Stimme, mach das Licht an, Mate, und so lern ich Brutus kennen. Weiß, rasierter Kopf, eine halbmondförmige Narbe unter dem Auge, Schultern wie eine Bulldogge. Brutus hat noch mindestens acht Jahre zuzüglich möglicher Sicherheitsverwahrung wegen bewaffnetem Überfall vor sich. Er ist zweiunddreißig, hat schon mehrfach gesessen und kennt den halben Flügel. Er erzählt mir

Geschichten von Drei-Gänge-Menüs in teuren Restaurants mit einer Flasche Cristal nach der anderen und dann raus ohne zu bezahlen und zwar mit gezogener Machete, falls einer der Kellner was will. Ich erzähle ihm von Raubzügen in London und mache Promis nach, bis er vor Lachen nicht mehr kann. Nach ein paar Tagen sind wir wie alte Freunde. Er sieht eine von meinen Zeichnungen und sagt, Snoopz, mach mir auch eine und schreib Brutus, bewaffnet und gefährlich, drüber.

Liegestütze auf dem Zellenboden aus Beton. Ich zeige Brutus einen Trick mit dem Weißer, den sie uns für den Tee geben. Reiße das Tütchen auf, schüttle es über dem Waschbecken aus, mach dabei das Feuerzeug an und als das Pulver auf die Flamme trifft, gibt es wusch einen kleinen Feuerball und er sagt, fuck, das geben die uns in unsern Tee? Wespen kommen in die Zelle geflogen. Wir jagen und erschlagen sie, aber später kommen mehr. Das Frühstückpäckchen enthält eine winzige Packung Knast-Cornflakes, H-Milch, die du nicht mal kühlen kannst, weils Sommer ist und dann noch eine Winzportion Marmelade zum Druntermischen, aber das ist es auch schon in etwa. Mittagessen gibt es um 11:30 und es ist echt beschissen. Einmal ist es nur eine Suppe mit zwei Scheiben Brot dazu. Das Abendessen kommt um 16:30. Reis mit Huhn oder eine Art Eintopf und ein Apfel, wenn du das Glück hast, nicht am Ende der Schlange zu stehn. Sobald ich kann, tausche ich meine Zigaretten mit Leuten im Flügel gegen Chips, Mars-Riegel und Thunfischdosen.

Ich bin dreiundzwanzig Stunden eingesperrt und kriege morgens nur eine Viertelstunde im Hof, wo ich mit Brutus rumlaufe. Dann gibts nachmittags noch eine Dreiviertelstunde Aufschluss für Begegnungen, in der ich duschen kann. Wenn ich zurück in die Zelle komme und der Schließer sperrt hinter mir zu, ist wieder alles voll mit Wespen, die ich erschlagen kann.

Ich versteh mich ziemlich gut mit einem weißen Bruder, der Solo heißt. Er ist erst einundzwanzig, der Jüngste im Flügel. Sie haben ihn von den Jungen Straftätern hergeschickt, weil er seinem Zellengenossen einen Hühnerknochen in den Hals gerammt hat. Die Schließer da haben sich wie Gladiatoren aufgespielt. Eines Tages haben sie Solo mit einem Typen zusammengesperrt, der Brass mit ihm hatte. Junge, ich wache nachts auf, und der Bruder kniet auf mir und würgt mich mit dem Kabel vom Wasserkocher, sagt Solo. Zum Glück hatte ich den angespitzten Hühnerknochen von ein paar Tagen vorher noch. Ich hatte ihn mir zwischen die Backen geklemmt, als ich in die Zelle zu ihm kam und vorm Schlafen unter dem Kissen versteckt und als er mich stranguliern wollte, hab ich ihm das Ding achtmal ins Gesicht und den Hals gerammt. Junge, ich war krass voll Blut, das Bett war rot, die Decke, die Wände und sie ham mich wegen versuchten Mordes angeklagt. Der Bruder wär fast draufgegangen, aber ich hab die Klingel gedrückt und die Schließer kamen und haben ihn gleich ins Krankenhaus geschafft, weil ich für den Scheiß keine Mordanklage kassiern wollte. Ohne den Hühnerknochen wär ich erledigt gewesen, sagt Solo, als wir beim Aufschluss draußen auf dem Balkon zusammenhocken. Solo darf sich keine Zelle mit wem teilen.

Er erzählt mir, dass der Bruder aus Birmingham wissen wollte, ob er Geld für die Kantine auf seinem Konto hat, wo man einmal die Woche extra Essen und auch anderes kaufen kann. Junge, fick den, sage ich. Er is ein Riese, vielleicht müssen wir ihn in der Dusche überfalln und anstechen oder so, wenn er denkt, er kann dich unter Druck setzen, und Solo sagt, ich bin dabei, Mann, wann immer du willst.

Am nächsten Tag kommt Solo morgens aus seiner Zelle und zieht sein Shirt hoch, um mir zu zeigen, dass er Brust und Bauch ganz mit fest aufgerolltem Zeitungspapier umwickelt hat. Er sagt, da geht ein Stich nich so tief rein, fick den Burger-Bar-Wichser, wenn der mir wieder mit seiner Scheiße kommt, sag ich ihm, er soll seiner Mum einen lutschen.

Solos Cousin, ein irischer Traveller, kommt in den Flügel. Er ist in U-Haft wegen eines Doppelmords und erzählt allen, dass er bald wieder raus is. Wir wissen, dass es nicht so ist. Er kommt in eine Zelle mit dem Bruder aus Birmingham. Am nächsten Tag kommt der nicht aus der Zelle und Solo sagt, das Problem is gelöst, ich muss da nichts mehr machen. Er gibt mir die Faust. Er hat sich den Namen seines toten Bruders auf die Hand tätowieren lassen. Ein Motorradunfall. Ein schnelles Leben.

Ein Schließer im Flügel heißt S. O. Squirrel. Ein bulliger Ex-Army-Typ, den keiner mag. Einmal geht dieser Bruder namens Caple am Ende vom Aufschluss zurück in seine Zelle, nachdem er einen Telefonanruf gemacht hat, und lacht. Squirrel sagt, er soll aufhörn zu lachen. Caple sagt, halt die Schnauze. Squirrel folgt ihm in die Zelle, packt Caple beim Gesicht und verpasst ihm einen üblen Kopfstoß. Knockt ihn komplett aus. Später hören wir Caple schreien, aber keiner kann sehn, was vor sich geht. Am nächsten Tag erzählt uns sein Zellenkumpel, dass als Caple aufgewacht ist, drei Schließer, inklusive Squirrel in die Zelle gestürmt sind und ihn gepackt haben. Caples Kumpel sagt, die Schließer wussten, dass er einen Abszess an einem seiner Zähne hatte, weil er seit Monaten auf einen Termin beim Gefängniszahnarzt wartet. Zwei von den Schließern haben Caple bei den Armen gepackt, Squirrel hat ihm den Mund aufgerissen, die Hand reingedrückt, den Abszess gepackt und ihn daran aus der Zelle gezerrt. Das Ganze hatte nur deshalb ein Ende, weil Caple vor Schmerz das Bewusstsein verloren hat und die Dreckskerle mussten ihn raustragen, sagt sein Zellenkumpel, als wir beim Aufschluss zusammenstehn. Caple ist für zwei Wochen in Einzelhaft und hat noch keinen Zahnarzt gesehen. Dreckspack.

Und immer so weiter. Hinter der Tür. Tage ohne Luft zum Atmen. Nächte ohne Stille. Träume ohne Schlaf. Narben im Gesicht, auf Köpfen und Knöcheln. Ein Knoten in der Brust, der runter in den Bauch rutscht, hart und fest, unter Spannung, immer unter Spannung und warten und warten, aber worauf? Wer weiß das schon. Du wills Leute anrufen und sagen, ich sitz im Knast, wie um sie dran zu erinnern, dass es dich gibt. Weggeschlossen vom Himmel. Von der Luft. Du kuckst aus dem Fenster, um einen Blick auf die Welt zu werfen, doch da sind nur noch mehr Mauern, vergitterte Fenster, Kameras. Die Welt draußen existiert nur in Erinnerungen. Stimmen rufen von einer Zelle zur anderen. Rosenkranzperlen aus Plastik. Schwarz, weiß, babyblau, im Dunkeln leuchtende Rosenkranzperlen. Zwei Dosen Thunfisch für eine Zeichnung. Dosenthunfisch schmeckt hier drinnen so verdammt gut. Das Huhn ist nicht gar. Magenschmerzen. Instant Noodles haben Gourmet-Rang. Trag keine Knast-Schuhe, man nennt sie hier Fraggle-Flops, dann ist dein Ruf hin, weil es bedeutet, dass du draußen keinen hast, der dir was schickt. Steinharte Kissen. Nackenschmerzen, wenn du aufwachst. H-Abhängige auf Methadon. Mörder, die heroinabhängig sind. Gegen den Uhrzeigersinn auf dem Hof rumlaufen. Der Himmel scheint ewig weg. Zu weit weg. Wenns anfangen würde zu regnen, käme der Regen hier niemals an. Irgendwo anders wird einem das Gesicht zerschnitten und der Block wird für vierundzwanzig Stunden runtergefahren. Duschen voller Dampf, brennende Haut. Tattoos auf Brust und Rücken mit den Namen von Gangs, Freundinnen, Söhnen, Töchtern, toten Freunden. In der Dusche behalte ich die Boxershorts an, weil ich keine Schwuchtel bin, die vergewaltigt werden will. Schließer durchsuchen deine Zelle, prüfen die Gitter, durchwühlen deinen Kram und du kannst alles wieder aufräumen. Wenn das nächste Mal nicht alles wieder am Platz ist, kommt es in deinen Bericht. Einer hängt sich in seiner Zelle auf, während sein Zellenkumpel schläft, und wird morgens entdeckt, worauf uns allen die morgendliche Viertelstunde im Hof gestrichen wird. Einer schreit aus dem Fenster, hat er sich angepisst und vollgeschissen?, und ein anderer, hatte ernen Ständer?, etliche Leute lachen und ich hör dieselbe Stimme noch mal, hab ich innem Buch gelesen, das passiert, wenn du dich aufhängs, dann wird dein Ding so hart, als wärs das beste Gefühl von der Welt, und eine andere Stimme ruft, Schnauze, Mann, red nich von Ständern, du Homo, gehts noch. Im Fernsehen laufen die Olympischen Spiele. Alle hinter den Türen kucken dasselbe Programm. Usain Bolt bricht den Weltrekord über hundert Meter und der Flügel explodiert. Geschrei, Wummern gegen die Zellentürn, bäng bäng bäng, die Leute schießen ganze Magazine leer, brapp brapp brapp. Poolbillard und Tischtennis beim Aufschluss. Quietschende Turnschuhe, Pingpongspiele, p-tick p-tock p-tick p-tock. Schlüsselrasseln. Jemand spielt Giggs, *Walk in da Park*. Bücher wie *Die 48 Gesetze der Macht* und *Die Kunst des Krieges* werden rumgegeben. Informanten werden zu ihrem Schutz aus dem Flügel geholt. Brutus erzählt mir, wie sie einen gekocht haben, als er schon mal hier war: Da bringst du Wasser zum Kochen, packs reichlich Zucker in das sprudelnde Wasser und schüttest es einem ins Gesicht. Der Zucker klebt ihm auf der Haut und wenn er sich ins Gesicht fasst, schmilzt sie gleich weg, sagt Brutus. Bei uns gibts keine Frauen unter den Schließern. Irgendwer sagt, die letzte wurde dabei erwischt, wie sie seinem Kumpel in seiner Zelle einen geblasen hat. Ich lache, nicht dein Ernst? Bei meiner Mutter, Junge. Sie hat ihm hinterher, nachdem sie rausgeflogen is, sogar noch Liebesbriefe geschrieben. Räucherstäbchen, um den Geruch des Klos zu verdrängen. Scheißen, während dein Zellenkumpel fernsieht. Leute schieben sich Handys in den Arsch. Haschisch. Blüten. Crack. Heroin. Rasierklingen und selbst gemachte Messer. Es gibt Bettwanzen. Schlüssel rasseln. Türn öffnen sich. Knallen zu. Ständige Metallgeräusche. Zeitnehmer. Stimmen sind Echos. Eine Gegenwart für alle. Hinter der Tür.

Immer ist Zeit totzuschlagen. Das Nichts währt ewig. Dehnt die Tage. Sie tropfen dahin, aber die Tropfen lösen sich nicht von ihrer Quelle, wie Honig, wie Zuckersirup, bilden sie einen langen, klebrigen Faden und du wartest auf den dünnsten Teil des Tropfens, dass er endlich abreißt und er fallen kann, doch das tut er nicht.

Eines Nachmittags kriege ich ein paar Einmalrasierer. Brutus erklärt mir, wies geht. Ich breche die Klingen aus den Köpfen von zwei Rasierern und werfe das zerbrochene Plastik aus der Öffnung des Fensters, damit nichts in der Zelle ist, was die Schließer denken lässt, ich habe mir eine Waffe gebaut. Ich nehme eine alte Zahnbürste und heize den Kopf mit dem Feuerzeug auf. Sobald sie weich ist, schwarz, sich verformt, mit gelben Bläschen, stecke ich die beiden Klingen nebeneinander hinein und warte, dass das Plastik wieder hart wird. Ich reiße einen schmalen Streifen Stoff von meinem Kopfkissen und binde ihn fest um den Griff, damit er mir, wenn ich jemanden damit bearbeiten muss, nicht aus der Hand rutscht und ich mich am Ende selber schneide. Du kannst keinen mit so was abstechen, aber ihm die Backe aufschneiden, dass sie sich öffnet. Zwei Klingen nebeneinander bedeuten, dass sich der Schnitt nicht wirklich nähen lässt, und es gibt eine echt fiese Narbe. So zeichnest du das Gesicht eines Mannes fürs Leben.

Nach zweieinhalb Wochen werde ich mit Solo in den Flügel C verlegt. Wir wollen nicht. Wir packen unseren Kram in Plastiktüten, auf denen HM Prison Service steht. Wir folgen dem klein gewachsenen Schließer und kurz bevor er das Tor zum nächsten Flügel öffnet, dreht sich Solo zu mir um, ballt die Faust und sagt, solln wir in Einzelhaft gehn? Wenn ich Ja sage, wird Solo dem Schließer eins aufs Maul geben. Der Schließer weiß das. Er sieht mich an, als wartete er auf meine Entscheidung. Ich sage, nah, Bruder, vergiss es. Solo sagt, komm, wir gehn in Einzelhaft, und ich, nah, Junge, lass ihn, lass ihn in Ruhe. Der Schließer hat weiche Augen. Solo gefällt es nicht, dass er nicht weiß, wie es im nächsten Flügel sein wird. Mir auch nicht, aber ich hab hier nur noch ein paar Wochen und die will ich nicht unten unter verschärften Bedingungen in Einzelhaft verbringen, nur mit dem absolut Notwendigsten, einem Betonblock als Bett, ohne jeden Kontakt zu anderen Gefangenen, im Prinzip ohne überhaupt jeden Kontakt, außer wenn einer der Schließer mit dir zum

Duschen geht. Nah, das Labyrinth muss nicht sein. Da wird der Mensch zum Minotaurus.

In meiner neuen Zelle sind Wespen und sie wissen nicht, wie sie wieder rauskommen sollen, also erschlag ich sie. Es ist eine Ein-Mann-Zelle mit einem Etagenbett für zwei. Es gibt nicht genug Platz, dass zwei Leute aufstehn und gleichzeitig was tun könnten. Das Klo ist am Fuß des Bettes, mit einem kleinen Vorhang als Sichtschutz. Mein neuer Zellenkumpel ist ein Tamil Tiger, einer von den irren sri-lankischen Brüdern aus Wembley und so, die mit Äxten und Samurai-Schwertern in die Schlacht ziehn. Er fragt mich, wie viel ich abzusitzen habe. Ich sage, noch drei Wochen, bis ich rauskomme, und du? Er sagt, du fängst an zu heulen, wenn ich dir sage, wie viel ich noch habe. Er heißt Ragul.

An dem Abend erzählt er mir, wie er in einen Bandenkrieg in Wembley verwickelt war. Er sagt, die Gang, mit der sie sich gezofft haben, hatte einen seiner Jungs in East-London entführt und mit einem Samurai-Schwert enthauptet. Einen der Brüder, die dabei mitgemacht hatten, wollten sie in einem Drive-By erledigen. Wembley High Road, helllichter Tag, kurz nach Mittag, aber alle Schüsse gingen vorbei. Später sind sie zu seiner Wohnung und haben die Tür eingetreten. Aber der Bruder war nicht da, also erschoss Ragul seinen Cousin. Hinterher wollte er noch seinen Vater hinrichten, befahl ihm, sich im Flur der Wohnung der Familie hinzuknien, aber als er den Abzug drücken wollte, hatte die Pistole eine Ladehemmung. Sechs Jahre von seinen dreißig hat er bereits abgesessen. Ragul sitzt jeden Abend oben auf seinem Bett und liest eine halbe Stunde Bibelverse in einem stetigen, ausdruckslosen Geleier auf Tamil, während ich fernsehe.

Eines Abends, als ich an die Decke starre, wird es mir klar. Das Leben hier ist so, als tauchte man im Ozean. Einige Leute tauchen immer tiefer Richtung Grund. Einige von ihnen berühren ihn mit einem Fuß oder sogar mit beiden und stoßen sich ab, um zurück nach oben zu kommen, wo sie atmen können. Andere kommen unten an und beschließen, da zu bleiben. Ich will nicht zum Grund runter, weil ich jetzt schon ertrinke.

Am nächsten Tag beim Aufschluss lassen ich und Solo uns den Kopf rasiern. Dann gehen wir in seine Zelle und schreiben Rap-Texte. Ich krieg ein paar Briefe. Einer ist von Yinka und sie schreibt, dass sie mich wahnsinnig vermisst und dass die Rose, die ich ihr vor Monaten gegeben habe, völlig hin ist. Sie sagt, sie wartet darauf, dass ich rauskomme. Ich lese den letzten Absatz immer wieder.

Du hattest immer schon Ärger mit der Polizei, seit ich dich kenne. Auch dass du mich kennengelernt hast, hat nicht ausgereicht, dich davon abzubringen. Es ist schade, weil ich dachte, ich könnte diese Seite von dir ändern, echt, wie dumm von mir. Du bist eine Droge, nach der ich süchtig bin, doch es ist eine Sucht, die nicht gut für mich ist. Aber auch wenn wir nicht zusammen sein können, wirst du immer mein Schmetterling sein, meine Möse gehört dir. Xxx

Ich verspüre das Bedürfnis, den Brief wegzuwerfen, weil ich die Last nicht will, dass mich jemand so liebt. Seit ich eingesperrt bin und nicht mehr kiffe, hab ich angefangen, wieder zu träumen, aber die Frauen in meinen Träumen haben nicht ihr Gesicht.

Meine Mutter und mein Vater haben mir auch geschrieben. Abgestempelt in Italien. Ich lese den Brief von meinem Vater, als der Tag verbleicht und die Nacht draußen vor meinem Fenster aufzieht und hereinkuckt.

Lieber Gabriel,

es ist nur ein kurzer Brief, weil ich wirklich nicht weiß, was ich dir in dieser Situation schreiben soll. Du sitzt im Gefängnis, und ich bin an einem Luxusort wie dem Paradiso in Miltons Gedicht. Ich bin von Natur aus ein Vogel, deshalb sind Käfige und Kisten meine Feinde. Ich muss meine Flügel ausstrecken und sie ständig in Bewegung halten. Ich muss frei sein. Ich habe es dir bereits gesagt, aber ich will es wiederholen. Das Leben ist zu schön und zu kurz. Ich sehe das jetzt jeden Tag, mit dem meine Zeit schwindet, meine Kraft nachlässt, Freunde und Orte, die ich kenne, nicht mehr sind. Ich möchte mit dir sprechen, ich hoffe, wir finden zu Hause die Zeit dafür.

Die Eule in unserem Garten ruft, es ist Zeit zur Jagd.

Ich umarme und küsse dich,

Tata

PS: Ich hoffe, du kommst dort klar und das Leben behandelt dich gut, und bald bist du wieder frei.

Darunter hat er einen Vogel gemalt, der durch die Wolken fliegt, aber die Flügel ragen aus einem Drahtkäfig, in dem der Vogel steckt. Ich lege den Brief zu meinen anderen Papieren, ich stecke ihn unter meine Bewährungsberichte, als wollte ich ihn begraben.

Dann plötzlich sagen mir die Schließer, dass ich früher freikomme, weil das Gefängnis überfüllt ist. Der Aufschluss am Donnerstag ist mein letzter im Flügel. Ich hänge die gesamten fünfundvierzig Minuten mit Solo zusammen und als ich gehe, umarmt er mich und sagt, Brüder fürs Leben. Ich verspreche, ihm zu schreiben.

Es ist der letzte Tag im August. Als ich das Gefängnis durch das Tor verlasse, ist es, als käme der Himmel herunter und berührte die Erde und echt, hier draußen riecht alles anders. Ich kann riechen, wie sich die Atome dahinbewegen, vibrierend, frei. Es fühlt sich an wie der Moment nach einem langen Flug, wenn es in den Ohren knistert und du wieder normal hören kannst. Während die Leute in London zum Carnival gehen, springe ich in den Zug von Bicester zum Bahnhof Marylebone.

Yinka erwartet mich am Bahnhof und sie sieht krass aus, ganz ehrlich. Weiße Jeggings, die irre eng auf ihrem Hintern sitzen, die Haut ganz frisch und seidig, die Lippen schillern wie die Erdbeerglasur auf Doughnuts. Ich drücke sie fest an mich. Sie hat bonbonrosa Fingernägel und riecht nach Zucker. Wir gehen in die Wohnung meiner Eltern, weil die erst übermorgen aus Italien zurückkommen. Yinka wirkt verhalten, vorsichtig, so als wollte sie nicht loslassen, will auf dem Weg von der Tube zur Wohnung nicht mal meine Hand halten. Wir gehen die Treppe hinauf, enden spielerisch rangelnd auf meinem Bett und sie sagt, was jetzt, Gabriel, hältst du dich jetzt für toll, weil du im Gefängnis warst? Ich komm zwischen ihre Beine und sie atmet schwer und stöhnt, als ich sie herunterdrücke und dann küsse ich sie und zieh ihr die Jeggings runter und ihre Schenkel sind fest wie kalter Honig und sie sagt, fick mich, Daddy, und wir vögeln eine ganze Stunde, bis wir beide nicht mehr richtig kucken können.

Später geht sie nach Hause, weil sie am Morgen arbeiten muss. Ich gehe zu Uncle T. Willkommen zu Hause, mein Sohn, sagt er und drückt mich an sich. Es gibt was zu essen. Dann kauf ich mir was Ammi. Ich geh Mazey besuchen.

Wir rauchen einen Joint vor der Wohnung meiner Mutter, und nach fünf Zügen fängt sich in meinem Kopf alles an zu drehen. Alles bewegt sich um mich rum und als Mazey was sagt, ist es wie in einem Film und ich fang ohne jeden Grund an zu lachen. Ich sage, Mann, was zum Teufel ist das jetzt? Echt, ich fall gleich um, und Mazey sagt, echt, Junge? Echt, Mazey, und dann gebe ich ihm den Rest von dem Joint und sage, für dich, Junge, rauch du den Rest, ich muss schlafen. Verstehe, Bruder. Ich geh ins Haus meiner Eltern und steig die Treppe rauf. Um drei Uhr morgens wache ich auf. Ich liege auf dem Treppenabsatz, eine Etage unter unserer Wohnung. Ich habs nicht bis zur Tür geschafft. Der Mond steht über mir und kuckt zu.

Ein paar Tage später esse ich mit meinen Eltern zu Abend. Wir sitzen am Küchentisch, die Lampe über uns hält uns in ihrem warmen Licht, während ringsum die Nacht in die Küche sickert. An der Wand hängt die gerahmte Zeichnung eines Krokodils, das mit offenem Maul und einem scharfzahnigen Lächeln auf ein Kaninchen zugeht. Zum Essen gibt es in Olivenöl und Knoblauch gebratene Auberginen, nach einem neuen Rezept, das mein Vater von einem seiner italienischen Freunde mitgebracht hat, gefolgt von Tagliatelle mit Pilzen. Ich esse die Focaccia, salziges, tolles italienisches Brot, das mich an unsere Urlaube in der Toskana erinnert, wo wir früher jeden Sommer waren. Ich muss an den Strand in Forte Dei Marmi denken. Den Salzgeschmack des Meeres. Das Springen und die Purzelbäume in den Wellen, wenn sie mich mitrissen.

Stille umgibt uns. Oberflächliches Gerede. Wie war euer Urlaub? War der Flug okay? Ich weiß nicht wirklich, was ich sagen soll. Es ist, als hätte ich mich so an die täglichen Gespräche darüber gewöhnt, wer wen erschossen, erstochen oder ausgeraubt hat und wer für was im Knast gelandet ist, dass ich über anderes nicht mehr reden kann. Ich bring es nicht fertig, mich mit meinen Eltern über die Toskana zu unterhalten, die Feigen, die sie an der Straße gepflückt haben, die Zitronen und Tomaten, den Strand und ihre italienischen Freunde, das Meer, die Pinien und all das. Ich habe ehrlich fast das Gefühl, dass ich nicht mehr weiß, wie man über solche Sachen redet. Dann fragt mich meine Mutter, Gabri, wie gehts dir? Bist du okay? Yeah, alles gut, mir gehts gut, sage ich. Kühl, fast fremd, wir alle scheinen nach etwas zu suchen, was wir sagen könnten. Es ist, als träfst du Leute, mit denen du mal einen super Urlaub verbracht hast, aber die gute, gemeinsame Zeit ist so lange her, dass alle beim Wiedersehen was Künstliches vorgeben und verstecken, was sie wirklich denken.

Die zögerliche Stille, die in der Luft um mich rum kocht, frisst mich an und ich sage, warum verhaltet ihr euch so, als wärt ihr nicht sicher, wie ihr mir begegnen sollt? Ich war einen Monat eingesperrt und es ist nicht so, als hätte ich eine fürchterliche Erfahrung hinter mir, die mich zu einem anderen Menschen gemacht hat.

Hat es das nicht?, sagt meine Mutter.

Scheiße, vergiss es, sage ich und versuche meinen Teller so schnell wie möglich zu leeren.

Mein Vater sieht mich nicht an, tätschelt nur meiner Mutter die Hand auf dem Tisch und sagt sanft ihren Namen, als wollte er ihr zu verstehen geben, sie solle es gut sein lassen.

Wir essen, die Küche ist erfüllt vom Geräusch des Bestecks, das auf die Teller trifft, und ich denke an Gotti und Kaos und Solo und Yinka und Mama und Tata, als ich es begreife: Nur Liebe kann mich verletzen.

ÜBER DIE MORAL DES MORDES IN *HAMLET*

Ori ni ilé, Oja ni ilé aye.
(Der Himmel ist das Zuhause, die Erde nur ein Marktplatz.)
Sprichwort der Yoruba

Eine Woche vor Unibeginn geh ich mit Capo zu einem Uni-Rave, wo ich eine dickärschige Nigerianerin beim Tanzen anmache. Ich rieche Sheabutter und Olivenöl in ihrem Schweiß, ihre Haut schimmert silbern und sie sagt, du bis so krass, ich hab einen Freund, weiß du. Dann gibt sie mir ihre Nummer, sagt, sie studiert im ersten Jahr Biomedizin und ich soll sie anrufen, wenn das Semester anfängt. Im Übrigen ist das hier ziemlich öde. Nicht wie die Hoodie-Raves, die ich gewohnt bin.

Ein paar Tage später geh ich mit Dario zu einem richtigen Rave. Er findet in Willesden statt, der Laden nennt sich Theorem. Die Chicks sind geil, super Klamotten, feste Zöpfe und sie drücken die Rücken beim Tanzen durch, um ihre Ärsche zu zeigen und die Typen stehn drum rum, die Ketten draußen, die Kapuzen oben und kucken betont streng. Dann kriegt ein Bruder eine Flasche über den Kopf gezogen, mit einer E&J-Brandy-Flasche, du weißt schon, die mit dem dicken Glas und den harten Ecken und sie geht nicht kaputt. Jedes Mal, wenn sie auf den Kopf trifft, ist ein hohles KLONK zu hören. Die Musik wird ausgestellt und ich dräng mich mit Dario durch die Leute, um zu sehn, ob es einer ist, den wir kennen. Alle stehn im Kreis drum rum und kucken zu, wie der Bruder fertigemacht wird. Sie holen die Handys raus, filmen es und, Scheeeiiiße, der kriegt voll was ab. Es ist keiner, den wir kennen, und so kucken wir mit zu. Der Bruder, der die Schläge abkriegt, versucht zu fliehen, die Menge strömt auf die Straße. Draußen bricht er auf dem Bürgersteig zusammen, der Kopf ist voller Beulen und Blut. Trotzdem, die Flasche geht nicht kaputt. Das isne Flasche, um damit was draufzukriegen, oder?, sagt Dario. Als die Kumpel des Bruders, der da fertiggemacht worden is, sehn, was abgeht, springen sie in ein Auto, um den Typen zu folgen, dies gemacht haben. Als der Wagen auf die Straße biegt, wankt der Bruder mit dem blutigen Kopf mitten auf die Straße und wird von seinen eigenen Leuten über den Haufen gefahren. Der Wagen schleudert ihn hoch in die Luft wie einer, der sonen Flickflack macht. Stell dir das vor.

Für mein letztes Jahr finde ich ein Zimmer in einer großen Wohnung in Plaistow, die ich mir mit vier anderen Studenten von der Queen Mary teile. Da sie im Osten liegt, weit weg vom Estate, kann ich mich auf die Uni und meinen Abschluss konzentrieren. Allerdings fang ich an, Koks und MDMA an Studenten und auch an ein paar

Leute in der Straße zu verkaufen, um ein bisschen was nebenher zu verdienen, damit ich mir leisten kann, was ich will und keinen Stress hab.

Ich hab noch ein paar Anklagen am Leib, was heißt, dass ich hin und wieder zum Gericht muss und am Ende verpass ich den Termin, bis zu dem ich den Vorschlag für meine Abschlussarbeit einreichen muss. Mein Betreuer weiß, was zuletzt mit mir war und so schreibt er, dass ich ihm alles eingereicht hätte und sagt, wir wissen beide, dass es eine gute Arbeit wird. Leute wie er geben mir echt Hoffnung. Er war schon mein Prof, als ich *Die Geburt der Tragödie* gelesen und mich so in Nietzsche reingekniet habe.

Ich kriege einen Brief von Kaos. Wir schreiben uns, seit er in den Knast gewandert ist.

Was geht, Snoopz,

Junge es is gut von dir zu hörn Mann ich bin froh dass du mich nich vergessn has weils alle andern ham. Junge den Niggaz gehts gut machen Knete und vergessen Kaos als wär ich tot Mann. Macht nichts weil wenn ich wieder rauskomm werd ichs sie echt spürn lassen.

Snoopz selbs meine Schnalle hat mich verlassn kanns du das verfickt glaum Mann selbs du dachtes sie is echt Junge aber macht nichts weil ich fühl nichts keine Liebe das Herz kalt wie die Antarktis. Snoopz ich werd unsre Freundschaft nie vergessn und schon garnich was die verdammten Wichser aus Grove mit dir gemach ham die krieg ich Mann glaubs mir.

Junge was hattn wir Spaß weiß du noch wie ich lachen musste weiß du noch die kleine Weiße als ich dem Typ die Vouchers bei ihr abgenomm habe Mann das war so witzig.

Junge ich will die durchsichtign Bapes oders könnten auch durchsichtige Air Forces sein is mir egal solange sie durchsichtig sind Mann.

Egal Junge es is einfach so krass langweilig hier drin Mann ich vermisse die Straße so echt Junge ich brauch unbedingt ne Muschi. Junge ich muss auf die Straße Mann weil einige Leute Gangsta spieln und was zu drehn versuchn als wär ich dumm bloß weil ich drinsitz. Ich kanns nich erwarten die zu sehn ich nenn keine Namen weil ich nich will dass du was tus verstehs du Mann.

Egal du weiß nichts
Gangster lebenslang
von Kaos HMP Gangster #1

Es ist irre, dass keiner mehr wirklich Briefe schreibt. Es sind alles immer Telefonnachrichten und E-Mails und so. Worte aus den gleichen für jeden lesbaren Digitalbuchstaben. Aber wenn du in den Knast kommst, fängst du an, den Leuten, die dir wichtig sind, Briefe zu schreiben und die antworten dir und es zeigt was Geheimes von ihnen. Es ist, als wäre die Handschrift das Echteste, Wahrste von einem. Und das Verrückteste ist, du kannst alles von deinem Kumpel kennen, seine Gewohnheiten, sein Leben, sogar seine Hoffnungen, aber du weißt nicht, wie seine Handschrift aussieht, bis er in den Knast kommt und dir einen Brief schreibt. Ich bin nicht sicher, was genau es preisgibt, aber es ist definitiv was. Wir telefonieren, weil Kaos schon früh eins reingeschmuggelt gekriegt hat, aber es ist die Mühe, uns Briefe zu schreiben, die uns auf eine tiefere Weise verbunden hält.

Kaos schickt mir eine Besuchserlaubnis und ich nehme den Zug nach Kent, denn er sitzt seine Strafe im HMP

Rochester ab. Als ich ihn im Besuchsraum sehe, fühl ich mich so glücklich. Er kommt in glänzenden, farbigen Bapes und sieht wahnsinnig stabil aus. Bruder, sagen wir beide gleichzeitig und dann setzen wir uns und reden und ich erzähl ihm, dass mit Yinka endgültig Schluss ist. Sie hat echt und ehrlich mit mir Schluss gemacht, weil sies nicht erträgt, dass ich nicht mit ihr zusammenleben will, sage ich und er sagt, sie is nich die Richtige, Snoopz, sie isses nich, scheiß auf sie, und ich sage, es is jetz echt und ehrlich Schluss. Dann kuckt er mich an, ich hab dir das mit Gotti gesagt, oder? Ich meinte, dass er mir nich in die Augen kucken konnte, als wir in meiner Wohnung geredet haben. Ich sage, ich weiß, Bro, ich weiß, und streich mir mit der Hand übers Gesicht, als wollte ich die Erinnerung wegwischen. Nach einer Stunde ist die Besuchszeit vorbei und er sagt, ich hab nur noch fünf Monate, Snoopz, bin bald wieder draußen, Bruder. Wir brauchen nur ein paar Knarren und das Bike und Kaos und Snoopz drehn ein geiles Ding, aber mach erst deine Uni fertig, tu keim was, bis ich wieder draußen bin.

Jetzt ist es Freitag und ich hab noch genau eine Woche, bis ich meine Abschlussarbeit abgeben muss, meine letzte große Arbeit, die mein Studium abschließt. Ich hab noch nicht angefangen, aber dann beschließe ich, fürs Wochenende aufs Land zu fahren, um H und C zu verkaufen. Viele Leute fahrn aufs Land, um Stoff abzusetzen, da gibt es reichlich Junkies, die Bullen sind weniger präsent als in London und es gibt nicht so viel Konkurrenz. Such dir ein nettes Örtchen weit weg, richte die Sache ein und am Ende kannst du in London bleiben, während deine Jungs draußen den Job für dich machen. Oder du schicks Leute hin, um es zu machen und musst ihnen nur was abgeben. Der Drogenhandel in all den größeren Küstenstädten Englands wie Bournemouth, Hastings und so weiter wird von Leuten in den Großstädten kontrolliert. Die Südküste ist London und wenn du weiter nach Norden gehst, sind es Leute aus Brum, Manny, Liverpool und so weiter. Wenns eine Schießerei in einer der Städte mit Kieselstrand, einem Pier mit Karussells, Spielhallen und dem ganzen Scheiß gibt, sind es meist verschiedene Gruppen aus London, die sich die Reviere streitig machen. Weil wenn zu viele das Gleiche wollen, gibts nich genug Junkies für alle, also weniger Profit und Umsatz. So kommt es manchmal zu einem kleinen Krieg darum, wer wirklich das Sagen hat, und die Bewohner vor Ort sind schockiert und entsetzt. So was gibt es hier eigentlich nicht, sagen sie.

Ich habe beschlossen, meiner Abschlussarbeit den Titel *Über die Moral des Mordes in Hamlet* zu geben, weil es in *Hamlet* um Ehre, Treue und die Qual durch das Verlangen nach Rache geht. Ich hab noch nicht angefangen, aber ich habe viele Notizen und zahllose Nietzsche-Zitate auf dem Tisch liegen. Mir bleiben nur sieben Tage, um 10000 Wörter zu schreiben, aber ich mache es immer so, ich warte immer bis zur letzten Minute, bis mich der Druck zum Schreiben zwingt. Es ist der wichtigste Teil meines Abschlusses und ich hab natürlich nicht vor zu versagen, aber dann kriege ich einen Anruf von Stranger und er sagt, seine Jungs in Hackney suchen vorzugsweise einen weißen Bruder, der mit zwei G-Packs Buj und Work aufs Land fährt und sie übers Wochenende verkauft. Wenn du weiß bist, fällst du in den kleinen Orten weniger auf, wo Multikulti ein chinesisches Take-away bedeutet. Wir kommen am Sonntag zurück, sagt Stranger, das Geschäft brummt und du solltes den Stoff bis Sonntagmorgen abgesetzt haben. Das Geld, das sie anbieten, ist anständig, und Stranger meint, ich selbs will nurn Drink, was bedeutet, er ist mit einem kleinen Anteil von dem zufrieden, was sie mir zahlen. Das Hotel wird übernommen, also warum nicht? Ich könnte eine kleine Auszeit brauchen, mal aus London raus, Seeluft und so und überhaupt, in diesem Jahr war echt noch nichts Richtiges los und so sage ich, ich bin dabei, Junge, und er, cool, ich hol dich ab und wir fahren zu den Jungs in Hackney und holen den Stoff.

Wir treffen uns mit Strangers Leuten im Flur eines verfallenden Blocks in Hackney. Schwache gelbe Lichter verschmutzen die Düsternis und Strangers Junge hat ein paar Schlägertypen dabei, wattierte Jacken, Kapuzen und sie kucken mich an, als wollten sie irgendwas rausfinden. Der Bruder, dessen Gebiet es ist, gibt mir ein Nokia 3310 und sagt, ich schreib dir, wenn sich einer meldet. Du muss ihnen nur geben, was immer es is, was ich dir sage, was sie wolln, und ich sage, cool. Skitzo fährt euch runter, sagt er und nickt einem seiner Jungs zu. Dann gibt er Stranger die beiden G-Packs, das sind Buj und Work im Wert von zwei Riesen, abgepackt in 10- und 20-Pfund-Portionen. Obendrauf gibt er Stranger noch 250 Pfund und sagt, das is fürs Hotel, und dann folgen wir Skitzo zum Auto.

Es ist später Nachmittag, als wir in Folkestone ankommen. Möwen gleiten schreiend durch die Luft und klingen wie eine Bande Kinder, *ich ich ich.* Wir checken im Hotel ein, Skitzo fährt wieder und das Telefon fängt an zu klingeln.

Ich bin mit Stranger im Haus eines Junkies und wir sitzen im Wohnzimmer. Der Boden ist mit kaputten Spielzeugen bedeckt. Man kann echt keinen Schritt machen, ohne auf eins draufzutreten. Es sieht aus, als hätte sich der Weihnachtsmann hier vor einem Jahr breitgemacht und dann den Job aufgegeben, sage ich zu Stranger, der lachen muss. Der Junkie ist eine Frau, Debbie. Sie kommt mit Geld ins Zimmer und sagt, gebt mir drei Mal Light und zwei Dark. Die Sucht hat sie noch nicht allzu fertiggemacht. Sie hat noch diese große Wohnung, die in keiner miesen Gegend oder so liegt und kauft ihrem Kind offenbar Massen an Spielzeug. Aber sie ist auf dem Abstieg. Blonde Haare, ein kleines Schwarzes mit hochgedrücktem knittrigem Ausschnitt und reichlich goldener Argos-Schmuck zwischen den Titten. Sie trägt schenkelhohe Strümpfe, von denen einer beim Geldabzählen auf den Fuß runterrutscht und ich kann blaue Adern unter der bleichen Haut sehen. Sie erzählt was davon, dass sie sich einen Jacuzzi in den Garten bauen lässt. Bevor wir gehen, kommt ein kleines Mädchen herein, bahnt sich einen Weg durch das Spielzeug und geht rüber zu einer Truhe, die sie aufmacht. Drin sind ein Kissen und ein paar Decken, es ist fast ein kleines Bett. Sie nimmt sich eins der kaputten Spielzeuge, eine Buzz-Lightyear-Figur, lächelt, klettert in die Kiste und macht den Deckel zu.

Den Tag über sitze ich auf einer Bank am Meer, mit *Für Esmé, mit Liebe und Unrat*, meiner Lieblings-Short-Story von J. D. Salinger, und einer Tüte Skittles. Zwischen den Seiten hab ich dreißig Rationen H, die Skittles hab ich fast alle gegessen und eine ganze Ladung C mit in der Tüte. Wenn ein Junkie kommt, sage ich, er soll sich von den Skittles nehmen und schüttele die entsprechende Anzahl Rocks in Position oder wenn sie H wollen, schlage ich die entsprechende Seite auf und sage, sie sollen sich nehmen, wofür sie bezahlt haben. Wann immer ich nichts mehr habe, geh ich zurück ins Hotelzimmer, wo Stranger chillt, und fülle meinen Vorrat auf. Dann geh ich zurück zur Bank und warte auf den nächsten Kunden, während die Sonne draußen auf dem Meer in tausend Stücke zerspringt, die bis weit raus auf den Wellen tanzen.

Später gebe ich einem Junkie und seiner Freundin zwei Rocks dafür, dass sie mich in einen anderen Teil der Stadt fahrn, um da was zu verkaufen. Wir halten in einer heruntergekommenen Straße und ein Bruder mit bloßem Oberkörper kommt zum offenen Fenster bei der Fahrerseite gerannt, schreit, du schuldes mir was, du verdammtes Arschloch und boxt dem Junkie ins Gesicht. Blut spritzt auf die Windschutzscheibe. Der Bruder zieht den Schlüssel aus dem Zündschloss und rennt in ein Haus. Mein Fahrer hat eine gebrochene Nase und seine Freundin schreit, der verfickte Dreckskerl hat kein Recht dazu, aber die beiden sind so durch den Wind, dass sie mir nich mal erklären können, worums hier geht. Ich steige aus dem Wagen. Fuck, ich muss in das Haus rein und den Schlüssel holen. Die Tür ist offen. Der Bruder sitzt an einem Tisch im Wohnzimmer, immer noch mit bloßem Oberkörper, hält den Schlüssel in der Hand und raucht. Der hat mir verdammt mein Braunes geklaut, der Penner, sagt er, als ich reinkomme. Yeah, aber das hat nichts mit mir zu tun, Bruder, sage ich. Ich versuch hier was zu regeln und wenn du ihm den Schlüssel klaust, verdirbt mir das mein Geschäft. Wenn du also nich wills, dass es hier jetz echt unschön wird, rücks du den Schlüssel raus. Er kuckt mich nicht an. Dann hab ich eine Idee. Ich sage, ich geb dir zwei Mal Dark für deinen Ärger. Er hebt den Blick und sagt, könnens auch drei sein? Ich hol zwei Kugeln H raus und sage, könnens nich. Er gibt mir den Schlüssel, ich ihm sein H, geh raus und setz mich ins Auto. Später parkt mein Fahrer in einer ruhigen Wohnstraße und steckt sich mit seiner Freundin eine Pfeife an. Ich gehe, als sich dichter weißer Rauch im Auto ausbreitet.

Bis Sonntagmorgen ist alles erledigt und Stranger und ich nehmen den Zug zurück nach London. Als wir in den Block in Hackney kommen, geben wir dem Boss sein Geld und das Telefon und er sagt, super, habt ihr gut gemacht. Ich hab auch gehört, wie du die Autoschlüssel zurückgekriegt hast, gut gemacht. Er gibt mir meinen Anteil und sagt, also, du machs auch die Sache am Montag, oder? Ich sage, nah, ich muss für die Uni arbeiten, ich bin da schon hinterher. Skitzo sagt, was? Wills du sagen, du has was Besseres zu tun, als drei Hunnis am Tag zu machen? Er leckt sich über seinen Goldzahn und kuckt mich an und ich sage, hör zu, ich hab weit Wichtigeres als diesen Scheiß am Laufen. Ich muss eine verdammte Abschlussarbeit schreiben, 10000 Wörter und das setz ich für nix aufs Spiel. Der Boss lacht und sagt, nah, der is echt, Respekt, Junge, und er gibt mir die Faust, während Skitzo düster auf den Boden kuckt. Dann sagt Boss, wann immer du wieder mit mir zusammenarbeiten wills, ruf an. Es ist fünf Uhr nachmittags und ich fahr nach Westfield und kauf mir ein Paar Lackschuhe von Prada, bevor der Laden zumacht.

Es ist Montagmorgen. Ich habe genau fünf Tage, bis ich meine Arbeit abgeben muss. Ich sitze am Esstisch in Plaistow und zwinge die Worte raus. Ich schreibe alles von Hand, bevor ich es eingebe. Papier breitet sich vor mir aus wie totes Laub voller Schneckenspuren aus schwarzer Tinte. Alle zweitausend Wörter belohn ich mich mit einem Joint. Manchmal verlier ich den Faden. Manchmal muss ich mich bremsen, um nicht abzuschweifen. Da gibt es dieses Buch, auf das ich mich, wie ich beschlossen habe, beziehe: *Der Mord als eine schöne Kunst betrachtet.* Stimmt schon. Denk nur an all die Gangsterfilme von Tarantino, Scorsese und so weiter, die Leute lassen sich gerne von Morden unterhalten. Die richtige Kombination von Kaltherzigkeit und Drang nach Rache. Und vergiss die Beleuchtung nicht. Spezialeffekte. Das richtige Gleichgewicht der Schatten. Du genießt es vom Sofa oder auf einem Sitz im Kino mit ausreichend Popcorn. Aber dann die wirkliche Scheiße in den Nachrichten. kuck sie dir an und dir wird ganz anders und du wirfst die Hände vors Gesicht, als könntest du dir die Scheiße aus den Augen reiben. Aber dann willst du wieder hinsehen, fasziniert von der hässlichen Wirklichkeit.

Gedanken verselbstständigen sich, weil ich kiffe, Boost trinke und nicht genug Schlaf bekomme, während ich schreibe und schreibe. Und dann plötzlich habe ich nur noch zweitausend Wörter vor mir, bin praktisch fertig, es fehlt nur der Schluss. Am Ende schaffe ich es, meine Arbeit ausgedruckt abzugeben, gerade noch rechtzeitig. Ich habe das Gefühl, keine Worte oder Gedanken mehr in mir zu haben, als könnte ich nur noch atmen und mich bewegen. Ich brauche Schlaf. Verdammt, ich muss all meine Notizen wegwerfen.

Kaos kommt raus, als ich gerade mit allem fertig bin.

Ich besuch ihn in Hackney, er ist auf Bewährung draußen und der Gefängnisdienst hat ihn in einer Übergangseinrichtung mit anderen grade freigelassenen Leuten einquartiert. Ich seh ihn die Straße runter auf mich zukommen und etwas in mir fliegt hoch zum Himmel und ich muss so grinsen. Ich geb ihm die Faust und er sagt, komm, Bruder, umarm mich mal, alles okay, Mann? Wir umarmen uns da auf der Straße, während die Sonne den Himmel poliert und ich kuck hoch und die Welt fühlt sich eine Sekunde neu an. Ich kann die Muskelpakete unter seinem Hoodie spüren und ich sage, krass, Bro, du has echt die Muskeln, und er, glaub mir, Snoopz ich habs drauf, ich heb dich wiene Hantel. Ich lache und sage, was immer du sagst, Mann, und er nimmt mich hoch, als wärs nichts, direkt da mitten auf der Straße, Autos fahren vorbei und er hat meine ganzen eins achtzig auf seinen Armen und hebt mich rauf und runter, macht Armbeugen wie ein Irrer. Ich gebs auf und er, ich sags dir, Brudda, die sind nich auf Kaos vorbereitet, ich bin zurück. Und ich fang an, mir zu wünschen, ich hätte all die Dinger mit Kaos gedreht und nicht mit Gotti und die Traurigkeit kommt zurück und ich sage, komm wir drehn unsn Joint, Bruder.

Die Einrichtung ist die reinste Scheiße. Voll mit Junkies. Ich rieche H und C und Schweiß, kaum dass wir unten in sein Zimmer kommen. Kaos sagt, echt, Snoopz, ich kanns nich erwarten, dass ich hier rauskomm, mich da vorne nich mehr eintragen muss und meine eigene Tür mit meinem eigenen Schlüssel aufschließen kann, wann immer ich will. Wir kiffen, aber er ist schon nach fünf Zügen raus und schläft ein, weil er nur noch die dünnen Knast-Joints gewohnt ist, nicht diese fetten Tüten mit Topp-Gras, die ich immer drehe. Ich breite eine Decke über ihn und verlasse die Unterkunft.

Das Erste, was er tut, nachdem er wieder in Freiheit ist, er dreht ein Ding mit einem crazy Typen aus Tottenham, Demon, mit dem er in Rochester gesessen hat. Sie rauben eine Dealerhöhle in Manor House aus und als er davon zurückkommt, gibt er mir eine Uhr mit einer mit schwarzen Diamanten besetzten Weltkarte aus Weißgold auf dem Zifferblatt und die Einfassung ist voller winziger weißer Diamanten und ich sage, Bruder, die kanns du mir nich schenken, du bis grad erst raus, behalt sie, verkauf sie oder so. Kaos sagt, nah, Snoopz, die is für dich, du has mich nich vergessen, als ich drin war, du bis auf ewig mein Bruder. Er erzählt mir, dass es drei Leute waren. Er und Demon haben die Tür eingetreten und sind mit Balas und Knarren rein. Einer von den Jungs drinnen is aus dem Klofenster raus, bevor sie ihn kriegen konnten. Die andern beiden mussten sich flach auf den Boden legen, bevor sie ihnen Telefone, Uhren, Stoff und Bares abgenommen haben. Als sie wieder raus sind, hat sich Demon noch mal umgedreht, seine Wumme gespannt und langsam auf den Kopf von einem von den Typen auf dem Boden gerichtet, aber Kaos hat ihn gepackt und gesagt, has du sie noch alle, Alter, warum wen umbringen, wir sind grade erst raus aussem Knast. Ich sage, Bruder, du hättes mich anrufen sollen, ich wär dabei gewesen, und Kaos sagt, hab ich, aber du meintes, du sitzt an deiner Arbeit und da dachte ich, warum dir was sagen, wo du dich da drauf konzentriern musstes.

Und dann kriege ich meinen Abschluss. Einen BA in Englisch. Glaubst dus. Ich bin mit meiner Abschlussarbeit nur knapp an einer Eins vorbei. Kaos kommt auch zur Zeugnisverleihung. Er hat sich gerade erst P.O.M.E. über die linke Augenbraue tätowieren lassen: Product Of My Environment. Er steht rum und redet mit meinen Eltern und Danny und dann machen wir Fotos mit mir in meinem Umhang und mit Doktorhut. Alle lächeln und blecken grinsend die Zähne.

NACH WEIHNACHTEN

Ein Jahr, nachdem ich meinen Abschluss habe, fange ich an zu dealen. Genau wie Capo. Wie sonst soll ich meinen Pilotenschein bezahlen, sagt er.

Am Abend des zweiten Weihnachtstages sitzen meine Mutter und Danny im Wohnzimmer und spielen Schach. Im Kamin, den mein Vater aus der Wand gearbeitet hat, brennt ein Feuer. Er hat berechnet, wo der Kaminschacht sein muss, eine Woche gehämmert und den alten Zugang gefunden. Es war nicht seine Idee, meine Mutter wollte immer schon so was. Sie kommt oft mit Holz nach Hause, das sie aus Containern gerettet hat, mit alten Stühlen und Brettern, die sich verfeuern lassen.

Capo hat mich zum Gras-Dealen gebracht und ich hab mir einen Markt für größere Mengen aufgebaut. Richtig los gehts für mich allerdings erst, als Kaos mich mit Blade bekannt macht. Ich sage, du kriegs natürlich deinen Anteil, Bruder, was willst du dafür? Und Kaos sagt, red kein Scheiß, Snoopz, ich will da nichts für, ich will nur, dass es bei dir läuft, du bis mein Bruder. Blade verkauft aus einem Haus in Hounslow raus, er hat den ganzen Block im Griff. Es ist kein großes Haus, alles zusammen sechs Wohnungen und er hat es so eingerichtet, dass alle, die da wohnen, auf die eine oder andere Art für ihn arbeiten. Ich bringe Blade alle zwei Wochen eine Box. Wann immer ich ihn treffe, kann ich erkennen, ob er grade am Portionieren war, weil er Heuschnupfen hat und der Staub vom Gras lässt ihn niesen und seine Augen anschwellen. Er teilt die Box in Einzelportionen auf, also ein Kilo in 1,8-Gramm-Portionen, die er für je einen Zwanziger verkauft. Nach zwei Wochen ist er alles los. Das ist schwer beeindruckend, Mann, sage ich und Blade sagt, weiß nich, Bro, ich hock hier Tag und Nacht und mach kein Auge zu.

Ich bleibe jetzt öfter bei meinen Eltern, ein, zwei Nächte jede Woche bin ich da und wenn sie anfangen, zu viele Fragen zu stellen oder ich einfach Platz brauche, um zu tun, was ich will, geh ich zu einem meiner Kumpel und schlafe da. Die Sache läuft gut, ich habe allen Weihnachtsgeschenke gekauft und mein Geld häuft sich in der Sockenschublade in meinem alten Schlafzimmer an.

Mein Vater sitzt in der Küche und liest etwas. Alle haben volle Bäuche. In der Wohnung riecht es nach Tannennadeln und Gänsefett. Ich hatte noch nie Gans gegessen, aber Mama meinte, sie wolle dieses Jahr zu Weihnachten etwas Besonderes.

Ich verlasse die Wohnung und gehe nach unten, ohne dass jemand was merkt. Blade hat einen Neuner zurückgebracht, den ich ihm letzte Woche geliefert habe. Genauer gesagt, habe ich ihm eine halbe Box geliefert und er bringt eine Hälfte von der davor zurück. Der Stoff ist nicht der, den er wollte. Zunächst mal ist es Cheese und kein Ammi und die Blüten sind nass, klein und schwer und es sind zu viel Stängel dabei. Es ist nicht die gewohnte Qualität, die ich ihm liefere, und er sagt, es schadet dem Geschäft, weil seine Kunden den Stoff nicht wollen. Es is wirklich komplett mein Fehler. Es soll mir eine Lehre sein. Niemals schlechten Stoff annehmen, nur weil du welchen brauchst, oder.

Ich treffe ihn unten vorm Haus. Er steigt aus dem Taxi, das auf ihn wartet. Du siehs gestresst aus, Junge, sage ich, als wir uns im Flur unten begrüßen. Blade ist klein und kompakt, war mal ein Ausnahmetalent im Judo. Aber seine Mum hat nie die Staatsbürgerschaft für ihn beantragt, als er mit vier Jahren aus Ghana ins Land kam. Sie hats versaut, hat Blade mir mal gesagt, als ich ihn gefragt habe, warum er nicht versuche, in die britische Olympia-Mannschaft zu kommen. So ist er statt ein Judoka, so nennt man das, sagt er, Dealer geworden. Er erklärt mir noch mal, dass ihm der schlechte Stoff das Geschäft kaputt macht. Ich hebe die Hand und bewege sie runter runter runter, damit er leiser redet, weil ich nicht will, dass unsere Nachbarn uns hören. Er riecht nach dem Cheese, das ich ihm geliefert habe. Ey, der riecht noch ganz schön, sage ich, als er mir den Neuner in Plastiktüten verpackt zurückgibt und er sagt, ja, riechn tut er okay, aber glaub mir, Snoopz, der Stoff is echt nich so. Ich steck mir das Zeugs unter mein Hoodie und lass ihn wieder raus. Sag Bescheid, wenn du wieder bessren hast, sagt er, als er ins Taxi steigt.

Ich gehe nach oben und hoffe, der Cheese ist noch in der geruchsdichten Verpackung, in der ich ihn Blade gegeben habe. Zurück in der Wohnung zieh ich die Schuhe aus und geh direkt hoch in mein Zimmer. Setz mich aufs Bett und hol den Vakuumierer raus, um den Cheese in Unzen aufgeteilt frisch zu verpacken. Später werd ich ihn Uncle T bringen. Der kriegt so ziemlich alles weg, was ich ihm gebe.

Als ich die Tüte aufmache, sehe ich, dass die Verpackung auf ist. Der Stoff ist nur locker in Plastik eingewickelt und mein Zimmer wird sofort von seinem Geruch erfüllt, ganz so als schwitzten die Blüten ihren Saft auf alles aus, Bett, Klamotten, Wände, und die könnten ihn nicht halten. Ich steh auf dem Bett, reiß das Fenster auf und schon hör ich meine Mutter unten sagen, oh, mein Gott, was ist das für ein Geruch, als hätte jemand Hundefutter in die Wohnung geholt. Ich steh auf dem Bett und muss lachen und hör meine Mutter sagen, das stinkt ja fürchterlich, was ist das? Dann werden auch unten die Fenster aufgemacht.

Mein Bruder kommt rauf in mein Zimmer und ich sage, reg mich jetzt nicht auf, Danny, Scheiße.

Er sagt, ich weiß, deshalb hab ich das ja mit dem Hundefutter gesagt. Es ist unerträglich, ich dachte, du hast mit dem Rauchen aufgehört.

Hab ich auch, aber einer hat mir eine Ladung Stoff zurückgebracht und ich musste das Zeugs mit in die Wohnung nehmen.

Gabriel, die ganze Wohnung stinkt, und er flüstert es gleich noch mal mit großen Augen und lächelt dann.

Ich kann echt nicht sagen, was er von allem hält. Er geht zurück nach unten und ich verpacke alles wieder und denke, warum nur mache ich so einen Scheiß?

Mein Vater kommt ins Zimmer und bleibt in der Tür stehen. Er zieht die Stirn kraus und sagt, Gabriel, das ganze Haus stinkt nach Marewana, und ich gebe mir Mühe, nicht zu lachen, als er das sagt. Als Kind fand ich die Falten auf seiner Stirn besorgniserregend. Tiefe Falten, eine über der anderen. Ich dachte, die müssen da sein, weil er traurig ist und dann hab ich ihm drüber gerieben, weil ich dachte, ich kann sie glätten und dann sind seine Sorgen weg.

Ich sage, tut mir leid, Tata, ehrlich, ich hab nichts geraucht, ich schwörs, aber ein Freund war da und hat mir eine Jacke gebracht, die ich bei ihm gelassen hatte und weil er so viel raucht, stinkt die jetzt nach Gras.

Er geht wieder und sagt, okay, okay, ich sag dir nur, die ganze Wohnung stinkt und es ist schwer, den Gestank rauszukriegen, und er geht wieder nach unten. Ich sag nur immer weiter, sorry sorry, während die Treppe knarzt.

Ich gehe nach unten in die Küche und wiederhole die Geschichte mit der Jacke, die ich meinem Vater schon aufgetischt habe. Ich bin nicht ganz sicher, was ich da versuche. Ich glaube, ich möchte, dass er sich besser fühlt. Bis jetzt waren es gute Weihnachten. Der Geruch stört ihn, aber er liest schon wieder seine Zeitung. Ich geh ins Wohnzimmer und wiederhol das Ganze noch mal für meine Mutter, aber bei ihr funktioniert es nicht. Sie ist auf den Beinen, das Schachspiel ist vergessen und ihr Blick ist starr und streng.

Wo ist die Jacke?, sagt sie. Ich will diese Jacke sehen. Wo ist sie?

Ich sage, sie ist oben, Mama. Ich habe sie in den Schrank gehängt.

Später, als ich Kaos davon erzähle, sagt er, ich hätte nach oben gehn, mirne Handvoll Cheese aus der Tüte holen und über eine meiner Jacken aus dem Schrank reiben sollen. Bruder, was has du dir nur dabei gedacht? Komm, du bis doch nich blöd, Snoopz, du wusstes, dass dasne scheiß Idee war. Ich sage zu ihm, aber Bruder, sie ist mir gefolgt und wollte sich nicht abschütteln lassen.

Zeig mir diese Jacke, Gabriel, ich will diese Jacke sehen. Sie hört nicht auf.

Ich sage, was soll das, Mama, und gehe zurück nach oben, aber sie kommt mir direkt hinterher und sagt, zeig mir diese Jacke, ich will an ihr riechen.

Ich bleibe auf halber Höhe der Treppe stehen und sage, scheiße, was soll dieses abnormale Verhalten? Lass mich in Ruhe, hör auf, mir zu folgen. Mein Vater kommt aus der Küche und fragt sie auf Polnisch, was sie da macht, und Danny sagt, komm wieder runter, das muss doch nicht sein. Warum verdammt kann sie es nicht mal gut sein lassen? Nur einmal. Aber meine Mutter hat sämtliche Stacheln aufgestellt. Vielleicht ist es ihre Art, wie sie in dieser Welt überlebt. Vielleicht überlebt sie so auch mich. Ich weiß es verdammt noch mal nicht.

Als ich zurück in meinem Zimmer bin, kommt Danny wieder rein und sagt, dir ist schon klar, dass du kein Recht hast, so hochzugehn, weil was du sagst so was von klar eine Lüge ist und die Wohnung wegen dir so stinkt. Ich sage, was soll ich denn machen, ihnen die Wahrheit sagen? Er sagt, yeah, vielleicht? Ich weiß es nicht. Aber du hast das verkackt, es ist nicht Mamas Fehler.

Ich packe den Vakuumierer und den Neuner in eine Reisetasche. Ich rufe Uncle T an und erkläre die Situation, und er sagt, komm, wann immer du so weit bist, mein Sohn, ich werd das für dich ohne Probleme los. Ich nehme die Tasche und gehe nach unten, gehe in die Küche und verkünde meinen Eltern, es stinkt so, weil mir ein Freund neun Unzen Gras gebracht hat und ich nicht dachte, dass sie so stark riechen. Yeah, so ist es, ich verkaufe Gras, so verdiene ich mein Geld, ich meine, was denkt ihr denn, wie ich es mir bisher erlauben konnte, allein in einer Wohnung zu wohnen? Ihr wisst, ich habe keinen Job, wie denkt ihr, kann ich all diese neuen Klamotten und Weihnachtsgeschenke kaufen? Ich lass alles raus, ohne auch nur einmal Luft zu holen.

Meine Mutter zuckt zusammen, aber ihr Gesicht ist immer noch ganz starr, sie kuckt mich so an, dass ich nichts bei dem empfinde, was ich gerade gesagt habe. Mein Vater ist offenbar verärgert, dass meine Mutter mich gezwungen hat, mit der Wahrheit rauszurücken. Meine Mutter beruft einen Familienrat im Wohnzimmer ein.

Es geht so: Daniel und ich sinken auf das zerkratzte Ledersofa vor dem kleinen Tisch mit dem vergessenen Schachbrett. Von gegenüber stellt mir meine Mutter verhörartige Fragen. Mein Bruder sagt, diese Art Fragen sind irrelevant und dass ich sie nicht beantworten muss. Mein Vater sitzt schweigend neben meiner Mutter, sieht von uns weg auf die Wand und bewegt stumm die geschlossenen Lippen, als kaute er auf Worten. Ich weise darauf hin, dass wir, wenn wir in Holland lebten, dieses Gespräch nicht haben würden, weil ich vom Gesetz her als Unternehmer und nicht als Drogendealer gelten würde.

Woher hast du es? Wem wirst du es verkaufen? Wo wirst du es verkaufen? Sie drängt immer weiter mit ihren Fragen, die ich nie beantworten werde. Mein Bruder sagt genau das nach jeder neuen Frage, die sie stellt. Es erinnert mich daran, wie wir, als wir klein waren, all diese geheimen Witze hatten und uns gegenseitig zum Lachen gebracht haben, wenn uns unsere Mutter für was immer auch bestrafte, das ihr gegen den Strich ging.

Irgendwann sagt sie, dass ich den Leuten damit ihr Leben zerstöre. Welchen Leuten?, frage ich. Jungen Leuten, antwortet sie und Danny und ich fangen laut an zu lachen.

Am Ende werd ich die Sache leid, meine Mutter ärgert mich auf eine Weise, wie dich nur eine alte Mutter voller Liebe und verfehlter Vorstellungen ärgern kann. Ich unterbreche sie und sage, sorry, aber was soll das alles?

Meine Mutter wendet sich an meinen Vater und sagt, ich finde es sehr traurig und falsch, dass ich das hier ganz allein bestreiten muss. Hast du deinem Sohn nichts dazu zu sagen? Sie sagt es auf ihre gewohnt aggressive Art und übersieht dabei völlig, dass sie es ist, die dieses Theater wollte.

Mein Vater sieht mich an. Ich bin sehr betrüblich, fängt er an und meine Mutter unterbricht ihn. Du meinst betrübt? Danny und ich sagen, warum machst du das? Sie sagt, aber ich verstehe nicht, was er meint. Ich sage, Tata, bitte mach weiter. Ich kann nicht akzeptieren, sagt er, dass jemand in meiner Familie in kriminelle Dinge verstrickt ist, besonders nicht mein Sohn, der talentiertester Mensch ist, den ich kenne und so viele künstlerische Sachen kann, dass du dir aussuchst, Drogen verkaufen. Ich weiß, wie schwer es für dich ist, Job zu finden

Einen Job zu finden, unterbricht ihn meine Mutter und fängt an ihm auf Polnisch zu erklären, was mit seiner Grammatik nicht stimmt.

Als Tata fertig ist, wird seine Stimme leicht und freundlich, er sieht mich an und sagt, jetzt Schluss, du musst weg, ja? Ich nicke und stehe auf. Es wird spät, die Nacht füllt sich den Bauch mit Straßen und Dächern, das Gesicht meiner Mutter ist ein zerklüfteter Stein und ich will nicht mehr hier sein.

Ich gehe in den Flur, ziehe meine Nikes und meine Jacke an und nehme die Tasche mit dem Vakuumierer und den neun Zeds Cheese. Als ich die Treppe runtergehe, kommt mein Vater aus der Küche und hält mich auf, Gabri, und ich drehe mich um. Er hält mir eine Dose mit Mince Pies hin. Für dich und deine Freunde, sagt er mit einem Lächeln, die Augen wie Silbertropfen, die sich unter seinen Brauen verbergen. Er kämmt sie sich immer hoch, dass sie wie bei einem bösen Zauberer in einem Cartoon in einer Spitze enden. Danke, Tata, sage ich und lächle. Ich mache meine Tasche auf und schiebe die Mince Pies hinein, oben auf den Vakuumierer, direkt neben das umwickelte Gras.

Als ich die Wohnung verlasse, fange ich still an zu weinen, verspanne das Gesicht und mein Blick verschwimmt. Ich kann jedoch nicht sagen, ob ich traurig bin oder ob es einfach so ist, weil ich kapiert habe, dass die Liebe meines Vaters für mich keine Grenzen kennt, selbst wenn sie mit etwas Schrecklichem zu kämpfen hat. Das mit dem Blick hört erst auf, als ich die Bushaltestelle erreiche und mein Atem bebt in meinem Mund, während ich langsam ausatme. Ich wische mir mit dem Ärmel über das Gesicht und ärgere mich über mich selbst, sei keine Pussy, Mann, reiß dich zusammen, weil der Bus jetzt kommt und ich nach SK und dieses Zeug loswerden muss.

Als ich zum Blake Court komme, sehe ich neue lila Lichter den ganzen Block rauf, eine Art Albtraumtrip, all der trostlose Beton voller Lila und schwerer Schatten. Was soll das denn, denke ich, als ich bei Uncle T klingle und er mich reinlässt.

Die Tür oben ist nur angelehnt und ich schließe sie hinter mir, rufe hey hey hey, während ich die Treppe hochgehe. Wie gehts, Snoopz, ruft Uncle T, als ich in die Küche komme. Uncle Ts alter Freund Sparky General ist auch da. Sie sitzen am gläsernen Küchentisch, Uncle T auf dem alten schwarzen Schreibtischstuhl, den irgendwer draußen vorm Block entsorgt hatte und mit dem er durch die Küche rollt, wenn er nicht aufstehn, aber zum Waschbecken oder Kühlschrank will. Nach Jahren als Pflasterer und immer ohne richtige Schutzkleidung hat er Arthritis in beiden Knien. Sparky sitzt am anderen Ende unter dem verblichenen Bob-Marley-Poster, dem die durchs Küchenfenster fallende Sonne alle Farbe genommen hat. Sie rauchen fette Tüten ohne Mundstück, Rizlas im Yardie-Stil, absolut kingsize. Schwere Sovereign-Ringe an Sparkys Fingern, einzelne Aschepartikel treiben von seinem Joint hoch und hängen sich an die Nacht in seinen dichten Locken.

Du bist ein Lebensretter, sage ich zu Uncle T und packe meine Tasche aus. Snoopz, wann immer du was an Stoff loswerden muss, komm zu mir, sagt Uncle T. Ich gebe ihm die Dose mit den Mince Pies und er sagt, für mich? Ich sage, yeah, Pops, frohe Weihnachten, und er, danke, mein Sohn, ich ess gleich mal einen, und macht die Dose auf. Ich hole den Neuner aus meiner Tasche und packe ihn aus. Die *Kilburn Times* liegt auf dem Küchentisch ausgebreitet, mit ein bisschen Asche drauf und Sparky sagt, was fürn verdammter Schwachsinn, Kumpel, kuck dir diese Jackie Sadek an, und Uncle T sagt, wen? Ich habs dir grade vorgelesn, sagt Sparky, sie leitet ein Projekt vom Brenter Council, mit dem hier aufgeräumt werden sollte und jetzt hör dir an, was sie sagt: South Kilburn ist ein wundervolles Viertel, unglaublich gut an die Innenstadt angebunden und so grün – da ist alles bestens. Sparky fängt an zu lachen, hahaha, und aus dem Lachen wird ein krächzendes Husten. Uncle T sagt, South Kilburn? Sie redet von South Kilburn? Ich glaubs nich. Ich sage, yeah, weil wenns wo grün is, kannst du nicht erschossn werden, oder, da wird keiner abgestochen und es wimmelt auch nich von Junkies, richtig? Und jetzt hört euch das an, sagt Sparky. Auf die Frage, was mit den fünfzig Millionen Pfund ist, die die Regierung dem Council zur Verfügung gestellt hat, um den Estate auf Vordermann zu bringen, und Onkel T ruft, fünfzig Millionen? fünfzig Millionen?, und Sparky fährt fort, auf die Frage, was mit dem Geld is, sagt sie, sie is nich sicher, aber sie hat jetzt definitiv das Gefühl, es geht nur noch aufwärts. Was fürn Schwachsinn, sagt Sparky, als er den Artikel durchhat. Nun, da werden sie was vorweisen müssen, oder, sagt Uncle T. Deshalb ham sie wahrscheinlich diese dämlichen Lichter an den Block gehängt. Ich sage, die hab ich beim Herkommen gesehn, was zum Teufel solln die da? Ich hab gehört, der Council lässt sie nächste Woche wieder runter machen, sagt Uncle T.

Ich geb Uncle T und Sparky die Faust und bin wieder weg. Bis dann, Snoopz. Draußen regnet es und als ich aus dem Block komme, seh ich die lila Lichter in schwarzen Pfützen schwimmen. Ich ziehe die Kapuze über den Kopf und gehe nach Hause.

DIE WELTBESTEN

Ich bin mit Capo in unserer Umschlagswohnung und wir zählen Geld. Capos Finger bewegen sich wie mechanisch, als rutschte er ab und der Moment wird in einer Endlosschleife festgehalten. Konzentriert. Er sagt, sorg dafür, dass jeder Schein das Gesicht der Queen oben hat, leg sie alle gleich zusammen. Man braucht seine Standards, sagt er. Das meiste von dem Geld geht sowieso zurück an den Lieferanten, da Capo den Stoff auf Pump gekriegt hat. Ich nehme an, er will einen guten Eindruck machen. Wir trennen die Fünfziger, die Zwanziger und die Zehner, sodass jedes Tausenderbündel aus den gleichen Scheinen besteht. Wir trinken nur Wasser aus Flaschen, weil die Küche hier irre verdreckt ist, voller Kakerlaken und alle halbe Stunde geht einer von uns und sprüht Febreze in den Flur und auf die Eingangstür. Die Boxen mit Ammi sind vakuumverpackt und riechen nicht, aber manchmal machen wir eine auf, um sie in kleinere Bestellungen aufzuteilen, halbe Boxen oder Neuner und vakuumieren sie neu. Und jedes Mal, wenn wir eine Box aufmachen, platzt der Geruch in den Raum und nimmt die Luft um uns ein. Dazu kommt, dass wir kiffen und wir haben Handtücher aufgerollt unten vor die Tür gedrückt und das Fenster steht einen Spalt offen. Alles, was geht, nur für den Fall. Auf dem Sofa, auf dem Capo sitzt, liegt ein Samurai-Schwert.

Seit ich mit dem Dealen angefangen habe, muss das hier die größte Menge sein. Zwölf Boxen, zwölf Kilo, harte Plastikkissen voller dunkelgrüner Blüten. Es ist die größte Bestellung bisher, weils bei Capo mega läuft und der Lieferant weiß, er kriegt sein Geld. Das ist die Sache mit Capo. Alle wissen, dass sie sich auf ihn verlassen können, wenn es drum geht. Als wir mit dem Geldzählen fertig sind, kommen wir auf 125 Riesen. 125 000 Pfund in bar. Ich frage mich, an wie vielen verschiedenen Orten, in wie vielen verschiedenen Situationen und Händen diese Scheine schon waren. Jetzt liegen sie hier in Bündeln, von grünen, blauen, gelben und roten Gummibändern zusammengehalten und landen in einer Einkaufstasche von Selfridges. Der Stoff und das Geld zusammen, das sind über 200 Riesen. Meine Familie hat nie solche Summen gesehen. Mir wird leicht schwindlig. Als wir den Stoff von unserer Connection in East-London abgeholt haben, sind wir direkt vor Stratford an einer riesigen Plakatwand seitlich auf einem Gebäude vorbeigekommen, auf der in großen schwarzen Buchstaben auf weißem Grund stand, SORRY! DER LEBENSSTIL, DEN SIE BESTELLT HABEN, IST LEIDER IM MOMENT NICHT VERFÜGBAR. Capo sagt, er will eine Wohnung in Hackney als Umschlagplatz, aber Hackney ist grade wahnsinnig im Kommen. Ich sage, die Leute in Hackney müssen mehr Leute umnieten, damit die Preise unten bleiben und wir lachen. Aber ich meine es ernst.

Ich gehe aufs Klo und bin so verzückt über das Geld und den Stoff, dass ich Kaos anrufe. Ich sage, Bro, ich hab grade mit Capo 125 Riesen gezählt und wir haben etwa zwölf Boxes Ammi portioniert. Kaos sagt, was? Wo bist du? Ich ruf Shredder an und sag ihm, er soll mit dem Van und seiner Knarre kommen und wir nehm euch aus. Ich sage, was? Nein, Bruder. Nicht Capo. Capo is Familie. Capo raubst du nicht aus. Kaos sagt, Scheiße, was soll das denn jetzt, Snoopz? So viel Geld, das verändert dein Leben. Alles, was du tun muss, is ein Schlag mit der Knarre wegstecken, ich werd schon nicht in der Wohnung rumballern. Ich verspreche, ich brech dir nicht die Nase oder schlag dir Zähne raus. Du kriegs nur eins auf die Stirn, bisschen Blut, damits echt aussieht. Capo wirds nie rauskriegen. Ich sage, Brudda, das is es nicht. Jeder andre und ich wär dabei, aber Capo is Familie. Den kann ich nicht so verraten. Kaos probiert es anders. Ich denke, ich bin dein Bruder? Wie kanns du deinen Bruder das nach allem nich tun lassen? Und ich, du *bis* mein Bruder, abern paar Prinzipien müssen sein. Das jetzt nicht. Bei jedem anderen bin ich dabei. Kaos' Stimme wird ganz tonlos und er sagt, cool, und legt auf, bevor ich noch was sagen kann.

Kaos ist im Moment superhungrig, weil sein Kumpel Camron vor ein paar Wochen getötet wurde. Hat ein Messer ins Herz gekriegt, als ihn ein paar Brüder entführt hatten und ausrauben wollten. Camron war Kaos' Connection für Heroin. Kaos sagt mir immer, das ist das Nonplusultra, die Junkies rennen dir die Tür ein. Wobei eigentlich war Camron ein Freund, nicht einfach nur der Lieferant, aber klar, es ist leichter, sich drüber aufzuregen, dass man eine Connection für gutes H verloren hat, als tiefer in seine Gefühle einzusteigen, was den Verlust eines Freundes angeht. Was Kaos noch mehr aufgebracht hat, war, dass Camrons Mutter keinen seiner Freunde bei der Beerdigung wollte. Irgendwas von wegen dass sie keine Verbrecher am Grab ihres Sohnes duldet.

Tags drauf geh ich zu Kaos. Normalerweise ruft er mich jeden Morgen an, aber diesmal melde ich mich bei ihm und als ich sage, ich komm vorbei, sagt er, yeah, wie du meinst, ich bin in der Wohnung, und legt auf. Aber ich weiß, wies ihm geht. Er is mein Bruder, oder. Ich fahr nach Finley. Orthodoxe Juden mit langen schwarzen Mänteln und breitkrempigen Hüten gehn die Straße lang. Kaos benutzt die Wohnung von einer Braut als Umschlagplatz. Sie liegt in einem braunen Block, der genauso aussieht wie alle anderen Gebäude im Estate und immer wenn ich herkomme, ich kann mich nie erinnern, welcher Block es ist. Ich ruf ihn an und er kuckt aus dem Fenster und sagt, die Klingel von Wohnung sechs.

Die Frau macht mir auf. Sie trägt Hotpants und ein Top und hat eine Pistole und THUG LIFE auf die rechte Brust tätowiert. Es ist knallheiß in der Wohnung, die Heizung ist bis zum Anschlag aufgedreht. Kaos sitzt am Tisch, zerteilt Crack und wickelt es in Frischhaltefolie. Im Fernsehn läuft eine Doku namens *Hitlers Henker.* Kaos liebt Dokus über den Zweiten Weltkrieg. Manchmal, wenn wir einen Joint rauchen, fängt er an, mir einen Vortrag über irgendeinen obskuren Scheiß zu halten, von dem ich noch nie was gehört habe, über Widerstandskämpfer, deutsche Militärtaktik oder so was. Ich setze mich auf das Sofa neben ihn und drehe einen Joint. Nach einer Weile sage ich es, du weißt, ich liebe dich Bro, aber ich konnte dich Capo nicht einfach ausrauben lassen. Er lacht, während er die Rocks auf der Waage ansieht, und sagt, ich liebe dich auch und deswegen war ich gestern so sauer, ich hatte nur mit dem Gedanken gespielt, Snoopz, ich würd ihn nich wirklich ausrauben, Capo is cool. Und damit ist es erledigt. Wir rauchen und sehn uns eine Doku über die SS an.

Als seine Kunden anfangen anzurufen, sagt er, bis du dabei? Klar, Bruder. Dann komm. Wir steigen in seinen Wagen und er sagt, dieser Bruder wird heute ordentlich Bares für mich ham, weil sein Geld gestern Abend gekommen is. Du weiß, wann sie ihre Stütze kriegen, yeah?, sage ich. Yeah, Bruder, klar weiß ich genau, wann meine Junkies was haben. Dann dreht er Gucci Mane auf, nonstop Dealertexte und ich lehn mich auf meinem Sitz zurück, während er uns nach Hackney fährt.

Er parkt vor einem dreckigen weißen Gebäude mit zerschlagenen Fenstern und zerrissenen Vorhängen. Auf einem Schild über dem Eingang steht Sunny Vale Hotel. Da gehn wir rein, Snoopz, aber pass auf, da sind ein paar echt kaputte Junkies drin. Er geht mit mir in das Crack-Haus. Die Junkies drängen sich sofort um ihn und halten zerknitterte Scheine in der Hand, ich will drei Light, nein lieber vier, und ein paar von ihnen starren mich an. Kaos sagt, das is mein Bruder, wenn was passiert, kommt er her und erschießt euch alle. Fast muss ich lachen und denke, ernsthaft? Würde ich das? Das ist neu, aber ich nehm an, es ist so. Kaos ist mit den Junkies fertig und wir gehn wieder. Wohin wills zu jetz?, fragt er. Ich muss nach Cricklewood, sage ich. Muss Capo helfen Gras abpacken. Ich kann dich in Kilburn absetzen, wenn du wills, sagt Kaos. Super, Bruder.

Später chill ich mit Capo in der Wohnung in Cricklewood. Wir sind grade damit fertig geworden, eine Box in Viereinhalber aufzuteilen. Ich lese einen *Daily-Mail*-Artikel auf meinem Telefon und sag alle paar Zeilen, ich glaubs nicht, so ein Bullshit. Capo sagt, was? Was liest du da?

Ich sag dir, was da nicht stimmt, Capo, mit dieser Gesellschaft. Es is dieser ganze Schwindel, diese ganze Verlogenheit, oder. Junge, siehs du das? Diese weißen Journalisten schreiben den größten Bullshit über Straßen, von denen sie absolut keine Ahnung haben. Nah, Mann, echt, sie reden so einen Scheiß und dann wirds gedruckt und die Leute lesen es und denken, es is so. Und dann wissen genau diese Leute nich, dass es Ecken wie South Killy gibt, und glauben nicht, dass da jeden Tag Leute fertiggemacht werden, dass du jede Nacht Schüsse hörs und allen möglichen Irrsinn siehs. Ich meine, hör dir diese Idiotin an, irgendeine weiße, blonde englische Schnalle, die für die *Daily Mail* schreibt und was steht hier? *Der furchterregende Bericht einer Frau darüber, warum sich ihr Mittelklasse-Viertel plötzlich nicht mehr sicher anfühlt.* Da is sie mit ihrn Kindern in der Nähe von SK unterwegs nach Hause und plötzlich knallt es in der Nähe. Sie schreibt, dass eine Bande ein paar Chicks aus dem Nachbarviertel gejagt hat. Sie werfen mit Flaschen und ein paar davon fliegen bis zu der Frau und ihren Kindern und sie hat diesen verdammten Kinderwagen und gerät in Panik und, Junge, weiß du, was diese Bitch schreibt? Sie schreibt, *als Journalistin habe ich mich jahrelang bemüht, Londons gewalttätige Teenager-Gangs zu infiltrieren.* Gangs zu infiltrieren? Was redet die da? Undercover-Bullen infiltrieren Gangs, keine weiße Lady von der *Daily Mail.* Echte Gs würden der nie was über ihr Leben erzähln, die reden gar nich erst mit der. Maximal is die in irgendn Estate rein und hat mit einem Loser geredet, der sich aufgespielt und ihr irgendwelchen Scheiß erzählt hat und sie dann, uuh, da mach ichn Artikel draus. Lach nicht,

Bruder, die Sache ist ernst. Hat sie so getan, als wär sie ein verdammter Junkie auf Crack oder so? Als wollte sie ihre verdammten Beine spreizen? Was fürn Scheiß, oder. Junge, hast du das Foto gesehen? Kuck dir ihr Foto an.

Ich halte Capo mein Telefon hin, der noch dran ist, einen Viereinhalber zu vakuumieren. Er hebt den Blick, sieht sich das Foto an und schüttelt den Kopf. Dann steht er auf, öffnet das Fenster, nimmt die Dose Febreze und sprayt in die Luft um uns rum.

Kuck sie dir an, vor ihrem verdammten Landhaus. Die sind stinkreich, Mann, das is verdammtes, reiches Upper-Class-London, Junge. Jeder schwarze Bruder aus der Nachbarschaft is ein Schock für die und sie denken, der is in einer Gang oder so. Verdammt, das is das, was ich nicht ausstehn kann, Capo, die Verlogenheit des Ganzen. Diese Journalisten schreiben in Zeitungen wie der *Daily Mail* diesen Bullshit über die Straßen und alle kriegen Schiss, alle haben Angst. Und es geht so weiter, Junge, was sagt sie? Hier, hörs dir an: *Ich bin gerannt, habe meine verängstigten Kinder gepackt. Natürlich war das falsch. So habe ich die Aufmerksamkeit auf meine fliehende Familie gelenkt und eine Splittergruppe ist hinter uns hergerannt und rief: »Fasst die Weißen«!* Wie bescheuert gehts noch, Junge?

Capo lacht, lehnt sich zurück aufs Sofa und steckt sich eine Zigarette an.

Fasst die Weißen, Junge? Ich meine, du weiß genau, keine Brüder in London schreien draußen auf der Straße, fasst die Weißen. Vielleicht haben sie gerufen, oi, nehmt die weiße Frau da aus, oder, aber keine verdammte Bande rennt hinter einer weißen Frau her und schreit, fasst die Weißen, fasst die Weißen. Das is typischer, rassistischer *Daily-Mail*-Bullshit. Wühlt Scheiße auf, schürt Ängste, versucht den Leuten Angst vor Schwarzen zu machen, vor Brüdern auf der Straße, vor Leuten mit Hoodies und Nikes, als wärn alle gleich und machten den gleichen üblen Scheiß, verstehs du, was soll der Bullshit? Hab ich recht, Junge? Die Frau muss es einfach mal kapieren. Du bis einfach auf ein Stück reales Leben gestoßen und das hat die kleine Blase, in der du lebst, platzen lassen, aber so läufts. Ich hasse diesen Scheiß, weiß du, der macht mich verrückt.

Capo sagt, deshalb les ich keine Zeitung, Junge. Vergiss es, Mann, stress dich nich, alle wissen, dass die voller Lügen sind.

Aber, Capz, ich les das auch in Büchern, Junge. Diese Journalisten, diese Beobachter, die nich aus den Straßen sind, die noch nie im Leben gegens Gesetz verstoßen haben, schreiben über Leute, die so leben, erfinden, fantasiern, erschaffen alle möglichen Dämonen, an die ihr Publikum glauben soll. Aber wir *kennen* die Wahrheit. Wir *wissen*, was wirklich abgeht und dann liest du diesen Schwachsinn und die Leute verdienen auch noch Geld damit, diese Unwahrheiten zu verbreiten.

Heilige Scheiße, das war jetzt aberne Rede, sagt Capo, du solltes dirnen Joint drehn, und er gibt mir eine Blüte Amnesia.

WER SIE WARN

Ich bin zurück in der Wohnung meiner Eltern. Alles schläft, Dunkelheit treibt sanft durch die Räume. Ich stehe im Flur. Atme aus und schließe den Mund und irgendwie drückt sich die ganze untere Zahnreihe über die obere und rastet da ein. Der Druck auf die Zähne oben ist enorm. Ich gerate in Panik, weil ich den Mund nicht mehr aufbekomme. Die untere Zahnreihe drückt drückt drückt heftig gegen die obere und ich weiß, ich muss den Kiefer wieder in seine natürliche Position bringen. Aber ich gebe dem Druck nach, weil ich es nicht mehr ertrage und es wohl keinen anderen Weg gibt, meinen Mund wieder aufzubekommen. Mein Kiefer bewegt sich und der gewaltige Druck reißt mir die komplette obere Zahnreihe aus dem Zahnfleisch. Die Zähne bröckeln mir auf die Zunge. Ich behalte sie im Mund. Ein paar sind noch am Platz, aber kaum welche. Ich spüre, wie sie sich hin- und herbewegen, wenn ich mit der Zunge darüberfahre.

Ich brauche etwa eine halbe Minute, um jeden Zahn oben mit dem Daumen zu checken, gegen sie zu drücken und zu begreifen, dass ich wieder diesen Traum hatte. Es ist jedes Mal der gleiche. Nichts passiert darin, um mir bewusst zu machen, dass ich träume. Keine Verzerrung der Realität. Jedes Mal, wenn ich die losen Zähne in meinem Mund spüre, weiß ich, dass ich nie wieder natürliche Zähne haben werde und es ist ein schrecklicher Verlust. Wenn ich dann aufwache und die Zähne überprüfe, ist die Erleichterung so real, dass sie mich den Großteil des Morgens über erfüllt. Ich habe keine Ahnung, was der Traum bedeutet, aber er ist weit verstörender als einer von den gewalttätigen, bei denen ich gleich mit dem Aufwachen weiß, ich bin zurück in der Realität. Bei den abgebrochenen Zähnen meine ich erst, ich hab mir die obere Zahnreihe tatsächlich zerbissen und bin voller Trauer und wünschte, ich hätte es nie so weit kommen lassen, bis ich schließlich kapiere, es war ein Traum. Es ist mit das einzige Mal, dass ich wirklich etwas bedauere und das Gefühl ist unerträglich.

Ich hab früher nie so geträumt. Nicht vor all den Aktionen, den Raubzügen und dem ganzen Irrsinn. Bevor ich rausgefunden habe, dass jemandem eine Waffe in den Bauch zu drücken, wahnsinnig beängstigend ist, schlimmer noch, als sie ihm gegen den Kopf zu drücken. Vor den Raubzügen mit dem Leute-Packen und Brillis- und Rollys- und Cartiers- Runterreißen. Vor all dem Türen-Eintreten und In-Wohnungen-Rennen, die ich noch nie von innen gesehn hatte. Vor den Outlaw-Tattoos und den Diamantenzähnen. Bevor ich wusste, dass man sich Pistolenschuss-Rückstände mit Benzin aus den Ohren wäscht. Bevor ich gelernt habe, dass wenn einem in den Bauch gestochen oder geschossen wird, es nach Scheiße riechen kann, wenn der Darm erwischt wurde. Bevor mir klar wurde, was wahre Freunde und falsche Schlangen sind und dass sie auch beides sein können. Bevor ich kapiert habe, dass es jeden erwischen kann. Vor den dicken wollenen Balas für den Winter und den dünnen aus Baumwolle für den Sommer. Bevor ich runter zum Grund geschwommen bin und merkte, dass ich keine Luft mehr hatte. Vor den Träumen über kaputte Zähne. Ganz am Anfang kam das erste Ding, der erste Raubzug, das erste Mal.

Ich war dreizehn, das erste Schulhalbjahr war gerade um und ich hatte diesen Bruder besucht, mit dem ich mich auf der Privatschule angefreundet hatte. Er hieß Henry. Seine Eltern waren superreich, sie hatten eins von den großen Häusern in Barnes, wo wir nach oben in einen Raum, sein Spielzimmer mit einem riesigen Fernseher und einer Playstation, verschwinden und den ganzen Tag gamen konnten. Unten gabs einen Kühlschrank bis oben gefüllt mit Dosen und Flaschen, Dr Pepper und Snapple, den Getränke-Kühlschrank nannte er ihn, neben einem normalen für Essen. Ich hatte so was noch nie gesehen. Für mich war das echter MTV-Scheiß, wo du Rapper mit ihren Küchen, Swimmingpools und so weiter angeben sahst. Nach fünf Dosen Dr Pepper, eine nach der anderen, mehreren Packungen M&Ms und Monster Munch wurde mir schlecht. Dann bestellten wir noch Pizza und ich stopfte mich voll und wollte nicht wieder nach Hause.

Es war später Nachmittag, als ich zurück zum Bahnhof Royal Oak kam und über die rostige grüne Brücke voll mit Graffiti ging, und als ich die Straße dahinter überquerte, sah ich eine Gruppe Jungs in meinem Alter auf mich zukommen. Es waren sechs. Ich war nur eine Straße von zu Hause entfernt. Sie verstellten mir den Weg, als ich an ihnen vorbeiwollte. Alle hatten sie ihre Kapuzen auf und sie drückten mich gegen die Mauer an der Straßenecke und sagten, oi, Gangster, hör mal. Sie zogen Messer raus und einer von ihnen hielt mir seins an den Hals. Die

Spitze drückte sich tief genug rein, dass ich mich nicht bewegen wollte, damit es nicht reinschnitt und der Junge sagte, siehs du diese Klinge, Mann, siehs du diese Klinge? Die fährt dir in die Kehle, wenn du mich zu belügen versuchs, kapiert. Ich versuchte, auf das Messer zu kucken, ohne den Kopf zu bewegen. Sie fingen an zu fragen, wo komms du her, Mann? Und als ich zögerte, sagten sie, raus mit dem Geld, wie viel hast du? Hast du ein Telefon? Ich wusste nicht, was ich tun sollte. Ich wollte lügen und sagen, ich hab nichts, aber dann auch wieder nicht, um mich zu schützen. Ich dachte, ich will nicht abgestochen werden, und würgte ein paar Worte raus. Ich war sauer auf mich, weil meine Stimme so zitterte. Alles, was ich wirklich rausbrachte, war, Moment mal, als sie meine Taschen durchsuchten. Ich hatte etwa 12 Pfund bei mir, die mein Vater mir gegeben hatte, weil er wusste, ich würde den Tag mit einem Freund aus der Schule verbringen, und nicht wollte, dass ich mich außen vor fühlte, wenn es etwas gab, wofür wir Geld brauchten. Normalerweise bekam ich kein Taschengeld. Die Jungen holten mir alles aus den Taschen und in dem Moment kam eine Gruppe Grundschulkinder mit vier Lehrern vorbei. Die Lehrer konnten sehen, was da vorging. Die Brüder nahmen nicht mal die Messer runter oder versuchten, sie zu verbergen. Ich sah die Lehrer an, ich wollte um Hilfe rufen, dachte aber, wenn sie das Messer an meinem Hals sähen, dass sie dann dazwischengehen und etwas tun würden. Aber das taten sie nicht. Sie blickten zu mir rüber, dann gleich wieder weg und gingen vorbei, taten mit den kleinen Kindern in ihren Neonjacken herum. Aber die Brüder, die mich festhielten, passten einen Moment nicht auf und ich brach zur Seite aus und rannte, so schnell ich konnte, um die

Ecke. Ich weiß noch, dass ich weiße Jeans anhatte und sich meine Beine lang und dünn wie Stöcke anfühlten, die jeden Moment zerbrechen konnten, und ich sprang über die Mauer in den Vorgarten von irgendeinem Haus und versteckte mich hinter den Büschen. Mein Herz schlug wie verrückt und ich hasste mich dafür, so eine Angst zu haben, das Opfer zu sein und dem Bruder nicht eins in die Fresse gegeben zu haben.

Als ich nach Hause kam, fragte mich mein Vater, ob ich noch was übrig hätte von dem Geld, das er mir gegeben hatte. Erst sagte ich, ich hätte es bei Pizza Hut ausgegeben, später erzählte ich ihm und meiner Mutter, dass ich ausgeraubt worden war, mit Messern und allem. Mein Vater schnalzte mit der Zunge und sagte nichts und meine Mutter sagte, warum bist du nicht weggelaufen? Du musst immer weglaufen, und das tat mehr weh als alles andere. Das war die Demütigung überhaupt. Als wollte sie mir sagen, wir seien eine Familie aus Opfern, eine Familie, in der alle immer nur weglaufen. Ich begriff, dass mir keiner erklären würde, wie ich für mich selbst einstehen konnte und ich das selbst rausfinden musste. Vielleicht lag es daran, dass sie auf der Suche nach einem besseren Leben in dieses Land gekommen waren. Das Problem für mich war, dass das hier die einzige Wirklichkeit war, die ich kannte, und so versprach ich mir, nie wieder das Opfer zu sein. Dass ich nie wieder jemandem erlauben würde, mir was abzunehmen. Nie wie ein Schwächling davonlaufen würde, niemandem erlauben würde, mir das Gefühl zu geben, ein Nichts zu sein, mich erstarren zu lassen, als wäre ich ohne jede Kraft. Ich glaubte, etwas zu begreifen, was mir nie einer sagen würde: dass ich allein war in dieser Welt und niemanden hatte, der mir Rückendeckung gab und wenn ich es zu etwas bringen wollte, fing ich besser an, rücksichtslos zu sein. Kaltherzig. Dass ich immer selbst ein Messer dabeihaben sollte, damit ich beim nächsten Mal zustechen konnte. Und ich fing besser gleich damit an. Ich ging hinauf in mein Zimmer und dann rief mein Vater nach oben, in fünf Minuten gibts Essen. Ich kam runter und meine Mutter sagte, hast du dir die Hände gewaschen, und ich sagte Ja, immer noch sauer auf sie und als ich mich an den Tisch setzte, hatte ich das Gefühl, wir würden uns nicht mal richtig kennen und ich sagte während des ganzen Essens kein Wort.

Dann kam der erste Raubzug. Ich war vierzehn. Es war etwa ein Uhr morgens. Alle in der Wohnung schliefen und ich stieg in meine schwarze Jeans, zog ein schwarzes Nike-Athletic-Hoodie an und schlich am Schlafzimmer meiner Eltern vorbei. Ich hörte sie schnarchen und betete, dass sie das auch weiter taten. Unten ging ich in die Küche und nahm ein Tranchiermesser aus der Schublade neben der Spüle. Ich weiß noch, wie der Mond in die Küche kam, aber da blieb er, während ich in die Diele ging, meine Turnschuhe anzog und mich aus der Wohnung schlich. Ich machte die Tür so zu, dass ich sie einfach wieder aufdrücken konnte, ging nach unten und wartete draußen vorm Hauseingang. In die Tür hatte ich ein paar Take-away-Speisekarten geklemmt, die da herumlagen, damit sie nicht ins Schloss fiel. Eine hohe Mauer führte von der Tür zur Straße, sodass wer immer vorbeikam, den Eingang nicht sehen konnte, bis der das Tor vorne erreichte. Ich legte mich auf die Lauer.

Ein Paar kam vorbei und ich sprang aus dem Schatten hervor, die Kapuze über dem Kopf und das Küchenmesser auf die beiden gerichtet. Her mit der verdammten Brieftasche! Die Frau schrie und rannte auf die Straße, der Mann rief laut, Hilfe, und folgte ihr. Auf der anderen Straßenseite kam noch ein Mann heran, blieb stehen und rief, du kleiner Wichser, und überquerte die Straße, wo das Paar stand. Die Frau hielt sich an dem Mann fest, als könnte der Wind sie sonst davonblasen. Schnell verschwand ich wieder im Schatten, lief zum Haus, trat die Speisekarten zur Seite, machte die Tür leise hinter mir zu und rannte nach oben. Ich schloss die Wohnungstür, schlich in die Küche, legte das Messer zurück und ging hoch in mein Zimmer. Leise machte ich das Fenster auf, kletterte auf den Balkon und sah unten zwei Polizeiwagen und einen Van mitten auf der Straße stehen. Blaues Licht zuckte über Häuser und Autos und führte einen Tanz mit den Schatten auf. Ein paar Bullen standen auf der Straße und redeten mit dem Paar, auf das ich losgegangen war, andere checkten den Keller unseres Hauses und der Häuser nebenan.

Am nächsten Morgen machte ich mich für die Schule fertig, nahm ein kleineres Küchenmesser als in der Nacht und zog los. Aber ich ging nicht links zur Tube, sondern rechts die Straße rauf. An der Ecke sah ich eine Frau auf mich zukommen. Ich ging zu ihr, zog das Messer aus der Tasche und hielt es ihr an die Kehle. Es war ein sonniger Morgen, es war niemand in der Nähe und sie flüsterte, bitte nicht, und gab mir ihr Telefon. Ich drehte um, rannte zur Tube, sprang in den Zug und fuhr zur Schule. Es war eine Privatschule, auf die ich nur gehen konnte, weil wir wegen meiner schulischen und musikalischen Leistungen finanzielle Hilfe bekamen und meine Eltern einige Opfer brachten. Die meisten der Jungen dort kamen aus stinkreichen Familien, sodass sie alle die neuesten Telefone hatten. Als ich an dem Tag ankam, sagte einer meiner Freunde, oh, endlich hast du auch eins, yeah?

Mit dreizehn sah ich meinen ersten Überfall mit Messern. Es war im Stower Jugendzentrum, wohin ich nach der Schule immer zum Musikmachen ging. Wir hatten gerade ein Set fertig, als diese Brüder von der Coldhearted Crew dem DJ seine Platten abnehmen wollten. Als er sich wehrte, stachen sie ihm zweimal in den Arsch und ins Bein und verschwanden mit seiner Plattentasche. Nach der dritten Messerstecherei dort schoss mir das Adrenalin nicht mehr gleich wild durch den Körper und ich sah zu, wie die Sozialarbeiter, wen immer es erwischt hatte, in Sicherheit brachten, blutige Streifen auf dem Boden zurücklassend.

Am Ende flog ich noch vor meinem mittleren Abschluss von der Schule, weil ich zu viel Scheiß gemacht hatte und kam auf eine Spezialschule für Jungen, die anderswo rausgeworfen worden waren. Ich war noch nicht mal sechzehn, als ich das erste Mal eine Pistole in der Hand hielt. Das war im Hyde Park mit meinem Freund, der die Knarre für mich mitgebracht hatte, weil ich Zoff mit ein paar Leuten hatte und wir probierten sie auf einem dieser von Büschen und Bäumen gesäumten Wege beim Albert Memorial aus. Es war kein kleiner Knall wie im Kino, sondern ein ungeheures BAAAUUUH, das die Luft zerriss und alle Vögel aus den Bäumen in den Himmel aufsteigen ließ. Ich hatte ja keine Ahnung, dass da so viele Vögel drin waren.

An Orten wie South Killy fängt es damit an, dass dich die Älteren losschicken, was zu essen zu holen. Echt, was zu essen, keinen Stoff oder so. Sie schicken dich nach Harlesden Jerk Chicken und Reis mit Erbsen holen und verarschen dich auch schon mal dabei. Aber wenn du jung bist, tust dus, weil was sonst? Die Welt besteht aus Druck und Erwartungen und der Gier, auf das Level zu kommen, auf dem du die Älteren siehst. Dem entgehen kannst du nicht. Du kommst aus der Schule nach Hause und marschierst an alldem vorbei und je mehr dir irgendwer sagt, du sollst ihm aus dem Weg gehn, desto stärker fühlst du dich davon angezogen. Und so tun die Jüngeren, was die Älteren ihnen sagen und dann fangen sie an, Päckchen zu überbringen und die Pistole von irgendwem unter ihrem Bett zu verstecken und sie fühlen sich wichtig, dem Durchschnittsmenschen überlegen, denn jetzt mal ehrlich, wer will schon durchschnittlich sein? Und nach noch einer Weile schicken dich die Älteren einen erschießen und so weiter und eines Tages wachst du auf und beschließt, da du schon so viel für diesen einen Älteren getan hast, sagst du ihm das nächste Mal, wenn er dich für was losschicken will, fuck, nein. Du hast die Kanone, du weißt, wie man damit umgeht und bist es obendrein leid, für die anderen die Drecksarbeit zu machen. Und bevor du dichs versiehst, erkennst du dich selbst nicht wieder und bist bereit, jedem was aufs Maul zu geben, der dich wie einen dummen kleinen Jungen behandeln will.

Das ist das, was mir mein Kumpel Smurf, Uncle Ts Neffe, sagt, als wir in Uncle Ts Wohnzimmer sitzen, uns ein paar Joints reinziehen und ich ihm von meinem ersten Raub mit vierzehn erzählt habe. Er bläst den Rauch in die Luft und im Fernsehn plätschert irgendeine Spielshow vor sich hin. Das sind 6000 Pfund, die Sie Ihrem Gewinn hinzufügen können, sagt der Spielleiter. Das Publikum applaudiert. Wollen Sie dabei bleiben oder noch was wagen?

Smurf fährt langsam und ruhig fort und seine Ernsthaftigkeit dämpft die Geräuscheffekte, den Applaus und das, was der Spielleiter zu sagen hat.

Und sie verstricken sich so tief in der Sache, dass sie nicht merken, wie die Zeit an ihnen vorbeigeht und so kriegst du diese Brüder, dies übertreiben und den Verstand verliern. Weil sie dem ständigen Druck nicht standhalten, sich immer umdrehen zu müssen, sich auf ihre üblen Geschäfte konzentriern zu müssen und sie können nur noch einschlafen, wenn sie kiffen und saufen, bis sie wegtreten, und sie hoffen, sie träumen nicht, weil sie nich wissen, was sie in ihren Träumen erwartet. Deshalb fangen so viele Killer am Ende an, Buj zu rauchen. Die einzige Möglichkeit, das Gesicht des Mannes nicht mehr zu sehen, den sie umgebracht haben. Oder wenigstens haben sie keine Angst mehr, wenn sie auf Buj sind und dem Mann begegnen, den sie umgebracht haben und der sie fragt, warum hast du das gemacht? Und plötzlich ist aus diesem Bruder, der malne große Nummer im Estate war und alle Chicks genagelt hat, die verrückt nach ihm waren und keiner konnte ihm was und er hatte all die Brillis und die Guccis und die geilen Schlitten, mit einem Mal ist aus diesem Bruder ein Junkie geworden, der im Block hockt und die harten Sachen raucht. Und wenn er älter ist, wissen die Jüngeren nicht mal mehr, wer er früher war. Keinen kratzt das mehr. Ich sags dir, Junge. Ich sag dir, dass du nich gewinnen kannst.

Ich sage, aber, Junge, ich kenne da ein paar Leute, die gewonnen haben, die haben mit dem Dealen jede Menge Geld gemacht, halten sich aus allem raus und es geht ihnen gut.

Bruder, du denkst, sie haben gewonnen, aber das haben sie nicht. Glaub mir, sagt er, sie *werden* verlieren. Egal wie. So viele Leute haben mir gesagt, Scheiße, Smurf, was redes du da? Kuck ihn an. Er is ausgestiegen, hat sein Haus, sein Geschäft und rührt keine Drogen oder Waffen mehr an. Cool. Ein Jahr später is er tot. Dann reden sie von einem anderen. Alles ähnlich. Hat alles geregelt. Is ausgestiegen. Dann wird er für was anderes eingesperrt. Weil am Ende des Tages kannst du verdammt noch mal nicht gewinnen. Das is mir klar geworden, Junge. Es ist ein Fluch.

Verstehe, sage ich, und obendrein sind sowieso alle am Ende irgendwie gestört. So viele macht das Straßenleben kaputt.

Smurf nickt und saugt an seinem Joint, als wollte er keine Pause beim Atmen machen. Er ist klein und das Sofa, auf dem er sitzt, sieht aus, als fühlte es sich nicht ausgelastet. Als er den Rauch ausatmet, tut er es langsam und kuckt ihm hinterher, die Augen ganz schmal, ganz auf seine Reise konzentriert, als schickte er auf seinem Rücken eine Nachricht aus.

Selbst ich, Junge, sage ich und halte inne, um einen Huster im Hals zu halten, während mir das Gras in der Lunge brennt. Manchmal find ich es schwierig, normale Sachen zu machen, zum Beispiel zu Familientreffen zu gehn oder mit anderen Leuten Zeit zu verbringen, weil sie einfach nicht den gleichen Bezugsrahmen zur Welt wie ich haben, kenns du das Bruder? Und dann, sagen wir, ich bin in der Innenstadt, am Sloane Square oder was und ich komm am Haus von reichen Leuten vorbei und sehe einen Mann und eine Frau auf der Bettkante sitzen und fernsehen. Und ich gehe vorbei und sehe, das Fenster vom Zimmer neben dem, in dem die beiden sitzen, steht offen und ich, super, da is keine Kamera, ich könnte über den Zaun springen und da rein, klar, mit der Bala, Handschuhen und so, aber ich könnte da rein, mit dem Messer, ihnen ihrn Kram abnehmen, sie den Safe öffnen lassen oder so. Ich meine, das ist eine instinktive Reaktion, keine Fantasiererei. Alle können sich alles Mögliche zusammenfantasieren. Ich könnte mir ausmalen, ich wär Millionär, hätte ein krasses Haus ganz für mich, wäre berühmt oder so was. Fuck, ich könnte mir vorstellen, ich könnte fliegen, wenn ich es wollte. Aber das jetzt ist keine Fantasie. Ich überlege mir echt, wie ichs machen soll. Gehe alle Schritte durch. Wie, dass ich dem Mann schon eins mit der Knarre verpasse, bevor ich ihnen auch nur sage, was ich überhaupt will. Oder wenn ich keine dabeihabe, überlege ich, wie ich ihm mein Messer reinramme, ohne dass er verblutet, aber weiß, ich meins ernst. Es ist so wie wenn ich an einem Juwelierladen vorbeikomme, frag ich mich immer, wie dick das Glas wohl ist? Wo sind die Kameras? Wie viele Leute sind im Laden? Wie viele Sicherheitsfuzzis?

Smurf sagt, das is krank, Junge. Das ist, als wärs du vergiftet. Und es sind nich nur die Männer. Da sind auch die Chicks, denen es egal ist, wenn du am Abgrund langwanders und dass das, was du tust, absolut nich normal ist. Ich meine, sagen wir, du hast was vor, dann sagen diese Chicks nur, sorg dafür, dass da für mich auch was Schmuck abfällt, bring mir was mit. Aber das Schlimmste, Snoopz, das Schlimmste is, dass du auch nach der größten Sache nicht zufrieden bist. Es ist nie gut genug, da bleibt immer noch das Gefühl, du bist nicht weit genug gegangen. Es ist egal, ob du wen umgebracht, Leute ausgeraubt oder was immer gemacht hast. Du muss immer noch mehr machen, ohne dass du kapiers, dass dich nichts mehr befriedigt, weil du die ganze Zeit leer bist, dass da dieses Loch in dir ist, das sich nicht füllen lässt.

Worüber Smurf und ich nicht reden, ist die ständige Anspannung: dass du drauf gefasst bist, dass es Zoff gibt, dich einer komisch ankuckt und gleich mehr draus wird. Und wenn du aus diesem Leben rauszukommen versuchst, wirds noch schlimmer. Ich meine, wenn du denkst, es kann nicht besser werden, wenn du dich entspannst, die Deckung runternimmst, wenn du mit deinem Mädchen, sagen wir auf der Oxford Street shoppen gehs und, ups, einen triffst, der dich erkennt, einen von deinen alten Feinden, weil du mal mit dem oder dem in dieser einen Gang warst oder was immer, schon geht es wieder los. Gleich da, zwischen all den Shoppern und Touristen holen sie ihre Rambo-Messer raus und stechen dich ab. Es kümmert keinen auch nur so viel, dass du dich geändert hast, dass du dieses Leben nicht mehr lebst, das alles hinter dir gelassen hast. Und wenn du dämlich genug bist, was in der Art zu sagen, wenn dir so einer begegnet, bedeutet das für den nur, dass du jetzt ein Schwächling bist und er mit keinerlei Vergeltung zu rechnen hat und das motiviert ihn nur noch mehr, dir gleich da was anzutun. So kann er mal eben sein Ansehen stärken.

Oder wenn du allein in einem Teil der Stadt bist, wo du dich nicht ganz sicher fühlst und dann siehst du, wie dirn paar Leute die Straße runter entgegenkommen oder sie drücken sich an der nächsten Ecke rum und du kannst nicht einfach umdrehn oder die Straßenseite wechseln, weil das zeigen würde, du hast Angst und die hast du nicht, die hast du nicht, sagst du dir und du musst da durch und auf alles gefasst sein. Und schon vorher pumpt dir das Adrenalin, die Rückseiten deiner Schenkel fühlen sich an, als wollten sie schmelzen, der Bauch wächst dir in die Brust hoch und du fängst an zu überlegen, was du tun wirst. Du fängst an nach etwas Ausschau zu halten, das du packen und als Waffe benutzen könntest, wenn du nicht sowieso immer noch eine dabeihast und machst dich auf einen plötzlichen Gewaltausbruch gefasst.

Stell dir vor, jeder Tag besteht aus solchen Momenten. Meist passiert nichts, aber dein Körper und dein Kopf gehn wieder und wieder durch diese Phasen extremer Bereitschaft. Das erschöpft dich wahnsinnig, stresst dich und du kiffst mehr und mehr, um dich zu beruhigen, was dich aber nur noch paranoider macht und deine Fantasien verselbstständigen sich.

Die Zeit ist ein merkwürdiges Land, das wir durchqueren. Ein paar Monate dieses verrückten Lebens, ein Jahr, zwei Jahre können sich wie die Ewigkeit anfühlen. Als würde sich nie was ändern. Wir bilden uns ein, dass auf uns keine neue Generation folgt, die am Ende alles übernimmt, wir tun so, als käme nach uns nichts mehr. Als wären wir die Letzten und die Welt endete mit uns. Wir haben sie von der vorhergehenden Gangster-Generation übernommen und das jetzt wird ewig währen. Dabei sind wir nur ein Flüstern in der Finsternis, das vergessen ist, sobald der neue Tag heraufzieht.

Manchmal bin ich nicht mehr sicher, wer ich bin. Da gibt es all diese Masken, die wir tragen und die uns verwirren. Es ist, als sähst du in einen Spiegel und wenn du eine der Masken zu lange aufhattest, bist du überzeugt, was du da siehst, ist dein wirkliches Gesicht und dann kannst du dich selbst nicht mehr erkennen. Noch die wahrsten Teile deines Ich können von Lügen verdeckt sein. Es verhält sich wie mit Moral und Glauben, die Vorstellung, dass es in dir diesen realen, natürlichen Kern gibt und immer gegeben hat, wobei du tatsächlich doch von Tag eins, von deiner Geburt an, auf diese Unterscheidung von Gut und Böse programmiert wurdest.

Ich stolpere aus meinen Gedanken und betrachte Smurf, der ohne hinzusehn auf den Fernseher starrt. Das Bild zittert blau im Zwielicht des Wohnzimmers. Undeutliches Quiz-Show-Geplapper vom Moderator und seinen Kandidaten: *Warner-Brothers-Cartoons endeten immer mit dem Satz, That's all, wer? Ist es A: Folks, B: Friends, oder C: Kids?*

Aber die Geräusche können das Schweigen im Zimmer nicht schlucken, das zwischen uns anschwillt, als wären wir einen Schritt zu weit gegangen, hätten zu viel von uns preisgegeben, auch vor uns selbst und würden uns damit zwingen, uns mit Dingen auseinanderzusetzen, denen wir eigentlich aus dem Weg gehen wollen. Wenn du sie nicht in Worte fasst, sind sie nicht real, aber jetzt ist es zu spät. Ich sehe Smurf an. Rico war einer seiner besten Freunde. Neulich hat Smurf mir erzählt, er hat den Bruder, der Rico umgebracht hat, auf der Harrow Road gesehen. Wir wissen alle, wer es war, aber keiner sagt es. Stells dir vor. Du begegnest dem Mörder deines Freundes und kannst nichts tun. Es war klar, dass Smurf es ihm am liebsten zurückgezahlt hätte.

Smurf hat kürzlich mit dieser Personal-Trainer-Sache angefangen, und das obwohl er mal einer von den Brüdern war, die nie ohne Pistole aus der Wohnung gehen. War echt so was wie eine Ein-Mann-Armee. Hat nicht gezögert, seine Kanone rauszuholen und ganz allein was durchzuziehen, wie ein richtiger Gangsta. Jetzt probiert er, es umzudrehen, will seinen Kindern und der jungen

Generation ein Beispiel sein, was immer das bedeutet. Aber im Moment kann ich nur die drei Goldketten um seinen Hals sehen und als er den Rauch aus dem Mund lässt, blitzt kurz ein Diamant auf. Ich bin sicher, er trägt heute mehr Goldketten als zu der Zeit, als er auf den Straßen unterwegs war. Vorhin hat er mir erzählt, seit der Personal-Trainer-Sache geht er, sobald ein Kunde mit der Karte bezahlt, gleich zum Automaten, hebt das Geld ab und verstaut es zu Hause in einem Schuhkarton. Jetzt ist er auch auf diesem Trip mit der gesunden Ernährung und so, kauft frische Kokosnüsse, Kohl und Brokkoli und macht Smoothies.

Eines Morgens gehe ich mit Dario nach SK, um von Chris in der Princess Road etwas Gras zu kaufen, weil Uncle T im Moment nichts hat und auf Nachschub wartet. Eine dreckige Matratze lehnt an der Wand neben dem Straßenschild. Ich sehe ein paar Leute auf den Treppenstufen hocken, die ich nicht kenne und die mich nicht kennen und gehe weiter. Es scheint ewig her, wie in einem anderen Leben, dass wir Bimz' Block in der Hand hatten und unsere Tage in und vor seiner Wohnung verbracht haben. Ein Stück vor uns sehe ich einen schwarzen Bruder mitten auf dem Gehsteig stehn und mit zwei Frauen reden. Er blickt eine Sekunde zu mir rüber und wendet sich dann wieder den Frauen zu, ohne auch nur einen Schritt für mich und Dario zur Seite zu gehen. Die Frauen stehen links und rechts und er mitten auf dem Gehsteig. Ich denke, nah, der Bruder versucht uns einzuschüchtern, als sollten wir auf die Straße ausweichen oder wien paar Volltrottel Entschuldigung sagen. Ich gehe an ihm vorbei, seine Schulter stößt gegen meine, aber ich geh einfach weiter. Als ich zu Chris' Tür hochgehe, dreh ich mich um und seh ihn grinsen. Er kuckt nicht weg.

Drinnen beim Graskaufen sag ich zu Dario, Mann, has du den Bruder gesehn? Hat uns klar nicht das kleinste bisschen Platz gemacht, dass wir durchkonnten?

Dario sagt, Snoopz, ich weiß, was fürn Idiot, aber lass ihn.

Wir gehn wieder raus. Der Bruder sieht mich und diesmal dreht er sich um und pflanzt sich mitten in den Weg, breitbeinig, die Arme vor der Brust verschränkt. Ich denke, dieser Wichser. Der Kerl versuchts echt drauf anzulegen. Ich werd sehn müssen, was er draufhat. Es gibt keinen Platz für mich, an ihm vorbeizugehn und ich remple ihn komplett zur Seite. Als wir ein Stück weiter sind, hör ich ihn verdammtes Arschloch rufen.

Ich drehe mich um. Was? Was verfickt sags du da, Junge?

Er sagt, was fürn verdammten Schaden has du denn? Warum renns du mich um? Kanns du nicht sehn, dass ich hier stehe?

Ich gehe zu ihm und als ich näher komme, fängt er wieder an zu grinsen und stößt mir vor die Brust. Das Nächste, was ich weiß, ist, dass er schreit und meine Augen voll mit einem roten Leuchten sind, so als hätte ich sie zu und kuckte in die Sonne und mir wird bewusst, dass ich sein Ohr zwischen den Zähnen habe. Ich reiß es ihm gleich ab. Aber als ich ihn schrein höre, lass ich los, weil ich weiß, er hat nicht die Statur. Ich kann übrigens nicht sagen, wie meine Zähne überhaupt da hingekommen sind. Ich packe ihn mit einer Hand, fahr mit der anderen in die Tasche, nehme die Schlüssel zwischen die Finger und fang an, seinen Kopf damit zu bearbeiten. Er fällt über eine kleine Mauer vorm Haus von jemandem und zieht mich mit sich. Dario kommt um sie herumgelaufen, trennt uns und ich komme wieder auf die Beine. Der Typ steht auf, zieht sich das T-Shirt aus und drückt es sich auf den Kopf. Kleine schwarze Blutbäche rinnen ihm aus den Haaren. Er keucht und starrt mich an. Und echt, er grinst immer noch.

Ich gehe mit Dario weiter und Dario sagt, das musste nich sein, Snoopz, das war nich nötig.

Ich darauf, aber ich hab ihn fertiggemacht?

Dario saugt die Luft zwischen den Zähnen ein und sagt, klar, Bro, aber es war nich nötig.

Und ich, aber ich hab ihn echt fertiggemacht?

Den ganzen Rest des Tages spür ich rein gar nichts, weil ich immer wieder denken muss, dass ich dem Bruder nicht genug verpasst habe.

REGENERATION

Jahre später komme ich nach South Kilburn, um Gras von Uncle T zu kaufen und ich sehe, dass die Blocks abgerissen werden.

Es ist April. Vor drei Jahren bin ich nach Süd-London gezogen und hab angefangen, an den Wochenenden Koks zu verkaufen, um mich über Wasser zu halten, während ich rauszufinden versuche, was ich mit meinem Leben anfangen soll. Ich war also schon eine Weile nicht mehr in SK.

Als ich nach South Kilburn komme, sehe ich, was vom Bronte und vom Fielding House übrig ist, zwei von den ehemals achtzehn Stockwerken hohen Blocks, die mal den Estate beherrscht und jetzt ausgedient haben. Um sie herum ragen Wellblechzäune mit den Schildern von irgendner Baufirma auf. HIER ENTSTEHEN NEUE WOHNUNGEN, steht da in dicken schwarzen Buchstaben über einer Hoffnung versprechenden Computergrafik mit Apartment-Komplexen, umgeben von Bäumen und Menschen mit Kindern an der Hand, die einen sonnigen Tag genießen, im Computer scheint immer die Sonne, und hinter den Blechwänden ächzen die zertrümmerten Blocks, denen die Eingeweide raushängen, die Herzen sind längst draußen, die Rippen zersplittert. Der Himmel ergießt sich um alles herum. Die Reste des Estates. Zerfressen von Zeit und Stille und an den Rändern sprießen neue Gebäude auf. Glas und Metall, flach und sauber, mit der Langweiligkeit des Neuen. Ordentliche Höfe, die frisch gepflanzten Bäume und Büsche wirken wie aus Plastik.

Ich hebe den Blick und kann ins nackte Innere von Wohnungen sehen, während die Kräne mit ihrer Zerstörung Stück für Stück fortfahren. Stockwerk um Stockwerk. Ich muss denken, dass von jetzt an alles, was in diesen Blocks geschehen ist, nur noch in fernen Erinnerungen und den Geschichten einiger Leute existiert. Bald ist nichts Greifbares mehr davon übrig, so wie wenn du irgendwo gewohnt oder gechillt hast und du sagst, da, in dem Block hat Soundso gewohnt, da ist das und das passiert und weil das Haus noch steht, ist es so, als wären die Leute und die Geschehnisse noch irgendwie da, denn da steht ja noch was, eine Art Denkmal. Hier jetzt werden die Spuren der Leben und Geschehnisse ausgelöscht, werden zu Staub und Betontrümmern, die weggeschafft und entsorgt werden. Irgendwann wird keiner mehr wissen, dass es in South Kilburn ein Bronte House und ein Fielding House gegeben hat. Es wird so sein, als hätten die Wohntürme nie existiert und wen werden dann noch die Leben und die Geschichten interessieren, die sich in den Wohnungen, auf den Fluren, den Treppen und in den Aufzügen abgespielt haben?

Etwas später sitze ich wieder in der Tube, lese den *Evening Standard* und sehe einen Aufruf der Polizei: *Wir veröffentlichen hier das Bild eines Mannes, der mutmaßlich für eine Reihe bewaffneter Überfälle in Süd-London verantwortlich ist. Wett-*

büros und Banken waren das Ziel, und es wird angenommen, dass hinter allen dreizehn Vorfällen im letzten Monat ein und derselbe Täter steckt. Er geht jedes Mal an die Kasse, richtet eine schwarze halbautomatische Waffe auf den Kassierer und verlangt das Geld. In einigen Fällen drohte er damit, Angestellte zu erschießen. Mit zweckdienlichen Informationen wenden Sie sich bitte anonym an die Crimestoppers. Darunter ist ein Standbild aus der Videoaufnahme eines der Überfälle. Es ist Gotti. Er sieht nicht mal anders aus als vor all den Jahren. Von einer Überwachungskamera eingefangen, als er aus einem Buchmacherladen rauskommt und sich das Halstuch zu früh vom Gesicht zieht. Er muss es auch gemerkt haben, denn er sieht direkt in die Kamera, die Augen voll von dieser fernen Dunkelheit, in der du dich verlierst, wenn du darin nach etwas suchst.

Es ist das erste Mal seit sieben Jahren, dass ich sein Gesicht sehe, und ich fühle dieses Kribbeln im Bauch, vermisse unsere wilden Tage, unsere nächtlichen Raubzüge. Aber wenn ich ihn da so sehe, wird mir klar, dass Gotti, während ich versucht habe, meinen Weg raus aus dieser Welt zu finden, bis zum Grund geschwommen und nie wieder zum Atmen hochgekommen, sondern unten geblieben ist. Vielleicht hat er, je tiefer er kam, immer mehr vergessen, nach dem Weg hinaus zu suchen. Niemand sagt dir, wenn du für was bekannt bist, dass da nicht nur der Druck ist, deinem Ruf gerecht zu werden, sondern dass du auch die damit verbundene Macht absorbierst und entsprechend handelst, angetrieben von ihr, sie verstärkst und weiterträgst, bis das, was dich wirklich davon abhält, aus diesem krassen Leben auszusteigen, du selbst bist.

Ich lege die Zeitung zur Seite, sehe mich im Wagen um und denke, dass wir, obwohl wir doch alle Menschen sind, die denselben Raum bewohnen, nichts voneinander wissen und es auch nie tun werden. Wir sind nur Körper, Muskeln und Blut, genau wie die Blocks nur Beton und Fenster sind und uns all das Leben, all die Dinge, die in ihnen vorgehen, verborgen bleiben. Sehen wir einen anderen Menschen, dessen Leben nicht mit unserem verbunden ist, spüren wir rein gar nichts von der Seele in ihm. Wie diese Leute, die hier mit mir sitzen, sie werden nie erfahren, dass ich mal Leute ausgeraubt, ihnen in den Leib gestochen, Sachen gemacht habe, dass ich gerne Trap Music höre, Klavierwalzer von Chopin, dass ich mit Koks deale und diesem Mädchen, das ich seit Kurzem kenne, Liebesbriefe schreibe und sie meinen Wirbelwind nenne. Kurz erwische ich mich bei dem Wunsch, ich hätte meine Balaklava, Handschuhe und eine Pistole dabei und könnte ein paar Raubzüge unternehmen und mein Herz so heftig zwischen den Zähnen schlagen fühlen, dass ich hineinbeißen muss, um schlucken zu können. Aber es gibt keinen, mit dem ich es machen könnte und ich zwinge das Gefühl wieder herunter, als stünde ich kurz davor, mich übergeben zu müssen, aber ganz darauf konzentriert schaffe ich es, das, was da in mir hochkocht, wieder nach unten zu zwingen, ohne dass einer was merkt.

Als ich in Kilburn Park aus der Tube steige, ruft Mazey an und als ich abnehme, sagt er, Junge, hast du den *Evening Standard* heute gesehn und ich sage, Gotti, und er, es is irre, oder, dreizehn Dinger, Mann, und ich, Bruder, ich wünschte, ich wär dabei gewesen, und Mazey lacht und sagt, ihr wärt nicht zu stoppen gewesen.

Ein paar Jahre später, als Capo ins Gefängnis wandert, hör ich auf, mit Koks zu dealen. Capo hat mir regelmäßig erstklassigen Stoff geliefert und ich traue sonst keinem als Lieferanten. Als die Bullen also eines Abends seine Wohnung stürmen und ihn dabei erwischen, wie er das weiße Pulver verpackt und dann auch noch große Mengen Gras und eine Tüte Röhrchen in seiner Wohnung finden, da ist mir klar, dass das jetzt der Zeitpunkt ist aufzuhörn. Oder wenigstens eine Weile auszusetzen. Im Übrigen hat meine Mutter kürzlich erst etliche Kokskapseln und ganze Bündel Zehner und Zwanziger in meiner Sockenschublade zu Hause gefunden. Ich weiß, was du machst, Gabriel, sagte sie, ich wollte ein paar Socken, die ich gewaschen hatte, in deine Schublade legen. Sie sieht mich an, streng. Aber nicht mehr so streng wie früher. Es ist, als hätte mein Leben über die Jahre ihre Standards gelockert, es schockt sie nicht wirklich, obwohl ich sehen kann, dass sie ihr Bestes gibt, es so aussehen zu lassen. Ich sage, nun, ich habe keine Arbeit und von irgendwas muss ich leben und sie sagt, dann mach was Richtiges aus deinem Leben, bevor es zu spät ist.

Die Sache ist die, dass ich sie in bestimmte Situationen bringe, die sie nicht ändern kann und akzeptieren muss, auch wenn sie es nicht will. Genauso, wie es für mich normal ist, dass die meisten meiner Kumpel schon im Knast warn und sicher jeder meiner Freunde schon mal verhaftet worden ist. Und es ist auch normal, dass wir alle schon ein paar Messerstechereien miterlebt haben, normal, dass jeder Leute kennt, die viel zu jung gestorben sind, durch Gewalt. So ist es halt. Egal, es ist dumm von mir, in der Wohnung meiner Eltern Koks und Geld zu bunkern. Im Moment wohne ich nicht im Süden, weil ich mit meinem Mädchen gestritten habe, Liebe ist echt nicht einfach, aber wenigstens verbrennt sie Salbei und betet zu den Geistern ihrer Vorfahren. Sie sagt mir, sie lebt in ständiger Hoffnung. Aber ich kann nicht wie irgendein Loser bei meiner Mum wohnen, besonders wo ich mir mit meiner Dealerei was Geld verdient habe. Ich muss anderswo unterkommen und das letzte Mal, als ich ihn gefragt hab, hatte Uncle T immer noch dieses eine Zimmer frei. Nicht lange, nachdem sie Capo fünf Jahre aufbrummen, ziehe ich zurück in mein altes Zimmer im Blake Court.

Ich packe ein paar Klamotten zusammen, einige Bücher und dann frühstücke ich mit Mama und Tata. Am Ende des Frühstücks erzählt Mama, dass für eine ihrer Freundinnen immer alles ein Witz ist und sie solche Leute nicht erträgt, und mein Vater lacht und sie sagt, ja, lach du nur, lach, das ist das, was du immer tust, ich weiß nicht, was es da zu lachen gibt, und ich sage, ich weiß nicht, warum du so bitter sein musst. Sie sagt, dein Kommentar dazu interessiert keinen, und sie kuckt wieder so streng. Dein Kommentar auch nicht, sage ich. Rede nicht mit mir, bevor du nicht fertig gefrühstückt hast, sagt sie. Ich rede mit dir, wann immer ich will, sage ich und sie, nein, tust du nicht, und ich, tu ich doch, ich sage, was ich will, und ich tu, was ich will, ich lass mich von dir nicht kontrollieren. Und sie sagt, ein Anruf, ein Anruf und ich zeigs dir, und ich denke, da gehts wieder los los los, was redet sie da? Der einzige Anruf, den sie meinen kann, wäre, mir die Bullen auf den Leib zu hetzen. Ich sage, egal, du kannst nichts machen, ich tu, was ich will, wie ich es immer getan habe, und sie sagt, nein, tust du nicht, es kommt die Zeit, da ich dir zeige, dass du es nicht kannst, und ich sage, nein, du wirst mir verdammt nichts zeigen, seit ich klein war, versuchst du mich zu kontrollieren und es hat nie funktioniert und das wird es auch nie. Sie sagt, willst du mir drohen? Ich sage, dir drohen? Womit drohe ich dir? Ich sage dir einfach nur, dass du mich nie davon abhalten wirst zu tun, was ich tun will. Sie sieht meinen Vater an und sagt, er droht mir, und mein Vater sagt zu mir, hör einfach auf zu schrein.

Ich ertrage es nicht, wie sie so tun können, als wäre es unnatürlich, wild, verrückt, wenn ich schreie, als würden Menschen nicht schrein und wütend werden, als wäre es keine normale menschliche Reaktion. So war ich immer schon. Begreifen sie denn immer noch nicht, dass es nie was gab, um all das aufzuhalten, all das zu stoppen, was geschehen ist? Niemals hätten sie sich vorstellen können, einen Sohn wie mich zu haben. Aber so ist es.

Später habe ich meine Taschen gepackt, sitze am Küchentisch und trinke ein Glas Wasser, bevor ich gehe. An der Wand hängt immer noch die gerahmte Zeichnung von dem Krokodil, das sich dem Kaninchen nähert, und es ist, als wüssten wir alle, es wird das Kaninchen fressen, aber keiner wird es aufhalten. Der Künstler wollte es nicht anders zeichnen, weil so das Leben ist, ah, so geht es, würde Uncle T sagen und mein Vater kommt herein und setzt sich mir gegenüber an den Tisch. In den letzten fünf Jahren hat er einen vierfachen Bypass bekommen und eine Krebserkrankung überlebt, er ist nicht mehr so groß wie früher und bewegt sich vorsichtiger, als trüge er etwas Zerbrechliches mit sich, das er nicht fallen lassen darf, weil wenn es zerbricht, kann es niemand wieder in Ordnung bringen.

Er beugt sich vor und sagt, ich muss dir sagen, Gabriel. Das wirkliche Leben ist Kontakt zwischen den Menschen und wir müssen einen Weg finden, weil das Leben nicht leicht ist. Du bist wütend auf all die, die du liebst, bist wütend auf deine Freunde, bist wütend auf deine Mutter, deinen Bruder, deine Schwestern, natürlich hast du keine Schwestern, aber du bist es. Wut ist Teil der Menschlichkeit.

Yeah, genau, sage ich.

Aber einen Weg finden, nicht zu schrein, mehr so zu sein, natürlich braucht es Training. Ich bin jetzt weise, weil ich hatte fünf Jahre Depression und habe nichts getan. Nein, wirklich, weil ich aus dem Leben war, ich fühle mich ein bisschen wie, wie hieß er noch, du weißt, dieser Mann, den Jesus Christus aus dem Tod geholt hat?

Lazarus, sage ich.

Oh, genau, Lazarus. Ich bin ein bisschen wie Lazarus, natürlich wenn du von Lazarus liest, du weißt, als Jesus ihn ins Leben zurückgeholt hat, da roch Lazarus etwas, weil sein Körper schon verweste. Da bin ich in besserer Situation, aber du begreifst, das Leben ist zu kurz für all diese Wut, immer diese gewalttätigen Gefühle. Du weißt, das Leben ist brutal.

Meine Mutter kommt nach unten. Ich sage nichts, ich nehme sie nur in den Arm und sie hält mich, lacht ein bisschen in sich hinein, fast traurig, und sagt, ich weiß, du willst gut sein.

Ich sage, ich liebe dich, Mama.

Sie lehnt sich zurück, um mich anzusehen und sagt, oh, das ist neu.

Dann umarmt sie mich ihrerseits und erzählt mir, dass ich, als ich geboren wurde, klein genug war, um in ihre Hand zu passen. Sie geht hinüber zum Kühlschrank, holt eine Schachtel Ferrero Rocher heraus und sagt, magst du die?

Ich sage, yeah, warum nicht?

Sie sagt, ich möchte dir eins geben, damit deine letzte Erinnerung an deine Mutter etwas Süßes ist und du nicht sagen kannst, dass ich keine gute Mutter bin.

Ich lache und sage, du warst immer eine gute Mutter. Ich nehme die Schokolade und sie gibt mir noch drei mehr.

Weniger als eine Woche, bevor ich zurück nach South Kilburn gezogen bin, wurde eine Zwanzigjährige namens Mohanna Abdhou direkt vor Uncle Ts Block erschossen. Sie stand mit ihren Freundinnen beim Spielplatz vorm Dickens House, es war ein warmer Freitagabend Ende Mai, der Sommer lag in der Luft und es waren viele Kinder auf dem Spielplatz. Zwei Brüder auf Fahrrädern kamen in den Estate gefahren und das Erste, was alle wahrscheinlich sahen, war, dass sie schwarze Balas über den Gesichtern trugen, Kapuzen über den Köpfen, dass sie schwarze, wattierte Jacken und Handschuhe anhatten, obwohl es doch warm war und alle in Sweatshirts und T-Shirts herumliefen. Vielleicht alberte Mohanna gerade mit ihren Freundinnen herum, vorm Nachhausegehen nach ihrem Arbeitstag in dem Laden, in dem sie angestellt war, oder vielleichte quatschte sie auch mit einem Bruder aus SK, den sie mochte, vielleicht flirtete sogar einer mit ihr und versuchte, ihre Nummer zu bekommen, sagte zu den anderen, oi, eure Freundin ist supersüß, was sagt sie? Lachen, Sonne und die Frische der Luft zu Beginn des Sommers, wenn selbst die Betontürme okay aussehen, wenn die Sonne ihr Gold über sie spült. Aber dann wurden die Brüder auf den Rädern vor der Gruppe langsamer, die da vorm Dickens House stand, und einer von ihnen zog eine Pistole heraus und gab einen Schuss ab. Die Hitze des

Tages zerschellte. Alle spritzten auseinander. Der Bruder schoss noch dreimal, und dann fuhren die beiden aus dem Estate, die Malvern Road runter, die Kameras verfolgten jeden Moment und Mohanna ging am Fuß des Blocks zu Boden. Die Kinder auf dem Spielplatz schrien, rannten weg und all die SK-Brüder, die bei Mohanna waren, und ihre Freundinnen hatten sich versteckt, waren davongerannt, sobald der Bruder mit der Bala eine Pistole herauszog. Die Leute, die es offenbar eigentlich hätte treffen sollen, rannten wahrscheinlich am schnellsten, weil sie auf so was gefasst waren und Mohanna lag auf der Erde und blutete aus dem Bauch. Eine halbe Stunde später starb sie, umgeben von Sanitätern, bewaffneter Polizei und einigen ihrer Freundinnen, die schließlich zurückgekommen waren. Es ist verrückt, weil es praktisch genau die Stelle war, wo Bugz Bunny Bishop in den Kopf geschossen hatte, nachdem der von seinem Balkon gesprungen war.

Als ich bei Uncle T einziehe, liegt ein Häufchen verwelkter Blumen an der Stelle, wo Mohanna gestorben ist, und in der Tür des Ladens gegenüber von Uncle Ts Block hängt ihr Foto mit einem Fahndungsplakat daneben. Weil sich hier einige Dinge nie ändern nie ändern nie ändern.

Es waren wahrscheinlich zwei Mozart-Jungs oder zwei aus der Harrow Road, die noch eine Rechnung offen hatten. Welchen Brüdern aus SK das Licht auszublasen, ist da eine gute Möglichkeit, weil es mit dem Zoff nie ein Ende hat, auch wenn es schon mal viel schlimmer war. Es gab hier früher viel mehr Schießereien und echt, als die Balkone noch voller Leute standen, hätten es die beiden auf ihren Fahrrädern hier niemals reingeschafft, ohne angegangen zu werden. Die Leute hätten zurückgeschossen. Echt. Also obwohl es schlimm ist, ist es nicht, wies mal war.

Wenn ich jetzt hier langgehe, sehe ich keinen, den ich erkenne und keiner erkennt mich. Komme ich auf der Malvern Road an Leuten vorbei, ist es, als registrierten sie kaum meine Existenz. Tatsächlich ist da kaum einer. Es kommt mir vor, als versteckten sich alle in ihren Wohnungen und das einzige Anzeichen dafür, dass hier noch wer lebt, sind die ständig wachsenden Abfallberge neben den Müllcontainern, direkt unter dem Schild, ABFALL ABLADEN STRENG VERBOTEN! Schwarze Müllbeutel, aus denen verrottende Essensabfälle, Windeln, Plastikverpackungen und weiß der Teufel, was noch alles platzt, stapeln sich neben kaputten Stühlen, alten Fernsehern, Metallstangen und Brettern, dem Treibgut des versteckten Lebens in diesen Blocks. Das einzige andere, was dir verrät, dass hier noch Menschen und Familien sind und hier noch Herzen schlagen, siehst du abends, wenn die Nacht zu gähnen beginnt und alles immer noch dunkler und dunkler wird. Dann leuchtet Licht hinter Fenstern auf. Aber das Seltsame ist, dass ich nie eines angehn sehe, ganz gleich, wie oft ich bei Einbruch der Dunkelheit aus dem Fenster starre. Alles scheint im Geheimen zu geschehen. Ich habe noch nie etwas so Einsames wie diese Fenster gesehn. Als hätten sich die Leute davongemacht und das Licht brennen lassen.

Manchmal sehe ich einige der neuen Leute auf einem Balkon stehen, kiffen und labern, aber allgemein sind die Blocks heute in Schweigen gehüllt, Stille lauert auf Gängen, Balkonen und in den dreckigen, vollgepissten Treppenhäusern. Der Aufzug im Blake Court fällt immer noch aus, einige der Lampen auf der Treppe sind kaputt und die Wände sind noch verdreckter und überall blättert die Farbe ab. Aber ich sehe nie irgendwelche Junkies oder Leute, die auf der Treppe herumlungern und denen Pistolen die Jeans ausbeulen, auch wenn ich eines Morgens beim Runtergehen eine Machete auf einem kleinen Mauervorsprung hab liegen sehn, direkt über einem Müllschlucker, als läge sie da zum sofortigen Gebrauch bereit. Die Wände sind zerkratzt, Farbe löst sich großflächig ab und lässt den rosa Beton darunter zum Vorschein kommen. Oft fällt das Licht in einigen Bereichen des Treppenhauses aus, die dann ganz in Dunkelheit getaucht sind. Jemand hat FICK DIE BULLEN mit einem dicken blauen Stift an die Rückseite der Treppe geschrieben. Im Block D ist niemand mehr, da steht keiner rum oder so, alles, was du da abends zu sehen kriegst, sind die leeren Balkone, die Reihen von Türen und schwache gelbe Lichter, die den Beton in Einsamkeit tauchen. Einige der Wohnungen sind mit Brettern vernagelt, weil die Blöcke bald schon abgerissen werden solln, um Platz für neue Häuser zu machen.

Ich bin also zurück bei Uncle T, im selben Zimmer, in das ich mit achtzehn für zwei Jahre gezogen bin. Es gibt immer noch nicht genug warmes Wasser jeden Tag, aber einen dieser Duschschläuche aus Plastik, den du über die Hähne der Badewanne stülpen kannst, und statt der Eimerwäschen kannst du duschen. Uncle T kocht nur noch selten, fast nie sein Ziegen-Curry oder den Hühncheneintopf, meist sind es Spiegeleier mit Speck, die den Flur nach Öl und verbranntem Fett riechen lassen. Er sagt immer, ich leg mich was hin, um mein Knie auszuruhn und dann hör ich ihn schnarchen und im Schlaf husten und würgen. Steht er auf, kommt er in die Küche, setzt sich auf seinen verstaubten schwarzen Bürostuhl, raucht Zigarette um Zigarette und schreit den Fernseher an, der ihm niemals antwortet. Dann wird es Abend und er legt sich wieder hin und schläft schnell ein. Ich kann ihn in der Küche hören, wie er mit seinem Bürostuhl herumfährt, der Fernseher vor sich hin brabbelt und der Zigarettenrauch treibt in mein Zimmer und macht die Luft bitter und hart. In der Wohnung ist es nie mehr so laut wie früher. Meist hört man nur den Fernseher in der Küche, den Fernseher in Uncle Ts Schlafzimmer und den unten im Musikzimmer. Sie laufen ständig, wobei doch Onkel T der Einzige in der Wohnung ist, der fernsieht. Er lässt die Fernseher auch an, wenn er schläft, die ganze Nacht hindurch hör ich Gameshow-Geplapper, aufbrausenden Applaus, Explosionen, Verfolgungsjagden und früh am Morgen das künstliche Gelächter amerikanischer Sitcoms. Es klingelt auch nicht mehr so oft wie früher. Das Geschäft geht nicht mehr gut. Manchmal klopft es und er braucht ein paar Minuten, um nach unten zu gehen, denn er kann wirklich kaum noch laufen. Dann setzt er sich eine Weile und raucht eine Zigarette, bevor er wieder hochkommt. Manchmal kommen ihn seine alten Kumpel besuchen, aber die machen kaum noch Musik, meist sitzen sie mit Uncle T in der Küche und rauchen ein paar Joints, bevor sie wieder nach Hause gehen, wo immer das ist.

Eines Nachts wache ich auf und kann Bässe von unten hochwummern spüren. Es ist seit Ewigkeiten das erste Mal, dass ich die Musikanlage wieder höre. Die Wände vibrieren. Ich checke auf meinem Telefon, wie spät es ist. 01:45 Uhr. Ich setze mich auf, lausche dem langsamen Reggae, der die Treppe rauf und durch die Wände schallt und hoffe, dass keiner der Nachbarn an die Tür klopft und fragt, was zum Teufel er da mitten in der Woche nach ein Uhr morgens veranstaltet. Ich hör mir das ganze Set an. Um 02:30 Uhr verstummt die Musik und meine Ohren füllen sich mit der kühlenden Brise der Stille. Dann kommt Uncle T die Treppe herauf, er atmet schwer, als er an meiner Tür vorbei in sein Zimmer geht. Er schaltet den Fernseher ein, Stimmen reden hinter der Wand und nach ein paar Minuten kann ich ihn schnarchen hören. Ich bin hellwach und schlafe erst ein, als das Licht hinter meinen Vorhängen anfängt, blasse Schatten morgendlichen Blaus auf die Decke zu werfen.

Taz, Uncle Ts ältester Sohn, mit dem ich einiges gedreht habe, liegt in einem Pflegeheim, wird künstlich beatmet und ist vollständig gelähmt, seit er eines Tages ins Koma gefallen ist, was keiner erklären kann. Nur er selbst weiß, was er getan hat. Das Einzige, was er bewegen kann, sind seine Augenlider. Er kann nicht mal selber atmen. Irgendwann werden sie ihn operieren müssen, weil er Schwierigkeiten mit der Verdauung hat. Er hat einen Schlauch im Magen und den Ärzten mittels eines von den Schwestern mit ihm entwickelten Blinzelsystems mitgeteilt, dass er nicht wiederbelebt werden will, sollte bei der Operation sein Herz aussetzen. Er überlebt und ich gehe ihn besuchen. Sein Gesicht ist aufgedunsen, es sieht mitgenommen aus, ein Schlauch führt in seine Nase und ein dicker kommt aus seinem Hals, eine Art Latz liegt darunter. Es gibt noch mehr Schläuche, sie führen in den Magen, die Beine, Maschinen biepen und sein Mund hängt offen, schief und trocken, seine Lippen sind verkrustet und sein Haar ist gewachsen und kommt mir irgendwie steif vor. Ich beuge mich über ihn, lege meine Arme um ihn und flüstere ihm ins Ohr, es ist alles okay, Taz, alles okay, vergiss einfach alles, vergiss es alles, und ich höre ihn röcheln und als ich mich wieder aufrichte, sehe ich, dass sein Gesicht rot angelaufen ist und er weint. Ich gehe hinaus auf den Flur und seine Halbschwester Tanisha ist da und sie seufzt und sagt, es is immer noch derselbe alte Taz. Mit einem Lächeln sagt sie das, als erinnerte sie sich an etwas lange Zurückliegendes. Ich sage, nein, ist er nicht, es ist nicht derselbe alte Taz. Und er wird es auch nie wieder sein, und dann drehe ich mich um, gehe hinaus und warte darauf, dass Uncle T und die anderen ihren Besuch beenden und ich weiß, ich will Taz nie wiedersehn.

Uncle Ts anderer Sohn Naf sitzt jetzt seit zehn Jahren im Gefängnis, sieben davon in Broadmoor und keiner weiß, wann er wieder rauskommt. Stille streckt ihre müden Glieder in der Wohnung aus, Uncle T sitzt mit einem Joint in der Küche und spielt ein Spiel auf seinem iPad, während die Zehn-Uhr-Nachrichten über den Bildschirm des Fernsehers flimmern. Seine Auszeichnung zum Vater des Jahres hängt immer noch im Wohnzimmer, aber jahrelanges Sonnenlicht hat die Unterschriften seiner Kinder und seinen eigenen Namen weggebleicht, sodass es aussieht, als hinge da ein leeres Formular, das darauf wartet, ausgefüllt zu werden. Es ist, als hätte die Sonne Hand in Hand mit der Zeit gearbeitet, als wäre der Vater des Jahres durch die Entfernung seiner Söhne aus dieser Welt bezwungen worden, beide verschwunden im Zwielicht einer vor den Blicken verborgenen Existenz.

Eines Morgens beschließe ich, zum Laden im Precinct zu gehen, direkt gegenüber von wo Bimz früher gewohnt hat, dem Laden, in dem Mazey seine Skittles kaufte und ich mein KA Black Grape. Wo wir alle unseren Tabak, unsere Rizlas holten. Aber als ich zum Precinct komme, ist alles mit Brettern vernagelt. Ich meine, buchstäblich jedes

Fenster in jedem Block und es gibt keine Läden mehr. Da, wo die Läden waren, ist alles mit Wellblechwänden abgesperrt, und es ist keine Menschenseele zu sehen. Ich gehe zu Bimz' Block, will nach etwas sehen, gehe vorbei an den vernagelten Wohnungen und die Treppe hinauf, auf der wir alle vor zehn Jahren gesessen haben. Auf dem Treppenabsatz im ersten Stock finde ich es. In die hölzerne Tür eines Lagerraums neben einem der Wohnungseingänge ist SNOOPZ reingekratzt. Ich berühre die Buchstaben und verspüre kurz den Drang, die Tür aus den Angeln zu reißen und mitzunehmen. Dann sage ich Scheiße, was mache ich hier eigentlich, gehe wieder nach unten und zurück zu Uncle T.

Blake Court ist jetzt komplett in ein Gerüst gehüllt. Ein riesiges Gerippe mit verfallender Betonlunge, in der gummiummantelte kollabierende elektrische Adern pulsieren. Direkt vor mir geht ein Bruder in einem neonorangenen Overall mit einem kleinen Mädchen auf den Eingang zu. Er sagt zu ihr, warte, während er in der Tasche nach dem Schlüssel sucht. Ich ziehe meinen heraus, hab den Chip bereit und klimpere mit dem übrigen Bund, dass er es hören kann. Er dreht sich um, sieht mich an und sein Gesicht wird von einem Lächeln überzogen, das ihm bis in die Augen treibt. Ich beuge mich vor, halte den Chip an die Metallplatte und die Tür öffnet sich mit ihrem hellen Plärren, während wir uns ansehen und ich erwidere sein Lächeln, ohne ihn einordnen zu können.

Was geht, Meister, lange nicht gesehn, sagt er und gibt mir die Faust. Ich erinnere mich an sein Gesicht. Eine Sekunde lang kann ich etwas Finsteres in seinen Augen erkennen, tief vergraben unter dem Lächeln des Wiedererkennens. Das kenne ich. Von Gotti. Und anderen. Es ist eines der Gesichter vom Balkon damals. Was geht, Mann, sage ich. Wir betreten den Block und warten auf den Aufzug. Er trägt eine schwere Plastiktüte mit Einkäufen und hat sich das obere Teil seines Overalls um die Taille gebunden. Es ist einer von diesen orangenen Anzügen, wie sie die Leute tragen, die nachts auf den Gleisanlagen arbeiten. Das kleine Mädchen neben ihm sieht hoch zu den roten LED-Ziffern, während der Aufzug nach unten kommt und sie drückt wieder auf den Knopf, als käme er dadurch schneller. Er sagt, ich wusste, ich kenn dich, Mann, wo wars du, ich hab dich Jahre nicht gesehn. Yeah, ich hab woanders gewohnt, sage ich und versuche mich an einen Namen zu erinnern, ein Gespräch, irgendwas. Vielleicht hält er mich für einen anderen, aber ich mache normal weiter. Wo denn?, fragt er. Im verdammten Brixton, sage ich und es ist, als versuchte ich meine Worte gleich wieder runterzuschlucken, als ich das kleine Mädchen ansehe, das seinen Rucksack auf dem Rücken tanzen lässt und so tut, als gäbe es uns nicht. Aber gleichzeitig erinnere ich mich, wie es mir als Kind ging, wenn die Erwachsenen um mich herumredeten und dachten, ich würde nichts davon mitkriegen, wobei meine Ohren genau hinhörten und ihr Bestes taten, einzelne Teile des Gesprächs aufzunehmen und nach Sachen zu suchen, die ich spannend fand, irgendwas Geheimnisvolles, das ich nicht ganz verstand, schlimme Worte oder Dinge, die ich eigentlich nicht kennen, von denen ich nichts wissen sollte. Der Bruder sagt, oi, Bricky, was? Und jetzt bis du wieder hier? Ich sage, yeah, Mann, ich mach mein Ding, ich schreib ein Buch und wohne in SK, aber ich weiß nicht, wie lange ich bleibe. Echt?, sagt er. Hört sich gut an, Meister. Ich sage, erinners du dich an Mazey und die andern? Er sagt,

Junge, ehrlich jetz, mein Gedächtnis is irgendwie hin. Nach meiner Flucht, nachdem sie mich bei *Crimewatch* hatten und ich vier Jahre gesessen hab, hat mein Gedächtnis ausgesetzt. Ich hab so viele Namen vergessen, die ich kannte und es is immer noch nich wieder richtig. Ich sage, verstehe, Bro, während ich mich immer noch zu erinnern versuche, mit wem ich da eigentlich rede und ich sehe das kleine Mädchen an. Sie hat ein schönes goldenes Gesicht wie ein Rätsel und ihre Canerows sind ordentlich und perfekt.

Die Aufzugtüren öffnen sich. Wir steigen in die Kabine und das kleine Mädchen schlägt die Hand ihres Vaters weg und sagt, nein, ich, und sie drückt die 4. Und was machs du so?, sage ich, und er, ich arbeite, ich deal nich mehr, und er nimmt einen der orangenen um seinen Bauch gebundenen Ärmel seines Overalls, als wollte er ihn mir zeigen. Du muss mir deine Nummer geben, sagt er. Ich gebe ihm mein Telefon und sage, schreib deine rein, dann schick ich dirne WhatsApp mit meinen Koordinaten. Er gibt seine Nummer ein und sichert sie unter Frost SK. Ich kann immer noch nicht sagen, wer er ist. Ich sage, speicher meine Nummer, und er, unter?, und ich, Snoopz, und er sagt, yeah, genau, Snoopz, und sein Lächeln wird breiter, wärmer, unerwartet und er gibt mir noch mal die Faust.

In der obersten Etage steigen wir aus, gehen durch die magnetischen Türen auf den Balkon und er sagt, du gehs zu Uncle T, oder? Ich sage, da wohn ich, Junge. Echt jetz? Dann bin ich gleich neben dir, sagt er, während wir den Gang hinuntergehen. Die schwarzen Leitungen hängen immer noch von der Decke und einige der Lampen auf dem Balkon sind kaputt und flackern wie in einem Horrorfilm. Ich sage, du wohnst hier also, seit du aus dem Knast raus bis? Und er sagt, nah, als ich rauskam, durfte ich drei Jahre nicht nach South Killy rein. Sie hatten mir eine beschissene Verfügung wegen antisozialen Verhaltens aufgebrummt, oder, und jetz wohn ich hier mit meiner Tochter und den Zwillingen bei meiner Mum. Als sie mich wegen der Knarren bei *Crimewatch* hatten, war ich etwa sechs Monate auf der Flucht, das war so krass, Mann. Und als er redet, ist es plötzlich, als wäre ich ins tiefe Ende eines Pools getaucht und alles draußen drängte nur noch gedämpft zu mir durch, als ich kapiere, wer er ist. Er ist einer von den FAC-Typen, die den Undercover-Bullen Pistolen verkauft haben. Er ist einer von denen, die ihnen bei der Razzia durch die Lappen gegangen sind. Ich erinnere mich, dass ich ihn bei *Crimewatch* gesehen habe, wo er als flüchtig aufgeführt wurde und muss jetzt denken, aber woher kennt der mich und dann höre ich ihn sagen, aber mit der Scheiße bin ich durch, ich arbeite und kümmere mich um meine Kids. Ich sage, erinners du dich an Gotti? Und er sagt, yeah, klar, Gotti, er hat Curtis in den Kopf geschossen, oder, und ich, echt?, und er, yeah, Kumpel, Gotti hat Curtis vor ein paar Jahren in den Kopf geschossen, hat ihn aber nich umgebracht und Curtis war ewig hinter ihm her. Der Bruder war noch aktiv, sagt er, und ich sage, yeah, ich weiß, wir haben einiges zusammen gemacht und jetzt sitzt er zehn Jahre wegen bewaffneter Raubüberfälle auf Buchmacher und Banken in Süd-London ab, und er sagt, krass, und seine Stimme versiegt.

Er holt seinen Schlüssel raus und ich sehe verblichene Tattoos über seinen Bizeps kriechen. Dann sagt er, wenn du ein Buch schreibst, Mann, kann ich dir ein paar Geschichten erzählen, die du nicht glauben wirs. Ich musste meine beiden Söhne vom Heroin entwöhnen, weil ihre Mutter die ganze Schwangerschaft über geraucht hat und ich musste sie vors verschissene Gericht zerren, um ihr die beiden abzunehmen. Sie war völlig durchgeknallt, is mit allen ins Bett, hat Koks geschnieft, H geraucht, jahrelang mit dem Mann ihrer Schwester gevögelt, und immer, wenn er flucht, tut ers irgendwie unter der Lippe, sodass es leiser aus seinem Mund rauskommt, als dächte er, er könnte es so vor seiner Tochter verbergen. Als würde sie es so nicht mitbekommen. Sie hat sich von uns abgewandt und kuckt vom Balkon auf den kleinen Park mitten im Estate hinunter, der von den beiden riesigen Blocks überschattet wird, die noch stehen, und ich sage, dass isn böser Stress für dich, Mann, tut mir leid. Er sagt, glaub mir, Mann, ich kenn Geschichten, die du dir nich vorstellen kanns. Egal, melde dich, Junge, sagt er, schließt die Tür auf und ich geb ihm die Faust und sage, gut dich nach all den Jahren zu sehn, Junge, auch wenn ich mich nicht an das letzte Mal erinnern kann, als wir miteinander geredet haben, und ich drehe mich weg und gehe zur Tür von Uncle T.

Hey, hey, hey, höre ich hinter mir, dringend und ich dreh mich um und mein Nachbar sagt, hey, sie will sich verabschieden, und er zeigt auf seine Tochter, die schon halb durch die Tür ist, ihren Kopf aber noch rausstreckt und ich sehe, wie sie zum ersten Mal lächelt, unten fehlen ein paar Milchzähne und die Augen sind voller Licht wie kleine Sonnen und sie winkt mir zu. Ich zögere verdutzt und dann sage ich bye-bye und winke zurück, dreh mich wieder weg und schließe Uncle Ts Tür auf. Ich trete ein und eine unglaubliche Traurigkeit füllt mir den Bauch. Ich gehe nach oben und sage zu Uncle T, hey, Pops, ich brauch einen Joint.

Der Abend breitet sich über den Himmel. Ich gehe zum Laden, um M&Ms und eine Flasche Magnum zu kaufen. Auf dem Rückweg sehe ich den Mond groß und weiß am Himmel und er schüttet sein Licht über Blake Court, als wollte er den Beton sauber waschen und einen Moment lang denke ich, dass das derselbe Mond ist, den auch schon unsere Vorfahren betrachtet haben, der Mond, der immer schon da war und den alle Menschen ansehn, wenn sie über das Leben und die Welt um sich herum nachdenken. Ich nähere mich dem Block und sehe Gestalten auf dem Balkon, als stünden da Leute zusammen, so wie früher und jetzt wirkt der Mond geschwollen und schwer, als drückte er heftig auf das Wolkennetz, das ihn oben am Himmel hält und ich bin diesen Ort so leid. Aber als ich hoch auf den Balkon komme, ist niemand da, nur ein Nachbar raucht vor dem Zubettgehen noch eine Zigarette.

Ich gehe den Balkon hinunter und sehe eine Motte unter einer Lampe schweben. Sie flattert nicht hektisch herum und stößt gegen die Glühbirne, wie sie es normalerweise tun, sondern schwebt einfach darunter her. Da gibt es diese Geschichte, die ich mal über Motten gehört habe: dass sie in Wirklichkeit zum Mond aufsteigen wollen und von elektrischem Licht getäuscht werden, sodass sie sich die Flügel versengen und alle Kraft verpulvern, bis sie an einer Wand oder Decke in der Nähe der Lichtquelle in einen verwirrten Schlaf fallen oder gleich sterben. Aber die hier ist anders. Es sieht aus, als hätte sie begriffen, dass sie es niemals bis zum Mond schaffen wird und dass dieses Licht hier auf dem Balkon von Blake Court gut genug für sie ist. Solange es ein Licht gibt, ist es gut. Ich schließe die Tür auf und höre, wie irgendwo zwischen den Blocks ein Streit ausbricht und als ich sie hinter mir schließe, ruft eine Stimme laut und deutlich quer durch den Estate, SchnauzefeiglingholdeineKnarre. Ich gehe nach oben und habe das Gefühl, etwas Schweres lastet auf meinen Schultern, als hätten die Geister all meiner Erinnerungen und alle, die hier mal waren, einen Schrei zurückgelassen und

ZITATNACHWEISE

James Baldwin wird zitiert nach der Übersetzung von Kaun/ Wellmann in: *Giovannis Zimmer*, Rowohlt, Hamburg, 1967, S. 78

Joseph Conrad wird zitiert nach der Übersetzung von M. Allié in: *Das Herz der Finsternis*, S. Fischer, Frankfurt, 2007

William Shakespeare wird zitiert nach der Übersetzung von Schlegel/Tieck in: *Kymbelin*, Standard Verlag, Hamburg

Das Zitat von Friedrich Nietzsche stammt aus *Werke Bd IV*, Carl Hanser Verlag, München, 1980, S. 787

Alle anderen Zitate wurden von Werner Löcher-Lawrence ins Deutsche übertragen.

Gabriel Krauze wuchs in London auf und fühlte sich schon früh zu einem Leben der Gangs und Kriminalität hingezogen. Er hat diese Welt hinter sich gelassen und sie in seinem Schreiben verarbeitet. Seine Kurzgeschichten wurden in *Vice* veröffentlicht. *Beide Leben* ist sein Debütroman, stand 2020 auf der Longlist für den Booker Prize und 2021 auf derjenigen des Dylan Thomas Prize.